DROEMER

Von Veit Etzold sind bereits folgende Titel erschienen:
Todesdeal
Dark Web
Tränenbringer
Schmerzmacher

VEIT ETZOLD

STAATSFEIND

THRILLER

DROEMER

Für Saskia

Besuchen Sie uns im Internet:
www.droemer.de

FSC
www.fsc.org
MIX
Papier aus verantwortungsvollen Quellen
FSC® C083411

Originalausgabe März 2019
Droemer Taschenbuch

Ein Imprint der Verlagsgruppe
Droemer Knaur GmbH & Co. KG, München
Dieses Werk wurde vermittelt durch die AVA International GmbH
Autoren- und Verlagsagentur, München
www.ava-international.de

Redaktion: Antje Steinhäuser
Covergestaltung: ZERO Werbeagentur, München
Coverabbildung: FinePic / shutterstock
Satz: Adobe InDesign im Verlag
Druck und Bindung: CPI books GmbH, Leck
ISBN 978-3-426-30668-0

2 4 5 3 1

Der Naturzustand ist der Krieg aller gegen alle.
Der künstliche Zustand aber ist der Frieden.
Um diesen Frieden zu erreichen, geben die Menschen einen
Teil ihrer Freiheit an den Herrscher, den Leviathan ab, der
die Menschen im Gegenzug vor sich selbst schützt.

THOMAS HOBBES, LEVIATHAN

For kings are not only God's lieutenants upon earth, and sit upon
God's throne, but even by God himself they are called gods.

KING JAMES I.[1]

[1] »Denn Könige sind nicht nur Gottes Gouverneure auf Erden und sitzen auf Gottes Thron. Von Gott selbst werden sie *Gott* genannt«, nach E. H. Kantorowicz: »The King's Two Bodies«

DRAMATIS PERSONAE

Die Hauptpersonen

- Judith Richter, Hauptkommissarin beim Staatsschutz, Berlin
- Iwo Retzick, ehemaliger Elitekämpfer des Kommandos Spezialkräfte (KSK) im Rang eines Oberleutnants, jetzt Ausbilder des KSK und des Sondereinsatzkommandos SEK, Berlin, Calw, Osnabrück

Die Ermittler

- Tahir Nadal, Kollege von Judith Richter, Hauptkommissar beim Staatsschutz, Berlin
- Joachim Richter, Ehemann von Judith Richter, Leiter des Staatsschutzes, Berlin
- Karl Brandt, Polizeipräsident des Landes Berlin
- Norbert Schuster, Leiter des SEK, Berlin
- Dr. von Weinstein, stellvertretender Leiter des Instituts für Rechtsmedizin, Berlin
- Udo Mertens, Chef des Verfassungsschutzes, Berlin
- Jasmin Walters, Mitglied der Ermittlungsgruppe »Nemesis«, Bundesnachrichtendienst (BND), Berlin

Die Politiker

• Gerhard Winkler, Innensenator des Landes Berlin
• Gerold Hansen, Assistent von Innensenator Winkler
• Hajo Klose, Fahrer von Innensenator Winkler
• Sabine Schiller, Chefin der Senatskanzlei des Regierenden Bürgermeisters von Berlin
• Philipp Arnoldsen, ehemaliger Fallschirmjäger und Kamerad von Iwo Retzick, vormals Führungskraft bei dem Waffenhersteller Grünwald AG und seit Kurzem Parteichef der neuen Partei Deutschland zuerst

Die Verschwörer

• Hermann von Stahleck, ehemaliger Wehrmachtsgeneral, Gründer und Präsident der »Nazi Connection«, einem weltumspannenden Ring von Waffenhändlern, zur Haupthandlung von *Staatsfeind* bereits verstorben
• Dr. Carl Cohagen, Anwalt und Zögling Hermann von Stahlecks, Berlin und Wiesbaden
• Stephan Skowronek, Sohn von Siegfried Skowronek, Mitglied des SS-Eliteverbandes »Leibstandarte Adolf Hitler«, Strippenzieher und Verbindungsmann zum Islamischen Kalifat, Dubai
• Victor Rastow, Mitglied des Bewaffneten Widerstandes, Berlin
• Alexey, genannt »Molotok der Hammer«, Leibwächter und Auftragskiller von Carl Cohagen, Moskau, Berlin, Frankfurt am Main

Die Islamisten

- Abdel al Thalib, Gründer des Islamischen Kalifats, Mossul, Irak
- Abu Qatada, Stellvertreter von Abdel al Thalib, Islamisches Kalifat, Mossul, Irak
- Amid Ghazi, Fahrer der Diplomaten der Britischen Botschaft, Berlin
- Khalid, Verbindungsmann des Islamischen Kalifats, Berlin

Andere

- Ulrike Brückner, Journalistin bei *Global News*, Berlin
- Djamila Nadal, Ehefrau von Tahir Nadal, Leiterin des Kreditgeschäfts der Islamischen Amanah Bank, Berlin
- Gerald Stalk, Gründer und CEO von »Stalk & Company«, Investor, Spekulant, Hedgefonds Manager und Philanthrop, New York
- Laura Best, Assistentin von Gerald Stalk, New York
- Finn Richter, Sohn von Judith Richter, Berlin

PROLOG

9. November 1989

Alle Menschen liefen Richtung Westen.

Die zwei Männer gingen Richtung Osten.

Wer an diesem Tag in Berlin war, erlebte Weltgeschichte. Das wussten die beiden Männer, die sich entgegen dem Strom Richtung Osten bewegten und die offene Stelle in der Berliner Mauer am Brandenburger Tor Richtung Pariser Platz durchquerten. Sie wussten auch, dass die Geschichte diejenigen belohnte, die mutig genug waren, in die andere Richtung zu laufen. Zumindest der Ältere der beiden wusste es, und der Jüngere würde es lernen. Tausende von Menschen drängten an ihnen vorbei Richtung Westen. Auf dem Weg zur Straße des 17. Juni.

»Alle wollen raus, wir wollen rein«, sagte der Ältere der beiden. Hermann von Stahleck musste über achtzig Jahre alt sein, doch er bewegte sich immer noch mit der aufmerksamen Angespanntheit eines Mannes, der überall mit Feinden rechnete. »Noch am 7. Oktober hat alles anders ausgesehen. Vierzigster Jahrestag der DDR, im Palast der Republik hörten sie den ›Wach auf‹-Chor aus Wagners ›Meistersingern‹. Aber niemand ist aufgewacht.«

Die vergangenen Wochen waren noch derart präsent, als wären erst ein paar Stunden vergangen. Der 7. Oktober 1989. Sobald Gorbatschow nach den Feierlichkeiten des 7. Oktobers abgereist war, hatte Stasichef Erich Mielke das Ruder übernommen. »Jetzt ist Schluss mit dem Humanismus«, hatte er gesagt und seine Schlägertrupps gegen die Demonstranten losgeschickt, die schon den ganzen Tag auf dem Alexanderplatz protestiert hatten.

»Manches kann man ahnen, aber manches nicht«, fuhr von Stahleck fort. »Nur: Gegen den Strom zu schwimmen hat sich schon oft ausgezahlt, meinen Sie nicht, Cohagen?«

Carl Cohagen war etwa Mitte dreißig. Seine schwarzgrauen Haare waren genauso kurz wie der Bart, der sein Gesicht umrahmte. Seine Augen so schwarz wie der Rahmen seiner Brille. Er zuckte die Schultern, als würde ihm keine passende Antwort einfallen, die gleichzeitig bestätigend und ehrfürchtig genug klang. Denn Ehrfurcht hatte er vor von Stahleck, das musste er zugeben. Vor seinem Wissen, seinen Verbindungen in höchste Kreise und all den Geschichten, die man über ihn erzählte.

Es war bereits geraume Zeit her, dass ein leichter Regen auf den Pariser Platz niedergegangen war. Der nachtschwarze Himmel wie ein dunkles Laken, das nur an einigen Stellen von Lichtstrahlen unterbrochen wurde. Davor Schatten von Menschen, die auf der Mauer tanzten. Ansonsten wenig Wolken an diesem 9. November 1989. Nachts würde es auf zwei Grad abkühlen, und am 10. November würde den ganzen Tag die Sonne scheinen.

Cohagen blickte sich um. Ein Mann um die vierzig mit Wollpullover und Schirmmütze schaute verwundert durch das Loch in der Mauer am Brandenburger Tor. Überall waren Breschen in den Stein geschlagen worden. Hier, am Checkpoint Charlie und an der Bernauer Straße. An der Bornholmer Straße, zwischen Prenzlauer Berg und Wedding, so hieß es, war der Andrang am größten. Die Leute wollten »rüber«, und nichts konnte sie aufhalten. Auch die Grenzsoldaten nicht, die ohne Befehle von oben ratlos die Tausenden von Menschen gen Westen passieren ließen. *Schlagbaum hoch* lautete dann auch der einzige Befehl, der vonseiten des Stasioberleutnants an diesem Abend gegeben wurde. Der Mann mit Wollpullover und Schirmmütze schaute durch das Loch, ein scheuer Blick auf die andere Seite, ein Blick in ein verbotenes Zimmer, das vorher das Ende der Welt gewesen war. Für achtundzwanzig Jahre. An der Mauer hörte alles auf. Und jetzt war die Mauer gefallen. Sektkorken knallten, Trabants und Wartburgs fuhren über die Straße des 17. Juni Richtung Ku'damm. Weiter im Westen, so sagte man, rund um die Gedächtniskirche, solle es ein riesiges Open-Air-Spektakel geben.

Cohagen schaute nach Süden Richtung Potsdamer Platz. Dort waren ganze Menschenscharen, unterstützt von Volkspolizisten und Mitgliedern der Nationalen Volksarmee, dabei, mit Hammer und Meißel Breschen in die Mauer zu schlagen. *Mauer muss weg,* schallte aus tausend Kehlen durch die Nacht. Und die Mauer kam weg. Stück für Stück. Stein für Stein.

Fahrzeuge mit Sirenen zerschnitten den Verkehr wie ein Messer, schwarze Limousinen kreuzten durch die Nacht. Außenminister Hans-Dietrich Genscher und seine Staatssekretäre waren für erste Verhandlungen auf dem Weg zum Staatsratsgebäude, dorthin, wo einmal das Berliner Residenzschloss der Hohenzollern gestanden hatte, das im Zweiten Weltkrieg beschädigt worden war und das das Zentralkomitee der SED unter Walter Ulbricht hatte sprengen lassen.

Jugendliche mit Gorbi-Stickern liefen an den beiden Männern vorbei. Alles, was mit Russland zusammenhing, war auf einmal cool in der DDR. *Perestroika* hieß wörtlich übersetzt *Umbau,* und der Umbau der DDR ging vielen ihrer Bürger zu langsam. Fraglich war allerdings, ob das schon arg morsche sozialistische Haus nicht unter dem von Gorbi verordneten Umbau zusammenbrechen würde. Genau das fürchtete die SED-Führung. Den Jugendlichen mit den Gorbi-Stickern aber war das egal. Hinter den Männern liefen Soldaten der Nationalen Volksarmee, auch sie waren auf dem Weg nach Westen, gingen durch die Breschen in der Mauer. Eben hatten sie die Öffnungen selbst in den Stein geschlagen. Einige Tage vorher hatten sie dieselbe Mauer noch mit Waffengewalt verteidigt.

»Schauen Sie sich die Uniformen an«, sagte von Stahleck und zeigte auf die NVA-Männer. »Sehen die aus wie die von der Bundeswehr?«

Cohagen musste nur kurz hinschauen. »Nein. Der Stahlhelm ist der 44er-Stahlhelm von der deutschen Wehrmacht. Dünner Stahl, der abgeschrägt ist, nachdem im Verlauf des Zweiten Weltkrieges die Verluste durch Kopfschüsse zu hoch waren.«

Von Stahleck nickte anerkennend. »Und der Schnitt der Uniformen?«

»… ist preußisch«, sagte Cohagen.

Von Stahleck nickte wieder. »Genauso preußisch wie damals die Uniformen der Wehrmacht. Das war Absicht.« Ein Lächeln zog über von Stahlecks Gesicht. »Stalin wollte, dass sich die NVA an der Wehrmacht orientiert, nicht an den GIs, wie es die Bundeswehr getan hat. Die NVA war eine deutsche Armee und sollte deutsche Uniformen tragen.«

»Aus Respekt?«

Von Stahleck nickte. »Stalin wusste, zu was die Wehrmacht fähig war. Etwa fünfzehn Millionen tote russische Soldaten. Stalin war klar, dass das nicht jeder Gegner schafft.«

»Wobei Stalin ja selbst nachgeholfen hat.«

Von Stahleck nickte. »Klar. Die NKWD, der Vorläufer des KGB, bestand aus Terrortruppen. Geheimdienstbataillone, die den Truppen hinterherzogen und Deserteure exekutierten oder in Arbeitslager verfrachteten. Einige der Kämpfer in den zweiten und dritten Reihen hatten nicht einmal Gewehre. Die sollten sie sich von den Toten nehmen, die gerade eben gefallen waren. Jedenfalls fürchtete und schätzte Stalin die Wehrmacht. Und er zeigte damit schon einmal seine Verachtung für die USA.«

»Die Vorboten des Kalten Krieges?«, fragte Cohagen.

»Kein Krieg bricht einfach so aus«, sagte von Stahleck. »Die ersten schwachen Signale sind lange vorher zu sehen.«

Die beiden gingen schnellen Schrittes aus dem Gedränge und standen auf dem Pariser Platz, während rechts und links die Menschenmassen weiter unvermindert Richtung Westen strömten. »Meinen Sie«, begann Cohagen, »es hat Bestand? Das, was hier passiert?«

Von Stahleck nickte. »Vorläufig schon. Der Vater hat sein Kind verstoßen. Und so wird es bleiben.«

»Die Sowjetunion?«, fragte Cohagen. »Glasnost und Perestroika?« Links von ihm trampelten einige Jugendliche auf einer DDR-Fahne herum. Noch vor ein paar Tagen hätte man sie dafür für lange Zeit in eine Zelle in Hohenschönhausen verfrachtet.

»Ja. Die Russen wollen die DDR loswerden. Die machen das aber nicht aus Idealismus. Die sind pleite.« Von Stahleck schaute Richtung russischer Botschaft Unter den Linden. »Es gibt kaum mehr Erdöllieferungen für die DDR, schon seit 1982 läuft das so und jetzt erst recht. Und es gibt kein Geld mehr und kein Verständnis. Russland muss sich öffnen. Sonst ist es pleite. Das hat die CIA gut gemacht.«

Cohagen hob die Augenbrauen. »Die CIA?«

Von Stahleck lächelte wieder sein Lächeln, in dem sich eine leichte Spur von Überheblichkeit mit einem Schuss von Sadismus mischte. Es war die Mimik von jemandem, der nicht nur wusste, dass etwas schiefgeht, sondern sich auch darüber freute, wenn der naive Optimismus anderer enttäuscht wurde. Es war die Mimik eines Menschen, der sogar darauf wettete und Geld verdiente, wenn etwas schiefging. »Die CIA war der Ansicht, dass Russland ein eigenes Vietnam braucht. Ein Krisenherd, der sie lange beschäftigt hält und Geld kostet. Viel, viel Geld. Die haben den Russen einen Ring hingehalten. Und die Russen sind gesprungen.«

»Afghanistan?«

»Genau.« Von Stahleck nickte. »Die Russen haben zwei Probleme. Moskau ist gegenüber Europa durch keine Gebirgskette geschützt, und im Winter sind die Häfen gefroren. Der Zugang zu einem Warmwasserhafen sollte über Afghanistan gehen. Sie wollten, so lautete der alte russische Traum, ihre Stiefel im warmen Wasser des Indischen Ozeans waschen.«

»Also marschierten die Russen ein?«

»Ja. Wobei der Hindukusch auch noch im Weg stand. Das Gebirge ist nicht gerade klein. Aber ja, sie marschierten ein. Allerdings erst, nachdem die CIA bei den unterschiedlichen Clans in Kabul durch Bestechung für maximales Chaos gesorgt hat. Russentreue Kommunisten gegen US-freundliche muslimische Guerillatruppen. Die Russen mussten einmarschieren. Mussten eingreifen. Für Ordnung sorgen. Gegen die Mudschaheddin. Die russentreuen Kommunisten sind aber zu hart gegen die Afghanen vorgegangen, dann kam es zum Bürgerkrieg, und man hatte Angst, dass auch der muslimische Süden Russlands in den Krieg hineingezogen wird. Die Russen schickten Truppen, die noch härter zuschlugen als die Kommunisten zuvor. Ansonsten wäre nicht nur ihr Traum von einem Warmwasserhafen geplatzt, sondern der Krieg hätte sich nach Norden hinaufgefressen. Vielleicht sogar bis nach Moskau. 1979 marschierten russische Truppen in Afghanistan ein. Von da an ging es abwärts.« Er schaute Cohagen an. »Noch niemand hat jemals Afghanistan erobert. Darum ist der zweite Name von Afghanistan auch *Graveyard of Empires.*«

»Friedhof der Großreiche.« Cohagen wiegte den Kopf hin und her, als wüsste er nicht, ob diese Bezeichnung nun dichterisch oder zynisch klang. »Und wie ging es weiter?«

»Moskau konnte es sich immer weniger leisten, die DDR durchzufüttern. Sie standen selbst mit dem Rücken zur Wand. Der Riesenkredit, den die DDR mit der BRD 1983 verhandelt hatte, hat den Niedergang vielleicht aufgehalten. Aber nicht verhindert. 1985 kam Gorbatschow. Er musste handeln. Und Honecker musste sich neue Freunde suchen.«

»China?«, fragte Cohagen.

Von Stahleck nickte, sichtlich erfreut, dass sein Adlatus verstanden hatte, worauf er hinauswollte. »China. Die Kommunistische Partei hatte den Studentenaufstand am 4. Juni 1989 auf dem Platz des Himmlischen Friedens brutal niedergeschlagen.« Cohagen hatte die Berichterstattung noch im Kopf, als wäre sie gestern gewesen. Das Foto mit dem einsamen Demonstranten, der vor dem chinesischen Panzer stand, war um die Welt gegangen. Von Stahleck sprach weiter. »Und Honecker verkündete, dass für die DDR die chinesische Lösung die richtige wäre, nicht die russische. Er entsandte sogar Delegationen nach Peking. Doch irgendwann gab es kein Halten mehr. Spätestens als der Politbürosprecher Günter Schabowski seine legendären Worte sprach.

Jeder kann ausreisen.

Ab wann tritt das in Kraft?

Das tritt nach meiner Kenntnis ... ist das sofort, unverzüglich.

Mit diesen Worten brach nicht nur die Mauer zusammen. Sondern auch das Ende des Kalten Krieges und des Sozialismus war gekommen.«

»Und die BRD?«, fragte Cohagen, als beide vor der bröckeligen Fassade des Hotels Adlon standen. »Glauben Sie, es wird eine Wiedervereinigung geben?«

»Die BRD wird schnell eingreifen müssen. Sonst haben wir ein Rennen zwischen dem Kapital, das von der BRD nach Osten geht, und den Menschen, die von Osten nach Westen gehen. Und wahrscheinlich werden die Leute schneller sein.«

»Werden die Alliierten einer Wiedervereinigung zustimmen?«

»Unter Bedingungen, ja. Vorausgesetzt, die Deutschen geben ihre Atombombe auf.«

Cohagen wusste, was von Stahleck meinte. Die britische Premierministerin Margaret Thatcher hatte die *D-Mark* immer »Deutschlands Atombombe« genannt.

»England und Frankreich werden einem vereinigten Deutschland nur zustimmen, wenn es die D-Mark aufgibt. Und dann gibt es eine europäische Währung.«

»Und damit einen europäischen Superstaat?«

»Vielleicht. Und der wird vielleicht wieder eine Art Sowjetunion, und das ganze Spiel beginnt von Neuem. Und dabei ...« Von Stahleck blieb stehen und tippte Cohagen mit dem Zeigefinger auf die Brust, »...gewinnen wir immer dann, wenn etwas passiert. Wie an der Börse. Wenn Kurse steigen oder fallen, gibt es Geld. Unser Feind ist der Stillstand.«

»Dann stehen wir nicht vor einem Zeitalter des Friedens?«, fragte Cohagen. »Einem Ende der Geschichte?«

Von Stahleck schüttelte den Kopf. »Mit Sicherheit nicht. Es ist ein ständiger Kreislauf«, sagte er. »Aktion, Reaktion. Evolution, Revolution. Kriege schaffen den Umsturz, der ein neues System hervorbringt. Das bringt kurzzeitig Stabilität, bringt dann aber neue Kriege hervor.«

»Und den Umsturz wollen Sie schaffen?«

»Wir müssen. Wie sagen es die Chinesen so schön: *Um etwas zu fangen, muss man es erst einmal entkommen lassen.*« Er drehte sich zu Cohagen. »BRD und DDR sind zwei riesige Tanker. Die Frage ist, ob sie auf dem richtigen Kurs sind. Und ob nicht eines Tages die Revolution von anderer Seite wiederkommt.«

»Wer könnte das sein?«

»Der Feind, den noch keiner auf dem Radar hat.« Von Stahleck grinste. »Die Sowjetunion wird vielleicht untergehen. Und auch die DDR. Aber nicht Afghanistan.« Er vergrub die Hände in den Manteltaschen. »Die CIA hat den Russen eingeredet, dass sie über Afghanistan den Zugang zur See brauchen. Dann hat sie für ausreichend Chaos in Kabul gesorgt, sodass die Russen eingreifen mussten. Und ihnen damit ihr eigenes Vietnam geschenkt. Ein Vietnamkrieg, der die Russen fast ausgeblutet hat. Afghanistan wird bleiben. Und auch die Mudschaheddin.« Er schaute Cohagen an. »Sie sind Krieger des Heiligen Krieges. In dem Wort *Mudschaheddin* steckt das Wort *Dschihad.* Sie haben da etwas aufgeweckt, das so schnell nicht zur Ruhe kommen wird.«

»Was werden sie tun?«

»Die Mudschaheddin? Sie werden weiter das System bekämpfen. Vielleicht in anderer Form. Aber sie werden es bekämpfen. Die CIA hat da etwas geweckt, was wir nicht mehr einschläfern können. Sie werden kämpfen. Egal, ob es nun die Sowjetunion ist oder die USA oder Europa. Ihre Waffe wird keine Armee sein. Keine Panzer. Sondern etwas anderes. Wahrscheinlich Schlimmeres.«

»Klein und gefährlich?«, fragte Cohagen. »So wie die RAF?« Es war noch nicht allzu lange her, dass die Rote Armee Fraktion in Deutschland Terror und Schrecken verbreitet hatte. »Ist das der Preis für die Freiheit? Der Preis für den Sieg der westlichen Demokratie über den Kommunismus?«

»Was immer es ist und wie immer wir es nennen. Wenn es ein Sieg ist, dann wird der Preis für den Fall des Eisernen Vorhangs ...«, er ließ seine Worte eine Weile wirken. »... der Terror sein.« Von Stahleck drehte sich um. »Lassen Sie uns zurückgehen. In den ... Westen.«

Sie durchschritten wieder das Brandenburger Tor, gingen durch die Öffnung in der Mauer und wurden fast gezogen von den Menschenmassen um sie herum, die alle nur eine Richtung kannten. Raus. Nach Westen. Überall schlugen Hämmer und Meißel. Der Hammer, der sowohl auf dem Wappen der Sowjetunion prangte als auch auf dem der DDR, half dabei, das Symbol ihrer einstigen Macht zu zerstören.

Cohagen wiederholte die Worte von Stahlecks in seinem Kopf. *Der Preis für den Fall des Eisernen Vorhangs wird der Terror sein.*

»Und diese Menschen?«, fragte Cohagen. »Sind die jetzt frei?«

Von Stahleck lächelte wieder.

»Sie sind frei ... Jedenfalls für eine Weile.«

BUCH 1

Herrscher ist,
wer über den Ausnahmezustand entscheidet.

CARL SCHMITT

KAPITEL 1

19. Dezember 2018
Constanta, Rumänien

Er fuhr den Mann auf dem Stuhl in den weißen Raum.

Sie nannten ihn Molotok.

Auf Russisch *Der Hammer*.

Der Name kam noch aus der Zeit, als Molotok meistens rohe Gewalt anwandte, um das zu bekommen, was er brauchte. Er holte es sich mit reiner Körperkraft. Was er brauchte, waren Informationen. Und die bekam er nun einmal am besten mit roher Gewalt. Früher hatte er den Menschen Nadeln in die Oberschenkel gebohrt. Die Reaktionen waren immer gleich gewesen. Die Männer rissen die Augen auf. Ihre Münder öffneten sich abrupt. Erst still. Wie eine Katze, die das Maul öffnet, ohne zu miauen. Irgendwie verzögert. Dann kam der Schrei. Er hallte an den feuchten Steinen und Fliesen des Kellers wieder. Hallte und verhallte ungehört. Denn dieser Keller in einem ehemaligen Gebäude der früheren rumänischen Geheimpolizei Securitate hatte schon viele Schreie gehört. Vielleicht zu viele. Und auch heute würde der Keller die Schreie gleichgültig zur Kenntnis nehmen.

Der Mann auf dem Stuhl schrie noch nicht. Dafür blickte er sich verwundert um. Sah den weiß gekachelten Raum.

»Ich höre?«, fragte Molotok.

Der Name des Mannes auf dem Stuhl war Abu Bakr. Er war stolz darauf, dass er den gleichen Namen hatte wie Abu Bakr al-Baghdadi, der Anführer des Islamischen Staates. Jedenfalls war er stolz darauf gewesen, bevor er die Kollegen von Molotok kennengelernt hatte. Jetzt war er nur noch ein zitterndes Bündel von Angst, das sich schon dreimal in die Hose gemacht hatte. Zweimal Urin und dann noch … na ja, halt noch etwas mehr. Molotok roch den Gestank, aber das war nun einmal Teil des Jobs. Die anderen hatten ihn noch auf die altmodische Art angefasst. Nur hatte es nichts gebracht. Und darum war jetzt Molotok mit seiner neumodischen Methode dran. *Weiße Folter* nannte er das. Schwarze Folter hinterließ Spuren, so wie es seine dummen Kollegen gemacht hatten. Oft auch bleibende Schäden. Ein Finger, der abgehackt wurde, blieb ab. Dann konnte jeder sehen, was mit dem Gefangenen passiert war, und man konnte ihn dann nicht mehr so schnell umdrehen und als Doppelagenten losschicken. Graue Folter war schon nicht ganz so schlimm. Und weiße Folter war unsichtbar, aber nicht unbedingt leichter zu ertragen. Nicht umsonst war Weiß in Asien die Farbe des Todes. Passend dazu war der Raum blitzend weiß. Ganz anders als der Gefangene. Abu Bakrs schwarzer Bart war verfilzt, das Gesicht übersät von Platzwunden und Hämatomen. Es war nicht das erste Mal, dass der Mann auf dem Stuhl Bekanntschaft mit irgendwelchen Folterknechten gemacht hatte. Und jetzt würde er Bekanntschaft mit Molotoks weißem Raum machen. Das funktionierte meist am besten. Waterboarding dauerte viel zu lange, alle anderen Formen der Folter waren zu umständlich. Doch das, was auf ihn warten würde, das würde Molotok der Hammer seinem Kunden erst beim nächsten Schritt zeigen.

Molotok hieß eigentlich Alexey. Oder Alex. Doch das war unwichtig. Er war *Contractor.* Ein Profi, der für Geheimdienste arbeitete. Einer der vielen, die irgendwann mit vierzig Jahren nicht mehr fit genug für eine der Eliteeinheiten waren, in denen sie vorher gearbeitet hatten. Speznas, Navy

SEALs, KSK oder was immer es gab. Die irgendwann einen Job suchten und meistens in der Nähe ihrer früheren Auftraggeber blieben. Sie machten einen Job auf Honorarbasis. Basierend auf einem Honorarvertrag. Oder Kontrakt. Daher *Contractor.* Ein Contractor machte die Drecksarbeit, von der Geheimdienste nicht zugeben durften, dass sie genau so etwas machten. Dafür brauchten sie Leute wie Alexey, genannt der Hammer.

Warum nennt man Sie den Hammer?, fragten die Auftraggeber dann immer. Alexey zeigte ihnen dann immer ein Foto. Auf dem Foto ein Kopf. Oder das, was davon übrig war. Viel rosa. Viel rot. Gehirnmasse und Blut. *Darum* nannten sie ihn den Hammer. Dann hatten die Auftraggeber meist keine Fragen mehr und wussten, dass Alexey der Richtige für ihren Job war.

Es lief immer ähnlich ab. Irgendjemand von der CIA oder NSA hörte irgendwelche Gespräche ab. Die NSA entschlüsselte dann die Chats zwischen Terroristen, die sich über Xboxes oder verschlüsselte Apps wie Threema unterhielten. Manchmal kam NSA oder CIA dann zu der Ansicht, dass sich in Deutschland eine Person aufhielt, die zum Beispiel Abdul hieß und die eine Gefahr für die nationale Sicherheit darstellte, weil sie Anschläge plante oder davon wusste. Dann stellten sich die US-Behörden eine wichtige Frage: War die Gefahr, die von Abdul ausging, wirklich groß? Lautete die Antwort: Nein, gab man die Information an die deutschen Behörden. War die Gefahr hingegen groß, kümmerte man sich lieber selber darum, da die deutschen Ermittlungsbehörden nur Falschparker und Steuerhinterzieher erfolgreich jagten und Abdul normalerweise wieder freigelassen wurde, nach drei Tagen Waheed hieß, mit neuer Identität in drei Städten Hartz IV beantragte und mit diesem Dschihad-Stipendium genug Zeit und Geld hatte, um weiter an seinem geplanten Anschlag zu basteln. Wenn also Abdul wirklich gefährlich war, dann rief die CIA einen wie Molotok an. Der lauerte Abdul dann auf, unterstützt von ein paar CIA-Leuten, betäubte ihn und fuhr mit ihm nach Ramstein, zur US-Luftwaffenbasis, dem größten Militärstützpunkt der USA außerhalb der USA. In der Mitte Europas. Dort wartete schon eine Militärmaschine, die Molotok und Abdul in irgendeinen Folterkeller im ehemaligen Ostblock brachte. Zum Beispiel im rumänischen Constanta und dort in den Keller der Securitate. Denn die CIA durfte nicht auf US-Territorium und auch nicht auf deutschem Boden operieren, und foltern durfte sie dort schon gar nicht. Das musste sie aber auch gar nicht, denn der nächste Ort, an dem so etwas möglich war, lag ja eben meist nur anderthalb Flugstunden entfernt. Jedenfalls in Europa.

An diesem Ort presste Molotok die Wahrheit aus diesen Leuten heraus. Wenn sie geplaudert hatten, wurde alles dokumentiert. Wenn Abdul noch irgendwelche Mitwisser verpfeifen oder in die Falle locken konnte, blieb er noch eine Weile am Leben. Wenn nicht, wurde er erschossen, die Leiche in ein Fass gesteckt, mit Benzin übergossen, angezündet, und die Reste wurden dann in eine tiefe Grube geworfen, die ein Bagger zuschüttete. Manchmal steuerte Alexey selbst den Bagger. Das konnte er. Er hatte sogar einen Führerschein für Baumaschinen und Lkw, schließlich wusste er nicht nur, wie man professionell Leute tötete, sondern auch, wie man sie bestmöglich verscharrte. Wer Müll produzierte, musste ihn schließlich auch fachmännisch entsorgen. Das hatte er von den Deutschen mit ihrem Mülltrennungsfimmel gelernt.

Was die Jungs von CIA und NSA allerdings nicht wussten, war, dass Molotok eigentlich für jemand anderen arbeitete. Diesen Jemand würde Molotok nach dem Verhör anrufen, und dieser Jemand würde überlegen, ob Molotok die Informationen, die er aus dem Mann herausgepresst hatte, an die Sicherheitsbehörden weitergab. Oder nicht.

»Redest du?«, fragte Molotok. Freundlich und leise.

Der Mann sagte keinen Ton.

»Gut«, sagte Molotok. »Wenn du still bleibst … Andere bleiben nicht still.«

Damit ließ er den Mann in der Mitte des Raumes stehen. Ging nach draußen. Und schloss die Tür. Dann stellte er die Musik an.

Für einige war es vielleicht Musik. Grindcore, Blastbeats, Death Metal. Und zwar von der absolut unmelodischen Sorte. Er hatte seiner Sammlung eine neue CD beigefügt. *Embalmer* hieß die Band. Der Titel des Albums *There Was Blood Everywhere.* Auf dem Cover ein seltsamer Zombie auf einem Berg von zerstückelten Leichen, der einen abgehackten Finger als Pinsel nutzte, mit dem er die blutigen Worte schrieb. Manche hörten sich solche Musik gern an. Die Frage war, ob sie das auch noch in einem gekachelten Raum bei 130 Dezibel taten. 130 Dezibel waren die Grenze. Von da an waren bleibende Schäden möglich.

Molotok stellte die Musik ab. Zehn Minuten waren vergangen.

»Und?«, fragte er.

Abu Bakr schwitzte, das Gesicht blass, Speichel und Schaum liefen ihm aus dem Mund.

»Dieser Idiot von Amri hat damals alles versaut«, stieß Abu Bakr keuchend hervor. »Hat allein losgelegt, statt sich abzustimmen. Sonst wäre es viel größer geworden!«

»Anis Amri? Der Anschlag auf den Berliner Weihnachtsmarkt am 19. Dezember 2016? Der Breitscheidplatz?« Molotok sah auf die Uhr. »War das nicht vor genau zwei Jahren?«

»Ja.«

»Und?« Molotok beugte sich vor.

»Nichts und …«

»Du willst mir nichts mehr sagen?«

Abu Bakr presste den Mund zusammen. Offenbar war ihm gerade eingefallen, was seine Auftraggeber mit ihm machen würden, wenn er hier alles verpfiff. Doch Molotok kannte solches Verhalten. »Wir sind hier nicht im Kloster! Wir machen hier keine Schweigeexerzitien! Mach den Mund auf, sonst redet die Musik wieder!«

»Mehr weiß ich nicht!«

»Sicher?« Molotok machte Anstalten, auf dem Absatz umzudrehen. Die Tür zu schließen. Und die Musik wieder anzustellen.

»Nein!«, schrie Abu Bakr. Sein Schrei hallte an den gekachelten Wänden wider.

»Gen- … Gendarmenmarkt«, keuchte er.

Alexey senkte seinen Kopf und blickte dem Mann direkt in die Augen. »Der Gendarmenmarkt? Der Weihnachtsmarkt auf dem Gendarmenmarkt?«

Abu Bakr nickte schmerzverzerrt. »Viel besser als der verdammte … Breitscheidplatz.«

KAPITEL 2

April 2002
Helikopter von Masar-i-Scharif nach Kabul, Afghanistan

Iwo Retzick hörte das Rauschen der Rotorenblätter, die immer etwas Einschläferndes hatten. Seit November waren sie jetzt hier. Am 7. Oktober hatte der Einsatz begonnen. Afghanistan, dachte er. Das Land ohne Wiederkehr.

Vielleicht würde es ihnen genauso gehen wie den Israelis, die nach dem Sechstagekrieg im Jahr 1967 selbstsicher geworden waren. Vielleicht zu selbstsicher. Er kannte den Witz mit den zwei israelischen Soldaten.

Was machen wir heute?, fragte der eine.

Lass uns doch einfach Kairo erobern, sagte der andere.

Gut, aber was machen wir nach dem Mittagessen?

Er schaute in die Gesichter seiner Kameraden. Philipp war da. Hendrik war da. Nur Tom fehlte. Vielleicht würden sie ihn finden. Vielleicht auch nicht.

Sie waren von Masar-i-Scharif nach Kabul unterwegs, in Helikoptern, die noch nicht einmal der Bundeswehr, sondern einer ukrainischen Vertragsfirma gehörten. Drei der Mi-17 Hubschrauber donnerten über die Berge. Die Gipfel waren zum Greifen nahe. Die Luken des Helikopters waren geöffnet, die MGs schussbereit. Wind wehte durch den Transporter. Kühlte in der Hitze. Der Wind hielt wach, dennoch waren einige schon eingeschlafen. Die Ausrüstung war so schwer, dass niemand im Schlaf von den Sitzen rutschen würde. Sie waren zwar auch angeschnallt, doch allein durch die 15 Kilo Ausrüstung saßen sie dort wie festgetackert.

Tom Schneider, dachte er. Sie durften ihn nicht zurücklassen. Sie mussten ihn finden.

Doch erst einmal mussten sie etwas anderes erledigen. Sie mussten nach Kabul. Wo ein Wassertransporter explodiert war. Ein Lkw, der in seinem Tank kein Wasser, sondern Sprengstoff geladen hatte. Direkt auf dem Marktplatz war er explodiert, direkt in der Mittagszeit im Diplomatenviertel. Die Explosion hatte über hundert Menschen in den Tod gerissen. Die Täter hatten gewusst, wann wo am meisten los war.

Hätten die Terroristen, die am 11. September die Flugzeuge in die Twin Towers gesteuert hatten – was der Grund war, warum Retzick und seine Kameraden jetzt hier saßen und nicht in der Kaserne in Calw –, in New York auch die Mittagszeit gewählt, die Zahl der Toten wäre sehr viel höher gewesen.

Ivo schaute nach unten. Wüste und Felsen. Irgendwo dahinter vielleicht Stammeskrieger. Taliban, die damals Osama bin Laden bei sich aufgenommen hatten, auch wenn sie mit ihm vielleicht erst einmal gar nichts anfangen konnten. Denn er kam aus einer reichen, saudischen Familie, seine Herkunft wollte erst einmal gar nicht zu den derben Nomadenvölkern am Hindukusch passen.

Ein Brigadiergeneral aus Kabul hatte sich mit Retzick angefreundet. Und er mit ihm. Der Mann hatte gesagt, dass er viel gelernt habe von den Deutschen. Taktik, Logistik und Operationen.

Vielleicht hatten Retzick und die anderen Deutschen jetzt auch etwas gelernt. Das Gleiche, was auch schon die Russen unter großen Schmerzen hatten lernen müssen. Dass man einen Guerilla, der zu allem bereit ist und der in seiner Heimat kämpft, nicht unterschätzen darf. Die Mudschaheddin hatten aber alle unterschätzt. Die Mudschaheddin und Afghanistan. Den *Graveyard of Empires.*

Auch Retzick und seine Kameraden hatten Afghanistan zunächst nicht ernst genommen.

Hoffentlich spannender als Jugoslawien. Und nicht schon wieder Kosovo. Und Bosnien ist auch zu langweilig. Da kann ich ja meine Oma hinschicken.

Bekommen hatten sie Afghanistan.

Sei vorsichtig mit deinen Wünschen, sagte man, *sie könnten in Erfüllung gehen.*

Er schaute sich um. Langsam fielen alle Augen hinter den Sonnenbrillen zu.

Tom Schneider, dachte er. Sie konnten ihn doch nicht allein lassen.

Der Wind pfiff durch seinen Helm wie ein Wiegenlied.

Dann schlief auch Retzick ein.

KAPITEL 3

30. Dezember 2018
Zwischen Tempelhofer Damm und Hermannplatz, Berlin

Die Geschichte wiederholt sich nicht, hatte Judith einmal gehört. *Aber sie reimt sich.*

Judith saß im Wagen. Ihre Augen brannten, sie hatte schlecht geschlafen. Im Hintergrund knisterte der Polizeifunk. Morgen war Silvester. Und heute stand noch eine Razzia an. Mit Sondereinsatzkommando, Festnahmen, Hausdurchsuchungen und dem ganzen Zirkus. Das SEK hatte gerade angerufen: Der Ort war gesichert, die Gefährder in Gewahrsam. Jetzt konnte der Staatsschutz kommen. Also Judith und ihre Kollegen. So hatte sie sich das Jahresende nicht vorgestellt.

Razzia, SEK und Staatsschutz. Das volle Programm. Und das Ganze einen Tag vor Silvester. Sie hatte vorhin noch in ihr Horoskop in irgendeiner Frauenzeitschrift geschaut, die sie doch häufiger las, als sie sich eingestehen wollte. *Im neuen Jahr wird es Überraschungen geben,* hatte ihr Horoskop ihr gesagt. Das klang irgendwie ein bisschen bedrohlich. So ähnlich wie *Das neue Jahr wird interessant werden.* Denn in ihrem Job gab es keine guten Überraschungen. Nur schlechte. Darum sagten die Chinesen auch zu Menschen, die sie nicht mochten: *Mögen ihre Kinder in interessanten Zeiten leben.*

An der roten Ampel klappte Judith den Spiegel herunter und schob die Abdeckung des kleinen Schminkspiegels zurück. Sie blickte in ihre grünen Augen. Gleichzeit müde und durchdringend, dachte sie. Vielleicht auch nur müde? Vielleicht nur erschöpft? Sie atmete aus. Blickte noch einmal prüfend in den Spiegel. Das eher runde, aber herbe Gesicht, die blonden Haare, die sie eben zu einem Pferdeschwanz zusammengebunden hatte. Judith war eine der Frauen, die attraktiv waren, aber nicht unbedingt klassisch schön. *Heute ist dein Aussehen egal, du gehst ja noch nicht zu einer Silvesterparty, sondern zu einem Einsatz,* sagte sie sich, als sie den Spiegel wieder nach oben klappte und am Mehringdamm Gas gab. Wobei sie sich überlegte, ob sie überhaupt zu irgendeiner Silvesterparty gehen wollte. *Silvester.* Morgen war es mal wieder so weit. Das alte Jahr ging vorbei, ein neues Jahr fing an. Sie wusste nicht, ob 2019 besser werden würde als 2018. Sie wusste nur, dass sie Silvester hasste. Der Dreck, der Lärm und die bescheuerte Hoffnung darauf, dass im neuen Jahr alles besser werden würde und dass man das auch irgendwie hinbekommen werde, wenn man nur genug in sich hineinkippte und genügend Böller anzündete.

Dass zu Silvester zwanzig Prozent des Feinstaubs eines gesamten Jahres in die Luft gepustet wurden, war den sonst so umweltbewussten Deutschen völlig egal, genauso wie die Tiere, die wahrscheinlich jedes Jahr den Schrecken ihres Lebens bekamen. Was für ein Schwachsinn. Vielleicht war Silvester die einzige Möglichkeit, wie eine ideologisch-pazifistische Nation doch noch irgendwie Krieg oder besser Bürgerkrieg spielen konnte. Die Dinge wurden anders, aber die Dinge wurden nicht unbedingt besser. Sie kannte das Facebook-Posting, das immer zum Ende des Jahres herumgeschickt wurde. Dort stand dann: *10 Kilo abnehmen.* Im nächsten Jahr stand dort: *15 Kilo abnehmen.* Oder: *Gehaltserhöhung durchsetzen,* dann: *Boss die Meinung sagen,* und dann: *Neuen Job suchen.* Eine Freundin hatte ihr per WhatsApp einen Spruch zugeschickt: *Wollte dieses Jahr 10 Kilo abnehmen. Fehlen noch 13.* Von Januar bis Ostern waren die Fitnessstudios immer gerammelt voll, es wurde für das Personal Urlaubssperre verhängt. Und spätestens um Ostern wurde es leer, und die Studios freuten sich, denn die neuen Mitglieder hatten für mindestens ein Jahr bezahlt, waren aber nur knapp drei Monate aufgetaucht, wenn überhaupt.

Die meisten schafften das, was sie sich vorgenommen hatten, ohnehin nicht, waren es nun Vorsätze oder irgendwelche anderen Lippenbekenntnisse. Und auch Judith war seit dem Ausspruch der Kanzlerin »Wir schaffen das« nicht mehr dieselbe. Alle hatten dasselbe gefragt: Wer ist eigentlich »wir«? Am Ende waren es Menschen wie Judith, die hinter anderen herräumen mussten. Die im September 2015 an der Grenze standen und diese Grenze erst sichern sollten. Und dann doch nicht. Sie hatte lange nicht gemerkt, wenn es zu viel war, hatte einfach weitergemacht und konnte eines Tages nicht mehr aufstehen und war heulend den ganzen Tag im Bett geblieben. Denn der Zusammenbruch kam. Er war nicht der Blitz aus heiterem Himmel. Es war eher wie der Frosch im heißen Wassertopf, der gar nicht merkte, dass er allmählich verbrühte und starb. Doch auch diese Zeit war vorbei. Denn jetzt spürte sie es deutlich. Irgendwann war es zu viel. Es war so, wie es der Hobbit Bilbo Beutlin in ihrem Lieblingsroman *Herr der Ringe* beschrieben hatte: *Zu wenig Butter über zu viel Brot verstrichen*. Als die Flüchtlingswelle ab dem September 2015 nach Deutschland rollte, sprang eine bürgerliche Hilfsbereitschaft ohnegleichen für den hilflosen Staat ein. Eine Überraschung war es dennoch nicht, denn die Bundeskanzlerin hatte schon in der Weihnachtsansprache 2014 darauf hingewiesen, dass eine große Zahl Menschen vor der Tür stehen würde. Verschwörungstheoretiker gingen davon aus, dass hiermit auch die Zumutbarkeit der deutschen Bevölkerung getestet werden sollte: Wie viel lässt der deutsche Untertan mit sich machen? Steht er mit Carepaketen am Bahnhof, begrüßt er die Neuankömmlinge frenetisch, bürgt er finanziell für sie und nimmt sie auch bei sich zu Hause auf? All das war eingetreten, aber irgendwann war die Stimmung dann doch gekippt. Viele Polizisten auf der Straße waren dankbar gewesen, doch viele Leiter in den Behörden hatten sich schon geschämt, dass die Sicherheitskräfte in einem Zustand waren, in dem sie den Bürger um Hilfe bitten mussten. Doch der Staat konnte sich nicht immer auf Freiwillige verlassen, wozu nahm er schließlich Steuern ein und das zunehmend in Rekordhöhe, ohne dass der Staat seinen Bürgern dafür irgendeine Gegenleistung brachte. Das Wort *Staatsversagen* traf es da in Judiths Augen durchaus.

Es war vieles anders geworden und nur wenig besser. Früher einmal Polizistin mit Leib und Seele, spürte Judith immer mehr, wie die vielen Einsätze, die Anfeindungen und die Veränderungen in der Gesellschaft ihre Ideale ausgehöhlt und zudem noch ihre Ehe ruiniert hatten. Sie hatte schon ein paarmal überlegt, sich von ihrem Mann Joachim scheiden zu lassen, doch am Ende hatte sie es nicht getan. Sie hatte sogar ein paarmal ernsthaft überlegt, zur Dienstwaffe zu greifen. Hatte einmal tränenüberströmt an ihrem Spind gestanden, die SIG Sauer in den zitternden Händen. Die Waffe war fertig geladen, wie man es nannte. Schussbereit. Sie hatte sie in den Mund gesteckt. Und einmal auf das Metall gebissen. Wie eine Mutprobe. Den Finger hatte sie nicht am Abzug gehabt. Es wäre ein hässlicher Tod gewesen. Sich erhängen sollte besser sein, hatte ihr jemand aus der Rechtsmedizin erzählt. Oder einfach ganz weit weg abhauen. Sie hatte den Mund wieder geöffnet, die Waffe rausgezogen, entladen und das Magazin entfernt. Und dabei gehofft, dass sie niemand dabei gesehen hatte. Denn am Ende hatte sie sich gesagt, dass sie eine Familie hatte. Na ja, vielleicht keine Familie, aber immerhin noch einen Sohn, der sie doch irgendwie brauchte. Vielleicht nicht gerade sie, aber ihr Geld. Auch wenn sie zu Finn eigentlich auch keinen Zugang mehr fand und der oft den ganzen Tag vor seinem Computer saß, Death Metal hörte und nur das Nötigste mit ihr redete. Vielleicht war es auch völlig unmöglich, gleichzeitig eine Familie zu haben und Polizistin zu sein. Dass Joachim, ihr Nochehemann, Kriminaloberrat war und somit eigentlich ihr Vorgesetzter, machte nicht nur ihr Privatleben, sondern auch ihren Arbeitsalltag zur Hölle. Kriminaloberrat, dachte sie kurz. Das klang steif, preußisch und gravitätisch. So wie der Herr Studienrat, der Herr Pfarrer und der Herr Professor. Doch es gab wohl keinen korrupteren Menschen als Joachim Richter, ihren Mann.

Morgen ist erneut Silvester, dachte sie, während sie die Sonnenallee in Neukölln entlangfuhr.

Die Silvesternacht in Köln 2015 wurde damals als die längste Nacht Deutschlands bezeichnet. In den Folgejahren hatten die Ordnungskräfte die Symptome einigermaßen in den Griff bekommen, aber nicht die Ursachen. »Feiern weitgehend friedlich. Ausgelassene Stimmung …« stand am 1. Januar 2016 im Polizeibericht. Einigen war aufgefallen, dass der Kölner Dom mit Raketen beschossen worden war. Warum wohl gerade der, hatte sich nicht nur Judith gefragt. Einige Sozialpädagogen hatten den Frauen, die begrapscht worden waren, gesagt, dass sie den Grapschern ja sozial überlegen seien. Als ob das ein Trost wäre. Mit der gleichen Logik, dachte Judith, hätte man damals den Zwangsarbeitern in den Konzentrationslagern auch sagen können, dass sie den SS-Wachen moralisch und bildungstechnisch überlegen waren, da viele von den Gefangenen, im Gegensatz zu den Nazi-Schergen, einen Studienabschluss hatten.

Aber eigentlich, dachte Judith, war auch Silvester 2015 in Köln nicht so viel anders als sonst gewesen. Silvester war in Deutschland eigentlich immer Anarchie. Sie fragte sich, warum das eigentlich so war. Warum gerade in Deutschland, wo man doch so pazifistisch und umweltfreundlich war? Vielleicht, weil es wirklich noch einmal die letzte Möglichkeit war, um politisch korrekt Krieg spielen zu dürfen.

Judith war Hauptkommissarin im Staatsschutz in der Abteilung 5 im Landeskriminalamt Berlin. Verhinderung und Bekämpfung politisch motivierter Straftaten im Rechts- und Linksradikalismus im In- und Ausland. Und dann auch noch Bekämpfung von Islamismus und Terrorismus, als würden die anderen beiden Aufgabengebiete noch nicht reichen. Und falls dann noch Langeweile herrschte, durften es auch gern noch Delikte geheimdienstlicher Agententätigkeit und ein paar Sprengstoffdelikte sein.

Vor knapp zwei Jahren hatte Judith einen Abschluss an der Deutschen Hochschule der Polizei in Münster-Hiltrup für den Aufstieg in den höheren Dienst gemacht.

»Geh in den höheren Dienst«, hatte man ihr gesagt. »Du willst doch nicht ewig in der Schutzpolizei bleiben und dich mit Flaschen bewerfen lassen?«

Nein, das wollte sie nicht. Doch von selbst befördert wurde man heute nicht mehr. Bei ihrem Chef war das noch anders gewesen. Der war ursprünglich Polizeimeister und dann plötzlich Obermeister, was in Berlin so viel wie Kommissar hieß. Einfach so, per Handschlag, ohne Lehrgang, ohne Abitur, ohne irgendetwas dafür zu tun.

Hiltrup. In der Nähe von Münster. Sie hatte viel gelernt. Aber dort auch viel gefeiert. Und es genossen. Sie hatte dort in einer Band Gitarre gespielt. Coversongs, *Summer of 69* und so etwas. Hatte von den Stahlsaiten Hornhaut an den Fingern der linken Hand bekommen. Wenn sie Gitarre spielen konnte, war sie glücklich gewesen. Hiltrup lag jetzt knapp zwei Jahre zurück. Im Oktober letzten Jahres war sie auf ihre neue Position gekommen. Die Gitarre stand noch bei ihr im Wohnzimmer, doch sie spielte selten darauf. Und hatte kaum mehr Hornhaut an der linken Hand. Wenn die Hornhaut da war, war sie glücklich. War sie verschwunden, war sie unglücklich. Sie brauchte etwas, was sie ablenkte. Etwas, in dem sie versinken konnte und die Zeit vergaß. Aber das gab es nicht. Oder nicht mehr. Die Hornhaut auf ihren Fingern war dafür wie eine Art Seismograf.

Sie fuhr die Sonnenallee entlang. Dutzende von Läden, in

denen es auf einmal Feuerwerkskörper zu kaufen gab, so, als wollten alle noch schnell ein Geschäft mit dem Böllerkaufrausch machen. Es gab diese Orte, an denen man spürte, dass dort jederzeit etwas schiefgehen konnte. Und würde. Trotzdem änderte sich nichts. Laut BKA-Kriminalstatistik waren die Kriminaldelikte bundesweit im Sinkflug, nur Judith und ihre Kollegen merkten davon nichts. BKA-Kriminalstatistik, dachte sie. Die Verbrechensrate geht runter. Von wegen. Berlin war gefährlich und blieb gefährlich. Warum gingen denn die Politiker nicht mal am Kottbusser Tor spazieren oder fuhren mal zwischen Schönleinstraße und Hermannstraße nachts um ein Uhr U-Bahn? Am besten noch mit der U8, der gefährlichsten U-Bahnlinie Berlins und damit wahrscheinlich auch Deutschlands. Ohne Personenschützer, versteht sich. Aus der gepanzerten Limousine heraus, die man sich, wie der Berliner Bürgermeister, mal eben für fast vierhunderttausend Euro zugelegt hatte, konnte man sehr bequem Durchhalteparolen und salbungsvolle Appelle an seine Wähler, die für viele eher Untertanen waren, durchgeben.

Nein, viele Dinge änderten sich nie. Die seit Jahrzehnten vorprogrammierte Randale am 1. Mai, wo sie mit Kollegen bei fast vierzig Grad ohne Klimaanlage in voller Montur stundenlang im Einsatzwagen gesessen hatte. Die Prügeleien, das Geschrei, die Respektlosigkeit. Am schlimmsten aber war es um drei oder vier Uhr morgens am Wochenende. Dann kamen die Kerle aus den Klubs, die keine Frau abgekriegt haben. Dann hatten die Webcams Hochkonjunktur und die Straßennutten an der Kurfürstenstraße. Und wenn beides nichts half, wurde sich halt geprügelt.

Besonders der Alexanderplatz war dafür sehr beliebt, wo sich beim Burger King an jedem Wochenende ab Mitternacht immer irgendwer prügelte. *Würger King* nannte man das Restaurant nicht wegen der Qualität des Essens, sondern weil dort nicht nur geprügelt, sondern auch gewürgt wurde. Das Essen, so fand Judith, war bei Burger King jedenfalls besser als bei McDonald's.

Polizist sein hieß, Unsicherheit zu akzeptieren. Man wusste nie, was einen erwartete. Ging man in eine fremde Wohnung, wusste der Bewohner, wo die Waffen lagen oder besonders die Messer, ob der Hund, der bellt, in der Wohnung war oder nicht und ob er abgerichtet war oder nicht. Einmal war sie in einem Einsatz irgendwo in Neukölln einem solchen Hund begegnet. Das war Jahre her, aber ihr kam es so vor, als wäre es erst heute Morgen gewesen, so präsent war die Erinnerung. Dieser Hund, ein Pitbull, hatte sie angefallen. Und sie hatte geschossen. Sie hatte ihn am Hals getroffen. Das Blut war aus der Wunde gespritzt, der Hund hatte kehrtgemacht und war mit letzter Kraft in sein Körbchen gelaufen. Dort hatte er sich blutend hingelegt. Und war gestorben. Sterben war auch für Tiere mit Ritualen verbunden, das wusste Judith. Doch wo ein gefährlicher Hund war, das wusste sie nicht. Alle anderen, die in der Wohnung waren, wussten es. Die Polizei nicht.

Jochen und Stephan zum Beispiel hatten es bei einem anderen Einsatz nicht gewusst. Einem Einsatz, der ihr letzter werden sollte. Mit ihnen war sie damals öfter nach Dienstschluss ein Bier trinken gewesen. Und jetzt lagen sie auf dem Friedhof Friedrichsfelde. Zusammen mit Rosa Luxemburg, die dort schon etwas länger lag, falls es tatsächlich ihre Leiche war, die dort lag, und sie nicht im Keller der Charité in der Rechtsmedizin gelandet war. Ebenfalls gewaltsam gestorben, so wie Jochen und Stephan.

Sie hatte die Weserstraße erreicht. Das Minarett der Moschee ragte vor ihr auf. Ein schwarz gekleideter SEK-Beamter kam zu ihrem Wagen.

»Judith Richter«, sagte sie, nachdem sie das Fenster heruntergefahren hatte. »Staatsschutz.« Sie zeigte ihren Ausweis.

Der Mann nickte. Das G 36-Gewehr hing mit der Mündung zum Boden am Körper, der Finger nicht am Abzug. Die Waffe parat, aber gesenkt.

Judith fuhr weiter.

Die Moschee sah gepflegt aus. Die meisten Wohnhäuser in der Nähe waren zwar mit Graffiti vollgeschmiert, aber man sah, dass die Gegend im Kommen war. Die meisten Morde, das wusste sie, fanden im sozial schwachen Milieu statt. Von wegen Derrick und Morde in Villen. Und Männer mordeten viel häufiger als Frauen. Von Kindstötung einmal abgesehen, was besonders tragisch war. Auch dafür war Berlin berühmt.

Sie stieg aus dem Wagen.

Ihr Kollege Tahir kam ihr entgegen. Tahir Nadar, Ägypter und seit zehn Jahren bei der Berliner Polizei, verbreitete irgendwie immer gute Laune. Aus seinen dunklen Augen blitzte etwas Spitzbübisches hervor, so als würde er niemals einen guten Witz auslassen, selbst wenn er dafür den guten Geschmack auf der Strecke lassen musste. Zwischen seinen Lippen, die ein kurzer schwarzer Bart umrahmte, steckte eine filterlose Zigarette. Er war in Zivil. Genau wie Judith.

»Na, Kollegin, noch nicht im Silvesterurlaub?«, fragte er. Wenn noch ein Rest Akzent in seiner Stimme war, konnte man ihn nicht mehr zuordnen.

»Hör bloß auf«, sagte Judith, doch sie musste lächeln. »Gehen wir rein.«

KAPITEL 4

19. Dezember 2018
Constanta, Rumänien

Der Gendarmenmarkt, dachte Molotok. Es war also eigentlich ein viel größerer Anschlag auf den Weihnachtsmarkt auf dem Gendarmenmarkt geplant gewesen.

»Warum?«

Abu Bakr antwortete nicht.

Molotok näherte sich seinem Ohr und zischte. »Warum?«

Der Mann antwortete stockend. »Man kann von der Leipziger Straße auf den Hausvogteiplatz fahren … mit einem … riesigen Sattelschlepper. Achthundert PS. Mit Anhänger.«

»Und dann?«

»Dann über die Markgrafenstraße und die Taubenstraße runter. Geht über hundert Meter. Die ganze Zeit geradeaus. Ideal zum Beschleunigen. Direkt in den Weihnachtsmarkt rein. Im Dezember 2016 gab es da noch keine Betonblöcke. Nichts. Man hätte direkt reinfahren können. Da war nur ein …«

»Ein was?«

»Ein Schild.«

»Was für ein Schild?«

»Ich … ich habe ein Foto davon. In dem Ordner.«

Alexey drehte sich um und schaute auf den aufgeklappten Laptop, den sie Abu Bakr vorher abgenommen hatten. Ebenso wie die Passwörter. Die Blutergüsse an Abu Bakrs Kopf waren entstanden, als Molotoks Vorgänger wiederholt mit Nachdruck nach dem Passwort gefragt hatte. Er klickte durch die Fotos. Dort waren Bilder vom Hausvogteiplatz, von der Taubenstraße und dem Eingang des Weihnachtsmarktes auf dem Gendarmenmarkt. Es gab nicht einmal einen Bordstein. Dort, wo es von der Taubenstraße aus direkt in den Weihnachtsmarkt ging, war der Bordstein abgesenkt. So als *sollte* dort ein Lkw hineinfahren können. Dann sah er das Foto, das Abu Bakr meinte. Ein Hinweisschild. Am Eingang des Weihnachtsmarktes.

Das Mitbringen von Koffern, Trolleys und großen Rucksäcken ist nicht gestattet.

Molotok musste grinsen. Von *Keine Lkw mitbringen* stand dort nichts. Aber typisch deutsch, dachte er. Hoffen, dass ein Verbotsschild ausreicht. Denn bis zu diesem schrecklichen 19. Dezember 2016, als es auf dem Breitscheidplatz gekracht hatte, hatte es so gut wie keine Absperrungen gegeben, die verhindert hätten, dass Lkw oder auch Pkw in Fußgängerzonen oder Märkte rasen konnten. Auch Warnungen von Ländern wie Israel, die mit so etwas Erfahrung hatten, oder der Lkw-Anschlag in Nizza hatten an der sturen deutschen Haltung irgendetwas verändert. In allen anderen europäischen Metropolen, und in Ländern wie Israel sowieso, gab es Poller, die man aus dem Boden fahren konnte und die selbst einen Achttonner mit achtzig Stundenkilometern aufhalten konnten. Viele der Poller in Europa stammten vom deutschen Qualitätshersteller ACOTEC. Die Firma machte die besten Poller. Die US-Luftwaffenbasis Ramstein war mit solchen Pollern abgesichert, auch die Britische Botschaft in Berlin. Aber diese Poller waren nicht billig, zwanzigtausend Euro kostete so ein Poller. An öffentlichen Plätzen, auf denen Straßenfeste und Weihnachtsmärkte stattfanden, gab es sie nicht. Denn sie waren Deutschland zu teuer. Obwohl der Staat 2016 einen Überschuss von zwanzig Milliarden Euro erzielt hatte. Man hoffte stattdessen, dass ein Verbotsschild ausreichen würde, so als würden sich Terroristen davon ins Bockshorn jagen lassen, auch wenn das bei Deutschen vielleicht funktionieren mochte.

Molotok musste kurz lächeln. Dummerweise waren die Islamisten keine Deutschen, und ein gewisser Respekt vor Verbotsschildern, vermischt mit Untertanengeist, wollte sich bei ihnen auch nicht so recht einstellen. Die Mudschaheddin hatten Mutter Russland fast in die Knie gezwungen. Die hielten sich nicht an Verbotsschilder. Verbote waren für diese heiligen Krieger dazu da, um gebrochen zu werden. Die Deutschen, dachte Molotok. Auch wenn er ihre Sprache sprach, auch wenn er die Befehlskette und die Zuständigkeiten der Behörden besser kannte als mancher Staatssekretär, hatte er sie nie verstanden. So gut die Deutschen bei Technik und Autos waren, so dumm waren sie bei der inneren Sicherheit. Was die Absicherung von Weihnachtsmärkten vor dem 19. Dezember 2016 anging, lag die Zuständigkeit bei den lokalen Behörden. Die verwiesen auf das Bundesinnenministerium und das Verkehrsministerium. Und die verwiesen auf die Städte. Die wieder auf die Länder. Und die zurück auf die lokalen Behörden. Bis eines Tages ein Terrorist einen polnischen Lkw kaperte, der gerade bei Thyssen Krupp in Moabit abgeladen hatte, den Fahrer erschoss und in den Weihnachtsmarkt an der Gedächtniskirche raste und dann, ohne von irgendjemandem gesehen zu werden, Deutschland verlassen konnte. Der erste große Terroranschlag in Deutschland seit den Tagen der RAF.

Dass Nizza nur das Präludium war, konnte jeder feststellen, der nicht farbenblind war. Der Lkw in Nizza war weiß gewesen. Der in Berlin war schwarz. Weiß und Schwarz. Die Farben des Islamischen Staates. Der weiße Lkw aus Nizza war von Kugeln der Sicherheitskräfte durchsiebt gewesen, aus dem deutschen Lkw hingegen schauten aus der geborstenen Windschutzscheibe nur ein krummer Tannenzweig und etwas Lametta hervor. So war Deutschland, dachte Molotok. Die Konzerne waren knallhart, aber der Staat ließ alles mit sich machen.

»Also in der Taubenstraße beschleunigen?«, fragte Molotok.

»Ja, auf achtzig Stundenkilometer. Das wäre schon möglich. Das sind mehr als hundert Meter. Und wir hätten Funker gehabt, die gecheckt hätten, ob die Straße frei wäre. Hätten im Hilton Hotel gesessen. Oder auf dem Dach des Konzerthauses. Da kann man raufklettern. Reinigungskräfte, die dort gearbeitet haben und auch für den Heiligen Krieg kämpfen. Die haben für alles Schlüssel. Die können da auch aufs Dach. Die hätten geschaut, ob es Gegenverkehr gäbe. Wenn es keinen gibt, hätte der Lkw beschleunigen können. Volles Rohr. Und dann rein in den Weihnachtsmarkt.« Abu Bakr nickte. Er schien ein bisschen stolz zu sein. »Mit dem Anhänger dahinter wäre da richtig Rumms drin.«

»Hat doch Anis Amri auch gemacht.«

Abu Bakr nickte. »Der hatte Stahl geladen. Wir hätten auch etwas Schweres. Mit noch mehr … Rumms.«

»Sprengstoff?«

»Unser Mann wäre durch die Menschen gefahren. Sonntagabend, neunzehn Uhr. Wenn richtig viel los ist.«

Molotok sah die Bilder vor seinem Kopf. Riesige Reifen, blutige Stoßstangen, zerplatzte Köpfe, verbogene und abgetrennte Glieder, zerstörte Buden, offene Brüche, Gehirnmasse in den Zwillingsreifenprofilen. Blut, Schreie … Matsch. Menschlicher Matsch.

»Und dann?«

»Dann Lenkrad nach rechts und rein ins Konzerthaus. Ein Teil der Fassade wäre sicher eingestürzt. Und der Rest wäre ... gesprengt worden. Der ganze Anhänger wäre voll TNT gewesen.«

TNT, dachte Molotok, Trinitrotoluol. Einer der heftigsten Sprengstoffe. Wenn davon ein ganzer Anhänger voll gewesen wäre, wäre nicht nur das Konzerthaus, sondern der ganze Gendarmenmarkt in einen einzigen Parkplatz verwandelt worden. Statt Krankenwagen hätte man die Müllabfuhr rufen müssen.

»Also ein Selbstmordattentäter?«, fragte Molotok. Die Helfer auf dem Dach des Konzerthauses wären dann sicher auch tot, aber das war denen wahrscheinlich genauso egal wie dem Fahrer.

Abu Bakr nickte.

»So in etwa.«

»Wieso in etwa?« Molotok war kurz davor, ihn wieder in den weißen Raum zu schieben, doch der Mann sprach schon weiter.

»Kennen Sie Carspotter?«

»Was soll das? Willst du vom Thema ablenken?«

»Nein, verdammt.« Abu Bakr atmete schwer. »Die Typen, die am Ku'damm in Berlin Porsches und so fotografieren. Wir hatten da einen. Der wollte erst zur Polizei, ist da aber in der Probezeit wieder rausgeflogen. Hat dann Supermärkte und Flüchtlingsheime bewacht. Der stand auf schnelle Autos. Hatte einen Mercedes. SL oder so.«

»SL? Die kosten doch hundert Riesen. Bisschen viel für einen beim Wachschutz, oder?«

»Hat er sich geleast. Sind dann knapp tausend pro Monat. Für Behinderte ist es fast zwanzig Prozent billiger. Er hat seine Oma mitgenommen. Die humpelte. Hat den Wagen auf sie ausgestellt. Dann waren es nur achthundert pro Monat. Das konnte selbst der sich leisten.«

Mit Leasing konnte sich jeder alles leisten, das wusste Molotok. Dann wurde auch eine Luxuslimousine so erschwinglich wie ein iPhone. Er hatte von der Raserszene gehört, die sich besonders in den Shisha-Bars traf, wo die Typen bis morgens um vier Uhr herumhingen und von ihren Autos sprachen. Hauptsache, schnell, mit viel PS. *Drücken* nannten die das. Wer ein gutes Auto hatte, der galt etwas. Und wer *drücken* wollte, galt noch mehr. Mit einem Auto, mit dem man das auch konnte. Drücken. Aufs Gas treten. *Wenn du nicht drücken willst, kannst du auch Twingo fahren,* hieß es dort.

»So ein Raser? Mit einem brandneuen Mercedes?«, fragte Molotok.

»Ja. Mercedes SL. Fast vierhundert PS. Spitzengeschwindigkeit zweihundertfünfzig Stundenkilometer mindestens.« Abu Bakr nickte. Er schien auch ein Autofan zu sein. Kurz war da etwas Euphorie in seiner Stimme, bevor die Angst wieder die Oberhand gewann. Die Angst und der Schmerz. Molotok roch seinen Angstschweiß. Und den anderen Gestank von der Folter zuvor. »Seine Freundin durfte sich auf den Ledersitzen in seinem Wagen nicht mal schminken.«

»Und der wäre mit seinem Mercedes in den Markt gefahren?« Der Hammer fletschte die Zähne und hätte am liebsten zu den Nadeln von vorhin gegriffen. Doch er beruhigte sich. Hier wollte er schließlich anders vorgehen. »Du verarschst mich doch?«

Abu Bakr schüttelte den Kopf. »Nicht mit dem Mercedes. Mit dem Lkw.«

»Und sterben wollte der auch? Der wäre doch bei der Explosion mit hochgegangen?«

»Erst nicht. Dann schon.«

»Warum?«

Der Mann blieb stumm.

»Warum?«, fragte Molotok. Er machte mit dem Finger eine Geste, so als würde er einen Volumenregler nach oben fahren.

»Weil … weil wir seiner Familie viel Geld geboten haben, wenn er es tut. Und weil wir wussten, dass er gut fahren kann.«

»Und warum war er bereit zu sterben?«

»Weil wir ihm … ein paar Medikamente gegeben haben. Die das Leben sinnlos machen.«

»Drogen? Habt ihr ihm Drogen gegeben, die Depressionen auslösen?«

»Ja. Er wollte sterben. Es hätte … so schön werden können. Doch dann kam dieser Idiot von Amri. Und dann kamen die Betonblöcke. Dann ging es nicht mehr. Nie mehr …«

Molotok streckte die Arme nach oben und ließ die Schultergelenke knacken. »Gut«, sagte er. »Das war Thema Nummer eins. Die Vergangenheit. War ja 'ne schwere Geburt.« Er beugte sich zu Abu Bakr herunter. »Jetzt kommt Thema Nummer zwei: die Zukunft …«

Abu Bakrs angstgepeinigte Miene war sturem Trotz gewichen. »Ich habe … ich habe alles gesagt, was ich sagen konnte. Mehr weiß ich nicht …«

»Na schön …« Molotok verließ den Raum, knallte die Tür zu und drehte die Musik wieder an. Fünf Minuten, sieben Minuten, acht Minuten.

Er hörte die Schreie zwischen der Musik. Der Mann auf dem Stuhl schrie, bis sich seine Stimme in einem heiseren Diskant überschlug.

Nach acht Minuten stellte Molotok die Musik ab. Betrat den Raum.

Der Mann saß zitternd auf dem Stuhl. Erbrochenes sickerte zwischen seinen Lippen hervor. Der Fleck in seiner Hose wurde größer.

»Na schön«, sagte der Hammer. »Dann eben doch auf die alte Tour.« Er ärgerte sich, dass seine weiße Folter offenbar Grenzen hatte. Aber es ging ja nicht darum, ein Lehrbuch abzuarbeiten, es ging darum, die Informationen zu bekommen. Das war das Ziel. Der Weg zu diesem Ziel war eher zweitrangig. Er ging ein paar Schritte in eine Ecke des Raumes. Holte zwei lange Nadeln aus einem Karton. Schob mit dem Fuß einen schweren Gegenstand auf den Stuhl zu. Dann befestigte er zwei Klemmen mit Kabeln an dem schweren Gegenstand. Dann eine Klemme an der ersten Nadel. Er hob die zweite Klemme mit dem Kabel. Schaute auf das Kabel. Und dann auf den Gegenstand unten. Abu Bakr folgte seinem Blick.

Auf dem Boden lag eine Autobatterie. Lang. Groß. Schmutzig. Vor allem groß, dachte Molotok. Damit könnte man auch einen Lkw aufladen. Egal, ob er schwarz oder weiß war.

»Ich kann auch anders«, sagte Molotok der Hammer.

KAPITEL 5

30. Dezember 2018
Pariser Platz, Französische Botschaft, Berlin

Victor Loubère beobachtete die Frau mit dem Kinderwagen. Sie redete liebevoll auf ihr Baby ein, schaute kurz nach oben, lächelte Victor an und widmete sich wieder ihrem Baby, während sie den Kinderwagen langsam Richtung Brandenburger Tor schob. In dem Moment wusste Victor wieder einmal, dass er seinen Job liebte. Er bewachte die Französische Botschaft in Berlin. Eine Botschaft, die an einem der schönsten Plätze der Stadt lag, dem Pariser Platz. Gegenüber das Hotel Adlon und das Frank-Gehry-Forum, daneben die Amerikanische Botschaft. Etwas weiter östlich zweigte die Wilhelmstraße nach Süden ab, wo die Britische Botschaft lag. Wegen Terrorwarnungen war die Wilhelmstraße an der Britischen Botschaft seit mehr als zehn Jahren dauerhaft gesperrt. Victor fragte sich, ob auch die Pariser eine Straße für eine ausländische Botschaft jahrelang sperren würden. Er konnte sich das nicht vorstellen. In der Sekunde senkten sich die mächtigen Stahlpoller an der Kreuzung Unter den Linden / Wilhelmstraße vor der Britischen Botschaft nach unten, und eine schwarze Limousine mit Diplomatenkennzeichen bog langsam in die Wilhelmstraße Richtung Süden ab. Sicher ein hoher Diplomat, dachte Victor, oder der Botschafter selbst. Als jemand, der die Botschaft und auch den Botschafter der Französischen Botschaft in Berlin bewachte, immerhin die Botschaft Frankreichs bei einem seiner wichtigsten Bündnispartner, wusste Victor, wer wichtig war und wer nicht. Er konnte an den Gesichtern von Leuten erkennen, was sie wollten, was sie konnten, was sie durften – und auch, was sie im Schilde führten. Vielleicht lag es daran, dass er geschult war, Leute zu bewachen, deren Verlust das eigene Land teuer zu stehen kommen würde. Vielleicht lag es aber auch daran, dass er eine sehr schlechte Kindheit gehabt hatte. Aufgewachsen in den Banlieues, den Vororten von Paris, die schöne Namen hatten wie *La Courneuve* oder *Clichy-sous-Bois,* die aber alles andere als schön waren. Orte, an denen das französische Recht aufhörte und das Recht der Banden begann. Er erinnerte sich an die Bilder von den Elitesoldaten mit Maschinenpistolen vor dem riesigen Betonkoloss »Balzac«, der für das staatliche Gewaltmonopol nur durch eine Maßnahme zurückzugewinnen war: Abriss.

Victor kam aus Clichy-sous-Bois, wo das Recht der Faust, das Recht des Stärkeren und vor allem das Recht seines saufenden und prügelnden Vaters galt. Jedenfalls so lange, bis Victor sich mit sechzehn Jahren vorgenommen hatte, irgendwohin abzuhauen. Irgendwohin, nur weit weg von seinem Vater. Was er damals noch nicht wusste, war, dass sein prügelnder Vater ihm Fähigkeiten mitgegeben hatte, die für bestimmte Berufe sehr wertvoll waren. Und was er ebenfalls noch nicht wusste, war, dass bestimmte Institutionen genau nach Leuten wie Victor suchten, die diese Fähigkeit hatten. Weil sie Bodyguards für Politiker, Wachposten vor der Botschaft und den Secret Service, der den amerikanischen Präsidenten bewachte, brauchten. Sie alle hatten eine beschissene Kindheit gehabt und wussten genau, wann Gefahr drohte. Sie hatten gelernt, auf winzige Änderungen der Körpersprache und der Mimik zu achten, um die Stimmung und Absichten ihres Gegenübers einschätzen zu können. Das Ganze war eine sehr rudimentäre Form von Selbstschutz, der dazu führte, dass der kleine Victor seinem Vater bei bestimmten Stimmungen einfach aus dem Weg ging. *Wie bewegt sich Papa heute? Wird er zuschlagen? Wann? Wo? Und … wohin?* Diese Fähigkeit ließ sich auch auf andere Schauplätze übertragen: *Wie bewegt sich dieser Mann dort in der Menge? Ist er nicht zu auffällig? Oder gerade zu wenig? Plant er irgendetwas? Wird er gleich ein Teppichmesser ziehen und der Frau vor ihm die Kehle durchschneiden?* Die NSA, das wusste Victor, experimentierte mit der Auswertung von Kamerabildern, in denen Bewegungsmuster von Menschen analysiert wurden, die durch die Abflughalle eines Flughafens liefen. Wer sich komisch bewegte, als suche er etwa nach einer Möglichkeit, irgendwo seine Tasche mit der Nagelbombe und dem Fernzünder abzustellen, der war auffällig. Der wurde gesehen. Und festgenommen, damit ein Verbrechen gar nicht erst begangen wurde. Die Kameras und die NSA-Programme konnten aber noch nicht das, was Victor und all die anderen Wachen konnten: Gefahr schon im Voraus zu erkennen, weil sie in dem Terroristen, der sich komisch bewegte, ihren prügelnden Vater wiedererkannten, der nach einem durchsoffenen Abend mit zitternden Fäusten und roten Augen nach Hause kam und irgendjemanden verprügeln musste. Und weil er sich nicht traute, seinen Boss zu verprügeln, verprügelte er eben jemand Wehrloses, wie seine Kinder, zum Beispiel den kleinen Victor. Daher wusste Victor schon vorher, wann es so weit war, und vor allem, wann es Zeit war, am besten zu verschwinden. Oder aktiv zu werden. Einzugreifen. Zu warnen. Oder gleich zu schießen. Umso schöner war es, wenn einmal keine Gefahr drohte und er einfach nur die Ruhe des Tages genießen konnte.

»Entschuldigen Sie«, sprach die Dame mit dem Kinderwagen ihn an. Ihr schwarzes Haar war zu einem Pferdeschwanz zurückgebunden, und ihre dunklen Augen hatten etwas Hypnotisches. »Ist das da vorne das Brandenburger Tor?« Das Kind in dem Kinderwagen gab ein glucksendes Gebrabbel von sich. Von den Tönen her schätzte Victor es auf sechs Monate. Genau wie seinen Neffen, der im 12. Arrondissement bei seiner Schwester lebte.

Victor nickte. »Ja. Genau da vorne, das ist es.« Er schaute auf die Quadriga. Die kupfernen Pferde und die steinerne Kutsche auf dem Brandenburger Tor, die nach Osten ritten. Dort, nach Osten, wo einst das Stadtschloss gestanden hatte und wo sich der Lebensraum erstreckte, der auf das Deutsche Reich warten sollte. Von allen Städten Europas erinnerte ihn das preußische Berlin am meisten an Paris. Die langen Prachtstraßen, die Champs-Élysées in Paris und die Straße des 17. Juni in Berlin, die dann zur Bismarckstraße und dann zur Heerstraße wurde, waren sich sehr ähnlich. Schnurgerade und kilometerlang. Die sechsstöckigen wilhelminischen Häuser mit den Kuppeln. Er wusste, dass Hitler Paris verehrt hatte, dass er fast eine Stunde vor dem Sarg von Napoleon im Invalidendom verharrt hatte. Und damals seinen Generälen gesagt hatte, dass er, Hitler, so ein Grab niemals haben würde. Vielleicht hatten es die Generäle nur als Gerede abgetan, denn die Deutschen hatten gerade diese Stadt Napoleons erobert, vielleicht war es aber auch eine düstere Prophezeiung gewesen, denn Hitler war nicht in einem Sarg beerdigt worden, der aus sechs ineinander verschachtelten Särgen bestand, in einer prächtigen Kirche auf einem prächtigen Gelände. Hitler war nicht in einem prächtigen Dom bestattet worden, stattdessen war die eine Hälfte von ihm verbrannt und im Hinterhof der Reichskanzlei in der Voßstraße in Berlin verscharrt worden, die andere Hälfte, wozu auch sein Kopf gehörte, war nach Moskau gebracht worden, wo alles von russischen Rechtsmedizinern seziert wurde, die auf der Suche nach dem »Wahnsinns-Gen« waren. Und vielleicht lag Hitlers Schädel auf einer Anrichte in Stalins Schlafzimmer und die Knochen von Hitlers rechtem Arm zum Hitlergruß ausgestreckt im Hobbykeller von Nikita Chruschtschow, wie von einigen Verschwörungstheoretikern immer wieder in irgendwelchen Blogs behauptet. Wer konnte das wissen?

Ein paar Regentropfen fielen zur Erde. Die schwarze Limousine fuhr langsam weiter die Wilhelmstraße nach Süden hinunter, bis zum Eingang der Britischen Botschaft.

Deutschland und Frankreich, dachte Victor. Das Reich Karls des Großen bestand eigentlich aus Deutschland und

Frankreich. Die Gründerväter der Europäischen Union waren Deutschland und Frankreich, nachdem sie sich in zwei Weltkriegen fast komplett vernichtet hatten. Und der Platz in Berlin, auf dem die Französische Botschaft stand, der hieß *Pariser Platz.*

»Das hatte ich mir größer vorgestellt«, sagte die Frau mit Blick auf das Brandenburger Tor.

Victor lächelte. »So groß wie der Eiffelturm ist es nicht.«

Die Frau lächelte. Das Kind gab ein glucksendes Geräusch von sich, vermischt mit einem leicht unzufriedenen Quengeln.

»Darf ich den Wagen hier kurz unterstellen, bis ich den Regenschutz aufgespannt habe?«, fragte die Frau.

»Natürlich.« Victor half der Frau, den Kinderwagen ein wenig unter das Dach am Eingang der Französischen Botschaft zu schieben. »Was ist es denn? Ein Junge oder ein Mädchen?«

»Ein Junge«, sagte die Frau. »Und er hat oft schlechte Laune. Wie sein Vater. Den muss ich mal eben anrufen.«

Sie zog ihr Handy und tippte eine SMS.

»Darf ich einmal reinschauen?« Victor beugte sich nach vorn. Der Regen war stärker geworden, und Victor zog den Kinderwagen komplett unter den überdachten Eingang der Botschaft.

»Natürlich«, sagte die Frau. »Ich rufe nur kurz meinen Mann an, dass er uns abholt.«

Victor beugte sich über den Kinderwagen. Schaute über den noch nicht aufgeklappten Regenschutz hinweg auf die Decke, das Spielzeug und das Kissen.

Freute sich darauf, in das Gesicht eines kleinen Jungen zu schauen.

Doch er sah kein Gesicht.

Er sah kein Gesicht, sondern nur zwanzig Pakete in braunem Packpapier. Und eine Menge Kabel. Schwarze und rote. Der Kinderwagen war bis zum Rand damit gefüllt.

Gleichzeitig tippte die Frau auf ihr Handy.

»C4. Fünfzig Kilo …«, dachte er noch, bevor er die Druckwelle spürte. Und dann nichts mehr.

KAPITEL 6

30. Dezember 2018
Neukölln, Berlin

»Gut, dass du endlich kommst«, sagte Tahir. »Dauernd werde ich hier angequatscht.«

»Von wem?«, fragte Judith, während sie die Autotür zuknallte.

»Von Dealern, die mir irgendwelchen Scheiß verkaufen wollen. Marihuana, Gras und so was. Habe schon einigen von denen meinen Ausweis gezeigt. Die glauben wohl, jemand, der etwas südländisch aussieht, wäre automatisch ein Junkie und auf gar keinen Fall ein Bulle. Von wegen.«

»Hat sich der Verdacht erhärtet?«, fragte Judith, während sie den Vorraum der Moschee ansteuerten.

»Ja.« Tahir verzog das Gesicht, als gefiele ihm selbst nicht, was er gehört hatte. »Die Kollegen haben ein paar groß angelegte Razzien gemacht. Und dabei in ganz Brandenburg massenhaft Waffen- und Munitionsdepots ausgehoben.«

»AK 47?« Judith wusste, dass die Automatische Kalaschnikow, Baujahr 1947, die typische Terroristenwaffe war. Auf allen Krisengebieten der Welt zu Hause.

»Und die Munition dazu.« Tahir nickte. »In der Nähe von

Moscheen, Lagerhallen und Selfstorageräumen. Dann hat wohl der BND von seinen guten Freunden aus dem Ausland was zugesteckt gekriegt, dass die Al-Hamda-Moschee hier einige Salafisten und Hassprediger beheimatet.«

»Und das hat gereicht für einen Gerichtsbeschluss? Normalerweise reagieren die Gerichte hier doch erst, wenn mindestens hundert Leute tot sind.«

»Nein. Ein V-Mann hat in Salafistenkreisen irgendetwas vom *göttlichen Rüstzeug* in der Al-Hamda-Moschee gehört. Und der meinte damit, glaube ich, keine Koransuren.« Er warf die Zigarrettenkippe in gebührendem Abstand von der Moschee auf den Boden. »Dann hat der Staatsanwalt richtig Druck gemacht, Gefahr in Verzug und so weiter, dann kam der Durchsuchungsbefehl vom Richter, und jetzt sind wir hier.«

»Weiß man, wofür die Gewehre benutzt werden sollten?«

»Nicht zur Kaninchenjagd.«

»Ach nein?«

»Wahrscheinlich für einen Großanschlag. Angeblich zeitgleich in mehreren Städten Ostdeutschlands. Mehrere Teile von Berlin, Leipzig und Dresden. Samstagvormittag in der Fußgängerzone. Wenn es richtig voll ist.«

»Warum in Ostdeutschland?«

»Vielleicht wollten sie rechtsradikale Tendenzen dort verstärken und einen Bürgerkrieg anfachen?«

»Mein Gott«, sagte Judith.

»Oder Allah.« Judith wusste, dass Tahir gläubiger Muslim war, der zwar gerne mal ein Bier trank, aber immer versuchte, den Ramadan einzuhalten. Das bekam er sogar hin, ohne dabei allzu schlechte Laune zu haben. Da der Fastenmonat Ramadan nach dem islamischen Mondkalender gehalten wurde, konnte er mal im Sommer und mal im

Winter stattfinden. Im Sommer, wo die Tage sehr lang waren, war das besonders hart. Den ganzen Tag lang nichts zu essen und nicht zu trinken, vom Sonnenaufgang bis Sonnenuntergang, das war schwer. Tahir hatte ihr einmal erklärt, wie Sonnenaufgang und -untergang im Islam definiert wurde. Es war die Zeit, wo man einen schwarzen Faden nicht von einem weißen Faden unterscheiden konnte. Wenn das geschah, ging die Sonne entweder gerade auf oder unter. Von Tahir hatte sie eine Menge über den Islam und Religionen gelernt. Als Mose im Alten Testament bei den Ägyptern war, stand Magie hoch im Kurs. Also musste Mose Zaubertricks machen, wie zum Beispiel einen Stab in eine Schlange verwandeln. Als Jesus in Galiläa wirkte, stand Medizin hoch im Kurs. Einer der Jünger war sogar Arzt. Darum musste Jesus Krankheiten heilen und die Ärzte seiner Zeit übertreffen. Als Mohammed kam, hatte Tahir gesagt, war das alles schon durch. Die Sprache hatte jetzt den höchsten Rang. Und die Rhetorik. Und letztendlich die Schrift. Damit musste Mohammed überzeugen. Und da man im Islam keine Bilder zeigen durfte, wurden die Schriftzeichen umso schöner. Und die Schriftsprache selbst hatte sich so gut wie gar nicht geändert. Vom Koran bis zu modernen arabischen Zeitungen war sie gleich geblieben. So als würde heute das Deutsch des Nibelungenliedes in der Zeitung stehen.

Judith hörte Stimmengewirr auf Arabisch und Deutsch. SEK-Beamte führten einige der Männer aus dem Gotteshaus heraus. »Wir wollen nur beten«, schimpfte einer. »Ist das hier verboten?«

»Beten nicht«, sagte Tahir leise zu Judith. »Waffen zu verstecken, die nach KWKG verboten sind, schon.« Er schüttelte den Kopf. »AK 47. Und wir haben nur diese SIG Sauers.« Er schaute Judith an. »Wie oft gehen die Kollegen auf den Schießstand? Alle vier Monate mal zum Stahnsdorfer Damm und dann nur achtzig Schuss verballern? Was für Berliner Verhältnisse schon viel ist?«

Judith nickte. Auch bei ihr war es schon einige Zeit her, dass sie auf dem DEVA-Schießstand am Stahnsdorfer Damm geschossen hatte, nahe dem Grunewald. Das Schönste daran war immer der Kaffee oder die Cola light danach in der nahe gelegenen Waldschänke gewesen. Oder am Abend ein Weißwein.

»Das ist die reinste Dekoration.« Tahir sprach weiter. Er hatte recht, und sie wusste es. »Jeder Terrorist trainiert viel öfter. Unter hundert Schuss macht der seinen Koffer gar nicht auf. Und zwar pro Schießtraining, nicht pro Jahr! Und wenn es dann wirklich mal ernst wird, wird noch erwartet, dass wir, wie vorgeschrieben, auf das Bein zielen, selbst dann, wenn irgendein Irrer mit einer Machete auf uns zurennt.« Er sah Judith an. Sie hatte zwar noch ihre Dienstwaffe, die SIG Sauer, arbeitete aber fast nur noch vom Schreibtisch, worüber sie nicht unglücklich war. »Worauf würde man wohl schießen, wenn der Gegner sich schnell nähert und bewaffnet ist? Doch wohl auf die größte Fläche. Und die ist nicht das Bein, auch wenn das irgendwelche Weltverbesserer gern hätten. Ihr Deutschen seid echt bescheuert.« Er blickte Judith mit dem *Ich hab's dir doch gesagt*-Blick an. »Rappelt euch nach dem Zweiten Weltkrieg wieder hoch, und dann kann hier jeder machen, was er will. Meine Familie kam aus Ägypten in den Sechzigerjahren. Ganz wenige kamen damals aus Ägypten, die meisten waren aus der Türkei. Wir waren also doppelt Outsider. Trotzdem hat mein Alter bei Daimler am Fließband geschafft, bevor wir hier hochgezogen sind. Wir waren noch Kanaken, die was erreichen wollten.«

»Kanaken nennt ihr euch?«

»Ist doch wurscht.« Er stemmte die Hände in die Hüften. »Der Name ist eh Blödsinn. Soweit ich weiß, waren die Kanaken die Ureinwohner in Ozeanien. Hat mit Türken, Ägyptern oder Arabern überhaupt nichts zu tun. Ich mag die alten Filme von Tarantino. Da wird Klartext geredet. Da nennen sich alle *Nigger.* Nicht nur die Weißen die Schwarzen, sondern auch die Schwarzen die Schwarzen und selbst die Weißen werden von den Schwarzen *Nigger* genannt. Da muss man erst mal drauf kommen.« Sie waren im Vorraum der Moschee angekommen. Tahir zog sich mit gequältem Gesicht die Schuhe aus, während er sprach. Judith machte dasselbe. Der Gebetsraum war ein heiliger Ort, für Tahir sowieso, aber für Judith irgendwie auch.

»Mir geht es nur um Typen, die das Gastrecht missbrauchen. Im Islam ist Gastfreundschaft heilig. Liegt wohl daran, dass wir alle in der Wüste gelebt haben und Zelte keine Türen haben. Du musst Leute aufnehmen, die in Not sind. Du musst aber nicht akzeptieren, dass sie in dein Zelt pissen.«

Judith fand Tahirs offene Art zu reden immer sehr erfrischend. Da er selbst sogenannter »Ausländer« war, nahm er kein Blatt vor den Mund und scherte sich wenig um politische Korrektheit. Er war damit schon häufiger angeeckt, was ihm aber herzlich egal war. Politiker jedenfalls stellten Leute wie Tahir immer vor ein Dilemma: Durfte ein Ausländer über Ausländer schimpfen?

Sie betraten den Gebetsraum. Etwa zehn Männer lagen gefesselt auf dem Boden. In allen Ecken standen Sicherheitskräfte. Zwanzig vom SEK und dreißig Mann von der

BFE, der Beweissicherungs- und Festnahmeeinheit. Der Fundort war gesichert, erst dann war es möglich, dass Zivilfahnder vom Staatsschutz wie Tahir und Judith den Raum betreten durften.

Judith betrachtete den Gebetsraum. Rechts und links geschwungene Fenster, darüber Ornamente in Arabisch. Da man im Koran keine Bilder von Allah zeigen durfte, war die arabische Schrift, in der der Koran geschrieben war, ein Kunstwerk für sich. Einen der SEK-Beamten kannte sie. Es war Micha, der sie damals beim Schießen unterrichtet hatte. Sein Spezialgebiet waren »Schießdrills«. Waffe im Holster, ziehen, durchladen, schießen, Schlaghebel mit Daumen sichern, zurück ins Holster. Dann wieder ziehen und so weiter. Da es eigentlich nicht erlaubt war, auf Mannscheiben zu schießen, hatte Micha immer von »zweibeinigen« Wildschweinen gesprochen, deren Angriffe Judith im Training abwehren musste.

»Micha, du also auch hier?«, sagte sie zur Begrüßung.

»Tja, immer da, wo was los ist.«

»Habt ihr hier schon was gefunden?«

»Nein«, sagte Micha. »Wir hatten aber auch Anweisung, auf euch zu warten. Ihr seid ja sozusagen der Hauptact.«

»Schön, nun sind wir hier.« Judith wusste nicht, ob das nun ein Kompliment oder der typische Schreibtischtigervorwurf war, den Elitetruppen gerne den ermittelnden Beamten gegenüber äußerten. Sie sah sich weiter um. Hier unten konnte man wohl kaum etwas verstecken. Vielleicht in einem Nebenraum. Oder … Judiths Blick ging nach oben. Dort war eine Balustrade. Sie schaute den Offizier vom SEK an. »Können wir da hoch?«

Der zuckte die Schultern. »Warum nicht?«

Oben angekommen, betrachteten Judith und Tahir die

Wand hinter der Balustrade. Sie ragte etwa zwei Meter vor, als wäre ein Raum dahinter.

»Gibt es dahinter einen Raum?«, fragte sie. Der SEK-Mann zuckte wieder die Schultern. Tahir blickte sich um. »Dahinter ist nur die Außenfassade. Und ich sehe keine Tür.«

Judith kniff die Augen zusammen. »Dann ist das ein Raum …«

»… aber ohne Tür«, ergänzte Tahir.

»Vielleicht existiert er nur, um dort etwas zu verstecken.« Sie nickte den Kollegen vom SEK zu. »Seht zu, dass die Wand aufgebrochen wird.«

KAPITEL 7

19. Dezember 2018
Constanta, Rumänien

Abu Bakr existierte fast nicht mehr. Er saß zitternd und sabbernd auf dem Stuhl, der Blick gebrochen, der Mund geöffnet. Er brabbelte zusammenhangloses Zeug vor sich hin. Molotov liebte die Lkw-Batterie. Die sorgte immer für Strom, denn das Stromnetz war in einigen dieser alten Gefängniskeller in diesen Ländern einfach zu instabil.

»Also«, fragte Molotok, »wenn du nicht willst, dass ich das Innere deiner Beine noch einmal in einen Elektrostuhl verwandle, solltest du jetzt dein verdammtes Maul aufmachen.« Er näherte seinen Kopf bis auf zwei Millimeter dem von Abu Bakr.

»Findet es in Deutschland statt?«

Abu Bakr nickte.

»Noch in diesem Jahr?«

Wieder Nicken.

»Berlin?«

Noch einmal Nicken.

»Viele Tote oder eher symbolisch?«

»Symbolisch«, brachte Abu Bakr hervor. Und dann: »Es wird nicht nur Deutsche treffen. Sondern auch deren ... Freunde! Ich ... ich sag es dir ...« Er machte mit dem Kopf eine Geste, als wollte er Molotok das Geheimnis ins Ohr flüstern. Mache ich ihm doch die Freude, dachte Molotok und beugte sich herunter. Er musste genug einstecken, und wenn er flüstern will, dann soll er flüstern.

Molotok der Hammer hörte aufmerksam zu. Zwei Minuten, drei Minuten. Vier Minuten.

Als Abu Bakr fertig war, hellte sich Molotoks Miene auf. »Das wird meinem Boss gefallen.« Er griff zum Telefon.

»Deinem Boss?« Abu Bakr blinzelte ihn an. »Der BND? Oder die CIA?«

»Geht dich eigentlich einen Scheiß an, aber mein richtiger Boss ist jemand anderes.« Er wählte eine Nummer. Abu Bakr konnte es ruhig wissen. Er hatte das erzählt, was er erzählen sollte. Damit war sein Part beendet. Für immer.

Nach zweimal Klingeln meldete sich eine tiefe Stimme.

»Ist er tot?«, fragte die Stimme.

Molotok nahm die Glock von dem Tisch, auf dem der Laptop von Abu Bakr stand. Sie war bereits geladen. Den Typen würden sie eh nicht mehr weiterschicken können, dafür war er zu übel zugerichtet. Weiße Folter hin oder her. Am Ende musste Molotok dann doch wieder die gute alte brutale Gewalt auffahren. Und wenn sein Boss ihn tot sehen wollte, dann musste er halt tot sein. Molotok zielte kurz mit einer Hand, in der anderen Hand das Telefon am Ohr, sah die Augen von Abu Bakr, die irgendwo zwischen Erstaunen und

Dankbarkeit schwankten, so als sah er den Tod als die Erlösung, die er für viele seiner Kampfgenossen im Dschihad war. Der Schalldämpfer machte den Schuss zu einem Flüstern. Egal, ob er Leuten in die Beine schoss, um sie zum Reden zu bringen, oder ob er sie gleich ins Jenseits beförderte: Im Keller schoss Molotok grundsätzlich nur mit Schalldämpfer. Schusswaffen waren höllisch laut, auch wenn man das in den Krimis nie so sah. Im Keller hallte alles noch zusätzlich. Und schließlich brauchte Molotok seine Ohren. *Verhören* kam schließlich von *Hören.*

Die Patrone traf Abu Bakr ins Herz. Die Wucht des Schusses warf ihn nach hinten, sodass er, gemeinsam mit dem Stuhl, an den er gefesselt war, mit einem trockenen Krachen auf den harten Steinboden des Kellers aufschlug.

»Ja, er ist tot«, sagte Molotok.

»Hört sich so an«, sagte die Stimme am anderen Ende. »Stimmen die Gerüchte?«

»Sie stimmen.«

»Deutsche und dann noch Franzosen und Engländer?«

»Wie Sie es vermutet haben.«

»Noch dieses Jahr?«

»Exakt. Höchstwahrscheinlich am 30. Zwölften. Oder an Silvester selber.«

Schweigen.

»Soll ich die Geheimdienste warnen?«

Noch einmal Schweigen. Schließlich kam die Antwort. »Nein. Es soll genau so passieren, wie es geplant ist.« Der Mann machte eine kurze Pause. »Die Deutschen brauchen eine kleine Lektion, um für unsere Strategie, sagen wir mal, empfänglich zu sein.«

»Um eine Lösung zu haben, braucht man erst mal ein Problem«, sagte Molotok.

»Die Chinesen sagen es noch schöner«, sagte die Stimme am anderen Ende. *Um etwas zu fangen, muss man es erst einmal entkommen lassen.* Er machte eine Pause. »Gute Arbeit, Molotok. Geld wartet wieder am vereinbarten Ort. Ich melde mich wieder.«

Alexey, genannt Molotok der Hammer, lächelte. Er freute sich, wenn ihn Leute gut bezahlten. Und ihn *Molotok* nannten.

»Gern geschehen, Boss«, sagte er.

KAPITEL 8

30. Dezember 2018
Fighting City, Gelände nahe dem Olympiastadion, Berlin

Iwo Retzick sah die Leiche und das Blut, als sein Handy klingelte.

Iwo Retzick, 42, war ehemaliger KSK-Soldat. Seit vier Jahren bildete er nur noch aus. Seit einiger Zeit nicht nur als Ausbilder des KSK in Calw in Süddeutschland, besonders in der »Höllenwoche«, durch die alle neuen Rekruten des KSK durchmussten, sondern auch viele SEKs der Bundesländer mussten bei ihm in die Lehre. Und dann machte er auch noch ein paar andere Jobs. Denn verbeamtet war man bei dem Kommando Spezialkräfte nicht. Wenn man nicht mehr jung und schnell genug war, war man halt draußen oder nur noch Soldat auf Zeit. So ging der Staat mit den Leuten um, die für die Sicherheit des Landes zuständig waren. Da konnte Helmut Schmidt im Jahr 2008 noch so viel vor den neuen Rekruten herumfaseln, dass *dieser Staat sie niemals missbrauchen würde,* denn genau das tat er. Und seitdem Ministerin Ursula von der Leyen das Verteidigungsressort übernommen hatte, gab es zwar mehr Kinderbetreuung, aber dafür mussten Helikopter ausgeliehen werden, und die meisten Maschinenpistolen funktionierten nicht richtig. Immerhin gab es Flachbildschirme auf den Stuben, mit der die *Kanonen-Uschi,* wie die Ministerin in der Truppe genannt wurde, die Soldaten beglückt hatte. Die Flachbildfernseher führten zwar dazu, dass man die Fenster nur noch kippen und nicht mehr öffnen konnte, aber Architektur und Planung waren spätestens seit dem Flughafendesaster in Berlin ohnehin keine deutsche Tugend mehr.

Seit zwei Jahren war Retzick auch nicht mehr im Kriegseinsatz, aber dafür war er jetzt für die da, die in den Krieg mussten, ob im Ausland oder in Deutschland selbst. *Krieg liegt dir im Blut,* hatte Sylvester Stallone als Rambo im fünften Teil gesagt. Retzick fand den fünften *Rambo*-Film etwas übertrieben und übermäßig blutig, aber der Spruch passte genauso zu ihm wie zu John Rambo. Und auch wenn er nicht mehr so fit war wie die jungen Soldaten Anfang zwanzig, war er doch immer noch gefährlicher als die meisten. Und das ließen sich die Auftraggeber etwas kosten. Bundeswehr und Polizei eher weniger, private Auftraggeber eher mehr.

Die Leiche war keine Leiche, sondern eine Puppe. Und die rote Farbe war kein Blut. Auch die toten Polizisten auf dem Boden waren nicht wirklich tot. Alle, die Leichen *spielten,* hatten bestimmte Farben. Und die Lebenden auch: Es gab Elitekämpfer, Polizisten, Sanitäter und Zivilisten. Und den Terroristen, der unbedingt ausgeschaltet werden musste. Es war fast wie in einem Strategiespiel, das man kaufen konnte und in dem man bunte Figuren auf der Landkarte hin und her schob. Ein Spiel mit dem Namen *Fighting City.*

Denn *Fighting City* nannte man auch das Gelände hinter dem Olympiastadion. Früher hatten hier britische Soldaten den Häuserkampf trainiert, falls die Rote Armee noch einmal Richtung West-Berlin vorrücken sollte. Einige Graffitis auf den Häuserattrappen mit dem Titel *Hey Moskow, we're waiting* zeugten noch von dieser Zeit. Unter dem Schriftzug ein Fadenkreuz und darüber ein Atompilz. *Krieg liegt dir im Blut,* schoss es Retzick durch den Kopf. Und der Spruch von Rambo ging noch weiter. *Wenn man dich zwingt, ist Töten so einfach wie Atmen.* Denn eigentlich war es zwar der Job dieser Menschen zu töten. Aber noch mehr, das Töten von anderen zu verhindern.

»Hier darfst du nicht rein, verdammt«, brüllte Retzick einem Polizisten zu und ignorierte für eine Sekunde das Klingeln seines Handys. »Der Bereich ist noch nicht gesichert.« Der Mann blieb kurz stehen und zog sich dann wieder auf seinen Posten zurück. Der Bereich, in dem der Terrorist noch sein Unwesen trieb, war die rote Zone. Hier durfte außer den SEKs niemand rein. In die gelbe Zone durfte nur die restliche Polizei, und erst in die grüne, ungefährliche Zone durften Notarzt und Feuerwehr und irgendwann dann auch wieder die Zivilisten.

Die Einsatzkräfte simulierten einen Ernstfall. Ein Terrorist hatte ein Einkaufszentrum unter seine Kontrolle gebracht und tobte sich derzeit in einer imaginären Café-Ebene aus. Mit automatischen Waffen. Und Nahkampfwaffen. Ein Albtraum für alle Sicherheitskräfte. Und für die Bevölkerung ohnehin.

Töten kann jeder, dachte Retzick. Seine Stellung aber war eine besondere: Er war nicht nur Elitekämpfer, sondern auch Notfallsanitäter. Die Bösen ausschalten und die Guten retten, wie er das immer nannte. Er vereinigte beides in einer

Person und wusste daher, wie solche Einsätze abliefen, auch die simulierten. Der Prozess bei diesen Übungen, die schnell Ernstfall werden konnten, war immer gleich. Als Erstes galt: *Stop the killing. Stopp das Töten,* und zwar *by any means,* koste es, was es wolle. Der Terrorist musste exekutiert werden. Und interessanterweise waren die Bezeichnungen der Kommandos alle auf Englisch. Vielleicht deshalb, weil kein Land der Welt Sicherheit und Waffen so gut vermarkten konnte wie die USA. *Stop the killing.* Alles andere war in dem Moment unwichtig. Auch Schwerverletzte waren den Einsatzkräften in diesem Moment egal, es sei denn, es waren eigene Leute, die schwer verletzt waren. Die musste man retten, koste es, was es wolle. Doch solange der Terrorist nicht tot war, machte es keinen Sinn, sich um irgendwelche anderen Verwundeten zu kümmern. Erst wenn der Terrorist erledigt war, kam das *stop the dying. Stopp das Sterben.* Zu den Drills, die Retzick mit der Truppe machte, gehörte daher nicht nur das Schießen und Kämpfen, sondern auch das Anlegen von sogenannten Tourniquets, also von Aderpressen, die ein Verbluten aus einer Wunde verhinderten. *Drei Schüsse rechts in die Zwei,* rief er dann. *Zurück zur ersten Markierung. Rechter Arm!* Das hieß, drei Schüsse auf die Zahl zwei in der rechten Scheibe abzufeuern, zur Markierung zurückzurennen und dort sich selbst das Torniquet anzulegen am rechten Arm. Natürlich, ohne den rechten Arm dabei zu benutzen, denn der war ja offiziell verletzt.

Eigentlich waren Schussverletzungen in Deutschland eher selten. Erschossen wurde am meisten in den USA oder in Afrika, wo es keine strengen Waffengesetze gab und jeder eine Schusswaffe kaufen konnte. In Europa wurde man eher erstochen, da hier zwar keine Schusswaffen, aber dafür überall Messer gekauft werden konnten, zum Beispiel in jedem Supermarkt. Doch mit Terroristen, die mit halbautomatischen Waffen in Fußgängerzonen Massaker anrichteten, wurde Europa wieder einmal ein bisschen amerikanischer. Auch wenn sich der alte Kontinent, in Abscheu vor Donald Trump, bewusst vom großen Bruder jenseits des Atlantiks abwandte, ohne sich dabei aber zu fragen, wer nun die Kohlen aus dem Feuer holte. Deutschland mit seiner Zwergenarmee bestimmt nicht.

Ohne die USA hatte Deutschland keinen Biss. Das hatten schon die Römer gewusst. Wer den Frieden will, muss mit Krieg drohen können. Und zwar glaubhaft drohen können. Deutschlands Verteidigungsbudget war nur etwa ein Zwanzigstel von dem der USA. Deutschland hatte keine Nuklearwaffen. Nur Frankreich und Großbritannien waren in Europa militärisch stark. Und Großbritannien war draußen. Der Rest war schwach. *Sollte Putin ins Baltikum kommen,* hatte ein General einmal gesagt, *wird es nicht die Bundeswehr sein, die ihn zurückhält.*

Er schaute auf den Platz. Das *stop the dying* war in der Regel eher ein *stop the bleeding.* Nur wenn die Gefahr ausgeschaltet war, konnten die Rettungskräfte den Tatort betreten. Retzick kannte das Repertoire der Rettungskräfte aus dem Effeff. Das Anlegen von Tourniquets, wenn nötig auch das Abdrücken von Wunden mit bloßen Händen, das Legen beidseitiger Thoraxdrainagen unter Reanimation. Er konnte genauso reden wie die Rettungskräfte, und die Truppen bewunderten ihn dafür. In den USA schnitten die Sanitäter der Special Operations Forces lebende Schweine auf, und die jungen Trainees mussten die Schweine zunähen, bevor sie starben. Überlebte das Schwein, hatte der Trainee seinen Job gut gemacht. Starb es, hatte der Auszubildende noch viel zu üben.

Ansonsten hatte Europa aufgerüstet. Die Krankenhäuser wurden besser und schneller.

Krankenhäuser in Israel mussten mit hundertzwanzig Prozent Bettenauslastung klarkommen. Da wollte man in Europa auch hin. Frankreich hatte schon lange vor dem islamistischen Terror und Bataclan aufgerüstet. Nachdem bei der Hitzewelle 2003 fünfzehntausend Menschen gestorben waren, war allen im Élysée-Palast und in der Nationalversammlung klar, dass sich so etwas nicht wiederholen dürfte.

Auch Berlin, das musste Retzick zugeben, war bei all dem Chaos, das es sich sonst leistete, mit Sicherheitskräften recht gut abgedeckt. Drei SEKs an verschiedenen Orten der Stadt, Notbetten für Großschadensereignisse und diverse Kliniken der Maximalversorgung, deren Notfallteams jederzeit schnell und zuverlässig mobilisiert werden konnten, wenn in den Kliniken der Katastrophenfall ausgerufen wurde.

Diese Simulationen, die Retzick mit seinem Team leitete, waren mittlerweile zu einem Teil der Realität geworden. Der Verfassungsschutz hatte schon seit Jahren die höchste Warnstufe ausgegeben. »Alles, was danach kommt, ist *Bumm*«, hatte der Chef des Verfassungsschutzes vor ein paar Wochen in einer Sicherheitsrunde gesagt. Gefahr drohte von gleich zwei Seiten:

Generalsstabsmäßige Anschläge à la Istanbul oder 9 / 11 *und* einsame Wölfe, so wie irgendein Axtschwinger im Zug in Würzburg. Ob all diese Manöver helfen würden, das wusste auch Retzick nicht. Aber das war überhaupt die Frage bei allen Simulationen. Sie machten einen besser, aber der Ernstfall konnte komplett anders sein. Unter Sicherheitskräften kursierte daher immer der Witz, dass die Ermordung Kennedys eigentlich auch eine Probe, ein klassischer *Drill*, gewesen sei, bei dem die CIA einen Anschlag auf den US-Präsidenten unter realen Bedingungen verhindern wollte, was allerdings komplett schiefgegangen war. Dass Lee Harvey Oswald, der vermeintlich Kennedy erschoss, ein *loose cannon* war, ein CIA-Mann, der plötzlich ein Eigenleben entwickelt hatte, glaubte Retzick durchaus. Dass die CIA und andere sehr einflussreiche Kreise in den USA komplett hinter dem Mord an Kennedy steckten, weil sie den Präsidenten loswerden wollte, konnte er sich genauso vorstellen.

Er suchte sein Handy, dann nahm er den Anruf an. »Einen Moment«, sagte er. Dann schaute er dem Treiben der Truppen zu. »Schneller, verdammt«, brüllte Retzick einem der Elitekämpfer zu. »Der Terrorist ist im nächsten Planquadrat, und du bewegst dich, als ob du zu 'nem Kaffeekränzchen gehst! Soll ich euch noch Kuchen bringen, verdammt?« Der Mann gab spürbar Gas und setzte sich und seine Schutzpanzerung in Bewegung. Es war klar, warum es in den SEKs keine Frauen gab, obwohl es durchaus Frauen gab, die an diesem Job interessiert waren und ihn wohl auch gut machen würden. Denn die größten Hindernisse waren nicht die Feinde, sondern die Ausrüstung: Allein der Helm der Schutzausrüstung wog fünfzehn Kilogramm, was dazu führte, dass jeder SEK-Beamte, und auch Retzick, über kurz oder lang Probleme mit den Bandscheiben und der Halswirbelsäule bekam. Wenn Retzick in Berlin beim Orthopäden saß, kam er sich immer vor wie ein Rentner. Aber das war nun einmal einer der Kollateralschäden in seinem Job. Der Kugelpanzer war auch keine Kleinigkeit, und die Waffen, die man mit sich herumtrug, wogen auch mehr als zehn Kilogramm. Dafür dauerten die meisten Einsätze im Schnitt nicht mehr als fünf Minuten. Die SEK-Männer zogen sich ihre Schutzwesten, Helme und Waffengurte über ihre normale Kleidung und stürmten dann das Gebäude, das gerade gestürmt werden musste. Nur in Ausnahmefällen wie am 1. Mai in Berlin, beim G20-Gipfel in Hamburg oder bei einer Geiselnahme in der Deutschen Bank saßen die Kollegen manchmal mehr als acht Stunden in voller Montur im Einsatzwagen.

Retzick hörte die Schüsse aus den Waffen, die simulierten Explosionen. Das Stampfen der Stiefel auf dem Boden. Es war wie damals, im Juni 1999. Der Tag in Kosovo-Stadt, den sie später als *Bloody Sunday* bezeichnen würden. Die Kosovo-Albaner schienen glücklich zu sein und begrüßten die deutschen NATO-Soldaten freudig. Retzick war damals bei der Bundeswehr gewesen, bei den Fallschirmjägern.

Doch die Ruhe war trügerisch gewesen. An einem Ende der Stadt tanzten und sangen die Menschen, am anderen Ende lauerten die gedemütigten Serben, in denen der Hass auf den Westen und die NATO kochte. Hatte nicht damals die deutsche Wehrmacht gegen die Serben gekämpft? Und warum kämpfte jetzt das christliche Europa schon wieder gegen die Serben und diesmal auch noch aufseiten des Islam? Es war eine Atmosphäre in der Luft gewesen, die man greifen konnte. Etwas Dunkles, Ungutes, Bedrohliches.

Retzick sah in solchen Fällen weniger Bilder vor sich, vielmehr nahm er den Geruch noch einmal wahr. Eine Mischung aus Feuer, Staub, irgendwelchen Blumen – war es Schafgarbe gewesen? Wuchs die da überhaupt? Seine Frau hätte gewusst, welche Blumen es waren. Und dazu der Wind, der durch seinen Helm pfiff wie ein Tinnitus. Das kam zuerst in seiner Erinnerung. Dann erst kamen die Bilder. Der Konvoi, der sich näherte. Der Fahrer des Lada, in der einen Hand eine Handgranate, in der anderen eine AK 47. Retzick hatte keine Sekunde überlegt, hatte den Feuerbefehl gegeben. Er hatte als Erster geschossen. Der Mann mit der Granate war blutüberströmt zu Boden gesackt, und auch die anderen Serben waren im Kugelhagel gestorben.

Als der MG-Schütze zögerte, hatte Retzick ihm einen Schlag in den Nacken versetzt. »Schieß endlich!« Und der Mann hatte geschossen. Später wurde anhand der leeren Magazine ausgerechnet, wie viele Patronen sie verschossen hatten. Hundertachtzig Schüsse aus G36-Gewehren. Vierzig aus MGs. Mit den KFOR-Richtlinien war das schwer vereinbar gewesen. Doch die Gefahr war gebannt gewesen. Der Lada-Fahrer war tot. Im Bericht hatte er später gelesen, dass seine Schüsse den Kehlkopf und die Schädeldecke des Serben durchschlagen hatten. Und die Serben wussten: *Im Ernstfall fackeln die Deutschen nicht lange.*

Retzick und seine Leute hatten gesiegt. Und Iwo Retzick war der erste deutsche Soldat gewesen, der nach dem Zweiten Weltkrieg im Gefecht einen Menschen erschossen hatte. Nur, dass die Öffentlichkeit davon nie erfahren hatte. Wie bei vielem anderen, was Retzick getan hatte, wusste niemand, was wirklich geschehen war, außer einem kleinen ausgewählten Kreis.

Damals waren sie alle euphorisch gewesen. Sie hatten für eine bessere Welt gekämpft. Dachten sie jedenfalls. Viel Thrill, viel Adrenalin, während das Risiko kalkulierbar erschien. Sie hatten sich stark gefühlt. Unbesiegbar. Und irgendwie hatten sie darüber den alten Spruch von Napoleon vergessen: *Die größte Gefahr lauert im Moment des Sieges.*

Kosovo, das war Vergangenheit. Danach wollten sie alle etwas anderes machen. Etwas Neues. Retzick hatte die Worte von damals noch im Ohr.

Nicht den Kosovo, das kennen wir alles schon.

Nicht Bosnien. Reservisten-Kurpark!

Sie bekamen etwas ganz Neues, etwas ganz anderes.

Sie bekamen Afghanistan.

Retzicks griff wieder zum Handy. Laut der Nummer schien es eine der Leitstelle der SEKs zu sein. Vielleicht wollten die wissen, wann sie mit der Übung fertig waren. »Sind Sie noch dran?«

»Bin ich«, sagte die Stimme. »Schuster hier. SEK. Wir brauchen Verstärkung. Sofort. Pariser Platz.«

»Was ist los?«

»Ein Terroranschlag bei den Botschaften. Französische und Englische.«

Retzick spürte den Schmerz in seinem Nacken, obwohl er keinen Helm trug. Es war ein Seismograf, der sich immer bei ihm meldete, wenn etwas bevorstand. Meistens nichts Gutes. »Wie viele?«, fragte er.

»Ungefähr zehn Terroristen«, sagte Schuster. »Wahrscheinlich Tschetschenen. First hit und second hit. Und noch ein paar mehr.«

»First hit die beiden Botschaften?«

»Richtig. Second Hit … unsere Kollegen.«

»Tote Polizisten? Wie viele?«

»Bestimmt zwanzig Schutzpolizisten. Und zehn SEK-Leute.«

»Ich bin gleich im Auto«, sagte Retzick. »Dann erklären Sie mir alles!«

KAPITEL 9

Dezember 2018
Frankfurt / Bornheim, Deutschland

Es war irgendwann im Dezember, als Alexey, genannt Molotok, im Frankfurter Stadtteil Bornheim an einer Bar saß. Es war kalt und dunkel und nass.

Die Kneipe hieß »Mampf«, und keiner der dort anwesenden Studenten, Buchhändler oder Alt-68er hätte wohl geglaubt, welchen Job dieser einsame Mann um die vierzig, der beinahe meditativ sein großes Bier trank, hatte. Er hatte kurz am Flipper gespielt, *Journey to Hell* oder wie das Spiel hieß. Es erinnerte ihn fast an seinen Job, daher hatte ihn der Flipper schnell gelangweilt. Ob die Leute wohl wussten, dass er das spielte, was er sonst tat? Doch es fragte auch keiner. So wie immer. Er redete kaum, und die anderen redeten auch nicht viel. Wenn ihn doch jemand fragte, was er machte, sagte er immer, er sei Chef einer Reinigungsfirma. Das war nicht einmal gelogen. Dennoch, der Job hatte ihn ausgelaugt. Auch wenn er den harten Mann markierte und so tat, als würde es ihm Freude machen, den Abschaum der Welt zu quälen und die Scheiße aus ihnen herauszuprügeln, bis sie mit der Wahrheit herauskamen: Folterer zu sein war ein Abgrund. Und wenn man lange in einen Abgrund blickte, blickte der Abgrund auch in einen selbst hinein.

Er lebte in Frankfurt, weil das in der Mitte lag. »Im Mittelpunkt der Welt«, wie es ihm ein ranghoher Manager des Frankfurter Flughafens einmal gesagt hatte. Von hier waren die Galaxy-Truppentransporter in Richtung Kuwait, Irak und Afghanistan geflogen. Und dann noch einmal in den

Irak. Auch sonst konnte man von hier aus fast überall hin. Zu den Außenposten der CIA oder ganz woanders.

Er schaute sich um. Sein Bier war noch zu einem Drittel voll, aber er bestellte gleich ein neues. Einen halben Liter, wennschon, dann richtig. Schön kalt war das Bier hier auch, was man in Deutschland nicht immer erwarten konnte. Trinken, das konnte er auch. Vielleicht war das eine russische Spezialität. Als Wladimir der Große, Großfürst von Kiew, im Jahre 988 nach Christi eine Religion für sein Reich suchte, ließ er die Vertreter großer Glaubensrichtungen bei sich vorsprechen. Das Judentum war dem Herrscher viel zu kompliziert. Der Islam war deutlich einfacher, es gab nur einen Gott und fertig. Anders als beim Christentum, das zwar so tat, als wäre es monotheistisch, das aber noch Vater, Sohn, Heiligen Geist, Maria und einen ganzen Haufen Heiliger, Dämonen und Geister aufzubieten hatte. Der Islam hatte allerdings einen gravierenden Nachteil: Man durfte offiziell keinen Alkohol trinken, was ihn als Staatsreligion für Russland unmöglich machte. Zudem gab es wohl noch eine magische Wunderheilung der Augen des Großfürsten, und so hatte sich Wladimir der Große für das Christentum entschieden.

In seine Zweizimmerwohnung in Bornheim zog Molotok nichts, er war ohnehin nur zwanzig Tage im Jahr dort. Dort standen keine Möbel, nur ein Bett, ein Kühlschrank, eine Stange für Kleider und eine Menge Kartons. So ähnlich wie bei Robert de Niro als Neil McCauley in *Heat*. Möbel würde er sich kaufen, wenn er irgendwann Zeit dafür hatte.

Schließlich trank er sein Bier aus und ging die paar Meter zu seiner Wohnung nach Hause.

Manchmal träumte er von seinen Opfern.

Doch meistens träumte er gar nichts.

KAPITEL 10

30. Dezember 2018
Fahrt vom Olympiastadion in die Innenstadt, Berlin

Retzick saß hinten im Einsatzwagen, als er mit Schuster vom SEK telefonierte. Gemeinsam mit vier seiner besten Leute. Hendrik, Robert, Jakob und Patrick, die alle mit ihm im Kosovo und bei den KSK in Afghanistan gewesen waren. Nur Philipp fehlte. Er war irgendwann in die Privatwirtschaft gegangen. Retzick hatte schon lange nichts mehr von ihm gehört.

Alle luden ihre Waffen durch. SIG Sauer, Glock und G36.

Er fragte sich, wie der Einsatzort aussehen würde.

Hatte sich das wiederholt, was vor einem guten Jahr im Mandalay Bay Hotel in Las Vegas passiert war? Am ersten Oktober 2017 hatte Stephen Paddock fast sechzig Leute erschossen. Retzick hatte die Bilder gesehen. Filmaufnahmen, von einem Handy aufgenommen. Von irgendeinem Sanitäter in Las Vegas. Solche Bilder machten in Sicherheitskräften schnell die Runde. Es sah aus wie in einem Kriegsgebiet. Die Flure im Sunrise Hospital and Medical Center waren voller Blut. Man konnte ausrutschen. Als er die Fotos gesehen hatte, hatte Retzick das Blut gerochen. Die Luft roch nach Eisen.

Die Patronen von automatischen Waffen wie M16, Sturmgewehr oder auch AK 47 waren dreimal so schnell wie die von Handfeuerwaffen. Noch schneller waren nur noch vollautomatische Waffen wie Gatling-Kanonen. Sie waren im Ersten Weltkrieg entwickelt worden, als die langen Läufe der Gewehre zu lang für die Grabenkämpfe waren. Die Schockwellen zerstörten die Arterien und Organe. Die Opfer starben durch den massiven Blutverlust, nach außen oder nach innen.

»Was ist passiert?«, fragte er.

»Es gab erst einen Anschlag auf die Französische Botschaft«, begann Schuster. »Wie es aussieht, eine Frau mit einem Kinderwagen. Nur war kein Kind drin, sondern nur ein Lautsprecher, der Babygebrabbel von sich gegeben hat.«

»Das war alles?«

»Natürlich nicht. Was wirklich drin war, war fast ein Zentner C4.«

»Schlimm?«

»Acht Tote. Und bestimmt zwanzig Verletzte, einige schwer. Der Wachmann und die Frau sind völlig zerfetzt. Die Frau hat es wohl irgendwie hingekriegt, dass der Wachmann der Botschaft den Kinderwagen ein Stück unter die Abdeckung geschoben hat, weil es angefangen hat zu regnen.«

Das neue Gesicht des Terrors ist weiblich, dachte Retzick. Bei Frauen erwartete man so etwas einfach nicht. Und ISIS und Co. wussten das genau.

»Was ist mit den anderen?«

»Sind im Panikraum der Botschaft.«

»Und die Britische Botschaft?«

»Da sieht es deutlich schlimmer aus. Die Täter haben die Limousine des Botschafters gekapert. Offenbar war der Fahrer des Botschafters, Amit Ghazi, ein Pakistani, ein jahrelanger Schläfer. Der konnte bis vor die Tür fahren, weil alle dachten, der Botschafter sitzt drin. Die Poller gingen runter, und bei den getönten Scheiben hat auch keiner gesehen, wer drinsitzt und wer nicht.«

»Und wer saß drin?«

»Auch C4«, sagte Schuster tonlos. »Aber deutlich mehr als nur fünfzig Kilo. So wie das geknallt hat, waren Fußraum, Rückbank und der gesamte Kofferraum voll davon.« Er machte eine Pause. »Wir sind in Kontakt mit beiden Botschaften. Auch bei der Britischen Botschaft sind alle im Panikraum. Die Terroristen waren allerdings nicht dumm.«

»Warum?«

»Es ist ihnen gelungen, den Computer zu hacken, der die Belüftungssysteme kontrolliert. Die Kollegen haben ein Fass mit Senfgas gefunden. Das wollten die Terroristen in den Panikraum leiten.«

Retzick schüttelte den Kopf. »Die wollen es aber richtig wissen.« Retzick wusste, wie oft Senfgas und Sarin in Krisengebieten wie Syrien oder Südsudan eingesetzt wurden. Und wie einfach man solche Fässer über das Mittelmeer nach Europa bekam.

»Dem MI6 ist es gelungen, die Cyberattacke abzuwehren und die Belüftungssysteme zu sichern. Das Senfgasfass haben die Kollegen. Nur eine Sache ist da noch.«

»Bin gespannt.« Retzick sah auf die riesigen Stadthäuser der Heerstraße. Retzicks Familie kam aus dem Schwäbischen. Dort war alles viel kleiner und übersichtlicher. Die Metallverarbeitungsindustrie war dort stark und der Pfarrer wichtiger als der Bürgermeister. In der Nähe seines Wohnorts lag Schloss Stauffenberg, das den Nachfahren bis 1970 gehört hatte. Das Geschlecht der Stauffenbergs, das auch den Hitler-Attentäter Graf von Stauffenberg hervorgebracht hatte, auch wenn Hitler offenbar unter dem Schutz des Teufels selbst gesteckt hatte bei all den Anschlägen, die er überlebt hatte.

»Die Täter sind mit mehreren Teams vorgegangen. Team 1 hat die Botschaften gesprengt. Team 2 die Cyberattacke und das Senfgas. Team 3 hat die Polizisten erschossen.«

»Und wie?«

»Ein VW-Bus hat sich an der Ecke Behrenstraße / Wilhelmstraße postiert. Von daher kamen die Kollegen vom

Abschnitt Friedrichstraße. Das müssen die gewusst haben. Die Tschetschenen sind aus dem VW-Bus gesprungen und haben das Feuer eröffnet. Zwanzig Polizisten sind tot. Da traut sich erst mal keiner mehr hin.«

»Und das SEK?«

»Das war Team 4. Die haben an der Kruppstraße gewartet. Polizeidirektion 3. Sobald das SEK mit dem Bus rausfuhr, haben die das Feuer eröffnet. Und wahrscheinlich vorher den Funk abgehört.«

»Verdammte Scheiße. Die wussten genau, wo das nächste SEK ist«, zischte Retzick. »Die SEK-Fahrzeuge sind nicht gepanzert.«

»Tja, warum auch? Die Einsatztruppen fahren ja nicht ins Gebäude, sondern gehen zu Fuß rein.«

»Und die schusssicheren Westen, Helme und so weiter wollten sie erst im Transporter anlegen?«

»Genauso war es. Jetzt sind alle tot.«

Retzick ließ das Gehörte eine Weile sacken. Die Typen brauchten nicht einmal den Funk abzuhören, was denen aber sicher auch nicht schwergefallen wäre. Sie mussten sich einfach nur bei den SEKs vor die Eingangstore stellen. Kruppstraße, Ruppiner Chaussee … Irgendwann würde schon ein Einsatzwagen rausfahren, den sie dann unter Beschuss nehmen konnten. Er brauchte eine Idee. Eine Idee, wie man mit diesen Typen fertigwerden konnte. Denn das waren keine axtschwingenden Idioten, die sich zu Hause radikalisiert hatten. »Homeoffice-Radikalisierung«, wie das intern genannt wurde. Das war eine große Aktion. In einer ähnlichen Liga wie 9 / 11 mit Al-Qaida.

»Wie sehen die Typen aus?«, fragte Retzick unvermittelt. Es war ihm, als sei ihm gerade eine Idee gekommen.

»Wie meinen Sie?«

»Wie die aussehen, verdammt! Die Tschetschenen?«

»Bärte, dunkle Kapuzenpullis und AK 47.«

»Wo stehen die? Noch immer an der Kreuzung?«

»Ja, bedrohen noch immer die Kreuzung, Ecke Wilhelmstraße / Behrenstraße. Haben auch schon ein paar Zivilisten erschossen. Der Innenminister überlegt, ob wir die mit einem Hubschrauber abknallen.«

»Mit 'ner AK 47 kriegen die auch einen Hubschrauber runter. Der dann aufs Adlon knallt«, sagte Retzick. »Vergiss es.« So ein Vorschlag konnte auch nur von einem Politiker kommen, dachte er. Aber was sollte er erwarten. Der Job von Politikern war es ja nicht primär, Probleme zu lösen, sondern welche zu erschaffen.

Retzick blickte auf sein Tablet. Er hatte Google Maps aktiviert. »Ich brauche fünf Kapuzenpullis, fünf Bärte und fünf AK 47. Und natürlich kugelsichere Westen. Wir treffen uns hinter den Restaurants an der Wilhelmstraße in dem Abschnitt zwischen Behrenstraße und Hannah-Arendt-Straße.«

»Ich weiß zwar nicht, was Sie vorhaben«, sagte Schuster, »aber es wird alles da sein.«

KAPITEL 11

30. Dezember 2018
Stalk Foundation, MetLife Building,
Grand Central Station, New York

Laura Best befestigte einen schwarzen Binderclip an der ausgedruckten Präsentation. *Die Flüchtlingssituation in Europa* war der Titel der Powerpoint-Präsentation, und Laura hatte die letzten Tage damit verbracht, eine, wie sie meinte, fast perfekte Präsentation für Gerald Stalk zu erstellen.

Die Stalk Foundation in New York war eine der größten Wohltätigkeitsstiftungen oder auch NGOs der Welt. Sie kümmerte sich um die Themen, um die sich die Staaten nicht ausreichend kümmerten. Armutsbekämpfung, Ungleichgewichte beseitigen, Klimawandel aufhalten.

Gutes zu tun war Laura, die aus London kam, in die Wiege gelegt worden. Sie hatte sich früh für Greenpeace engagiert und in Bewerbungsgesprächen oft mit ihrem Namen kokettiert. *Laura Best – the best for everybody,* sagte sie immer. *Das Beste für alle.*

Laura hatte die Hinweiskarten für Flüchtlinge aus Afrika drucken lassen. In welchem europäischen Land es am sichersten war und wo man am besten behandelt wurde. Wie man am besten nach Europa kam. Wie einem die Kirchen bei der Flucht helfen konnten. Wie viel Sozialleistungen es gab. In Deutschland gab es die höchsten Leistungen, und zwar keine Sachleistungen oder Lebensmittelmarken, sondern immer bares Geld, *cold hard cash,* sodass die meisten nach Deutschland wollten. Sicher hatte dabei auch die Mundpropaganda geholfen und auch die Facebook-Selfies der deutschen Kanzlerin mit Flüchtlingen, die von den Schleusern als Social Network Marketing dankbar aufgenommen worden waren. Doch der Stalk Foundation ging es nicht darum, den Schleusern ein gutes Geschäft zu verschaffen, der Stalk Foundation ging es darum, das Leben der Armen besser zu machen. Darum hatten sie die *Europa-Checklisten* gedruckt. In Englisch und Arabisch. Und manchmal noch in ein paar regionalen Dialekten. Und diese Checklisten, in etwa so groß wie ein Reisepass, beidseitig bedruckt und wasserabweisend, per Helikopter an den

Stränden von Ägypten, Libyen, Tunesien, Algerien und Marokko abgeworfen. Eine Million. Jetzt sollte es einen Nachdruck geben, und Laura legte stolz den ersten pdf-Ausdruck zu der Powerpoint-Präsentation, um sie gleich Mr Stalk zu zeigen.

Vor einiger Zeit hatte Laura angefangen, sich zu fragen, wo das ganze Geld der Stalk Foundation eigentlich herkam. Was sie dabei immer ein wenig wunderte, war, dass Mr Stalk all das Geld, das in seine Stiftungen floss, als Investor gemacht hatte. Auf Märkten, in denen es mit den Menschenrechten nicht weit her war. *Kaufe, wenn Blut auf den Straßen fließt,* war in den Achtzigerjahren eines seiner Mottos gewesen. 1986 war Stalk in Manila gewesen, der Hauptstadt der Philippinen, als gerade die Revolution ausgerufen wurde. Irgendwie hatte ihn ein achtzehnjähriger Junge zu einem Hubschrauber gebracht, und er war eingestiegen, ohne nachzudenken. Unten ratterten die Gewehre, während der Hubschrauber Kurs auf den Flughafen nahm. *Kaufe, wenn Blut auf den Straßen fließt.* Und Stalk hatte gekauft. Und gewonnen. Dabei waren seine Investmentmethoden durchaus unkonventionell, und er scheute sich auch nicht davor, jenseits der Analystenberichte zu prüfen, ob es sich lohnte zu investieren oder nicht. In vielen Entwicklungsländern ging er in den örtlichen Supermarkt, um die Menschen und ihre Vorlieben zu verstehen. Oder er ging ins Kino. Auch in den lokalen Filmen lernte man eine Menge über die Träume, Wünsche und die Lebenswirklichkeit der Menschen, selbst dann, wenn man die Sprache nicht verstand. In Brasilien hatte er investiert, obwohl alle glaubten, dass Brasilien mit der Fußball-WM *und* der Olympiade überfordert sein könnte. Doch Stalk hatte dort die Karnevalsprozessionen gesehen, und die waren immer extrem gut organisiert, darum würde Brasilien auch WM und Olympia gestemmt kriegen. Und so war es dann auch gewesen.

Angeblich betrieb Stalk noch eine weitere Stiftung, die das Vermögen der Familie verwaltete. Dabei sollte es sich um einen Hedgefonds handeln, der auch bei fallenden Kursen Geld verdienen konnte. Laura konnte sich das jedoch bei Mr Stalk nicht vorstellen. Komisch war nur, dass der Fonds nicht in den USA saß, sondern auf den Niederländischen Antillen, wenn sie das richtig gehört hatte. Eine der Steueroasen, der *dirty thirty*, die die Stalk Foundation eigentlich bekämpfen wollte. Eigentlich ... Vielleicht war der Fonds aber auch nur dort, um vor Ort etwas verändern zu können. Andere hatten ihr gesagt, dass Stalk das nur tat, um auf diese Weise nicht von den US-Steuerbehörden verfolgt zu werden und nicht in Konflikt mit US-Gesetzen zu geraten. Deswegen saß auch kein Vorstand der Investmentstiftung in New York, dort arbeiteten nur freiberufliche *Berater*. Konnte das sein? Laura war fest angestellt, jedenfalls für die Dauer des Praktikums, was noch sechs Monate dauern würde. Was an den Gerüchten dran war, wusste sie nicht. Sie konnte sich aber nicht vorstellen, dass jemand wie Mr Stalk etwas Unrechtmäßiges tat, dafür lag ihm das Wohl der Menschheit zu sehr am Herzen.

Sie ging den Flur entlang und klopfte an die Tür des Vorzimmers. Susan, die Sekretärin von Mr Stalk, erwartete sie schon.

»Gehen Sie rein«, sagte sie fröhlich. »Ich bringe Ihnen gleich Kaffee.« Sie stand auf. Hinter ihr, genau wie im Büro von Mr Stalk, eröffnete sich der Blick auf die Park Avenue und den Central Park aus einer großen Fensterfront. Denn die Stalk Foundation hatte ihr Büro im MetLife Building, direkt über der Grand Central Station, sodass man beide

Seiten der Park Avenue bewundern konnte. Ein schwarzer Radtaxifahrer hatte ihr einmal bei ihrem ersten Besuch im Central Park erklärt, in welche Bereiche New York vom Central Park aus gesehen aufgeteilt war.

Upper East Side: Old Money, hatte der Mann gesagt und in die jeweilige Richtung gestikuliert. *Upper West Side: New Money. Harlem: No Money.* Damit hatte er recht. Fakt war auch, dass die Upper West Side wegen Frauen, die ICSI-Behandlungen über sich ergehen ließen, um ab vierzig Kinder bekommen zu können, die höchste Anzahl an Zwillingen aufwies, die meist das Nebenprodukt einer ICSI waren, während die Upper East Side die höchste Dichte an Psychiatern hatte. Möbelpacker berichteten zudem, dass sie in der Upper West Side bei Umzügen Kisten voller Bücher schleppen mussten, auf der East Side aber eher Schränke voller Kleider.

Laura öffnete die Tür zu Mr Stalks Büro. Das Büro war so groß, dass man von der einen Seite auf das Grand Central Terminal und die Park Avenue im Süden und auf der anderen Seite Richtung nördliche Park Avenue und den Central Park blicken konnte. Tiefe Teppiche, Ledersofas, moderne Kunst an den Wänden. Mr Stalk trug einen schwarzen Nadelstreifenanzug mit violetter Krawatte. Seine fast neunzig Jahre sah man ihm nicht an. Er war ein wenig füllig geworden, doch noch immer bei bester Gesundheit. Das Gesicht geradezu frisch und rosig, die grauweißen Haare exakt gescheitelt. Eine Lesebrille lag auf dem mit Papieren und Zeitungen überhäuften Schreibtisch. In einem Mahagoniregal standen all die Bücher, die Mr Stalk geschrieben hatte, zusammen mit den Übersetzungen, es mochten wohl an die fünfzig sein. *A Better World* und *Enemy Poverty* waren die erfolgreichsten Titel von ihm gewesen. Hier, in diesem

Glaspalast, war man der Armut jedenfalls schon zu Leibe gerückt. Immerhin ein Anfang, dachte sie. Und in dem Moment tat Laura ihr schnippischer Gedanke schon wieder leid.

Mr Stalk stand auf und wies auf die Sitzecke direkt am großen Panoramafenster, unter dem der Verkehr in der Park Avenue pulsierte.

»So, Miss Best, dann wollen wir mal«, sagte er aufmunternd.

Laura nickte. Er betrachtete sie mit einer Mischung aus Weisheit und väterlichem Stolz, eine Mischung, die sie öfter als Bestätigung brauchte. Und sie betrachtete Mr Stalk mit einer Mischung aus Respekt, Angst und Bewunderung, die er schätzte. Und brauchte. Es war genau die Mischung, die ältere Männer bei jüngeren Frauen hervorrufen wollten.

Sie setzte sich ebenfalls, legte die Präsentation auf den Glastisch und ließ ihren Blick ganz kurz über den Schreibtisch von Mr Stalk schweifen, bevor sie sich ihm zuwandte. Sie liebte es, Schreibtische anzuschauen, an denen gearbeitet wurde. Man sah, womit die anderen sich gerade beschäftigten. *Ein Schreibtisch ist ein Blick in die Seele seines Nutzers,* hatte ihr mal jemand in London so oder so ähnlich gesagt. Laura hatte schon ein paar Mal verstohlen einen Blick auf den Schreibtisch geworfen, wenn sie Mr Stalk hier getroffen hatte.

Ein Trading Terminal von Bloomberg, mit dem man Aktienkurse beobachten konnte, stand auf einem Tisch neben dem Schreibtisch und war geöffnet. Das hatte sie bei Mr Stalk schon öfter gesehen. Und schon wieder war es der gleiche Wert, der angezeigt wurde. Bund-Future. Erst hatte ihr der Begriff überhaupt nichts gesagt. Dann hatte sie etwas recherchiert und herausgefunden, dass der Bund-Future eine Art Terminkontrakt auf die Kursentwicklung der zehnjährigen deutschen Bundesanleihe war. Mit anderen Worten: Dieser Kontrakt zeigte, wie leicht sich Deutschland an den internationalen Kapitalmärkten Geld leihen konnte.

Ein Staat, der das nicht mehr konnte, war irgendwann pleite.

KAPITEL 12

30. Dezember 2018
Wilhelmstraße / Ecke Behrenstraße, Berlin

»Vorwärts«, zischte Retzick. Seine vier Kameraden schlossen zu ihm auf. Es war fast wie damals, im Kosovo. Auch dort waren sie gemeinsam so vorgerückt. Retzick vorn, dann Hendrik, Patrick, Robert und Jakob als Nachhut. Nur Philipp fehlte. Retzick musste zugeben, dass er ihn vermisste. Philipp hatte gewisse Fähigkeiten, die ihnen hier nützlich gewesen wären. Aber er war halt nicht mehr da.

Retzick wischte die Gedanken weg. Schuster hatte ihnen alles gebracht. Die Kapuzenpullover, die anklebbaren Bärte und natürlich kugelsichere Westen. Und für jeden eine AK 47. Mit jeweils drei Magazinen. Eines davon immer mit Klebeband an das andere Magazin geklebt, wie es die Taliban handhabten – und die Tschetschenen sicher auch.

Sie brachen die Hintertür des »Embassy Deli« auf, eine Snackbar keine fünfzig Meter von der Britischen Botschaft entfernt. Die gesamte Gegend war wie leer gefegt. Nur der beißende Geruch von Rauch lag in der Luft. Die Folgen der Explosion in der Britischen Botschaft. Irgendwo waren die Flügelschläge eines Helikopters zu hören.

Retzick kannte diese Sorte von Terroristen. Tschetschenen. Sie waren gut im Schießen. Gut im Töten. Und beides machte ihnen Spaß. Sie machten das, was man *contact drills* nannte. Einer schoss, während die anderen vorrückten. Oder sich in Sicherheit brachten. So hatte jeder Feuerschutz, während er sich nach vorn bewegte oder zurückwich. Retzick hatte sich die Schießerei in dem Kinofilm »Heat« mit Robert de Niro und Al Pacino bestimmt zwanzigmal angeschaut. Das war einer der Filme, wo sich der Regisseur Michael Mann und sein Team bei Profis richtig schlaugemacht hatten, denn da waren auch *contact drills* zu sehen. Das ganze Filmteam, so hatte es Retzick gehört, hatte sich mit Gangstern und Navy SEALs beraten, wie eine solche Schießerei von Profis am besten auszusehen hatte. Die Jungs hier hatten entweder auch den Film »Heat« gesehen, oder sie wussten, wie *contact drills* funktionierten. Da half nur eine Sache: Nicht von vorn reingehen, sondern von hinten.

Retzick spürte das Adrenalin, als er die A K47 umfasst hielt. Die SIG Sauer war ebenfalls fertig geladen im Holster unter dem Kapuzenpulli. Es wurde immer behauptet, dass man nur mit automatischen Waffen wie der Kalaschnikow schnell schießen konnte, doch mit einer SIG Sauer ging das auch, wenn man den *Trigger Reset* richtig einsetzen konnte. Man drückte ab und ließ den Abzug danach nicht komplett zurückschnappen, sondern wartete das leise Klicken ab. Dann stoppte man den Abzug. Ließ ihn nicht ganz zurückschnappen, sondern behielt den Zeigefinger in Spannung. Dann brauchte man den Abzug nur noch einmal ganz leicht zu betätigen, und das nächste Projektil wurde abgefeuert.

Sie schlichen sich langsam durch das Innere des Delis. Alles war leer. Das war gut. Es wäre hinderlich gewesen, wenn noch Gäste dort gewesen wären, die meinten, den Helden spielen zu müssen, schließlich sahen Retzick und seine Männer genauso aus wie die Terroristen. An der Wand ein Foto der New Yorker Skyline. Eines von denen, wo man noch die Türme des World Trade Center sah. Irgendwie passend, dachte Retzick, oder auch nicht.

Vom Inneren durch die Fenster sahen sie die Kreuzung Wilhelm- und Behrenstraße. Zwei Polizeibusse waren gegen die Wand des Gebäudeblocks gefahren, in dem auch Abgeordnetenbüros waren. Offenbar waren die Beamten direkt während der Fahrt mit Kalaschnikows beschossen worden. Die Scheiben voller Blut.

Der VW-Bus der Tschetschenen stand direkt am Ende des Häuserblocks, dessen Ende das »Embassy Deli« bildete. Retzick sah die Tschetschenen. Vier waren draußen, zwei waren im Bus. Jeder mit einer Kalaschnikow in der Hand. Kapuzenpullover. Und Bärte. Schuster hatte recht gehabt. Gott sei Dank, Retzick und seine Truppe sahen genauso aus wie *sie*. Und ein bisschen fühlte sich Retzick auch so.

Kein Auto fuhr über die Kreuzung. Zwei Passanten lagen auf der Straße. Tot oder schwer verletzt. Aus den Augenwinkeln sah Retzick die Britische Botschaft. Der prächtige Eingang war nur noch ein grauschwarzes Loch, so als hätte ein Riese einen Teil aus dem Gebäude herausgerissen und den Rest in Brand gesteckt. Von der schwarzen Limousine war kaum etwas übrig, das Feuer im schwarzen Wrack loderte noch.

Retzick öffnete die Eingangstür des Delis, so leise er konnte. »Wir drei zuerst, ihr zwei danach.« Die anderen nickten. Es war wie immer. Retzick, Hendrik und Patrick. Dann Robert und Jakob.

»Feuer frei auf mein Kommando«, flüsterte er.

Sie schlichen nach draußen. Das »Embassy Deli« war von

einer kleinen Mauer umgeben, auf die Blumen gepflanzt waren. Ideale Deckung. Einer der Tschetschenen drehte sich um. Dann noch einer. Sie schauten Retzick und seine Kameraden an. Und erstarrten. Drei Männer, die so aussahen wie sie.

Das war der Moment.

Der Moment der Überraschung, in dem der Feind gelähmt war. In dem er eine Sekunde lang nichts tun konnte, außer sich zu wundern, wer denn diese Leute wären, die genauso aussahen wie sie. Genau deswegen hatte Retzick die Verkleidung angefordert.

Das war der Moment der Entscheidung. Der Moment des Todes.

Retzick schoss.

Die AK 47 war unhandlich und nicht so zielgenau wie ein M4, doch der erste Schuss traf den Tschetschenen in die Brust. Wenn er eine kugelsichere Weste getragen hatte, hätte die ihm gegen Dienstwaffen der Berliner Polizei geholfen, aber nicht gegen eine AK 47, eine vollautomatische Waffe, die nach dem Kriegswaffenkontrollgesetz, KWKG, verboten war. Der zweite Schuss traf in den Hals. Blut spritzte hervor, vermischte sich mit Atemluft aus der aufgerissenen Luftröhre und sprühte in rosigen Flocken nach oben, während der Mann noch wenige Sekunden aufrecht stand und dann, beinahe widerwillig, wie ein gefällter Baum krachend zu Boden fiel. Noch ein toter Tschetschene. Und noch einer. Hendrik und Robert waren hinter der kleinen Mauer in Deckung gegangen. Auch Retzick ließ sich auf den Boden fallen. Unten angekommen, legte er den Lauf auf die Brüstung und schoss auf den Kopf hinter der Scheibe im VW-Bus. Daneben. Noch ein Schuss. Blut spritzte an die Scheibe. Noch einer. Jakob schoss. Und Patrick. Die restlichen Tschetschenen sackten tot zusammen.

Alles war still.

Die Schüsse waren verhallt. Nichts bewegte sich. Einzig das Blut floss aus den Wunden und sickerte langsam auf den grauen Asphalt der Wilhelmstraße.

Es war der Moment des Sieges. Patrick erhob sich als Erster.

Doch Retzick fiel wieder dieser Spruch von Napoleon ein: *Die größte Gefahr lauert im Moment des Sieges.* Heute wusste er es, am Ende des Jahres 2018. Damals in Serbien hatte er es noch nicht gewusst.

Es war der Moment, in dem er das Geräusch hörte. In dem er sah, wie Patrick zu Boden fiel. Nicht nur Patrick. Da war noch etwas. Blut schoss hervor und spritzte Retzick ins Auge. Als er nach einer Zehntelsekunde wieder sehen konnte, sah er die Leiche von Patrick. Die Machete, von der Blut tropfte. Die Hand an der Waffe. Und das *andere …*

Dann sah er den Tschetschenen hinter sich. Mit einer Machete. *Verdammt, er war ihnen gefolgt, durch das Deli, er hatte sich angeschlichen und …* Das Grauen baute sich langsam auf.

Das Erste, was Iwo Retzick gesehen hatte, waren die Enthauptungsvideos von al-Qaida. Daniel Pearl vom Wallstreet Journal, der in Pakistan geköpft wurde.

Dann der Islamische Staat. Jihadi John.

Und irgendwann hatte er es live gesehen. In den Kriegszonen im Irak und Afghanistan.

Doch was er jetzt sah, war eine Premiere. Es war die erste Enthauptung mitten in Berlin. Direkt vor sich, nicht einmal einen Meter weit entfernt.

Retzick spürte, wie ihm das Grauen den Rücken hochkroch, doch jetzt war keine Zeit für Schock oder Trauer. Retzicks Gehirn arbeitete innerhalb von Millisekunden. Keine

Zeit, die AK 47 zu heben, keine Zeit, die Machete wegzuschlagen, wenn er nicht der Nächste sein wollte. Mit der Geschwindigkeit, wie sie nur jahrzehntelanges Nahkampftraining hervorbringen konnte, schoss seine Hand nach vorn. Er traf den Mann direkt unterhalb der Nase. Retzick hörte das tiefe Knacken, das Scharren, als würde man eine Schublade hervorziehen, und ein glitschiges Geräusch, während der Mann die Machete losließ und zusammensackte. Er feuerte die Pistole ab. Säuberungsschuss in den Kopf. Tot.

»Zum Bus«, rief Retzick, »Jakob, Robert, ihr sichert das Deli.«

Die Gefahr war noch nicht gebannt. Und Patrick war unwiederbringlich verloren. Eine Enthauptung. Mitten in Berlin. Als wollten diese Kerle den Ermittlern zeigen, dass ihre grausamen Rituale auch hier Einzug halten würden.

Retzick schob ein neues Magazin in seine AK 47.

Sie näherten sich geduckt dem VW-Bus. Riesige Rauchwolken quollen aus der Britischen Botschaft hervor, und Retzick musste an die Bilder des 11. September denken, mit den rauchenden Wolkenkratzern, die in Downtown Manhattan standen wie zwei riesige Schlote.

Die Fenster des Busses waren zerstört. Der Fahrer saß tot am Lenkrad. Blut und Hirnmasse verspritzt auf Autoradio und Beifahrersitz. Retzicks Blick glitt über die Rückbänke. Ein toter Tschetschene, wahrscheinlich der, den er nicht gleich erwischt hatte. Und dann noch einer. Frisches Blut sickerte aus einer Wunde in der Brust. Doch da war wieder sein Instinkt. Der Instinkt, der Retzick geraten hatte, sich genauso wie die Terroristen zu kleiden, der Instinkt, der ihn dazu gebracht hatte, dem Tschetschenen den Nasenknochen ins Gehirn zu schlagen. Irgendetwas stimmte nicht. Er schaute die Leiche noch einmal an. Genauer. Da war etwas.

Die dunkelblonden Haare, die aus der Kapuze kamen. Er führte seine Hand langsam, fast behutsam, durch die zerstörte Scheibe. Zog mit seinem Kampfhandschuh die Kapuze zurück – und blickte in das Gesicht eines etwa zwanzigjährigen Mädchens.

Im Bus der Tschetschenen.

Mit einem Kapuzenpullover bekleidet.

Dunkelblond.

Und tot.

KAPITEL 13

30. Dezember 2018
Neukölln, Berlin

Der Putz bröckelte von den Wänden.

Schlagbohrer und Bohrhämmer fraßen sich in die Wand der Moschee.

Und dahinter ... war etwas.

Plastikfolie. Bedeckt mit Staub.

»Auf damit!«, befahl Judith.

Die zwei SEK-Männer schnitten die Folie auf.

Dahinter ... waren keine Kisten mit Kalaschnikows.

Keine Munitionskisten.

Dahinter war etwas Größeres.

Ein riesiges Stativ, weiß lackiert. Darauf ein etwa zwei Meter langer schwarzer Lauf. Nein, nicht nur ein Lauf, sondern mehrere. Darunter eine riesige Trommel oder ein Motor.

Judith blinzelte mit den Augen. »Das ist doch eine ... Gatling-Kanone!« Sie schaute sich um. Der SEK-Kollege nickte.

»Eine Vulcan M61. Kommt aus den USA.«

»Und was macht die hier?«

»Wahrscheinlich per Lkw hierhergeschmuggelt worden. Aus dem Golfkrieg, Afghanistan oder woher auch immer«, sagte Tahir.

Judith trat etwas näher an die Waffe heran. Schaute sich die Mündung an. Eine Gatling-Kanone hatte nicht nur einen Lauf, sondern mehrere, die in blitzartiger Geschwindigkeit mit neuen Patronen bestückt wurden. »Wie schnell schießt die?«

Micha blies die Backen auf. Genauso hatte er auch immer am Schießstand ausgesehen, wenn er Judith aufgefordert hatte, auf die zweibeinigen Wildschweine zu schießen. »Nageln Se mich nicht fest«, sagte er in breitem Berlinerisch, »aber dit können bis zu viertausend Schuss pro Minute sein.«

Judith überschlug die Zahl im Kopf. »Das sind ja mehr als sechzig Schuss pro Sekunde.«

Der Mann nickte »Soweit ich weiß, waren die mal als Flugabwehrkanonen gedacht. Da Flugzeuge sich schnell bewegen, muss man umso schneller schießen.«

»Und die Munition …«

»Ist übel«, sagte nun Tahir. »Es gibt bei den Dingern meistens panzerbrechende oder hochexplosive Munition. Mit der panzerbrechenden kriegt man selbst die gepanzerte Limousine von der Bundeskanzlerin auf, richtig?«

Der SEK-Mann nickte. »Da ist man auf der sicheren Seite. Also Sie als Schütze, meine ich.«

Die Bundeskanzlerin eher nicht, dachte Judith, bevor sie weitersprach. »Und mit der hochexplosiven kann man ein ganzes Einkaufszentrum in ein Schlachthaus verwandeln.« *Sechzig Schuss pro Sekunde.* Sie sah Bilder vor sich. Wie eine dunkle Vision. Ein Lkw raste rückwärts in den Eingangsbereich einer Shoppingmall. Dann sprangen drei, vier Männer nach vorn und öffneten die Klappen des Anhängers. Und im Anhänger stand… die Vulcan M61. Und feuerte …

Judith legte den Gedanken in einer anderen Ecke ihres Gehirns ab und beugte sich nach vorn in das Loch in der Wand. »Da ist noch etwas!« Es war länglich. »Das könnte die Munition sein.«

Judith griff zum Telefon. »Ich brauche die Spurensicherung hier! Sofort!«

KAPITEL 14

30. Dezember 2018
GTAZ, Gemeinsames Terrorismusabwehrzentrum,
Treptow, Berlin

»Das soll hier kein Verhör sein, Herr Retzick, ich hoffe, das wissen Sie«, sagte Gerhard Winkler, Innensenator von Berlin.

Sie saßen im GTAZ, dem *Gemeinsamen Terrorismusabwehrzentrum* in Treptow, südlich von Berlin. Es war ein früheres Kasernengelände, ein Mix aus alten Backstein- und modernen Bürobauten. Sie saßen in Raum A242, an dem berühmten BKA-Konferenztisch mit Wänden, Monitoren und Landkarten von Afghanistan, dem Irak, Syrien. Uhren zeigten die Zeit in Washington, Berlin, Kabul und in noch ein paar anderen Städten. In einem nahen Panzerschrank lagerten Akten, die es digital nicht gab und die auch niemals eingescannt werden durften. Ob das Zentrum gut arbeitete, ließ sich nur schwer beantworten. Der Weihnachtsmarktattentäter Anis Amri war polizeibekannt und siebenmal Gesprächsthema im GTAZ gewesen und hatte trotzdem ungehindert in den Weihnachtsmarkt fahren können. In der Umgebung des GTAZ einige baufällige Gebäude, die demnächst abgerissen werden sollten. Die Gebäude waren Retzick beim Reingehen aufgefallen. Auf einem Hausdach in Sichtweite ein Graffiti mit der Parole: *Eine Welt ohne Bullen ist möglich.*

»Die meisten hier kennen Sie ja schon«, fuhr Winkler fort. »Der Polizeipräsident Karl Brandt und Sabine Schiller, Chefin der Senatskanzlei des Regierenden Bürgermeisters von Berlin. Und Herrn Schuster kennen Sie ja ohnehin.« Norbert Schuster, der Chef des SEK, saß neben Retzick. Und dann saß dort noch jemand Richtung Fenster, der Runde fast den Rücken zugerichtet, die Augen auf ein ipad gebannt. Jemand, der Retzick durch seine Körperhaltung seltsam bekannt vorkam, wobei Retzick nicht wusste, ob er ihn nicht schon einmal gesehen hatte. »Und das«, sagte Winkler und zeigte schon auf den Mann, »ist Philipp Arnoldsen. Er hilft uns ein wenig bei der Sicherheitsstrategie. Er ist zwar hier. Aber nicht offiziell.«

Arnoldsen blickte kurz von seinem ipad auf und drehte sich um. Leicht gewellte rote Haare, eine Hornbrille. Retzick kannte ihn. Philipp Arnoldsen! Was machte der hier? Sein Kamerad aus dem Kosovo. Arnoldsen tat, als würde er Retzick nicht erkennen, was Retzick verwirrte. Was war das hier für ein seltsames Spiel, von dem nur er nichts wusste? Der Innensenator schien zu merken, dass Retzick nicht ganz bei der Sache war.

»Hören Sie, Herr Retzick? Dies soll kein Verhör sein!«

»Kein Verhör also«, sagte Retzick. »Danke für den Hinweis.«

»Dennoch«, sagte jetzt Schiller, die Chefin der Senatskanzlei, »müssen wir uns fragen, wie es passieren konnte, dass einer Ihrer Männer beim Einsatz getötet wurde und eine Geisel gestorben ist. Offenbar nicht von den Terroristen, sondern von Ihren Männern erschossen.«

Von Ihren Männern erschossen. Da hatte sie leider recht. Patrick war tot. Er war Soldat und musste mit dem Tod rechnen. Für ihren Sold mussten Soldaten bereit sein zu sterben. Damit die anderen leben konnten. Romantik war da fehl am Platz.

Die Soldaten waren es, die bereit sein mussten zu sterben. Da gab es keinen Zweifel. Aber nicht die Geisel.

Retzick hatte sich nach dem Einsatz kurz auf den Rand des zerschmetterten Fensters gelehnt. Eine Sekunde hatte er die Augen geschlossen. Hatte sein Gesicht gesehen, das sich in einer Glasscherbe des Fensters spiegelte. Hatte gesehen, dass er noch den Bart trug, und ihn wütend heruntergerissen. Dann war ihm klar geworden, was passiert war.

Das war schlimmer als der Tod von Patrick. Hier war eine Geisel erschossen worden. Das war schon an sich schlimm. Das Schlimmste aber war, dass es einer seiner Männer gewesen war. Oder vielleicht auch Retzick selbst.

Er hatte Patrick gerächt. Als er Patricks Kopf auf dem Asphalt gesehen hatte, das Blut, Teile der Wirbelsäule, den Kopf *ohne Körper,* da war ein Schalter in ihm umgelegt worden. Er musste nicht nachdenken. Es stimmte, was in dem *Rambo*-Film gesagt wurde: Irgendwann war Töten so einfach wie Atmen. Sein Handballen hatte die Luft durchstoßen und dem Tschetschenen den Nasenknochen ins Gehirn geschlagen.

Patrick musste mit dem Tod rechnen. Jetzt war er tot. Und Retzick hatte ihn gerächt. Er sah noch das Bild des Tschetschenen, die zerstörte Nase und das Blut und den Schleim, die aus den Nasenlöchern liefen.

Die Geisel jedoch war Zivilistin gewesen.

Genau um solche Menschen, Zivilisten, zu beschützen, genau dafür gab es Menschen wie Retzick. Doch genau das hatten sie nicht getan. Im Gegenteil, sie hatten einen von diesen Menschen nicht nur nicht beschützt, sondern sogar getötet.

Er war vor einer Stunde in der Rechtsmedizin gewesen und hatte die Leiche der jungen Frau auf dem Sektionstisch gesehen. Auf dem Nebentisch hatte Patrick gelegen. Oberkörper und Kopf. Die Leichen der anderen Polizisten waren noch im Kühlraum. Ebenso die Körper der Tschetschenen und die Leichen aus den Botschaften. Die Rechtsmediziner der Charité würden einige Nachtschichten einlegen müssen. Die IDKO, die Identifizierungskommission des Bundes, war unterwegs, ebenso die Kollegen vom BKA aus Wiesbaden, denn der Generalbundesanwalt hatte den Fall übernommen.

Retzick hatte das Gesicht der Leiche betrachtet. Die Frau war viel zu jung, um tot zu sein. Julia Schnedes, 21 Jahre alt, Studentin der Kulturwissenschaften an der Humboldt-Universität. Oberarm und Oberkörper durchschossen. Das Herz zerfetzt. In einem Plastikcontainer lagen ihre Papiere und ihre Handtasche. In der Handtasche ein Buch. *Karriere im Kulturmanagement.*

Passender wäre *Kampf der Kulturen* gewesen, kam es Retzick in den Sinn.

»War es eines von unseren Projektilen? Aus den AKs vom LKA?«, hatte Retzick von Weinstein, den stellvertretenden Leiter der Rechtsmedizin, gefragt.

Der hatte die Lippen zusammengekniffen, als täte es ihm selbst weh, dass er das sagen musste. »Leider ja.«

»Abgesehen davon, dass der Einsatz nicht mit uns abgestimmt war«, ließ sich nun der Polizeipräsident vernehmen. Retzick war wieder im Hier und Jetzt.

»Dafür übernehme ich die volle Verantwortung«, unterbrach ihn Schuster, der Chef der SEKs Berlin. »Leider konnte die Polizei nicht viel machen, weil zwanzig Kollegen aus dem Abschnitt Friedrichstraße von den Tschetschenen vorher erschossen worden sind.«

Der Polizeipräsident zog die Mundwinkel herunter.

»Glauben Sie, Herr Retzick«, sprach Winkler weiter, »dass Ihr Gespräch mit Herrn Schuster abgehört wurde? Immerhin ist es den Terroristen gelungen, Ihnen durch das Restaurant zu folgen und einen Ihrer Männer, äh, zu enthaupten.« Er schaute noch immer etwas entsetzt auf die Fotos, die vor ihm lagen.

»Wieso fragen Sie das nicht die Geheimdienste?«, entgegnete Schuster. »Und vielleicht klären Sie auch gleich mit dem MI6, wie es sein kann, dass ein Islamist mit einer schwarzen Botschaftslimousine direkt vor die Britische Botschaft fahren und dort mehrere Hundert Kilogramm C4 zünden kann? Wir hatten hier gerade einen Terroranschlag, gegen den die Lkw-Attacke auf den Breitscheidplatz 2016 ein Sonntagsspaziergang war. Und wenn es Retzick und seine Jungs nicht gegeben hätte, hätten wir jetzt fünf oder noch mehr Terroristen, die mit Kalaschnikows durch die Berliner Innenstadt laufen. Stattdessen reiten Sie auf angeblichen Zuständigkeitsüberschreitungen herum.«

»Die Frage ist auch«, sagte Polizeipräsident Brandt, »warum Sie ihre Handys genutzt haben und nicht den Polizeifunk?«

»Soll das ein Witz sein?« Schuster riss die Augen auf. »Wir wissen alle, dass jeder dahergelaufene Sensationsreporter den Polizeifunk abhören kann. Und vom digitalen, verschlüsselten Polizeifunk sind wir in dieser Dritte-Welt-Stadt ja wohl noch Jahre entfernt!«

»Polemik hilft hier nicht weiter«, knurrte Brandt.

»Sie schadet aber auch nicht.« Schuster funkelte ihn an. »Was hätten Sie denn bitte stattdessen gemacht?«

Brandt antwortete nichts.

Es war müßig, darüber zu diskutieren, das wusste Retzick. Die Behörden hatten ein halbes Jahr lang das Handy von Amri abgehört. Er war zwar Drogendealer im Görlitzer Park gewesen, was einen in Berlin eher zum authentischen Bürger als zum Kriminellen machte, aber er war schlau genug gewesen, sich bei nichts anderem erwischen zu lassen. Kein Kauf von Chemikalien im Baumarkt, kein Einbruch, keine Waffen. Dann hatten die Ermittler die Überwachung eingestellt, ohne herauszufinden, dass Amri auch noch unter fünf anderen Namen aktiv war. Genauso, wie es sein sollte. Und irgendwann stieg Anis Amri in einen Lkw, der fünfundzwanzig Tonnen Stahl geladen hatte. Immerhin Stahl, dachte Retzick, kein Sprengstoff.

Hätte es geholfen, Navis im Lkw zu haben, die sofort den Lastzug anhielten, wenn der Fahrer irgendwo hinfuhr, wo er nicht hinsollte? So etwas konnte gehackt werden, und die Terroristen hatten meist die besseren Hacker. Am Ende half nichts wirklich. Vielleicht ein automatischer Stopp für Lkw, wenn er auf einmal auf ein Hindernis fährt? Andere sagten, genau ein solcher Stopp habe damals eingesetzt und den Lkw links ausbrechen lassen, sonst hätte Amri wahrscheinlich den Weihnachtsmarkt in seiner ganzen Länge durchpflügt.

Ein Mitarbeiter des GTAZ betrat den Raum und legte Winkler eine Statistik vor. Womöglich eine Übersicht über die bisherigen Todesopfer des Anschlags. Winklers Gesichtsausdruck jedenfalls zeigte, dass ihm das, was er sah, nicht gefiel.

»Hören Sie«, sagte Karl Brandt. »Sie alle haben sich um die Sicherheit in unserer Stadt mehr als verdient gemacht, das stellt keiner in Abrede.«

Wie gnädig, Herr Polizeipräsident, dachte Retzick, sagte es aber nicht.

»Dennoch haben Sie, Herr Schuster, die normale Befehlskette unterlaufen, und Sie, Herr Retzick, haben einfach zugestimmt. Meines Wissens sind Sie noch dem KSK zugeordnet, und das ist nicht Teil der Polizei, sondern der Bundeswehr und außerdem nur für Auslandseinsätze zuständig.«

»Was hätten wir denn Ihrer Meinung nach bitte machen sollen?«, fragte Retzick. Er wusste: Die anwesenden Männer, wie sie hier hockten, hatten alle kein Rückgrat und waren gar nicht an einer Lösung interessiert, sondern nur daran, Protokolle einzuhalten. Helmut Schmidt hatte bei der großen Sturmflut in Hamburg 1976 die Bundeswehr im Inneren eingesetzt, um den Schaden zu beheben. Beschwert hatte sich hinterher niemand, weil es gar keine andere Möglichkeit gegeben hatte. Aber Schmidt hatte auch Arsch in der Hose gehabt, dachte Retzick, im Gegensatz zu diesen traurigen Gestalten. »Was hätten wir machen sollen?«, fragte er noch einmal. »Warten, bis noch mehr Polizisten in den Tod fahren? Typen, die auf dem Schießstand vielleicht zweihundert Schuss im Jahr abgeben und ihre Dienstwaffen neuerdings nicht mehr mit nach Hause nehmen dürfen? Was meinen Sie, wie hoch der Frust bei den normalen Polizisten ist? Glauben Sie, die wollen ihren Arsch riskieren, vor allem, wenn sie wissen, dass diese Tschetschenen schon zwanzig ihrer Kollegen umgelegt haben mit automatischen Waffen, die jede normale kugelsichere Weste durchschlagen?«

Der Polizeipräsident verzog unbehaglich das Gesicht. Auch ihm war nicht entgangen, dass sich viele der Sicherheitskräfte in Deutschland mehr und mehr von der Regierung und der gesamten Administration abwandten. Angeblich hatte die damalige Verteidigungsministerin Ursula von der Leyen im Jahr 2016 nicht nur wegen Terminschwierigkeiten ihre Teilnahme an der Zwanzig-Jahr-Feier des KSK in Calw abgesagt, sondern auch, weil sie Angst hatte, dass sie irgendein Projektil aus unbekannter Richtung treffen könnte. Auch das Foto des Kampfschwimmers, der mit einer Pistole neben der Bundeskanzlerin bei einem Truppenbesuch stand, mit einer hinzugefügten Sprechblase *Ich könnte ein Held sein* hatte sich rasend schnell im Internet verbreitet. Viele in den Truppen oder auch bei der Polizei sprachen schon von einem *neuen Stauffenberg,* der endlich einige der offenbar wahnsinnig gewordenen Politiker aus dem Weg räumen sollte, wie es Stauffenberg damals mit Hitler versucht hatte.

Zwanzig Jahre KSK, dachte Retzick. Gegründet im Jahr 1996. Zwei Jahre nach dem Genozid in Ruanda. Dort mussten belgische Eliteeinheiten deutsche Diplomaten aus Ruanda ausfliegen, weil Deutschland nur die GSG 9 hatte. Und die waren nicht fürs Ausland zuständig. So etwas sollte nicht noch einmal passieren. Also wurden die KSK gegründet.

Retzick sprach weiter. »Oder hätten wir die GSG 9 anrufen sollen und hoffen, dass sie in zwei Stunden hier sind?« Er schaute sich wütend um. »Vielleicht hätten Schuster und ich auch gar nichts machen sollen. Dann wären die Tschetschenen noch am Leben, hätten vielleicht noch hundert Zivilisten erschossen, aber Sie«, er blickte den Innensenator, den Polizeipräsidenten und die Chefin der Senatskanzlei hintereinander an, »hätten Ihr Seelenheil gefunden, weil die bürokratischen Prozesse korrekt abgelaufen sind. Das wäre Ihnen dann doch sicher das Leben von hundert Zivilisten wert, oder nicht? Oder braucht es mehr als zweihundert Tote, bis sie sich zu einer Presseerklärung herablassen? Darunter tun Sie es nicht?«

»Herr Retzick«, sagte Sabine Schiller, »Zynismus ist hier ganz fehl am Platz.«

»Naivität auch«, knurrte Retzick.

Er versuchte, ruhig zu bleiben. Schloss die Augen. Stellte sich vor, dass er sich mit dem Rücken an die kühle Statue lehnen würde. Die Statue, die er sich vorstellte. Er beherrschte viele Techniken. Transzendentale Meditation, Zen, autogenes Training. Das hatte ihn damals in Afghanistan vor dem Wahnsinn bewahrt, als dieser Verrückte ihm den halben Unterschenkel weggeschossen und die Wunde sich auch noch entzündet hatte. Komischerweise machte ihm diese Wunde gar nicht mehr zu schaffen, ganz anders als seine Bandscheibe und die Probleme in der Halswirbelsäule.

»Meine Dame, meine Herren, bitte!«, sagte Winkler.

Retzick öffnete die Augen. Winkler schaute auf die Uhr, wahrscheinlich hatte er gleich eine Videokonferenz mit den Leitern von BKA, BND, dem Verfassungsschutz und dem Innenminister. Alle hatten sicher eine Menge unangenehme Fragen, in jedem Fall würde es für Winkler ungemütlich werden, und Retzick gönnte ihm das von Herzen.

Arnoldsen schaute kurz von seinem ipad auf und blickte Retzick direkt an. Er kniff ein Auge zu. Es war ein Zwinkern, das keiner außer Retzick als solches erkennen würde.

Ja, es war Philipp Arnoldsen. Er war es tatsächlich. Vorhin beim Einsatz hatte er noch an Philipp gedacht. Und gar nicht gewusst, welchen Job er jetzt eigentlich genau hatte. Jetzt wusste er es immer noch nicht, aber Philipp saß hier. Er war es wirklich, und er schien, wenn er hier saß, offenbar auch irgendwie wichtig zu sein. Und er hatte Retzick ganz sicher auch erkannt. Natürlich hatte er das. Es sollte wohl nur keiner wissen, dass die beiden sich kannten. Und Retzick würde das Spiel erst einmal mitspielen. Vielleicht war es gut so.

»Bisher hatten wir nur Glück«, sagte Schuster. »Jetzt erwischt es uns halt auch mal. Das merken die Leute. Und sie wollen, dass wir etwas tun.« Er blickte über den Tisch. »Wie war das mit dem abgesagten Fußballspiel Deutschland gegen England in Hannover 2015? Da sagte der Innenminister: *Teile der Informationen würden die Bevölkerung verunsichern*. Und bei Gott, ich kenne die Information, und das hätte sie auch.«

»Das heißt, wir sollen den Rechtsstaat abschaffen?«, fragte Schiller.

»Der hat sich schon abgeschafft«, sagte Schuster. »Und wir haben schon öfter gewarnt. Aber keiner wollte uns zuhören.«

»Sie spielen auf das inoffizielle Verhör an, das Sie mit einem Islamisten durchgeführt haben?« Winkler blickte Schuster und Retzick an. »Sie beide? 2016?«

»Wir sagten damals«, sagte Retzick, »dass es ein Wunder ist, dass noch keine schmutzige Bombe in irgendeiner europäischen Großstadt explodiert ist. An das Material kommt man problemlos heran. Krankenhäuser, die Strahlentherapie anbieten, sichern dieses gefährliche Material kaum, das kann sich jeder schnappen. Und wenn es irgendwann mal selbst fahrende Lkw gibt, ist ja wohl klar, wer die als Erster kapert.«

»Kommen Sie«, sagte Polizeipräsident Brandt. »Wir hatten den Anschlag auf den Weihnachtsmarkt, ja, das ist richtig. Aber dann nie wieder etwas mit Lkw. Auch wenn Sie damals 2016 zur EM so einen Wirbel dazu gemacht hatten.«

Retzick erinnerte sich an den Dezember 2016 und den Anschlag. Er hörte noch die Worte von damals in der Ansprache der Kanzlerin. Die Bundeskanzlerin war stolz auf die »besonnene« Reaktion der Bevölkerung. So als habe sie mehr Angst vor den Deutschen als vor den Attentätern. Die Deutschen, vor denen die Bundeskanzlerin so große Angst hatte, wählten sie aber dennoch immer wieder gern.

»Unser Informant erzählte von geplanten Lkw-Attacken auf die Fanmeile, ja«, sagte Retzick. »Es ist nichts passiert, was ein Wunder ist. Denn stellen Sie sich vor, da fährt ein Dreißigtonner mit achthundert PS und vollem Anhänger einmal durch die Fanmeile durch? Macht vierhundert Meter Hackfleisch. Und rast dann ins Brandenburger Tor. Dagegen abgesichert haben Sie gar nichts!«

»Wir hatten Zäune an der Siegessäule«, schnappte Winkler.

»Ja, Zäune, die nachgeben. Weil man nach dem Desaster der Love Parade in Duisburg 2010 nicht wollte, dass Leute dort eingesperrt sind, wenn eine Panik ausbricht. Eigentlich waren die Zäune nur dafür da, damit die Leute nicht ständig zum Pissen in den Tiergarten gehen. Da wäre ein Lkw durchgerast wie durch Papier.«

»Worauf wollen Sie eigentlich hinaus, Herr Retzick?«, fragte Winkler.

»Dass unsere alten Methoden nicht mehr helfen, wenn der Feind mit neuen Methoden kämpft.« Retzick schaute

Schuster an. »Und der Feind offenbar auch in der Lage ist, unsere Gespräche abzuhören. Ansonsten wäre Patrick Bäumer noch am Leben und nicht enthauptet worden. Enthauptet in Berlin!« Er schlug mit der Faust auf den Tisch. »Nicht in irgendeinem islamischen Kalifat, sondern hier in Berlin.«

»Darum«, sagte Winkler, »müssen wir so schnell wie möglich herausfinden, ob und wie Sie belauscht worden sind.« Er sortierte zum wiederholten Mal seine Unterlagen.

»Dann fragen Sie doch den BND! Und wenn die nicht weiterkommen, was ich vermute, fragen Sie den MI6. Oder gleich die NSA oder den Mossad, die wissen es bestimmt!«

Philipp Arnoldsen erhob sich. »Entschuldigen Sie mich einen Moment«, sagte er. »Ich muss dringend telefonieren.«

Retzick sah ihm nach, während er aus dem Raum verschwand.

KAPITEL 15

30. Dezember 2018
Kremmen, Wald bei Brandenburg

Edgar Rastov beendete das Telefongespräch und stoppte den Lkw am Rand des Waldes. Es war das letzte Gespräch. Gleich würde er sein Handy in einen großen Bleikasten legen, genauso wie die der anderen Klubmitglieder, und die Handys würden verschwinden, denn keiner musste wissen, dass er hier war. Er und sein Klub.

Sein Klub, den er im Wald traf, setzte sich aus verschiedenen Gruppierungen zusammen. Nicht jeder durfte hier mitmachen, Spinner, Säufer oder Psychopathen waren nicht erwünscht. Wenn mal einer durchdrehte, wurde er schnell eliminiert. Und *eliminiert* hieß hier auch wirklich *eliminiert.* In den riesigen Wäldern hörte man kaum einen Schuss. Und das Erdreich unter dem Wald war groß und weit, ansonsten gab es ja auch noch Benzin.

Es war einen Tag vor Silvester, es war wieder Zeit für ein Manöver. Kaum jemand wusste davon, dass seit 2010 diese Manöver stattfanden. Keine Manöver der Bundeswehr, der Streitkräfte oder der Polizei. Es waren sogenannte *Außerstaatliche Manöver.* Angelehnt an den Begriff *Außerparlamentarische Opposition,* aus der die RAF hervorgegangen war, auch wenn die eher linksradikal gewesen war. Außerstaatliche Manöver. Mit automatischen Waffen und Kriegswaffen, wie Raketenwerfern und Mörsergeschützen. In den dünn besiedelten Gebieten Brandenburgs und Mecklenburg-Vorpommerns. Einige von den Klubmitgliedern hatten Lizenzen als Waffenhändler, und die konnten dann auch dafür sorgen, dass eine Menge Waffen einfach mal bei B landeten, obwohl sie von A bezahlt wurden.

Edgar hörte den Gesang seiner Kollegen, die die Waffen aus dem Lkw luden. *Juchhe, juchhe, wir scheißen auf das KWKG.* Es war die alte Melodie aus den *Pumuckl*-Filmen, nur neu getextet. Denn die Waffen, die hier ausgeladen wurden, waren nach dem KWKG, dem Kriegswaffenkontrollgesetz, allesamt verboten.

Die wirklich großen »außerstaatlichen« Manöver fanden immer an Silvester statt, weil man dann vor lauter Knallerei überhaupt nichts hörte und selbst Schüsse aus Scharfschützengewehren, automatischen Waffen und Granatwerfern nicht auffielen. Edgar freute sich darüber.

Versuche, die wahnsinnige Knallerei zu Silvester abzuschaffen, waren durch die Intrigen seines Chefs bisher immer verhindert worden. Kein Wunder, waren doch in dem scheinbar so pazifistischen, umwelt- und tierlieben und offiziell vom Krieg traumatisierten Land wie Deutschland die kriegsartigen Zustände zu Silvester – viel stärker noch als in allen anderen Ländern Europas – so etwas wie ein Nationalheiligtum. Nie wieder Krieg? Ja. Aber nicht an Silvester.

Edgar stieg aus dem Lkw. Sein Kollege Bernd schraubte eine Panzerfaust zusammen, es war eine RPG aus Russland, bei der man Granate und Abschussgerät vorher zusammenmontierte, ähnlich wie bei der Panzerfaust 3 der Bundeswehr. Die meisten Söldner verwendeten die russische Variante, während es Panzerfäuste auch als Einwegwaffen gab, die meist von Terrorkommandos verwendet wurde. Feuern und Wegschmeißen war hier die Devise.

»Wir sind wieder da«, sagte Bernd.

»Ein weiterer Schritt für unseren Widerstand«, sagte Edgar. »Und morgen ist der Einunddreißigste. Da gibt es dann wieder … ein kleines Tischfeuerwerk!«

KAPITEL 16

30. Dezember 2018
GTAZ, Gemeinsames Terrorismusabwehrzentrum,
Treptow, Berlin

Retzick blickte Arnoldsen hinterher, der den Raum verließ.

Philipp Arnoldsen. Er war auch dabei gewesen. In Afghanistan.

Tom Schneider war dort zurückgeblieben.

Philipp hatte damals gesagt, Tom Schneider wäre tot. Weil man so etwas nicht überleben könnte.

»Sie meinen, der Mossad kann das besser herausfinden?«, fragte Winkler. »Wer sie belauscht hat?«

»Natürlich«, sagte Retzick. »Weil in Israel alle an einem Strang ziehen und hier bei uns die Armee, die Polizei und die Geheimdienste jeder für sich arbeiten.«

»Das macht ja auch Sinn und ist dadurch begründet, dass Hitlers Gestapo alles durfte und man so einen Allmachtsapparat nach 1945 verhindern wollte«, sagte Schiller. »Ebenso wie die Stasi. Zu Recht.«

»Ich weiß«, sagte Retzick. »Die Alliierten wollten das auch nicht, also trennte man Polizei und Verfassungsschutz. Man wollte keinen Polizeistaat. Das war ja damals auch sinnvoll. Die Frage ist, ob das heute noch sinnvoll ist, wo man einen braucht.«

»So ist aber nun einmal unser Grundgesetz«, beharrte Schiller.

»Der Gegner kennt aber keine Verfassung«, brachte sich Schuster wieder ins Spiel. »Der Dschihad hebt sogar alle anderen Glaubensgebote auf. Im Dschihad muss man auch den Ramadan nicht einhalten, weil man Kräfte braucht für den Kampf. Während wir immer noch unseren eigenen Ramadan der politischen Korrektheit einhalten.«

»Sie wollen einen Polizeistaat, wo erst geschossen und dann gefragt wird?«

»Nein«, sagte Retzick. »Aber ich möchte, dass die Bürger hier in Sicherheit leben können. Überall kann man sich mittlerweile für nur achthundert Euro eine Kalaschnikow kaufen. Und Sie …«, er zeigte auf den Innensenator, die Chefin der Senatskanzlei und den Polizeipräsidenten, »… sitzen zwar mit Ihrem Dienstherrn oder allein in der gepanzerten Limousine, aber was macht Sie so sicher, dass es Sie nicht auch treffen könnte? Denken Sie an einen der

Attentäter vom Pariser Bataclan. Er wusste nicht, wo er hingehen sollte nach den Attentaten. Seinen Sprengstoffgürtel hatte er noch umgeschnallt, hatte ihn aber nicht benutzt. Er warf ihn weg und ging dann zurück zum Bataclan. Hätte er ihn anbehalten, hätte er Präsident Hollande und Manuel Valls töten können, die kurz nach dem Anschlag am Tatort eintrafen. Noch bevor die Polizei einen Sicherheitskordon geschaffen hatte.«

»Und was sagt uns das?«, fragte Sabine Schilling.

»Die Typen heute«, sagte Retzick und senkte seine Stimme, »waren um einiges besser als dieser Bataclan-Typ.« Er hob den Finger, zeigte leicht in Richtung von Innenminister und Polizeipräsident. »Wenn die wollten, könnten die jeden von Ihnen umlegen.«

Die drei sahen sich unbehaglich an.

»Und deswegen haben Sie gleich geschossen?«, fragte Brandt, der Polizeipräsident, nachdem er lange Zeit nur vor sich hin gebrütet hatte. »Auf die Geisel?«

»Die Geisel war genauso angezogen wie die Terroristen. Und so wie wir. Sie haben uns getäuscht. Täuschung ist eine starke Waffe des Krieges«, sagte Retzick. »Aber darum geht es nicht. Worum es geht, ist leider: Irgendeiner von uns hat eine unschuldige Person erschossen. Eine Zivilistin. Das tut uns sehr leid, wirklich. Sehr. Wir wünschten, wir könnten das rückgängig machen.«

Retzick hoffte, dass die anderen seine Betroffenheit nicht als gekünstelt empfanden, denn das war sie nicht. Unschuldige Zivilisten erschießen, das war das Schlimmste. Er wollte die Herde vor den Wölfen schützen, nicht die Herde schlachten. Der Löwe, der die Lämmer bewachte und nicht fraß. Er war nicht wegen des Geldes in die Graf-Zeppelin-Kaserne zum KSK nach Calw gegangen, ganz bestimmt nicht. Selbst als Hauptfeldwebel, der er gewesen war, bekam er höchstens dreitausend Euro brutto. Dazu noch ein paar Gefahrenzulagen von gut neunhundert Euro im Monat für oft monatelange Einsätze. Und verbeamtet wurde man trotzdem nicht, wenn man Soldat auf Zeit blieb. Hilfreich genug war man trotzdem, das sah man auch im Ausland so. Sonst hätten nach dem 11. September die Navy SEALs und die Delta Forces aus den USA für den Krieg in Afghanistan nicht extra nach dem KSK gefragt. Was für das KSK sprach, wenn man bedachte, dass die deutschen Militärausgaben einen Bruchteil von denen der Amerikaner betrugen. Er bedachte das oft. Ein Zwanzigstel. Das KSK war halt gut, und Bundeskanzler Gerhard Schröder und Verteidigungsminister Scharping hatten damals grünes Licht gegeben. Ohne ein Mandat des Parlaments zog das KSK in den Krieg. Unter einer rot-grünen Regierung. Und hier sollte er sich dafür rechtfertigen, dass er geschossen hatte?

»Hören Sie, ich habe geschossen, und ich habe Schlimmes erlebt«, sagte Retzick. »Afghanistan war die Hölle.« Er sah die Bilder vor sich. Tom, sein Kamerad, der tot zurückgeblieben war. Oder besser: Von dem sie alle glaubten, dass er tot wäre. Weil Philipp gesagt hatte, dass er tot sei. Was aber nicht gestimmt hatte. Und sie hatten ihn zurückgelassen. Tom, der die Stelle markiert hatte, damit sie das Munitionsdepot der Taliban vom Hubschrauer aus sehen konnten, indem Tom einen riesigen Kreis in den Sand gemalt hatte. Aus Blut. Seinem eigenen Blut. Weil nichts anderes da war. Keine Leuchtraketen, keine Nebelgranaten, nichts. »Ich habe keine Albträume, bin kein Alkoholiker, kriege keine Flashbacks, wenn irgendwo ein Sektkorken oder ein Chinaböller knallt.«

Er dachte an die letzten Einsätze. In Kandahar. Der Jeep,

drei Männer, Taliban. Retzick und sein Team hatten den Wagen gestoppt, wollten die Insassen kontrollieren. Auf einmal zog einer der Männer im Jeep eine Makarow-Pistole.

»In manchen Situationen«, sagte Retzick, »hast du nur eine Sekunde. Eine verdammte Sekunde, um darüber nachzudenken, ob deine Tochter ohne Vater aufwächst und deine Frau zur Witwe wird. In der zweiten Sekunde bist du tot.«

»Einer von Ihnen hat der Geisel in den Oberkörper geschossen«, stellte Winkler fest, der das Obduktionsprotokoll vor sich liegen hatte, zusammen mit einer Menge Fotos von den Leichen.

»Wir schießen immer in den Oberkörper, den Torso«, sagte Retzick. »Was auch hier gar nicht anders ging, da die Person am Fenster saß. Oder sollen wir in den großen Zeh schießen, nur weil das Ihrem Bürgermeister besser gefällt?«

»Ruhig, Retzick«, sagte Schuster und legte ihm die Hand auf die Schulter.

Er schloss die Augen. Doch dort war keine Schwärze. Dort war Tom. Tom Schneider, der tot sein sollte, aber es doch nicht wahr. Jetzt war er tot, aber damals war es noch nicht gewesen. Vielleicht litt er doch an diesen Flashbacks, vielleicht konnte er es gar nicht ändern. Afghanistan. Das Blut auf dem Boden. Tom, der seine Leute zur richtigen Stelle lotsen wollte. Er war schwer verletzt gewesen, schon so gut wie tot.

Es war Toms eigenes Blut gewesen, mit dem er den Kreis in den Sand gemalt hatte. Er war blutend, wie ein riesiger Pinsel, im Kreis gelaufen, und irgendwann war er verblutet.

»Nun gut«, sagte Winkler und ordnete seine Unterlagen. »Wir werden uns mit Ihnen allen in Verbindung setzen. Unsere Büros melden sich wegen der nächsten Sitzung.«

Alle verließen den Saal.

»Was heißt das jetzt?«, fragte Retzick an Schuster gewandt. Schuster zuckte die Schultern. »Erst einmal gar nichts.«

»Da haben wir uns ja wieder!«

Retzick zuckte zusammen, als er die Hand auf seiner Schulter spürte. So leise anschleichen konnten sich eigentlich nur … Dann sah er Philipp Arnoldsen, das Handy noch in der Hand. »Hier rein!« Arnoldsen lotste ihn in einen nahe gelegenen Konferenzraum, wo sie in Ruhe sprechen konnten.

»Wie geht's dir?«, fragte Arnoldsen. In seinem Tweedjackett mit der blauen Krawatte hätte er auch als Oxford-Professor durchgehen können. Einzig an seinen Bewegungen erkannte Retzick, dass Arnoldsen noch in ähnlich guter Form war wie damals. Genauso leise wie damals war er auch noch. Er hatte damals einigen Taliban, die am Lagerfeuer saßen, die Kehlen durchgeschnitten, wenn gerade keine Schalldämpfer da waren und der Tod leise erfolgen musste. *Nasse Arbeit* hatte er das genannt. *Wet work,* sagten die Amerikaner.

»Gut«, sagte Retzick. »Von dem Scheiß hier mal abgesehen.«

»Da mach dir mal keine Sorgen.«

»Warum?«

»Erzähl ich dir gleich. Erst mal erzählst du. Wie geht's deiner Familie?«

»Auch gut. Meine Frau hat das Haus ihrer Eltern bei Osnabrück geerbt. Da wohnen wir jetzt. Im Sommer wird gegrillt, da gibt es Steaks, im Winter knistert der Kamin. Freue mich jeden Freitag zurückzufahren.«

»Kann ich mir vorstellen. Deine Tochter …«

»Ist als Au-pair ein Jahr in Kalifornien.«

Arnoldsen pfiff durch die Zähne. »Schick! Soll sich dort mal einen Start-up-Miliardär angeln.« Er dachte einen Moment nach. »Wie war der alte jüdische Witz: Das Glück ist da, wenn das Haus abgezahlt, die Kinder aus dem Haus und der Hund tot ist.«

»So ähnlich«, sagte Retzick. »Einen Hund haben wir aber auch. Einen Golden Retriever. Richtig kitschig, nicht wahr?«

Arnoldsen grinste. »Der Hund ist der beste Freund des Menschen. Sagte schon Friedrich der Große. Sie sind nett zu dir und sind zum Glück zu dumm, um Hintergedanken zu haben.«

»Die hat er bestimmt nicht. Er ist strohdoof, aber lieb. Eher 'ne Wasserratte als ein Hund, springt in jeden See oder Fluss. Brunnen oder Pfützen tun es aber auch. Kann gar nicht dreckig genug sein.«

»Lässt er sich wenigstens gern abduschen?«

»Geht so. Duschen wäre ja sauberes Wasser. Das geht nicht. Retriever glauben, dass sauberes Wasser giftig ist. Nur was stinkt, ist für die gesund.« Retzick schaute zur Tür, horchte, ob dort irgendjemand hinter der Tür des Konferenzraumes stand. »Und du?«, fragte er dann leise, »was machst du hier? Richtig vorgestellt wurdest du ja nicht. *Du bist hier und doch nicht hier,* oder was hatte Winkler noch gesagt?«

»Ich war dabei, um dir zu helfen. Damit die anderen nicht auf dumme Ideen kommen.«

»Du meinst die Politiker?«

»Ja. Die habe ich nämlich an der Angel. Und ich wollte nicht, dass dir was passiert wegen der Sache mit der Geisel. Es sollte nur nicht so aussehen, als würden wir uns kennen.«

»Das mit der toten Geisel hat sich ja schnell rumgesprochen.«

»Leute wie ich leben von der Information.«

»Aber was machst du denn nun?« So spannend hatte es Arnoldsen früher nicht gemacht.

»Ich bin vor fünf Jahren aus der Truppe ausgestiegen«, sagte Arnoldsen. »Jetzt bin ich Strategiechef bei der Grünwald AG, beziehungsweise demnächst Novgorod Holding. Die kommen aus Russland und wollen uns kaufen. Noch bin ich zumindest dort.«

»Wieso noch?«

»Anderes Thema. Erkläre ich dir beizeiten.« Arnoldsen lächelte kurz. »Wie gesagt, noch bin ich dort.«

»Gründwald AG.« Retzick dachte kurz nach. »Macht ihr nicht diese ganze Sicherheitstechnik?«

»Ja, das erlebt alles wieder ein Comeback. In den Achtzigern konnte man einen privaten Kugelbunker kaufen für den Garten, da konnte sich eine Familie angeblich vor dem Atomkrieg retten. Kostete sechstausendneunhundert Mark. Auch das Bonner Innenministerium hatte noch Bunkerräume für fünfhundert Personen.«

»Ihr verkauft Sicherheit?«, fragte Retzick.

»Wir verhandeln gerade mit NRW«, sagte Arnoldsen. »Die wollen unsere gepanzerten Fahrzeuge. Und vor allem neue Schutzwesten für die Polizei.«

»Die haben es nötig dort. No-go-Areas und das ganze Zeug.«

»Allerdings. Bisherige Schutzwesten halten nur Schüsse aus Handfeuerwaffen ab. Darum sind ja automatische Waffen kaum legal zu kriegen.«

»Interessiert die Terroristen aber nicht.«

»Ganz genau.«

»Sicherheit also …«, murmelte Retzick.

Arnoldsen blickte sich um und sprach leiser. »Sicherheit wird wieder ein ganz großes Geschäft, weil einfach alles unsicherer wird. Die Kanzlerin sagt, dass wir unsere Grenze nicht sichern können. Das können und dürfen wir auch nicht, die Zuständigkeiten der Bundespolizei enden dreißig Kilometer von der Grenze entfernt. Die Zuständigkeiten kommen noch aus der Zeit vor dem Schengen-Raum. Sicherheit …« Er blickte aus dem Fenster. »Denk an Frankreich zur Fußball-EM 2016. Zweiundvierzigtausend Polizisten, dreißigtausend Gendarmen und fünftausendzweihundert Leute vom Zivilschutz. Das sind mal Zahlen.«

Retzick war nicht ganz überzeugt. »Der G20-Gipfel in Hamburg war auch der größte Polizeieinsatz der deutschen Nachkriegsgeschichte.«

»Der hat nur nicht funktioniert«, sagte Arnoldsen. »Vielleicht, weil er gar nicht funktionieren sollte.«

»Nicht funktionieren sollte?« Retzick schaute seinen alten Freund überrascht an.

»Die Kanzlerin wusste, dass der G20 in Hamburg voll nach hinten losgehen kann. Sie hat über das Kanzleramt den heißen Draht zu allen, die davon Ahnung haben.« Er nahm seine Brille ab und putzte sie an seiner Krawatte. Sie war königsblau mit weißen Punkten. »Wem schadet denn so ein Chaos am meisten?«

»Als Soldat würde ich sagen, der Bevölkerung.«

»Ja, aber die ist der Kanzlerin egal. Das wissen wir doch. Wem noch?«

»Dem Bürgermeister?«

»Scholz. Richtig.« Arnoldsens Mundwinkel zuckten nach oben. »Der war Hoffnungsträger der SPD. Hätte ihr gefährlich werden können. Er ist zwar nicht zurückgetreten, war aber erst mal kaltgestellt.«

»Er ist dann aber trotzdem Finanzminister geworden. So richtig kaltgestellt ist er nicht.«

»Ja. Aber sobald er Kanzler werden will, werden sie die G20-Story hervorkramen.«

Retzick kniff die Augen zusammen. »Eine ganze Stadt verwüsten, nur um einen Machthaber kaltzustellen?«

Arnoldsen zuckte die Schultern. »Das wäre in der Geschichte nicht das erste Mal. Man muss nur einen finden, der blöd genug ist, da mitzumachen. Und Hamburg hat freiwillig mitgemacht.«

»Und diese Bunker«, sagte Retzick. »Die macht ihr auch? Nur größer?«

»Ja, die bauen wir. In Bonn hatten die Ministerien alle noch atomsichere Keller. Heute in Berlin gibt es die nicht mehr. Die letzten Bunker sind 2007 verschwunden, abgeschafft von Innenminister de Maizière höchstpersönlich. Der meinte, so etwas brauche man heute nicht mehr. Nicht die einzige seiner totalen Fehleinschätzungen. Jetzt braucht man sie doch wieder, und es wird wild zurückgerudert. Rolle rückwärts ist nichts dagegen. Und das ist gut für unser Geschäft. Eine Menge Kleinkram machen wir aber auch.«

»Kleinkram?«

»Ja. Zum Beispiel automatische Poller, Elektrozäune. Gehen alle nach Spanien, um die Grenze nach Afrika zu sichern.«

»Die haben Elektrozäune?«

»Offiziell natürlich nicht.« Arnoldsen kniff ein Auge zu. »Und dann verkaufen wir noch eine neue Form von *Anti Riot Gas.*«

»Für Demonstrationen?«

»Eher dagegen. Damit werden Demonstranten eingesprüht. Kommt aus Israel. Auf so was kommen nur die Israelis. Den Gestank kriegt man tagelang nicht ab, das riecht nach einer Mischung aus faulen Eiern, verwesenden Tierkadavern und Exkrementen. Die übelste Mischung überhaupt. Da überlegt man es sich zweimal, ob man weiterdemonstriert.«

»Sag bloß, Berlin will so etwas kaufen?«

»Na ja, blöd sind die auch nicht, auch wenn sie so wirken. Wenn der Staat den Eindruck macht, seine Bürger gar nicht mehr schützen zu können, ist das für keinen Politiker gut. Ideologie hin oder her.« Er überlegte einen Moment. »Die ganzen Sachen brauchen wir aber eh. Entweder hier für Berlin oder … woanders.«

»Woanders?«

»Erkläre ich dir auch später. Hast du Lust auf einen Kaffee?«

»Hier?«

»Natürlich nicht hier. In der Innenstadt.«

»Kommen wir da rein?«

»Das Brandenburger Tor und die Umgebung ist natürlich gesperrt. Richtung Osten wird es besser. Wir sollten nur getrennt fahren. Es muss ja nicht jeder wissen, dass wir uns kennen.«

Kurz darauf traten sie nach draußen auf den Parkplatz. Arnoldsen hatte von dem Terroranschlag gesprochen, als wäre wegen eines Staatsbesuches eine Straße gesperrt. Aber vielleicht waren sie alle schon zu abgestumpft.

»Meinst du, ich habe etwas zu befürchten?«, fragte Retzick.

»Nein, das hast du nicht, dafür sorge ich schon. Beziehungsweise meine Firma. Abgesehen davon habe ich einen guten Freund, der das erst recht zu verhindern weiß.«

»Einen guten Freund?« Das klang ein bisschen nach Mafia.

»Ja, und er würde dich gern kennenlernen. Das könnten wir mit dem Kaffeetrinken verbinden.«

Retzick sah auf die Uhr. »Warum nicht.«

Arnoldsen lächelte. »Also los, Kaffee trinken und einen Freund besuchen.«

KAPITEL 17

30. Dezember 2018
Stalk Foundation, MetLife Building,
Grand Central Station, New York

Gerald Stalk ließ die ausgedruckte Powerpoint-Präsentation durch seine Finger gleiten wie ein Daumenkino. Laura hatte gute Arbeit geleistet, sie lernte schnell. Er hoffte nur, dass sie nicht zu schnell lernte, und er ärgerte sich darüber, dass sein Bloomberg Terminal wieder offen gewesen war. Der Bund-Future, der Kurs der Bundesanleihe. Die Kreditwürdigkeit des deutschen Staates.

Seine Mitarbeiter mussten nicht alles wissen. Es genügte schon, was seine Gegner oder irgendwelche Facebook-Trolle immer über ihn schrieben. Dass er damals in Thailand gegen den Baht gewettet und damit die Asienkrise 1998 mit verursacht hatte. Einige sagten, er habe die Revolution in der Ukraine mit angezettelt, weil er dort an Schieferölfeldern beteiligt war, auf die eigentlich die Russen Anspruch hatten. Die ihm vorwarfen, dass er einen Keil zwischen Russland und Deutschland treiben wollte, weil seine Eltern nach dem Zweiten Weltkrieg aus Russland geflohen waren.

Eine Sache aber war klar. Wenn ein Land überfordert war, war es irgendwann zahlungsunfähig. Es verlor seine Souveränität, seine Fähigkeit, eigenmächtig zu handeln, nationale Grenzen verschwanden. Und in einer globalisierten Welt konnte man dann mit globalem Kapital noch mehr Geld machen. Grenzen waren schlecht, jedenfalls für den, der draußen stand.

Derzeit sah alles schlecht aus. Doch er erinnerte sich an die alte Weisheit, auf die er, Gerald Stalk, sich damals immer besonnen hatte, als er in den Siebzigerjahren nach New York gekommen war. Damals hatte er als Laufbursche bei einer Investmentbank angefangen, und er hatte sich immer gesagt: *In der Gefahr liegt die Möglichkeit. Es ist immer am dunkelsten vor der Dämmerung.*

Sein Telefon summte. Es war Susan, seine Sekretärin.

»Mr Stalk«, sagte sie. »Die Telefonkonferenz mit Deutschland steht.«

»Danke, Susan.« Er nahm das Gespräch an. Er würde mit seinem Freund aus Deutschland nicht alles am Telefon besprechen, die wirklichen wichtigen Themen würden sie persönlich bereden. Irgendwo auf einem großen Feld, ohne Telefone, Kameras oder Mikrofone in der Nähe.

»Wie ist das Wetter in Deutschland?«, fragte Stalk statt einer Begrüßung.

»Furchtbar«, sagte die Stimme am anderen Ende.

KAPITEL 18

30. Dezember 2018
Neukölln, Berlin

Die Spurensicherung war noch immer mit der Waffe beschäftigt. Es würde nicht allzu einfach sein, dieses mehrere Hundert Kilogramm schwere Ungetüm mit ins Labor zu bekommen. Judith fragte sich, wie die Islamisten, oder wer auch immer, dieses Monstrum die Treppe nach oben auf die Balustrade bekommen hatten. Aber sie hatte es aufgegeben, sich darüber zu wundern, warum kleine Splittergruppen etwas schafften, was ein Staat wie der deutsche Staat mit achthundert Milliarden Euro Steuereinnahmen nicht schaffte.

Die USA waren offenbar auch nicht besser, sodass im September 2001 ein paar Männer mit Teppichmessern die größte Militärmaschinerie und den mächtigsten Geheimdienst der Welt zum Narren hatten halten können. Wäre diese Geschichte in einem Buch erschienen, hätte sie jeder Lektor dem Autor wegen Unglaubwürdigkeit herausgestrichen. Jedenfalls vor dem 11. September. »Es ist unser Glaube«, hatte ein Terrorist ihr einmal im Gefängnis gesagt. Und dann zurückgefragt: »Und woran glaubt ihr? Außer an Detox-Ernährung und euer Weihnachtsgeld?« Judith war keine Antwort eingefallen. *Der Glaube versetzt Berge,* hieß es. Und der Spruch ging noch weiter. *Der Glaube versetzt Berge … versetzt Berge von Menschen unter die Erde.* Beides stimmte. Wahrscheinlich dachte Judith, war da wirklich etwas dran. Dumm nur für die, die an nichts glaubten, wie die Europäer, die an nichts glaubten außer an die Rente, die Bundesliga und den nächsten Urlaub. Denn damit bekam man keine Vulcan-Kanone eine Treppe hinauf.

Judith merkte, dass sie Tränen in den Augen hatte, als Tahir und sie zu ihrem Wagen gingen. Ihre Vorgesetzten würden ihr wieder psychologische Supervision verschreiben, bei irgendeinem Seelenklempner vom LKA, aber da würde sie erst im neuen Jahr hingehen.

»Üble Sache«, murmelte Tahir. Er merkte, was der Anblick dieser Monsterwaffe mit Judith machte. Es war dunkel geworden. Mehr als zwei Stunden waren sie in der Moschee gewesen und hatten gar nicht gemerkt, wie die Dezemberdämmerung über die Stadt gekrochen war. Die Tage wurden seit dem 21. Dezember zwar wieder länger, aber ihre Tage schienen kürzer zu werden.

»Stell dir das mal vor«, sagte sie. »So ein Ding in einer Fußgängerzone oder Shoppingmall.« Sie hatte wieder die

Vision von eben vor ihren Augen, mit dem Lkw, der rückwärts in die Mall fuhr, die Gatling im Anhänger.

»Mall of Berlin …« Tahir wackelte mit dem Kopf. »Da könnte man an der Leipziger Straße gegenüber dem Abgeordnetenhaus einfach in den überdachten Bereich reinbrettern. Anhänger auf, und Feuer frei. An der Alexa am Alex ginge das auch.«

»Verrückt.« Judith schloss ihren Wagen auf.

»Was machst du jetzt?«, fragte Tahir.

»Nach Hause fahren und über die Sache nachdenken.«

»In so einer Stimmung sollte man nicht allein nach Hause. Oder redet dein Sohn neuerdings mit dir?«

»Ja. Zumindest wenn er saubere Wäsche will. Oder was zu essen.«

»Sonst nichts?«

»Doch. Wenn er Geld braucht, kommt er auch.«

»Dann sag ihm, wo Wäsche und was zu essen ist, und komm mit zu uns. Djamila hat was Schönes zu essen gemacht. Oder zumindest gekauft. Je nachdem, wie sie im Stress ist.«

Djamila war Tahirs Frau. Djamila hieß auf Arabisch *Die Schöne,* und Djamila war wirklich schön. Judith hatte sie schon ein paarmal gesehen, war aber noch nie bei Tahir zu Hause gewesen. Sie wusste, dass beide einen zweijährigen Sohn hatten und Djamila in einer Bank arbeitete. Mehr, das musste sie sich plötzlich eingestehen, wusste sie gar nicht über Tahir und seine Familie. Obwohl sie seit einem halben Jahr zusammenarbeiteten. Und jetzt diese Aufforderung: *Komm zu uns …?*

»Ist das eine Einladung?«, fragte sie, ein wenig geschmeichelt, wie sie zugeben musste. Normalerweise war sie es, die ihrem Mann und ihrem Sohn den Arsch hinterhertragen musste. Im Job war es auch nicht anders. Und eingeladen zu werden schmeichelte jeder Frau, egal, wie emanzipiert sie war. Gerade jetzt brauchte sie das mehr als irgendetwas.

»Was, denkst du, sollte das denn sonst sein?« Tahir grinste und zündete sich eine filterlose Zigarette an. Er nickte einem türkischen Gemüsehändler in der Nähe zu. »Ist ein paar Straßen von hier Richtung Norden. Wir könnten fast laufen.«

»Ich weiß nicht, ob ich meinen Wagen hier stehen lasse, wenn die Einsatzfahrzeuge hier nachher durchwollen.«

Tahir stieß Rauch aus. »Ich meine auch nur, man könnte. Fährst du mir hinterher?«

»Wo muss ich denn hin?« Ihr fiel gerade auf, dass sie die Einladung gerade angenommen hatte. Sie hatte aber auch keinen besseren Plan.

»Lausitzer Straße. Fahr mir einfach nach, es ist nicht so einfach mit den Parkplätzen da.«

»Ist da nicht diese verdammte Gerhart-Hauptmann-Schule in der Nähe?«

»Ja, vor der sich unsere Kollegen immer die Beine in den Bauch stehen.« Tahir kniff ein Auge zu. »Und ganz in der Nähe ist auch der Görlitzer Park. Wir wohnen aber mit Blick aufs Paul-Lincke-Ufer.«

»Okay, ich fahre dir nach.« Sie lächelte. Sie brauchte heute Abend etwas Zuspruch und das Gefühl, ein wenig umsorgt zu werden. Und da auch Tahirs Frau dabei war, hatte das Ganze überhaupt nichts Anzügliches.

Im Auto rief sie ihren Sohn Finn an. Der ging nach zehnmal Klingeln endlich ans Telefon.

»Bist du fertig mit deinen Schularbeiten?«, fragte sie.

»Ja«, kam die standardisierte Antwort.

»Pass auf, ich komme etwas später. Gehst du noch mit Fenris raus?«

Fenris war ihr Hund, ein Labrador. Joachim, Judiths Mann oder Noch-Mann, war ein großer Fan von nordischen Sagen und der Serie »Vikings«, die Judith viel zu brutal fand, die Realität war schon schlimm genug. Jedenfalls hatte Joachim den eisgrauen Labrador nach dem Wolf des Weltuntergangs aus der nordischen Sage benannt. Auch wenn der gutmütige Fenris und der Wolf aus der Sage bis auf den Namen so ziemlich gar nichts gemein hatten. Kümmern musste sich aber meist Judith um den Hund, auch wenn Joachim ihn damals unbedingt haben wollte.

»Kann Papa das nicht machen?«, kam gleich die Frage von Finn.

»Ist er denn zu Hause?«

»Äh, nein …«

»Also, dann machst du das, und keine Widerrede! Du hast dann einmal Gassigehen bei Papa gut.«

»Okay«, knurrte Finn. »Sonst noch was?«

»Nein. Wir sehen uns nachher. Und mach deine Schularbeiten.«

»Mache ich.« Er legte auf. Und Judith fiel wieder einmal auf, dass Mutter und Führungskraft zu sein so ziemlich dasselbe war. Entweder die Mitarbeiter verhielten sich vernünftig, dann hatten sie Freiräume wie artige Kinder, oder sie versuchten, die Grenzen der Eltern oder Vorgesetzten auszutesten, dann kam die strenge Mama zum Vorschein.

Joachim, dachte Judith, als sie Tahirs Passat hinterherfuhr. Natürlich war ihr Mann noch nicht zu Hause. Er hatte ein Talent dafür, krumme Dinger zu drehen, niemals erwischt und trotzdem befördert zu werden. Wahrscheinlich konnte er sich das auch nur leisten, weil er ein Mann war.

Bei der gesamten Berliner Polizei war die Story bekannt, als ihr Mann im Supermarkt eine attraktive Frau gesehen und das Nummernschild abfotografiert hatte. Über den BKA-Computer hatte er die Anschrift der Frau und ihre Telefonnummer herausgefunden und dann bei der Frau angerufen. Judith hatte sich, als der Fall an die Oberfläche ploppte, in Grund und Boden geschämt, und in dem Moment hätte sie ihren Mann am liebsten erschossen. Ihren Mann oder sich selbst. Denn die Frau, die ihr Mann genau genommen gestalked hatte, hatte nicht einmal etwas dagegen gehabt. Sie stand auf Uniformen, oder auf Männer, die mal eine getragen hatten. Und sie hatte deshalb keine Anzeige erstattet. Wo kein Kläger, da kein Henker. Judith konnte nur hoffen, dass zwischen den beiden niemals etwas gelaufen war, aber sicher konnte sie nicht sein. Das war ihr Mann. Wie eine Katze. Nur nicht mit neun Leben, sondern mit Tausenden.

KAPITEL 19

30. Dezember 2018
Hotel de Rome, Berlin

Arnoldsen hatte mit Retzick noch einen kurzen Abstecher in die St.-Hedwigs-Kathedrale gemacht, um eine Kerze anzuzünden. Sie hatten beide eine Weile vor der Madonna gestanden. Die Madonna, ein gotisches Original, das hinter den Kerzen stand, hatte das Jesuskind im Arm und stand auf einer Mondsichel. So stand es auch in der Offenbarung. *Der Mond zu ihren Füßen.*

»Manche sagen, dass mit dem Mond zu ihren Füßen der Islam gemeint ist«, sagte Arnoldsen. »Der Halbmond ist ja das Symbol des Islam.«

Ritzeck zuckte die Schultern. »Sieht im Moment aber eher andersrum aus.«

»Da hast du recht. Gehen wir.«

»Wo ist denn dein Freund?«

»Gleich nebenan. Im Hotel de Rome.«

In der großen Halle des Hotels fand eine Konferenz statt, die streng bewacht wurde. Die große Halle des Hotels war im 19. Jahrhundert einmal die Kassenhalle der Dresdner Bank gewesen und wurde später von der Staatsbank der DDR genutzt. Derzeit war gerade Konferenzpause, und die Teilnehmer standen in kleinen Gruppen zusammen und stärkten sich mit Kuchen, Kaffee, Tee und einige auch schon mit Wein und Häppchen.

Gespräche in diversen Sprachen hallten in Retzicks Ohren wider.

Charlie Hebdo ... Ce fut le début. Mais maintenant ... tout Europe...

This is now really ... war on terror .... I wonder who is financing this.

Para dinero baila el perro ...

Arnoldsen ging auf einen Mann Mitte sechzig zu, der in einem grauen Anzug im Kreise einiger Männer stand, einige davon in Uniformen. Der Mann hatte einen kurz gestutzten grauen Bart, kurze graue Haare und eine randlose Brille. Als er Arnoldsen erblickte, löste er sich aus dem Kreis der Männer und trat ein paar Schritte nach vorn. Offenbar war Arnoldsens Besuch mit Retzick angekündigt worden.

»Ich darf bekannt machen?«, fragte Arnoldsen. »Iwo Retzick und Carl Cohagen.«

Carl Cohagen, dachte Retzick. Es war ihm gleich so, als

hätte er den Mann erkannt. Er hatte ihn noch nie gesehen, aber schon viel von ihm gehört. Man sagte, er war als Anwalt sehr erfolgreich gewesen. Er hatte einige Unternehmen erfolgreich vertreten und damit sehr viel Geld verdient. Gleichzeitig hatte er andere Prozesse bestritten, die zwar weniger Geld brachten, bei denen er aber dafür umso mehr im Rampenlicht stand. Dabei war er von einer ideologischen Beweglichkeit, wie sie selbst für Anwälte selten war. Er verteidigte einmal einen Nazikriegsverbrecher und ein anderes Mal einen Terroristen der RAF.

»Der Retter Berlins«, sagte Cohagen mit tiefer, leicht schnarrender, aber angenehmer Stimme und schüttelte Retzick die Hand, wobei er noch die andere Hand darüberlegte. »Es ist mir eine Ehre, Sie kennenzulernen.«

»Vielen Dank«, sagte Retzick. »Aber dann müssen Sie sich auch bei meinen Kameraden bedanken.«

»Einer hat den Tod gefunden«, sagte Cohagen. »Das tut mir leid.«

Retzick wunderte sich, wie Cohagen davon so schnell erfahren hatte, denn in den Medien stand dazu noch nichts.

Cohagen führte beide an einen Tisch und winkte eine Bedienung herbei. »Stärken Sie sich, meine Herren. Kaffee? Tee? Gebäck? Oder einen Cognac?«

Arnoldsen und Retzick nahmen sich einen Kaffee und ein Kanapee.

»Ihre Konferenz findet trotzdem statt?«, fragte Retzick kauend. Ihm war aufgefallen, dass er seit dem Manöver in *Fighting City* beim Olympiastadion nichts gegessen hatte, und sein Blutzuckerspiegel war im Keller. »Trotz des Anschlags?«

»Warum nicht. Sie können ja nicht alles absagen nur wegen irgendwelcher Anschläge. Ich bin glücklich, dass ich heute Morgen noch aus London gekommen bin. Der Flugverkehr ist ja jetzt eingestellt.«

»In London waren Sie?«

»Ja. Gestern beim Diplomatenempfang der Queen mit mehr als tausend Gästen. Die Royal Family war da, ganz standesgemäß. Die Herren in schottischen Hosen. Prinz Philip, der ewige Thronfolger Prinz Charles. Dann William mit Kate und Harry mit Meghan. Alle mit dem Hosenbandorden. *Honi soit qui mal y pense.*«

»Ein Schelm, wer Böses dabei denkt«, übersetzte Arnoldsen. »Das Motto des Hosenbandordens, des ältesten Ritterordens Englands.«

Da war er wieder, der Oxford-Professor in Arnoldsen, dachte Retzick.

»Mir fällt einiges ein, wozu ich im Moment Böses denken könnte«, sagte Retzick. Und fragte sich, was Cohagen eigentlich von ihm wollte.

»Nicht wahr?«, fragte Cohagen. »Wir leben in bewegten Zeiten.«

»Bewegt ist dabei besonders eine Sache«, sagte Arnoldsen. »Hier kann uns alles um die Ohren fliegen, Gewalt, Terror, Anarchie. Nur die Politik tut nichts.«

»Haben Sie eine Erklärung dafür?«, fragte Retzick. »Denn das frage ich mich schon seit Jahren.«

»Sehr einfach«, sagte Arnoldsen. »Die Politik hat mehr Angst vor der eigenen Bevölkerung als vor den Terroristen.«

»Das stimmt.« Cohagen nickte. »Dabei bleiben die Deutschen lange ruhig, bevor etwas passiert. Wie Hindukühe. Irgendwann aber rasten sie aus, dann kommt der *Furor Teutonicus,* wie man ihn so schön nennt. Und dann gnade der Welt Gott. Denn dann glauben wir, wir müssten uns mit der ganzen Welt anlegen. Das tun wir dann, und verlieren normalerweise dabei, wenn auch nur knapp.«

»Ist es schon so weit?«, fragte Retzick. Die Diskussion fing doch an, interessant zu werden.

»Noch nicht. Ein Mitarbeiter der CIA war auch auf dem Diplomatenempfang in London. Er sagte, es gibt in den USA Überlegungen, den Besatzungsstatus Deutschlands wieder zu aktivieren. Dann könnten die USA hier regieren, an einer deutschen Regierung vorbei.«

»Deutschland unter einer US-Militärregierung?« Retzick hob die Augenbrauen. Wie jeder deutsche Staatsdiener konnte er sich nicht vorstellen, dass es in Deutschland einen anderen Dienstherrn als den deutschen Staat geben könnte. Auch wenn er die Strategie seines Dienstherrn immer weniger teilte.

»Laut Grundgesetz und Verfassung wäre das möglich«, sagte Cohagen. »Der Besatzungsstatus wurde zwar 1990 mit der Wiedervereinigung offiziell beendet, aber man sollte mal ins Kleingedruckte schauen. Jedenfalls kommen derzeit in Bremerhaven riesige Containerladungen an. Aus den USA. Für die Truppenstützpunkte hier und in der Ukraine. Mit Waffen.«

»Vielleicht immer noch besser als diese Chaotentruppe, mit der wir eben gesprochen haben«, sagte Retzick zu Arnoldsen. Der nickte. Retzick kannte all die Verschwörungstheorien über den Besatzungsstatus. Dass die USA Deutschland jederzeit wieder besetzen konnten. Dass die Präsidenten dort angeblich gar nichts zu sagen hatten. Dass ein *tiefer Staat*, ein *Deep State*, in Washington die Fäden zog und man unterscheiden müsse zwischen *government* mit kleinem »g« und *Government* mit großem »G«. Das große Government saß wirklich am Hebel, das kleine nicht.

»Wissen Sie, Herr Retzick«, sagte Cohagen und legte Retzick die Hand auf die Schulter. »Die Angst der Eliten vor den normalen Leuten ist alt wie der Mensch. Wer hat Donald Trump gewählt? Weiße. Die machen sechzig Prozent der USA aus. Sind also in der Mehrheit. Ist das jetzt undemokratisch? Wahrscheinlich nicht. Es waren aber meistens Leute, die auf dem Land leben, die Trump gewählt haben. Und vor diesen bodenständigen Landbewohnern hatten die Mächtigen immer am meisten Angst.«

»Ist das so?«

»Ja. Was glauben Sie, warum in Bremen die Randbezirke, die viel Geld haben, nicht zu Bremen gehören?«

»Keine Ahnung.«

»Weil die Stadt nach dem Krieg SPD-regiert war, die Bauern im Umland aber CDU gewählt hätten. Die Stadtregierung hat lieber auf Geld für die Stadt verzichtet, als die Landbevölkerung in Bremen wählen zu lassen. Aber das Ganze ist viel älter.«

»Nämlich?«

»Gegenfrage«, sagte Cohagen. »Was heißt *Schurke* auf Englisch?«

»*Villain*«, sagte Retzick.

Cohagen strich sich über seinen Bart. »Sehr richtig! Und *Villain* leitet sich ab von *Villager,* also Dorfbewohner. Die Landbevölkerung ist böse und unkalkulierbar, jedenfalls für die Eliten. Egal, ob sie nun Römisches Reich, katholische Kirche oder Bundesregierung heißen. Aber …« Er schaute einen Moment nachdenklich an die prächtige weiße Stuckdecke und räusperte sich. »Das kann man ändern.«

Es vergingen ein paar Sekunden.

»Ich habe da eine Aufgabe für Sie«, sagte Cohagen plötzlich. »Sehr spannend. Karriereoptimierend. Und sehr gut bezahlt.«

»Und?«, fragte Retzick. »Was sollte ich dafür machen?«

»Das, was Sie am besten können.«

Was meinte Cohagen? Schießen, Kämpfen, Reden oder Töten? Er wurde öfter wegen solcher Dinge angesprochen. Elitetruppen, die verlässlich und unauffällig töten konnten und keinem Dienstherrn mehr unterstanden, waren heiß begehrt. Gerade hatte er eine vertrauliche Sendung von FedEx bekommen, die er sich zu Hause noch in Ruhe anschauen wollte. Dort wollte ein hoher Auftraggeber aus den USA ein Team zusammenstellen, um Kim Jong Un, den Diktator von Nordkorea, umzubringen. Auch Cohagen hätte er alles zugetraut.

Cohagen schaute sich um, als hätte er die Frage erwartet. »Hören Sie«, sagte er, »wir können hier nicht alles so offen besprechen, wie ich es möchte. Aber besuchen Sie mich doch auf meinem Schloss. Nahe Wiesbaden.«

Ein Schloss hat der also auch, dachte Retzick.

»Wann?«

»Wann Sie wollen. Entweder Sie fliegen nach Frankfurt, ansonsten kann Sie auch ein Helikopter hinbringen. Egal, wo Sie gerade sind.«

»Bis Freitag bin ich hier«, sagte Retzick. »Dann ist Silvester. Wird wohl eher Januar.«

Cohagen lächelte. »Wann immer Sie wollen.«

»Und wir«, sagte Arnoldsen. »Sehen uns vorher noch.« Es klang wie eine Verschwörung.

KAPITEL 20

30. Dezember 2018
Neukölln, Lausitzer Straße, Berlin

Judith hatte sich auf einen schönen Abend bei Tahir und seiner Frau Djamila gefreut. Doch noch im Auto war die Nachricht gekommen. Von dem Anschlag auf die Botschaften.

Sie saßen schweigend am Wohnzimmertisch von Tahirs Familie. Djamila hatte gerade den kleinen Amit ins Bett gebracht. Amit hatte seinen Vater wie jeden Abend gefragt, ob er einen Dieb gefangen habe. Der Papa konnte ja schlecht antworten, dass er momentan eher Terroristen jagte, die Hunderte von Menschen abschlachten wollten. Vielleicht aber doch. Denn das war die Realität, und der kleine Amit würde noch länger in dieser Realität leben als sein Vater. Zu Kindern musste man ehrlich sein. Judith hatte einmal ein Kinderbuch gelesen, in dem eine Katze weglief. Kritiker sagten, man könne Kindern nicht zumuten, so etwas Trauriges zu lesen, doch Kinder wussten, dass Katzen manchmal wegliefen und nicht wiederkamen. Die Frage nach dem Dieb zeigte Judith aber auch, wie wichtig Kindern Ordnung, Gerechtigkeit und Stabilität waren. Der Polizist jagt die Bösen. So stellte ein Kind sich das vor. Genau genommen machte Judiths Sohn das auch, auch wenn er bei »Dawn of War« vor seinem Computer Aliens jagte, was Judith nicht sonderlich hilfreich fand.

Sie hatten kurz den Fernseher eingeschaltet. Auf dem Regal über dem Fernseher Fotos von der Familie, Bilder aus Kairo und von den Pyramiden. Wie aus einem Katalog. Der Bundespräsident sprach zur Nation und gab den üblichen Sermon von sich, mit dem Unterton, dass die geopolitische Lage nun einmal sei, wie sie sei, das Land schon länger im Fadenkreuz von Islamisten stehe und man als Bürger in Deutschland solche Anschläge nun einmal leider zu ertragen habe wie schlechtes Wetter. ... *nicht zulassen, dass unsere Gesellschaft gespalten wird ... Ändern Sie nicht Ihren Lebensstil ... Gehen Sie weiterhin raus ... Treffen Sie Freunde ... Gemeinsam sind wir stark ... Können das nur europäisch lösen ... Ich warne die Populisten, die die Anschläge für ihre Sache ausschlachten wollen* ... und so weiter.

Er warnte die Populisten, das Ganze nicht auszuschlachten, die Bürger, die ja gar nichts dafürkonnten, warnte er, ruhig zu bleiben, die Presse warnte er, *sachlich* zu bleiben, was so viel wie *regierungskonform* hieß. Die Einzigen, die er nicht warnte, waren die Terroristen. Anders als George W. Bush, der nach dem 11. September gesagt hatte, jeder könne hundertprozentig sicher sein, dass die USA die Drahtzieher jagen würden, wo immer sie wären. Was sie dann ja auch mit Nachdruck getan hatten, auch wenn das viele weitere Probleme hervorgerufen hatte.

Allerdings hatten auch die Vertreter Frankreichs und Großbritanniens nicht so viel Valium geschluckt wie der Bundespräsident, und es war wohl im Kanzleramt und auch im Außen- und Innenministerium zu harten verbalen Auseinandersetzungen zwischen Vertretern beider Länder mit Deutschland gekommen. Der englische Außenminister hatte sich besonders aufgeregt, was für ein Hippiestaat Deutschland doch geworden wäre, wo man genauso mit Anschlägen auf die eigenen Botschaften rechnen müsse wie in gescheiterten Staaten wie dem Jemen oder Somalia.

Djamila stellte ein paar Teller mit Oliven, eingelegten Weinblättern, Peperoni und Fladenbrot auf den Tisch.

»Hast du das selbst gemacht?«, fragte Judith.

Djamila schüttelte den Kopf. »Nein, gekauft. Beim Feinkosthändler nebenan, das ist ein guter Freund. Schließlich arbeite ich auch noch.«

»Wie machst du das mit dem Kleinen?« Als Mutter, die eigentlich alleinerziehend war, weil sich Joachim um kaum etwas kümmerte, war Judith immer interessiert, wie andere Kind und Karriere managten, auch wenn ihr eigener Sohn schon etwas älter war. Was nicht hieß, dass er sich auch so benahm.

»Er ist jetzt schon im Kindergarten, sonst passt meine Mutter auf ihn auf. Die wohnt gleich gegenüber.« Djamila schaute nach draußen. »*Mein armes Deutschland,* sagt meine Mutter immer. Sie versteht gar nicht, wie es dazu kommen konnte, dass hier alles so schrecklich geworden ist. Sie dachte immer, in Deutschland herrscht Ruhe und Ordnung, deswegen sind meine Eltern hierhergekommen.«

»Ich versteh es auch nicht ganz«, meinte Judith.

»Ich schon«, sagte Tahir. »Ihr Deutschen seid einfach blöde Teddyschmeißer.«

Er griff sich ein kleines Stofftier von Amit, das auf dem Sofa lag und warf es scherzhaft nach Djamila.

»Oh, Tahir, nicht schon wieder die Teddyschmeißer!«

»Teddyschmeißer?«, fragte Judith.

Tahir nickte und schob sich ein paar Oliven in den Mund, während er das Fladenbrot bestrich. Gleichzeitig gab er Judith mit einer Handbewegung zu verstehen, sich auch endlich zu bedienen. »Das sind die Deutschen, die die Flüchtlinge im September 2015 in München euphorisch begrüßen und mit Teddys beschmeißen, dann in der Silvesternacht 2015 in Köln begrapscht und im Dezember 2016 auf dem Berliner Weihnachtsmarkt von einem Lkw überfahren werden. So läuft das Leben eines Teddyschmeißers.«

»Klingt nicht sehr gut.«

»Ist es auch nicht«, sagte Tahir kauend. »Aber Dummheit muss bestraft werden.«

»Bei welcher Bank arbeitest du?« Judith wandte sich an Djamila, um mal ein anderes Thema als immer nur Terror und Tod zu haben.

»Bei der Amanah Bank. Eine islamische Bank.«

»Eine islamische Bank? So was gibt es?«

»Sehr viele sogar.«

»Was machen die anderes als … äh, normale Banken?«

Djamila überlegte einen Moment. »Bankgeschäfte gemäß der Scharia.«

Judith hob die Augenbrauen.

»Ich weiß«, sagte Djamila. »Für den Westen klingt Scharia gleichbedeutend mit Terror, Steinigung, Fundamentalismus und Kopfabhacken. Im Islam regelt die Scharia aber das Zusammenleben. Dass man für die Armen spendet, nicht betrügt, Gäste bei sich aufnimmt, fünfmal am Tag betet, nach Mekka pilgert und so weiter.«

»So eine Art Verhaltenscodex?«, fragte Judith und nahm sich ein gefülltes Weinblatt.

»Ja genau.«

»*Nicht betrügen* ist aber ein harter Brocken für Banken, oder?« Sie hoffte, dass sie damit nicht zu sehr provoziert hatte. »Was machen denn islamische Banken genau anders?«

»Sie machen mehr mit dem Kunden … gemeinsam. Sie teilen das Risiko. Sie investieren nicht in Firmen, die Waffen herstellen. Oder Alkohol. Oder Pornografie. Und es gibt keinen Zins.«

»Den gibt es ja sonst auch nicht mehr«, knurrte Tahir. »Der EZB sei Dank.«

»Was gibt es statt dem Zins?«, wollte Judith wissen, ohne auf Tahir zu achten.

»Gewinn. Gewinn muss aber aus Arbeit entstanden sein. Zins im westlichen Bankgeschäft entsteht einfach nur aus Geld. Ich lasse Geld für mich arbeiten, ohne etwas zu tun. Geld darf gemäß der Scharia aber nicht einfach Geld hervorbringen, denn dann hat ein anderer dafür gearbeitet, der dafür aber nichts kriegt. Genauso ist es mit Spekulation, die ist auch verboten.«

»Was ist noch verboten?«

»Bestimmte Arten von Versicherungen wie Risikolebensversicherungen, die Geld ausbezahlen, wenn jemand stirbt.«

»Warum?«

»Weil das Wetten auf den Tod eine Wette auf den Willen Gottes ist, und das ist verboten. Man darf nicht Allah zum Wettgegenstand machen.«

»Das mit den Zinsen ist übrigens nicht nur islamisch«, sagte Tahir kauend. »Steht so auch schon im Alten Testament.«

»Wobei die Stelle im Koran blumiger ist.« Djamila sah ihren Mann an und lächelte. »*Die, die Zinsen nehmen, sind Bewohner des Feuers.* Sura al Baqarah, 2, 275.«

»Ja«, sagte Tahir, »im Islam gibt es auch eine Hölle. Die gibt es ja bei euch nur noch bei den Katholiken, wenn mich nicht alles täuscht.«

»Das kann sein.« Judith überlegte einen Moment. »Aber wenn Zinsen verboten sind, kann eine islamische Bank dann überhaupt Geld verleihen? Zum Beispiel für einen Hauskauf?«

Djamila nickte. »Das geht. Die Bank kauft das Haus und verkauft es mit Gewinn an den Käufer. Gewinn ist ja in Ordnung. Nur Zins nicht.«

»Aber so einen hohen Betrag kann der Käufer doch vielleicht gar nicht bezahlen? Gerade Häuser werden ja deswegen mit Krediten finanziert, weil sie so teuer sind.«

»Darum wird der Verkauf in viele kleine Teile gestückelt. Der Käufer kauft jeden Monat einen Teil des Hauses.«

»Aber das ist dann doch nicht viel anders als ein Kredit mit Zins und Tilgung?«

»Doch. Ist es. Der Bank gehört das Haus eine lange Zeit. Sie wird schon darauf achten, dass der Käufer kein schlechtes Haus bekommt.« Djamila legte allen noch einige Oliven auf den Teller. »Eine Finanzkrise wie in den USA mit den Schrottimmobilien wäre mit Islamic Banking nicht möglich gewesen.«

»Interessant!« Judith hatte darüber noch nie nachgedacht. »Die Occupy- und Attac-Leute müssten doch begeistert davon sein.«

»Ich weiß nicht«, sagte Djamila lächelnd. »Die meisten wissen gar nicht, dass es Islamic Banking gibt.«

»Wo sitzt denn das Hauptquartier von eurer Bank, der … Wie hieß sie noch?«

»Amanah Bank. *Amanah* heißt *Vertrauen* auf Arabisch. Die Bank sitzt in Dubai, es gibt aber im ganzen Mittleren Osten islamische Banken. Der Iran hat nach der Revolution sein gesamtes Bankensystem auf islamische Banken umgestellt.«

»Und wer entscheidet, was islamisch ist?«

»Das Sharia Board. Eine Art Rat.«

»Das heißt wirklich so?«

»Ja. Das sind Männer, die gleichzeitig Schriftgelehrte des Koran *und* Bankexperten sind. Eine seltene Mischung, sehr rar, und sehr gut bezahlt.«

»Glaube und Geld«, sagte Tahir und grinste.

Judith nickte. »Das waren schon immer mächtige Verbündete.« Sie schaute Djamila an. »Wo ist denn eure Filiale?«

»Leipziger Straße. Ecke Friedrichstraße. Da arbeite ich auch.« Sie kramte in ihrer Handtasche und reichte Judith eine Visitenkarte. »Hier. Falls du mal eine neue Bank suchst. Wir nehmen auch Nicht-Muslime als Kunden.«

»Tatsächlich?«

»Wir haben viele überzeugte Christen als Kunden. Und Leute, die nach ethischem Bankgeschäft suchen oder nachhaltigen Anlagen. All so etwas.«

Judith schaute auf die Karte. *Djamila Nadar. Leitung Kreditgeschäft. Murabaha / Musharaka, Amanah Bank AG Deutschland.* Sie wollte gerade fragen, was die arabischen Begriffe wie *Murabaha* bedeuteten, als ihr Handy klingelte.

Sie erkannte die Nummer. Es war das LKA. Der Anruf holte sie unmittelbar aus dem schönen Gespräch in die knallharte Wirklichkeit zurück. Sie nahm den Anruf sofort an und hörte angestrengt zu. Zwei Minuten.

Nach dem Gespräch ließ sie das Handy sinken. Blickte Tahir an. Signalisierte mit den Augen: *Kann deine Frau den Mund halten?* Der blickte zurück. *Kann sie. Auch im Islam gibt es das Bankgeheimnis.*

»Die wissen, wo die Vulcan-Kanone geklaut wurde«, sagte Judith. »Die aus der Al-Hamda-Moschee.«

»Und?«, fragte Tahir. »Bestimmt im Irak. Oder Syrien.«

»Viel näher dran.«

»Türkei?«

»Nein. Bremerhaven.«

Tahir verzog das Gesicht und ließ fast seine Olive fallen. »Bremerhaven?«

»Entwendet aus einem Container am Hafenterminal. Kam vor zwei Wochen aus den USA.«

BUCH 2

Geschaffen, um zu dienen.
Gekommen, um zu siegen.
Sterben, um zu leben.

MISSION VON AL-QAIDA

KAPITEL 1

11. September 2001
Pariser Platz, Berlin

Es war der 11. September 2001, zwanzig Uhr, als die beiden Männer am Brandenburger Tor standen. Es war nur wenige Stunden her, dass in New York die zwei Flugzeuge in die zwei Wolkenkratzer des World Trade Center geflogen waren.

»Von Stahleck hat das vorausgesehen«, sagte Cohagen und blickte in den blauen Himmel. »Er hat es mir gesagt. Hier an diesem Ort. Nicht am 11. September, sondern damals am 11. November 1989. Er hat gesagt: *Der Preis für den Fall des Eisernen Vorhangs wird der Terror sein.* Und er hat recht behalten. Denn woher kommt die Attacke?«

»Aus Afghanistan?«, fragte Arnoldsen.

Cohagen nickte. »Ja, aus Afghanistan. Das Vietnam der Sowjetunion. So hat es von Stahleck formuliert.« Er schaute über den Platz und sprach weiter. »Abbé Sieyès wurde nach der Französischen Revolution gefragt, was er während der Terrorzeit der Jakobiner getan habe. Wissen Sie, was er gesagt hat?« Er blickte Arnoldsen direkt an.

Philipp Arnoldsen, rotblond mit kantigem Gesicht, war Fallschirmjäger bei der Bundeswehr und Anfang zwanzig. Er zuckte die Schultern, als würde ihm keine passende Antwort einfallen, die gleichzeitig bestätigend und dennoch ehrfürchtig genug klang. Denn Ehrfurcht hatte er vor Cohagen, das musste er zugeben. Vor seinem Wissen, seinem Netzwerk und all den Geschichten, die man über ihn erzählte. Dann schien ihm eine Antwort einzufallen.

»Überleben.«

Cohagens Augen leuchteten auf. »Richtig.« Er schaute über den Platz vor dem Brandenburger Tor, wo er vor etwa zwölf Jahren mit von Stahleck gestanden hatte. Damals war der Potsdamer Platz, der sich zur Rechten erstreckte, noch eine große, leere Fläche gewesen. Im Sommer 1990 hatte Roger Waters, der frühere Chef von Pink Floyd, dort noch eine Riesenshow veranstaltet. Waters hatte oft gesagt, dass er noch ein *The Wall*-Konzert geben würde, wenn die Mauer fiel, und 1989 war es dann wider Erwarten so weit gewesen. Cohagen hatte Pink Floyd immer gemocht. In der Musik von Pink Floyd war eine Form der Rebellion, die aber überhaupt nicht rebellisch klang. *Engagiertes Desinteresse* traf es laut Cohagen am besten. Am meisten mochte er den Diktator namens »Pink«, der in dem Film *The Wall* vor den Jugendlichen sprach, nachdem seine Straßenschläger eine Demonstration gewaltsam aufgelöst hatten. Auch Roger Waters hatte im Sommer 1990 wie der Diktator Pink auf der Bühne gestanden, in schwarzem Ledermantel und mit einem Megafon, und hatte zu der jubelnden Menschenmenge gesprochen. Cohagen konnte den Text auswendig.

Tell me is something eluding you, sunshine,
Is this not what you expected to see?
If you wanna find out what's behind these cold eyes,
You'll just have to claw your way through this disguise.

Mittlerweile war die Fläche verschwunden, und ein ganzes Arrangement von Hochhäusern und Glaspalästen säumte den Platz. Gebäude, die man in Berlin so schnell und zielgerichtet hochgezogen hatte, wie es nie wieder in der deutschen Geschichte der Fall sein würde.

Einige Wolken zogen über den Himmel, ansonsten schien

die Sonne. Es war der gleiche blaue Himmel, wie er sich am Morgen über New York gespannt hatte, ein Himmel, wie geschaffen für diese Inszenierung des Terrors, die durch ihre Bildgewalt derart hollywoodartig wirkte, dass die meisten glaubten, es mit einem Roland-Emmerich-Film zu tun zu haben und nicht mit der grausamen Realität. Später vermutete man, dies sei absichtlich geschehen. Als wollte Osama bin Laden durch seine verwackelten Bekennervideos verhindern, dass man seine Terrorattacken tatsächlich für einen Hollywoodfilm hielt. Schließlich war der Anschlag vor einem strahlend blauen Himmel geschehen, und man sah sowohl die Flugzeuge als auch die Explosion derart deutlich, wie es sonst nur im Blockbuster der Fall war. Vielleicht war das der Grund, warum der Terroristenführer mit Freund und Feind ausschließlich über Videobänder kommunizierte, die durch ihre schlechte Bildqualität umso »authentischer« wirkten. Es war ein bisschen *Blair Witch Project*, das auf Islamismus traf.

Es waren neunzehn Flugzeugentführer mit Teppichmessern gewesen, die den ersten Krieg im 21. Jahrhundert auslösen würden. Um 8:46 Uhr Ortszeit war das erste Flugzeug in den Nordturm gerast, um 09:03 Uhr das zweite in den Südturm. Ein drittes Flugzeug war noch ins Pentagon geflogen, ein viertes auf einem Acker abgestürzt. Und irgendwann waren beide Türme eingestürzt, so, als wäre dies so gewollt gewesen. Wie bei einer Sprengung. Sauber ineinander zuammenfallend.

Cohagen hatte eine Weile geschwiegen. Touristen liefen über den Platz, geführt von einem albernen Fremdenführer, der hektisch und quakig Spanisch sprach und einen kleinen Schirm hochhielt, als wäre nichts gewesen und in New York nichts passiert. Es war die Scheißegalstimmung, die für Berlin typisch war und noch viel typischer werden sollte. Dann sprach Cohagen weiter. »In der griechischen Mythologie gibt es drei Göttinnen. Eine spinnt den Lebensfaden, die zweite misst ihn ab, und die dritte schneidet ihn durch. Auf die Hybris«, sagte Cohagen und blieb erneut stehen, »folgt die Nemesis. Die Welt war auf Autopilot, mein lieber Arnoldsen. Alle glaubten an die Dominanz des Westens, an die Auflösung von allen Gegensätzen und an das Ende der Geschichte.«

»Und den Menschen ein Wohlgefallen …«, ergänzte Arnoldsen. »Von wegen.«

»Ich habe hier mit von Stahleck gestanden«, sagte Cohagen. »Am 9. November 1989, als die Mauer fiel. Seit dem 9. November waren die klaren Grenzen verschwunden, es herrschte vollkommene Beliebigkeit. Alles war möglich, und gar nichts. Alle waren irgendwie Freunde, ohne den Feind zu sehen, der sich sammelte. Manche sprachen schon von einem Streik der Ereignisse, weil die Welt so ruhig war. Bis das heutige Datum zum Notruf wurde.«

»Zum Notruf?«

»Sie wissen doch: 911 ist in den USA der Notruf, der mit dem deutschen 110- oder 112-Ruf identisch ist. Unter der gleichen Abbreviation wurde dieser Notruf nach einer neuen Weltordnung genau heute in zynischer Weise erhört, und das heutige Ereignis, das auf diesen Notruf folgte, wird mit derselben Zahlenfolge in die Geschichte eingehen: 911. Nine-Eleven.« Cohagen nickte. »Es gibt wieder einen Feind ›da draußen‹, den man bekämpfen kann, es gibt eine Einheit, die sich dem westlichen ›Ende der Geschichte‹ nicht unterwirft, es gibt einen Gegner, dem man sich stellen muss.«

Arnoldsen kannte die Überzeugungen von Cohagen. Er

wusste aber damals noch nicht, wie richtig sein Mentor lag. Nach dem 11. September wurde in den USA so etwas wie das Kriegsrecht eingeführt, die Bürgerrechte wurden ausgehöhlt, Milliarden wurden in die Überwachung gesteckt. Alle verdienten. Die Waffenkonzerne, deren Waffen Länder wie den Irak zerbombten, und später die Aufbauexperten, die im Rahmen von *nation building* alles wieder zusammensetzten. Den Bürgern war dieser ganze Stress und die horrenden Kosten umso einfacher zu vermitteln, als diese Belastungen klein erschienen gegenüber dem viel größeren Feind des Terrorismus, der da draußen und mittlerweile auch vor der eigenen Haustür lauerte.

Cohagen nestelte in seiner Tasche, holte eine Pfeife hervor, stopfte sie und entzündete ein Streichholz. Dann paffte er Qualm in den blauen Himmel. Arnoldsen sah den Tabak. *Indigo*, nicht gerade billig. Cohagens Siegelring blitzte auf.

»Manche sagen, es ist ein Beweis für die spontane Selbstregulierung des Systems, das, um zu überleben, seine eigenen Unfälle, seine eigenen Bremswirkungen erzeugt«, sagte Cohagen.

»Glauben Sie, das ist so?« Arnoldsen schaute seinen Mentor an.

»Vielleicht ja. Vielleicht geht es aber auch gar nicht um eine Selbstkorrektur, vielleicht war es auch nur eine Möglichkeit, um von inneren Problemen abzulenken. Denken Sie an Stalin. Von Stahleck hat immer daran erinnert: Stalin war bei den Russen verhasst, bis Hitlers Angriff kam und er im Vaterländischen Krieg die Nation vereinen konnte.«

»Dann könnte Hitlers Überfall auf die Sowjetunion mit Stalin abgesprochen worden sein?«

Cohagen blieb stehen und blinzelte in die Abendsonne. »Vielleicht ist der Angriff auf das World Trade Center mit

Bush & Co. abgesprochen, um in beiden Fällen einen unbeliebten Herrscher wieder beliebter zu machen.«

Der Rauch aus Cohagens Pfeife zog in Schwaden an der Abendsonne vorbei. »Was wird als Nächstes passieren?«

»Krieg? Truppenaufmärsche?«

»Richtig. Das haben die USA seit 1945 ja immer schon gemacht. Kriege in Korea und Vietnam. Interventionen im Libanon und in Kambodscha, Staatsstreiche in der Dominikanischen Republik, Guatemala, Brasilien, Chile und natürlich im Kongo und im Iran. Und was glauben Sie, wohin wird die Reise diesmal gehen?«

»In den Nahen Osten.«

»Groß oder klein?«

»Groß.«

»Könnten die Amis das auch ohne diesen Terroranschlag machen?«

»Nicht so schnell. Und vor allem nicht mit einer möglichen internationalen Beteiligung freiwilliger Art, wie sie wahrscheinlich kommen wird.«

»Wenn sie denn kommt.«

»Glauben Sie mir, die kommt!«

»Was aber werden sie im Nahen Osten wirklich wollen?«

»Öl?«

»Das ist die Talkshowantwort. Sie haben bereits Saudi-Arabien in der Hand. Aramco in Saudi-Arabien, nicht nur das größte Ölunternehmen der Welt, sondern auch das größte globale Unternehmen überhaupt, wurde von Amerikanern gegründet.«

»Was dann?«

»Tja.« Cohagen zog die Augenbrauen hoch und ließ seinen Adlatus noch etwas zappeln. »Welches riesige Land liegt denn östlich vom Nahen Osten? Kleiner Tipp: Es ist *nicht* Indien.«

»China?«

»Richtig. Und warum ist das wichtig?«

»Weil China die künftige Weltmacht ist? Die USA wollen so viele Truppen wie möglich in der Nähe von China haben.«

»Könnte doch sein.«

»Aber deswegen sprengen die doch nicht ihre eigenen Wolkenkratzer in die Luft!«

Cohagen musste sich ein Lachen verkneifen. »Sie haben es selbst eben sehr schön gesagt. Wie sah das vorhin aus, als die Twin Towers zusammensackten. Wie eine …«

»… Sprengung.«

»Ja. Und zwar eine Sprengung im Keller, und nicht durch die Detonation durch ein Flugzeug. Denn warum sollte ein Gebäude von unten her einstürzen, nur weil oben etwas hineinfliegt?« Cohagen fuhr fort. »Bereits 1993 hatte ein Attentäter versucht, die Türme zu sprengen. Mit einem Sprengsatz in der Tiefgarage. Vielleicht haben sie es wieder gemacht?«

»Und die Flugzeuge?«

Cohagen zuckte die Schultern. Noch wusste es keiner der beiden. Erst ein paar Tage später, nach dem 13. 9. 2001, sollte sich herausstellen, dass die CIA und der amerikanische Deep State Mohammed Atta und die anderen Attentäter umdrehen wollten. Die Mutmaßungen und Verschwörungstheorien wuchsen danach exponentiell. Dass die Attentäter entweder doch nicht umgedreht worden waren oder, was noch schlimmer wäre, dass sie als umgedrehte Agenten absichtlich in die Türme geflogen waren, um einen großen Plan zu erfüllen.

Cohagen stocherte in der Pfeife, und Aschenbrösel fielen zu Boden.

»Vielleicht per Autopilot? Ferngesteuert?« Cohagen zuckte die Schultern. »Das wird auch der beste Rechtsmediziner nicht feststellen können.«

Arnoldsen musste zustimmen. Die Explosion am World Trade Center hatte nicht so ausgesehen, wie man es nach dem Hereinfliegen von Flugzeugen erwarten würde. Obwohl es dafür auch wenig Anschauungsmaterial gab.

»Was wird jetzt geschehen?«, fragte Arnoldsen.

»Wahrscheinlich wird als Erstes in den nächsten Tagen oder noch heute der Ausnahmezustand ausgerufen werden.«

»Und dann?«

»Dann der Bündnisfall. Artikel 5 des NATO-Vertrages. Das ist ja schon gesagt worden. Der Anschlag wird sicher als *militärischer Angriff* klassifiziert werden, obwohl es ja eigentlich ein Terroranschlag war.«

»Ein militärischer Angriff kann doch nur von einem Staat kommen«, sagte Arnoldsen.

»Richtig. Ein klassischer clausewitzscher Angriff ist das nicht. Vielleicht ist der heutige Tag auch nur ein neuer Reichstagsbrand. Damals nutzten die Nazis den Brand des Reichstags, um die Ermächtigungsgesetze durchzubekommen.«

»Und den heutigen Tag werden die Amerikaner nutzen, um die Machtfülle des Präsidenten zu erhöhen?«

»Möglich«, sagte Cohagen. »In jedem Fall ist heute das Ende einer Epoche. Genau heute an diesem Tag findet die Zäsur der Welt, wie wir sie kennen, statt.«

»Eine Epoche, von der alle dachten, sie würde für immer so weitergehen?«

»Richtig. Die Zeit nach dem Mauerfall war eine künstliche Zeit der Harmonie, die nun zu Ende ist. Diese Zeit währte nur kurz. Ganze zwölf Jahre.« Er entzündete die Pfeife erneut. »Das Ende einer Zeit, die das ›Ende der Geschichte‹ gekommen sah und gleichzeitig das Gegenteil hoffte, das Ende der Zeit vom Mauerfall bis zur Vernichtung des World Trade Center.« Er drehte sich wieder zu Arnoldsen. »Der Zeit vom 9. Elften zum 11. Neunten.«

»Und was kommt jetzt?«

Cohagen lächelte. Das erste Mal. »Was jetzt kommt, ist *unsere* Zeit.«

KAPITEL 2

30. Dezember 2018
Moabit, Berlin

Es war bereits Abend, als Retzick in seiner kleinen Wohnung in Moabit den Schlüssel auf die Kommode im Flur fallen ließ. Er fühlte, wie die letzten Schneeflocken von draußen auf seiner Hand schmolzen. Wie Gäste, die es eilig hatten und schnell wieder verschwanden. Was für ein Tag! Krisensimulation, Terrorangriff, Terroristen erschießen, sich dafür rechtfertigen. All diese Bürokraten wussten halt überhaupt nicht, was in einem vorging, wenn man die Wahl hatte, entweder selbst zu töten oder getötet zu werden. Eine Situation wirklich einschätzen, das konnte nur derjenige, der sie in dem Moment live erlebte.

Doch das war nicht alles gewesen. Außerdem hatte er noch Arnoldsen wiedergetroffen und dann diesen Cohagen kennengelernt. Was immer der im Schilde führte.

Retzick ging zum Kühlschrank und nahm sich eine Flasche Becks. Bei Becks musste er immer an die Werbung mit dem »inneren Kompass« und dem Segelschiff denken, obwohl Retzick eigentlich immer zu den Auslandseinsätzen geflogen war, statt mit einem Schiff zu fahren. Geflogen in großen Truppentransportern, in die so viele Soldaten reinpassten, dass man sich, wenn alle ausstiegen, immer wunderte, wo die alle gesessen hatten, so als würde es im Inneren des Flugzeugs ein Dimensionstor geben.

Er nahm die Flasche und schaute aus dem Wohnzimmerfenster über die Turmstraße. Auf der anderen Seite lag das Gesundheitszentrum Moabit, in dem sich auch die Rechtsmedizin befand. Heute hatte er dort vor den Leichen seiner Freunde und dem unschuldigen Mädchen gestanden. Er war nicht das erste Mal dort gewesen, er hatte dort schon früher oft gestanden. Wenn Bundeswehrsoldaten in Afghanistan über eine Mine gefahren waren. Mit einem Fahrzeug, dessen Dach zwar für Flugangriffe gesichert war, das aber keinen Unterboden hatte, der gegen Minen schützte. Mit dem Resultat, dass die Soldaten durch die Explosion am Boden gegen die Stahldecke geschleudert wurden – und ihnen der Schädel zerquetscht wurde und sie dann zwar nicht direkt durch die Mine, aber an ihren schweren Kopfverletzungen starben. Verrückt, dass eine Stahldecke die Männer endgültig getötet hatte. Die Explosion, die man auch *Blast* nannte, erfolgte in vier Schritten. Erst kam die Druckwelle, die die Organe zerfetzte: Ohren, Lunge, Darm. Dann kamen die Splitter, entweder waren es Splitter aus der Umgebung oder Splitter, die im Sprengsatz »verfertigt« waren, wie man es nannte, um Schaden anzurichten. Als Drittes kam die Beschleunigung des Körpers durch die Druckwelle, was dazu führte, dass Menschen gegen irgendetwas geschleudert wurden. Und dann schließlich als Letztes die Hitzewelle, heiße Gase, die dadurch entstanden, dass Pulvergase verbrannten, was zu schweren Verbrennungen führte. Zwar hätten die Lungen der Insassen durch die Explosion ohnehin Schaden genommen, aber sie hätten vielleicht überlebt, wenn die Stahldecke nicht gewesen wäre.

Afghanistan ... Das war zum Glück weit weg. Er würde morgen zu seiner Familie in Richtung Münster fahren. Seine Familie hatte ihn noch nie in Berlin besucht. Deswegen war seine kleine Zweitwohnung in Berlin auch eher ein typischer Junggesellenhaushalt, in dem es auch keinen Flaschenöffner gab, und darum öffnete er die Bierflasche, wie von Anfang an in dieser Wohnung, mit einem Feuerzeug. Seine Frau Sandra wäre sicher ausgeflippt, wenn sie das gesehen hätte, aber sie war in dieser Wohnung gewesen. Seine Oma wäre erst recht ausgeflippt. Die sah schon immer den Untergang aller Kultur gekommen, wenn man sein Bier aus der Flasche und nicht aus dem Glas trank. »Junge, nimm dir doch ein Glas«, hatte sie Retzick immer gesagt. »Wir sind doch hier nicht bei armen Leuten.« Seine Oma war nie reich gewesen und seit fünf Jahren tot. Retzick war zwar traurig, dass sie tot war, aber er war auch froh, dass sie diese Zeit nicht mehr erleben musste. Dafür hatte sie nicht nach dem Zweiten Weltkrieg wochenlang ohne Bezahlung die Bombentrümmer beiseitegeräumt, um jetzt zu sehen, wie das Land selbst verschuldet und ohne Notwendigkeit in einen neuen Bürgerkrieg schlitterte.

Er ging ins Wohnzimmer, wo auch sein kleiner Schreibtisch stand. Darauf einige Berichte und Statistiken über den Krieg in Afghanistan. Mehr als dreißig Milliarden Euro hatten die Deutschen dort schon versenkt. Neun Milliarden für den Krieg und noch einmal einundzwanzig Milliarden für Aufbau, humanitäre Hilfe, Ausbildung und Logistik. Zudem siebenundfünfzig tote Soldaten. Fünfunddreißig Gefallene und zweiundzwanzig, die unter sonstigen Umständen ums Leben gekommen waren. Herzinfarkt, Suizid oder auch ungeklärte Morde, von denen keiner genau wusste. Auf der Fensterbank stand ein Foto von Sergej Motz. Der erste im Gefecht gefallene deutsche Soldat nach dem Zweiten Weltkrieg. Eine Granate hatte im April 2009 die dünne Panzerung seines Schützenpanzers durchschlagen. Retzick hatte ihn gekannt, sie hatten sich öfter mal ein wenig zusammengesetzt und geredet. Immerhin war es bei Motz schnell gegangen. Andere waren von den Taliban gefoltert worden. Einigen hatten sie sogar vorher den Kehlkopf zertrümmert, damit sie bei der Folter nicht schreien konnten. Tom, seinen Freund, hatte es noch schlimmer erwischt.

Afghanistan, dachte er. Die Taliban waren derart hart, dass selbst der IS dort keine Chance gehabt hatte. Obwohl auch die Taliban als Islamisten bezeichnet wurden, hatten IS-Kämpfer im Taliban-Gebiet eine recht geringe Lebenserwartung. Alle hofften, dass das so blieb. Die Gegend war und blieb ein Pulverfass. Selbst Obama, der vom Nobelpreiskomittee in vorauseilendem Gehorsam den Friedensnobelpreis bekommen hatte, hatte mehr Killerdrohnen in den Nahen Osten geschickt als jeder Präsident zuvor.

Retzick schaute auf seinen Schreibtisch. Ein Bild von seiner Frau Sandra, seiner Tochter Kathrin und von ihrem Hund Nimbus. Daneben ein Stoffnamensschild aus Tarnfarbe. Sein erstes Namensschild bei der Bundeswehr, das er damals als Andenken von der Uniform entfernt hatte. Er sah das Festnetztelefon, das in der Dockingstation auf dem Schreibtisch stand. Die rote Lampe blinkte. Eine Voicemail. Er überlegte kurz und hörte die Nachricht ab.

»Steve hier«, sagte die Stimme, von der er wusste, dass er in Wirklichkeit gar nicht Steve hieß. »Es gibt ein paar interessante Gigs. Melde dich doch, wenn du im Land bist.« Er schaute auf die ungeöffnete FedEx-Sendung auf seinem kleinen Schreibtisch. Die kam sicher auch von Steve.

Wenn besagter Steve *Gigs* sagte, meinte er, dass es irgendwelche Arbeiten zu erledigen gab, an denen sich manche Leute nicht die Finger schmutzig machen wollten, die aber gut bezahlt wurden. Nicht ungefährlich, aber immer noch besser, als in irgendeinem Büro zu sitzen und die Tage bis zur Pensionierung einzeln abzuzählen. Zumal Retzick ohnehin keine Pension bekommen würde.

Er ließ das Handy sinken und überlegte. Blickte wieder über die Straße, sah auf die gelblichen Laternen die auf der anderen Straßenseite das Gesundheitszentrum Moabit in einen braunschwarzen Farbton hüllten. Steve arbeitete für das »Team Sagrotan«, eine Gruppe von Ex-Elitekämpfern, die heute Aufträge jeder Art erledigten. Manchmal ging es darum, Manager einzufangen, die mit der Firmenkasse ins Ausland abgehauen waren. Die Männer – denn meistens waren es Männer –, die Männer im »Team Sagrotan« waren absolute Profis. Daneben gab es auch genug Wichtigtuer und Spinner. Ehemalige Securityleute, die Firmengelände bewacht hatten und dann mal schnell eine Weiterbildung am Institut für Qualifikation und Integration in Hannover, dem IQI, zur Fachkraft für Schutz und Sicherheit machten. Das Team Sagrotan war viel mehr. Und viel gefährlicher. Es waren nicht nur Elitekämpfer. Nach außen nannten sie sich Strategic Intelligence Consultants. Die Truppe bestand auch aus Ex-Polizisten, Eliteeinheiten, Wirtschaftsprüfern, Ex-Geheimdienstleuten und Detektiven. Die Aufträge vom »Team Sagrotan« waren zwar immer exotisch. Aber sie brachten immer eine Menge Geld. Ein neuer Trend war es, im Auftrag von Hedge Fonds und sogenannten »Activist Investoren«, die Mehrheiten an Großunternehmen übernommen hatten, die Manager dieser Unternehmen zu drangsalieren. Klaus Kleinfeld, dem früheren Siemens-Chef und dem späteren CEO des Aluminiumherstellers Alcoa, hatte ein anderes Team, das mit einem ähnlichen Job wie »Team Sagrotan« unterwegs war, ziemlich zugesetzt. Nun allerdings arbeitete Kleinfeld für Mohammed bin Salman, den Kronprinzen von Saudi-Arabien. Der Kronprinz, von den meisten nur »MBS« genannt, hatte seine eigene Art, mit Leuten umzugehen, die ihm nicht passten: Er sperrte sie einfach in das Luxushotel Ritz-Carlton in Riad ein. Gleichzeitig plante er, einen riesigen Zukunftsstaat namens »NEOM« in der Wüste zu bauen für fünfhundert Milliarden Dollar mit Klaus Kleinfeld als Chef der ganzen Unternehmung. Unterstützt wurde das Projekt von deutscher Technik, die im Ausland immer hervorragend funktionierte, nur bei Bauprojekten in Deutschland halt nicht, wie der niemals fertig werdende Berliner Pannenflughafen kontinuierlich bewies.

Ritzeck öffnete die FedEx-Sendung.

Ein Dauertrend bei all diesen Truppen war allerdings Kim Jong Un, der koreanische Diktator. Und genau darum ging es auch hier. Er überflog die Unterlagen, die Steve ihm geschickt hatte. Immer per Post, niemals digital. Nachdem Washington inoffiziell ein hohes Kopfgeld auf den Diktator ausgesetzt hatte, weil man wusste, dass ein Raketenschlag auf Pjöngjang zu viel Kollateralschaden verursachen würde, hatten schon einige Glücksritter versucht, den Mann umzubringen. Viele waren dabei sicher in den Arbeitslagern Nordkoreas gelandet. Denn Kim Jong Un war nicht irgendein verrückter Despot. Der Secret Service von Pjöngjang war ein Geheimdienst der Superlative. Der Personenschutz des Diktators beschäftigte zwanzigmal so viel Personal wie der amerikanische. Kim, der in der Schweiz zur Schule gegangen war, verfügte zudem über eine Armee von 1,3 Millionen Soldaten, mehrere Doppelgänger und diverse Schutzräume, von denen einige bis zu fünfhundert Meter tief unter der Erde lagen und damit sicher vor jeder Rakete waren.

Retzick trank sein Bier. Er schaute auf den Zettel, den er nach dem Treffen im GTAZ bekommen hatte. *Traumaambulanz* stand dort. Er hatte den Anspruch, sich nach dem heutigen Einsatz dort traumapsychologisch beraten zu lassen, wobei dieser »Anspruch«, den er hatte, fast ein Befehl war. Er hätte auch morgen noch dorthin gehen können, doch das Letzte, was er jetzt brauchte, waren irgendwelche Seelenklempner. Und dann hatte ihn dieser Cohagen auch noch auf sein Schloss nahe Wiesbaden eingeladen, um ihm von einem tollen Plan zu erzählen, was immer das sein mochte.

Er trank das kalte Bier und lehnte sich zurück. Er hatte es gelernt, negative Dinge einfach auszublenden und sich auf das Schöne zu konzentrieren. Ganz einfach deshalb, weil man sonst in einem Job wie seinem wahnsinnig werden würde. Es war ähnlich wie mit Gefangenen, die lebenslang inhaftiert waren und auch nur im Jetzt lebten und nicht an die Zukunft dachten. Wenn die immer daran denken würden, dass sie nie wieder aus den Mauern herauskamen, dann würden sie auch wahnsinnig.

Verdrängung war nichts Schlechtes. Manchmal war es überlebenswichtig.

Morgen würde er nach Münster fahren. Seine Familie sehen und mit ihnen Silvester feiern.

Das war erst einmal alles, was zählte.

KAPITEL 3

30. Dezember 2018
Berliner Abgeordnetenhaus, Berlin-Mitte

Es war später Abend. Klose, der Fahrer der Limousine, schaute nach hinten, wo Innensenator Gerhard Winkler mit irgendeinem Staatssekretär oder persönlichem Assistenten saß. Hansen oder so ähnlich hieß der andere, wenn Klose den Namen richtig verstanden hatte. Beide waren über ihre Akten gebeugt. Hauptgesprächsthema war der Terroranschlag am heutigen Tag. Es hätte Klose zwar gewundert, wenn sich beide an einem solchen Tag über Fußball unterhalten hätten, aber nach zehn Jahren im Staatsdienst in Berlin wunderte ihn eigentlich kaum noch etwas.

»Neu ist das ja alles nicht«, sagte Hansen, der Adlatus von Winkler. »Zum ersten Mal kam das ganze 2005 auf. Hier ist ein Text von Abu Musab al-Suri, der war ein syrischer Ingenieur und Mitglied von al-Qaida. In diesem Text ruft er zum weltweiten Widerstand auf.« Papier raschelte. Hansen sprach weiter. »Al-Suri sagt: *Der 11. September war spektakulär, hat aber keinen neuen Anhänger für den Jihad gewonnen*. Ziel, sagt er, muss die Infiltrierung sein. Und der Terror, der in die Communities getragen wird, sodass jeder ein Terrorist werden kann.«

»Hier ist es ja, Gott sei Dank, noch nicht so schlimm wie in Frankreich«, sagte Winkler. »In den Banlieues bei Paris ist es kaum mehr möglich, nicht *halal* zu essen. Wenn sie ein Glas Wein wollen, müssen Sie zum Portugiesen im nächsten Ort fahren. Aber was sollen wir hier machen? Mit dem Koalitionspartner können wir nichts durchsetzen, was irgendwie nach Anti-Multikulti aussieht. Und beliebt machen wir uns damit auch nicht.«

»War das nicht auch Thema der letzten Innenministerrunde?«

»Ja.«

»Und? Was ist rausgekommen?«

»Das ist eigentlich vertraulich, aber nichts ist rausgekommen.«

»Die Terroristen heute waren schlau«, sagte Hansen. »Sie haben nur ihre Feinde angegriffen, Frankreich und England. Und die Polizei. Niemanden sonst.« Klose fuhr die Lietzenburger Straße hinunter Richtung Südwesten.

»Was soll denn das heißen?«

»In Paris wollten die Terroristen am 13. November 2015 das Stade de France in die Luft jagen. Das hat zum Glück nicht geklappt und wäre auch eine blöde Idee gewesen. Das Stadion steht in Saint-Denis, viele Jungs aus den Banlieues gehen dorthin. Viele Muslime sind Fußballfans. Sie mögen vielleicht zum Teil die dekadente westliche Kultur ablehnen, aber sie lassen sich trotzdem nicht gern in die Luft sprengen. Das hätte für viel Ärger gesorgt.«

»Wobei es ja gar nicht um die Kultur ging.«

»Ach nein?«

»Nein. Einer der wenigen, die sie lebend gefasst haben, sagte doch: *Es geht nicht darum, dass ihr Schweinefleisch esst, Wein trinkt und Musik hört.*«

»Sondern?«

»Die Angriffe auf Muslime im Mittleren Osten. Im Irak, Syrien, wo auch immer.« Hansen zuckte die Schultern. »Da sterben auch laufend Zivilisten.«

»Kann man so sehen.« Winkler lehnte sich zurück. »Ich brauch für morgen noch die Daten für die Armeen.«

»Welche Armeen?«

Winkler atmete genervt aus, als hätte er das Thema seinem Begleiter schon tausend Mal erklärt. »Die Pläne zur Europäischen Armee. Da muss ich irgendwie sprachfähig sein, auch wenn das eh nie kommen wird. Das war heute in der Telko ein Riesenthema.«

»Warum wollen *die* das gerade von *uns* wissen? Wir sind doch nur ein Bundesland?«

»Ja«, sagte Winkler. »Und ein ziemlich mies gemanagtes Bundesland dazu. Aber dummerweise das Bundesland, das zufällig die Hauptstadt von Deutschland ist.«

»Tja, im Moment haben eh nur Deutschland und Frankreich Streitkräfte in nennenswerter Größe, obwohl Deutschland ja eigentlich nicht mal den NATO-Standard von zwei Prozent erfüllt. Großbritannien erfüllt das auch, aber die sind seit dem Brexit nicht mehr dabei.«

»Und die anderen?«

»Die Balten haben nicht mal eine Luftwaffe, die Niederlande haben die Kampfpanzer abgeschafft und so weiter. Das wäre alles nicht schlimm, wenn die Militärs zusammenarbeiten würden. Tun sie aber nicht. Und …«

Der Fahrer hörte das Gespräch, ohne wirklich zuzuhören. Die beiden Politiker im Fond des Wagens unterhielten sich unbeschwert, weil sie wussten, dass sie sicher waren. Viel sicherer als die normalen Bürger, die sich in U-Bahnen zusammenschlagen oder die Treppe hinuntertreten lassen mussten. Auch Polizisten, Rettungskräfte und Feuerwehrleute konnten ein Lied davon singen, eigentlich alle, die für zweitausendfünfhundert Euro brutto ihren Kopf hinhalten mussten. Politiker nicht. Deren Autos waren gepanzert.

Mercedes-S-Klasse, dachte Klose. Das gleiche Modell, das es auch bei der Auslieferung des ukrainischen Gasoligarchen Dmitry Firtash aus der Auslieferungshaft in Wien gegeben hatte. Bei dem Oligarchen verbunden mit hundertfünfundzwanzig Millionen Euro Kaution. Da war der Preis für den Mercedes-Peanut. Mercedes-Panzerlimousine S-Klasse. Die war sehr beliebt. Denn die heutigen Mächtigen hatten weniger Angst vor Kollisionen als vor Kalaschnikows. Und diese »Panzer« hielten auch Schüsse aus einer AK 47 ab. So war auch die erste gepanzerte Limousine von Mercedes gewesen. Der japanische Kaiser Hirohito hatte sie bereit 1935 bestellt. Später kamen fast hundert Königshäuser und Regierungen dazu, der Vatikan, der Kreml, aber auch zahlreiche Warlords. Und während im Stammwerk von Mercedes vieles schon mit Robotern erledigt wurde, wurden die »Panzer« noch von Hand gefertigt. Spezialstahl, Kohlefasern, Gewebematten, und jede Schraube musste einzeln gesichert werden. Die Innenverkleidung der Türen war aus zwei Dutzend Teilen gefertigt. Selbst die Minibar im Kofferraum hatte einen eigenen Schutzkäfig bekommen. Es war wie in der Sage von Siegfried, der im Drachenblut badete und dadurch unbesiegbar wurde. Unverwundbar, bis auf die Stelle, wo das Lindenblatt geklebt hatte. Solch ein Lindenblatt durfte es hier nicht geben.

Winkler reckte den Kopf nach vorn. »Klose, warum fahren Sie schon wieder Lietzenburger? Ich hab doch gesagt, dass ich über den Stern will.« Es war typisch, dass Winkler ihn nicht »Herr Klose«, sondern nur »Klose« nannte. Klose schluckte seinen Ärger herunter.

»Da ist alles dicht. Abgesehen davon ist die Straße des 17. Juni gesperrt.« *Wie ja eigentlich immer oder zumindest zu achtzig Prozent des Jahres,* hätte Klose gern hinzugefügt, *weil ihr hier jeden Mist erlaubt und genehmigt.*

»Na gut.« Winkler beugte sich mit seinem Begleiter wieder

über die Papiere. Er war dafür bekannt, dass er, obwohl er Innensenator war, seine eigenen Sicherheitskräfte schlecht und herablassend behandelte. Eigentlich schön blöd, dachte Klose, denn das waren die, die ihm am Ende das Leben retten konnten. Oder auch nicht.

Das Auto hier war zwar auch gut zum Lebenretten geeignet mit seinem Glas aus sieben Schichten. Zehn Zentimeter dick mit einer Windschutzscheibe, die nicht zehn, sondern hundert Kilogramm wog. Ein Auto, dessen Prototyp auf dem Schießstand von fünfhundert Kugeln durchsiebt wurde, um auch keine Schwachstelle zuzulassen, ein Auto, das so schwer war, als würde eine S-Klasse noch eine E-Klasse auf dem Dach transportieren. Nicht jeder durfte so einen Wagen nutzen. Panzerlimousinen waren genehmigungspflichtig und fielen unter das Kriegswaffenkontrollgesetz. Die Aldi-Brüder hatten nach der Entführung jeder eine solche gehabt. Angeblich fuhren diese beiden deutlich langsamer als normale Panzerlimousinen, da die beiden Brüder wohl zu geizig für einen stärkeren Motor gewesen waren. Und das beste Auto nutzte nichts, wenn zum Beispiel eine Tür offen stand.

Sie fuhren fast zehn Minuten schweigend durch den Berliner Abend, dann hatten sie das Haus des Innensenators erreicht. Eine Villa konnte man es noch nicht nennen, aber es war doch mehr als ein normales Wohnhaus, was nicht so ganz zu den Lippenbekenntnissen passen wollte, die gerade Winklers Partei immer zur sozialen Gerechtigkeit und Gleichheit von sich gab.

Klose stoppte den Wagen. Er merkte, dass er zu nahe an der Einfahrt stand, und setzte ein Stück zurück. »Entschuldigung«, sagte er. Winkler schnaufte verärgert. Diese S-Klasse konnte keine schnellen Wendemanöver durchführen, dafür war sie zu schwer. Sie konnte aber schnell rückwärtsfahren, deutlich über fünfunddreißig Stundenkilometer.

Auch mit zerschossenen Reifen, denn die fuhren trotzdem, da ein Stützring auf der Felge die Bewegungsfreiheit aufrechterhielt.

Dennoch war das alles nutzlos, wenn ein Chauffeur beim Rauchen das Fenster offen ließ, was er normalerweise nicht durfte und was in vielen Panzerlimousinen auch nicht funktionierte.

Er öffnete dem Senator die Tür.

»Ich hole Sie dann morgen um 7:40 Uhr ab, Herr Senator«, sagte Klose.

»Ja, wär besser.« Es sollte humorvoll klingen, klang aber nur herablassend. Winkler ging Richtung Haus, ohne sich umzusehen. Sein Begleiter saß noch hinten im Fond. Den würde Klose gleich auch noch nach Hause fahren.

In dem Moment stieg Hansen aus und wedelte mit einer Akte. »Herr Innensenator, das hatte ich noch vergessen.«

Winkler ging mürrisch zurück, und die beiden redeten noch eine Weile.

Klose verstand nicht alles. Er blieb noch einen Moment neben dem Wagen stehen. Schaute nach oben auf das Dach gegenüber und ließ seinen Blick schweifen.

Hätte er einen Bericht schreiben müssen, hätte er gesagt: »Auf dem Dach war niemand.«

Doch da war jemand.

KAPITEL 4

30. Dezember 2018
Wald in Brandenburg, Deutschland

Alexey, der auch Molotok der Hammer genannt wurde, stieg aus seinem Pick-up und atmete die kalte Waldluft ein. Schnee lag in der Luft, vermischt mit dem Geruch von Rauch, Schwarzpulver und aufgerissenem Erdreich.

Edgar Rastov stand mit ein paar anderen Männern auf der Lichtung. Dahinter Kisten, Gewehre und sogar ein paar Panzerfäuste, die RPGs aus Russland. Es war wieder die Zeit des Manövers, wie jedes Jahr zu Silvester. Etwas abseits lagen die Bleikisten, in die sie alle ihre Handys gelegt hatten, damit man sie nicht orten konnte. Für Notfälle hatten sie drei mobile Funkstationen.

Keiner außerhalb dieser Gemeinschaft wusste davon, was sie hier machten. Es waren *ihre Angelegenheiten*, von denen keiner etwas wusste, *Cosa Nostra*, wie die Italiener sagten.

»Alexey«, sagte Rastov und kam mit drei Schritten auf den Mann zu. Sie schüttelten sich die Hände.

Molotok blickte sich um und nickte anerkennend.

»Was würde der Innenminister wohl dazu sagen?«, fragte Rostov und machte eine kurze Geste Richtung der Gewehre und Granatwerfer.

»Der Innenminister? Der von Berlin?« Molotok grinste kurz. »Oder der von Brandenburg?«

»Der von Berlin. Was würde Winkler sagen?«

»Vielleicht gar nichts.« Molotok nahm eine der Waffen aus einem Stativ. Eine AK 47. Knapp fünf Kilo schwer. Die *Awtomat Kalaschnikowa*. Baujahr 1947. Daher kurz *AK 47* genannt. Das berühmteste Sturmgewehr der Welt, überall auf der Welt zu Hause, wo es Krieg gab. In Afghanistan, im Irak, in Afrika und bei Banden an jedem Ort der Welt. Die Sowjetunion hatte diese Waffe mit einer Münze geehrt, Mosambik hatte das Logo der Waffe sogar auf seine Nationalfahne gesetzt. Auf dem Logo der RAF hingegen war keine AK 47. Der Zeichner hatte offenbar so wenig Ahnung von Waffen, dass er die Umrisse einer MP 5 von Heckler & Koch daraufgezeichnet hatte. Die Waffe der Polizei und damit *des* Klassenfeindes der RAF.

Die AK 47 hatte kaum Ladehemmung, sie funktionierte auch noch, wenn sie vollkommen mit Sand verschmutzt war. Sie war so einfach zu bedienen, dass sogar Kinder sie benutzen konnten – was sie auch taten. Molotok hatte Kindersoldaten im Kongo und in Mali, in der Zentralafrikanischen Republik und in Sierra Leone damit gesehen. Und auch die neuen Bürgerbrigaden in Polen waren teilweise mit AK 47 unterwegs. Auch wenn sie das niemals zugeben würden, kam doch die Kalaschnikow aus der verhassten ehemaligen Sowjetunion.

»Die durchstoßen fast jede Panzerung«, sagte Rastov. »Wenn sich die Bullen nicht auf unsere Seite stellen, sind sie tot.«

»Wie viele machen heute mit?«, fragte Molotok, nachdem er die Waffe wieder in das Stativ gestellt hatte. Eine Atemwolke stieg aus seinem Mund in die kalte Luft. Früher hatten sie sich, wenn sie im Winter ein Haus stürmen wollten, Schnee in den Mund gestopft. Der biss zwar höllisch auf den Zähnen, aber es gab keinen sichtbaren Hauch durch den Atem, den irgendjemand sehen und der sie verraten konnte.

»Über dreihundert. Wir haben noch einige von den Brüdern aus Berlin geholt. Die wollten zwar eigentlich …«, er schaute kurz über die Lichtung, »… andere Dinge machen. Sie sind aber doch gekommen.«

»Was wollten die denn sonst machen?«

»Das Übliche. Zu Silvester Ausländer klatschen und Besoffene töten.«

»Besoffene töten?« Molotok musste grinsen, was er nicht oft tat. »Da haben die in Berlin aber viel zu tun.« Er schaute sich die Männer an, die auf der Lichtung die Waffen auspackten, sie kontrollierten und die Munition auf Tischen sortierten. Auch ihr Atem stieg aus ihren Mündern in die kalte Luft. In der Entfernung hallten Schüsse. Oder Feuerwerkskörper. Das konnte man nicht auseinanderhalten. Und das war gut so.

»Wir brauchen Disziplin«, sagte Rastov. »Wer die nicht mitbringt, bleibt hier im Wald.« Er zeigte nach unten. »Drei Meter tiefer. Inklusive Kremierung, wenn es nötig ist. Wir haben genug Benzin dabei.«

Molotok beobachtete die Männer. Sie schienen ihre Sache sehr ernst zu nehmen. Kaum einer redete, niemand machte einen Witz. Keiner fror in der Kälte, weil sich alle bewegten. Kaum einer kannte den anderen, dennoch waren sie ab jetzt Kameraden. Oder Kampfbrüder, wie sie es nannten. *Battle Brothers,* wie die Bewegung in den USA. Keiner fragte den anderen, was er sonst so tat. Denn es zählte nur eins: was sie hier taten. Und dann noch, was sie tun *würden.*

»Wie geht es weiter?«, fragte Molotok. »*Nach* Silvester?«

Rastov blickte sich kurz um. Dann zog er eine Karte hervor. Molotok trat näher heran. »Hier sind die Depots. Und hier … sind die Zielpersonen.«

Gesucht. Tot oder tot, stand bei einigen der Personen. Eine kleine kompromisslose Abwandlung von *tot oder lebendig.*

Molotok sah auch einen Namen, den sie eben erst erwähnt hatten.

Rastov zündete sich eine Zigarette an. Es waren filterlose, gelbliche Stummel. Er hielt Molotok die Packung hin.

»Sind das diese furchtbaren Lungenminen aus Russland?«

Rastov nickte.

»Dann lieber nicht.«

»Wie war es in Constanta?«, fragte Rastov.

»Voller neuer Eindrücke.« Er schaute dem Rauch aus Rastovs Zigarette nach. »Die Botschaft hat Besuch bekommen. Wie es mein Informant gesagt hat.«

Rastov kniff die Lippen zusammen und nickte kurz. »Das Netz ist voll mit Aufrufen zu islamistischen Angriffen«, sagte er. »Nicht alle können wir kontrollieren.« Er faltete den Plan wieder zusammen. »Ein Haufen Islamisten kommt demnächst aus dem Knast. Keiner weiß, was die dann machen. Zwanzig Prozent von denen sind Frauen, fünf Prozent sind Minderjährige. An die ist schwer ranzukommen.«

»Da haben wir doch was gemeinsam«, sagte Molotok.

»Mit *denen?*« Rastov schien ernsthaft erschüttert.

»Wir verstoßen beide gegen zwei Paragraphen. Habe ich mal auswendig gelernt.« Molotok nickte bestätigend und schaute über die Lichtung. »Strafgesetzbuch § 129a / b *Mitgliedschaft und Unterstützung in einer terroristischen Vereinigung* und § 89a *Vorbereitung einer schweren staatsgefährdenden Straftat.*«

»Ja, das alte Gerede. *Der Feind meines Feindes ist mein Freund*. Trotzdem müssen wir etwas gegen sie tun.«

»Sie bekämpfen, meinst du?«

Rastov zog an seiner Zigarette. »Natürlich. Dafür gibt es uns doch.«

»Einige ja. Einige müssen wir bekämpfen.«

»Wieso *einige?* Alle!«

Ein Knall fauchte von irgendwoher. Vögel stoben kreischend auf.

»Weil uns einige von ihnen helfen werden.«

»Was?« Rastov zog noch einmal an der Kippe, spuckte Tabak aus und betrachtete meditativ die Asche. »Was sagt denn der Boss dazu?«

»Das war seine Idee.« Molotok klopfte Rastov auf die Schulter. So weit lagen manche Lager gar nicht auseinander. Beide wollten klare Familienbilder, keine Randgruppen und keine Minderheiten. Manche sprachen bei rechtsradikalen Netzwerken schon von einer *weißen Scharia.* »Es gibt ein schönes arabisches Sprichtwort, mein Freund«, sagte Molotok.

»Nämlich?«

Die erste große Explosion erschütterte den Wald.

Die Hand, die du nicht abhacken kannst, musst du schütteln.

KAPITEL 5

30. Dezember 2018
Zehlendorf, Berlin

Wenn Leute sich ruhig verhalten sollen, dann sagt man ihnen oft: »Ich will, dass du nicht mal mehr atmest.«

Der Mann auf dem Dach konnte das. Er konnte sogar seinen Herzschlag drosseln. Er konnte stundenlang still liegen. Manche von diesen Spezialisten konnten sogar ihre Körpertemperatur derart herunterfahren, dass nicht einmal Infrarottracker sie finden konnten.

In Asien sagte man, dass jeder Mensch nur eine begrenzte Anzahl an Atemzügen zur Verfügung hatte, bevor er starb. Deswegen versuchten einige der Mönche, weniger oder tiefer zu atmen, doch irgendwann war es zu Ende. Elefanten wussten, wann sie sterben mussten, und zogen sich zum Sterben zurück. Nur die Menschen wollten es nicht wahrhaben. Jeder glaubte, unsterblich zu sein, während die Statistik eindeutig belegte, dass jeder Mensch, der bisher auf der Welt gelebt hatte, auch nach einer bestimmten Zeit gestorben war. Der Mann, der oben auf dem Dach lag, wusste hingegen, dass die Zeit des Mannes, auf den er zielte, abgelaufen war und er nur noch einen letzten Atemzug haben würde. Der Mann, der dort oben auf dem Dach lag, bewegte sich nicht. Atmete kaum. *Sniperatmen* nannte man diese Form von Nicht-Atmen. Wo die Augen nur auf ein Ziel konzentriert waren, das Accuracy G22 auf dem Zweibein, der Finger ausgestreckt am Abzug, aber erst dann wirklich am Abzug, wenn der Mann auch schießen wollte. Dieser Mann brachte es fertig, sich fast eine Ewigkeit nicht zu bewegen. Um dann nur eine einzige Bewegung zu machen. Den Abzug zu betätigen. Vorher musste er so gut wie tot sein. Das hatten ihm seine Ausbilder gesagt: *Um Menschen in Tote zu verwandeln, musst du selbst tot sein.*

Er sah die zwei Männer.

Er würde treffen. In jedem Fall. Er hatte damals auf zweitausend Meter Entfernung das rechte Auge von einem Pappkameraden erwischt. *Gute Arbeit,* hatte sein Ausbilder gesagt. *Nicht ganz,* hatte er geantwortet, *ich wollte eigentlich das linke Auge treffen.*

Er sah die zwei Männer. Der eine war Winkler, der andere war Hansen. Sie standen nebeneinander. Hansen streckte Winkler die Hand hin. Winkler nahm sie widerwillig, wie einen Handzettel, der einem in der Fußgängerzone angedreht wird.

Ziel erfasst.

Winkler.

Schuss.

Zwanzig Zentimeter nach links.

Ziel erfasst.

Hansen.

Schuss.

Der Schalldämpfer machte die Schüsse zu einem Fauchen. Mehr hörte man nicht.

Beide waren bereits tot, als sie den Boden berührten.

Hansen hatte eigentlich nichts verbrochen.

Aber wenn er schon ebenfalls aus dem Wagen ausstieg, war das eine gute Gelegenheit, einen Mitwisser auch gleich umzubringen.

Der Schütze dachte an den Spruch von Kautilya: *Wenn du Schulden hast, zahl jeden Cent zurück. Wenn du Feinde hast, lass niemanden am Leben.*

Er robbte langsam auf dem Dach nach hinten.

Das Blut von Winkler und Hansen verwandelte sich auf dem frostigen Boden in rotes Eis.

KAPITEL 6

31. Dezember 2018
Charlottenburg, Berlin

Es war 23:15 Uhr. Judith wäre am liebsten ins Bett gegangen, wenn es draußen nicht so furchtbar laut gewesen wäre.

Judith feierte allein Silvester, wenn man zu Hause im

Wohnzimmer sitzen *feiern* nennen konnte, und versuchte, die Anarchie, den Lärm und die bürgerkriegsartigen Zustände des Berliner Silvesters stoisch zu ertragen. So richtig wollte ihr das nicht gelingen. Ihr Mann Joachim trieb sich mal wieder irgendwo herum, ihr Sohn war auf irgendeiner Party oder das, was man heute so *Party* nannte. Immerhin Fenris, ihr Hund, war da.

Sie ging zum Fenster ihrer Wohnung in der Schloßstraße in Charlottenburg und schaute auf das Schloss und den Weihnachtsmarkt davor. Seit Dezember 2016 standen vor allen Weihnachtsmärkten riesige Betonblöcke. Von denen Experten allerdings wussten, dass sie ohnehin keine Lkw-Attacke abwehren würden, sondern, noch schlimmer, der Lastwagen diese Blöcke eher in die Menschenmenge schieben würde, was dann für noch mehr Verletzte sorgen würde. Dennoch sahen die Weihnachtsmärkte jetzt aus wie befestigte Burgen. Die eigene Grenze konnte man laut der Bundesregierung nicht schützen, dafür wurden jetzt Grenzen um die Weihnachtsmärkte gezogen. Oder die eigene Grenze wurde einfach dreitausend Kilometer nach Osten verlegt, an die Grenze zwischen der Türkei und Syrien. Nicht »Wir schaffen das«, dachte Judith, sondern: »Die müssen das schaffen.« *Die,* das war die Türkei von Erdogan, dem in Sonntagsreden zwar undemokratisches Verhalten unterstellt wurde, der aber für Deutschland die Drecksarbeit machen und die Grenzen schließen durfte, damit die Deutschen weiterhin ihre Moralapostelfahne hochhalten konnten, ohne sich um die Kollateralschäden kümmern zu müssen.

Sie kannte Kollegen beim Staatsschutz in diversen Bundesländern. Als die Kanzlerin an jenem denkwürdigen September die Grenze öffnen wollte, hatte sie sich vorher mit dem bayerischen Ministerpräsidenten absprechen wollen.

Den hatte sie nicht erreicht, weil der am Wochenende das Handy ausgeschaltet hatte und sich im Hobbykeller mit seiner Modelleisenbahn beschäftigte. Hätte sie ihn wirklich erreichen wollen, hätte ein Anruf bei seinen Personenschützern genügt, die wären sofort zu ihm in seinen Hobbyraum gekommen.

Judith ging in die Küche und schenkte sich noch ein Glas Wein ein. Ein Amarone aus dem Jahr 2013. Eigentlich eine Stufe zu teuer für ihr Budget, aber Silvester gönnte sie sich diesen guten Wein. Amarone galt als einer der besten Rotweine Italiens. In dem Film *Schweigen der Lämmer* erzählte der Psychiater und Kannibale Hannibal Lecter davon, dass er einen psychologischen Forscher, der ihn testen wollte, umgebracht hatte und seine Leber aß, zusammen mit ein paar Fava-Bohnen und einem »ausgezeichneten Chianti«. In der Buchvorlage war es hingegen ein Amarone gewesen. Offenbar glaubten die Filmemacher in Hollywood, dass Chianti dem normalen Kinozuschauer geläufiger war als Amarone.

Sie ging mit dem Rotweinglas zum Fenster und schaute auf das Schloss und den Weihnachtsmarkt davor, schaute auf die Raketen, die in den Himmel flogen, hörte die dumpfen Explosionen wie von Mörsergeschossen, das hohe Pfeifen von irgendwelchen Heulern, das auch von Fassbomben kommen könnte. Dann hörte sie ein anderes Geräusch. Lärm an der Tür.

»Krass«, hörte sie eine Stimme. »Starkstrom?«

»Ja. Starkstrom!«

Das war die Stimme ihres Sohnes. Und das Wort *Starkstrom* aus dem Mund ihres Sohnes gefiel ihr nicht. Sie ging nach vorn zur Tür. Finn war dort, zusammen mit einem blassen, etwas pickeligen Kumpel, dessen Namen sie immer vergaß. Jetzt war es ihr zu peinlich, danach zu fragen.

»Schon zurück?«, fragte sie.

»Nein«, sagte Finn und lief an ihr vorbei. »Habe meine mobile Festplatte hier liegen gelassen. Wollen gleich noch *Call of Duty* spielen.«

»Silvester? Ich dachte, da macht ihr Party?«

»Eben. Jetzt spielt das niemand«, sagte Finn und kam schon wieder aus seinem Zimmer zurück. »Da ist es leichter, den Code zu knacken.«

»Und dann?«

»Dann kaufen wir Waffen.«

»Im Spiel, meint ihr wohl.« Dass Leute Waffen kauften, war für Judith alles andere als der Inhalt von Ego-Shootern, sondern tägliche Realität.

»Natürlich im Spiel«, sagte Finn. Sein pickeliger Freund nickte eifrig. »Beziehungsweise, wir knacken den Code und haben die Waffen.«

»Und dann?«

»Dann verkaufen wir die.«

»Für richtiges Geld.« Der Pickelige nickte.

»Für Bitcoin. Und die tauschen wir um.«

Jetzt war Judiths Neugierde doch geweckt. »Und was kriegt ihr dann dafür?«

Finn wand sich. Wahrscheinlich wollte er schon zeigen, was für ein toller Hecht er war, andererseits fürchtete er wohl Kürzungen beim Taschengeld, wenn er anscheinend allzu einfach selbst Geld machte. »Dreitausend Euro«, sagte er.

»Wie bitte?«

»Ja, ist doch besser, als Berliner Anzeiger auszutragen, wie dieser Idiot von Jan das macht.«

»Jan ist kein Idiot.«

»Doch!« Der Pickelige nickte ebenfalls.

Da fiel ihr das Wort von eben wieder ein. »Und was ist mit

Starkstrom?« Sie schaute Finn mit bohrenden Blicken an. Der schaute auf seine Schuhe.

»Das macht Luke so.«

»Lukas? Der aus deinem Jahrgang?« Wahrscheinlich wollte er selbst *Luke* genannt werden, weil das nach *Star Wars* klang und deswegen cooler war.

»Ja. Der hat bei Amazon Serverkapazität gemietet und baut Bitcoins ab. Dafür braucht er Starkstrom. Ein Kühlaggregat hat er dafür auch, sonst könnte der aus seiner Bude eine Sauna machen. Hat aber auch schon seine eigene Wohnung.« Seine Augen funkelten. »Der macht damit richtig Geld.«

Der Pickelige schaute auf die Uhr. Jetzt fiel Judith der Name wieder ein. Das musste Ralf sein. »Wir müssen los«, sagte Ralf.

»Stimmt, Mum, wir müssen los«, sagte Finn. »Guten Rutsch, wir sehen uns morgen.«

»Wir telefonieren um Mitternacht«, sagte Judith.

»Okay.« Finn schien nicht begeistert. Wahrscheinlich waren sie gerade um Mitternacht am Waffenhacken bei *Call of Doom* oder wie immer das hieß.

Die Tür fiel ins Schloss.

Judith setzt sich mit dem Glas Wein wieder auf die Couch. Fenris kam zu ihr und schleckte an ihrer Hand. Auf dem Tisch lag noch ein Bericht über ein neues Ankunftszentrum für Flüchtlinge in Berlin, das vor Kurzem das glücklose LAGeSo abgelöst hatte. Es sah aus wie ein Flughafenterminal, und die Sitze kamen tatsächlich aus dem BER, dem Flughafen, der niemals fertig werden würde. So wurden die Sitze wenigstens gebraucht. Irgendwie erinnerte das Design der Sitze sie an ihre Couch. Modern, aber dennoch seelenlos. Genauso wie ihre Ehe.

Mein Sohn verkauft virtuelle Waffen und macht damit dreitausend Euro pro Nacht, dachte sie. Erst jetzt wurde ihr klar, was das bedeutete. Vielleicht war das seine Zukunft. Mit dem Computer Dinge zu können, die andere nicht können. Sie hatte sich immer Sorgen um Finn gemacht, dass er so in sich gekehrt war, kaum sprach, so seltsame Interessen und einen durchaus gewöhnungsbedürftigen Musikgeschmack hatte, nur wenige Freunde und eine Freundin schon gar nicht. Aber vielleicht war das hier etwas, das er konnte und was sie niemals richtig wahrgenommen hatte. Und ein wenig merkte sie, dass sie stolz auf ihren Sohn war. Vielleicht gab es doch etwas, was nur für ihn erschaffen war. Denn von der Schule in Berlin erwartete sie nicht viel, die Hälfte aller Drittklässer erfüllten nicht einmal den Mindeststandard im Schreiben. Da konnte eine Partei im Wahlkampf noch so viele Plakate mit der Aufschrift *Berlin bleibt schlau* aufhängen. Was sollte überhaupt *bleibt* bedeuten, fragte sich Judith.

In Berlin wuchs eine Generation von Analphabeten heran, und die meisten konnten nicht zum Ausweichen mal eben Bitcoins mit Starkstrom abbauen. Oder Waffen in einem Computerspiel verkaufen und dafür echtes Geld bekommen.

Berlin bleibt schlau, dachte sie.

In dem Moment kam ihr ein Gedanke. Und sie nahm Kurs auf das Arbeitszimmer ihres Mannes.

KAPITEL 7

31. Dezember 2018
MetLife Building, New York

Die Lichter der Party schwenkten über die Gestalten der zwei Männer. Die beiden schauten auf die Tanzenden, die sich wie eine amorphe, ekstatische Masse zu den stampfenden Klängen der Musik bewegten, als wäre das alles ein einziges, großes Lebewesen. *Hive Mind* nannten es Wissenschaftler, wenn Tausende von Individuen zu einem einzigen Organismus wurden. Jede große Struktur, das wussten die zwei Männer, war so ein Organismus, die Tanzenden, Firmen, Länder und das globale Finanzsystem. Es war Silvester, und ein neues Jahr lag vor ihnen. Beide schauten auf den beheizten Swimmingpool auf der Dachterrasse und genossen den Moment der Stille, während sie aus den großen Fenstern des Penthouse auf die Park Avenue hinunterblickten. Hinter ihnen die Grand Central Station, vor ihnen der Central Park. Auf dem Times Square hatten sie wieder *Auld Lang Syne* gespielt, und die große Kugel würde sich nachher kurz vor dem Jahreswechsel nach unten senken, was aber bei all dem Lichterspiel auf dem Times Square nur bedingt auffiel. Für Silvester war die gesamte Umgebung um den Times Square endgültig für den Straßenverkehr gesperrt, doch auch an normalen Tagen war der Platz aufgrund des Verkehrsinfarktes immer kurz davor, sich selbst zu sperren. New Yorker Taxifahrer mussten eine Engelsgeduld haben, da jeder normale Mensch bei diesen ständigen Staus bereits zum Serienkiller geworden wäre.

»In der Gefahr liegt die Möglichkeit«, sagte Cohagen zu dem Mann, der deutlich älter als Cohagen war und einen schwarzen Nadelstreifenanzug trug. »Sie liefern die Investitionen, und ich liefere den Umsturz.«

Gerald Stalk lachte. »Hearst einmal anders.«

Der Medienmogul William Randolph Hearst war damals mit dem Spruch »Ihr kümmert euch um die Bilder, ich kümmere mich um den Krieg« bekannt geworden.

Cohagen hatte seinen Mandanten Stalk als Anwalt unterstützt. Gerald Stalk war zwar nach außen hin ein wohltätiger Investor, der viel Geld in seine gemeinnützigen Stiftungen pumpte. Böse Zungen sagten allerdings, dass er dies nur tat, um sein Geld vor der Steuer in Sicherheit zu bringen. Und böse Zungen, das wusste Cohagen, hatten meistens recht.

Stalk und Cohagen hatten sich schon öfter gemeinsam mit säumigen Schuldnern wie Argentinien angelegt. Argentinien wollte einen Schuldenschnitt durchführen, was so viel heiß wie: Wir zahlen unsere Anleihen nicht zurück. Die Gläubiger waren damit natürlich gar nicht einverstanden. Stalk aber wusste, er würde sein Geld von Argentinien schon bekommen. Er hatte Anleihen gekauft, zu einem geringeren Kurs. Zu 48. Und jetzt würde er die Anleihen zum Nominalwert zurückfordern, zu 100. Und dabei hatte ihm Cohagen geholfen. Cohagen hatte sich dabei recht kreativer Methoden bedient. Sie hatten bereits ein argentinisches Segelschulschiff in Ghana als Pfand festsetzen lassen. Solche Unternehmungen hatten beide zusammengeschweißt. Cohagen war es, der herausgefunden hatte, dass das Spekulationsverbot bei argentinischen Staatsanleihen nicht galt. Früher gab es diesen Passus, sodass niemand Staatsanleihen mit dem Ziel kaufen durfte, Staaten zu verklagen, genauso wie

Stalk es machte. Doch dieses Gebot gab es nicht mehr. Jedenfalls nicht, wenn ein Staat seine Anleihen nach amerikanischem Recht herausgegeben hatte. Und genau das hatte Argentinien getan.

Wenn es darum ging, sein Geld zu bekommen, war Stalk von gewaltiger Kreativität. Aufgrund seiner Art, unterbewertete Anleihen billig zu kaufen und dann teuer zu verkaufen – und auch ein wenig aufgrund seines Aussehens –, nannte man ihn den »Gänsegeier«. Doch eigentlich konnte sich Stalk darüber freuen, denn über seinen Anwalt und Kooperationspartner kursierten noch ganz andere Namen.

»Wir sind in der Stadt, in der am 11. 9. 2001 die neue Zeit eingeläutet wurde«, sagte Stalk.

Cohagen nickte. »Sie haben damals schnell reagiert? Short auf Airlines und long auf Waffenhersteller?«

Stalk grinste und nickte. *Short* hieß, bei fallenden Kursen zu gewinnen. Bei *long* verdiente man bei steigenden Kursen. »Das habe ich aber nicht an die große Glocke gehängt. Aber ja. American und United raus, Lufthansa ebenfalls. Und die ganzen Versicherer. Allianz, AIG. Und groß rein bei Raytheon und Lockheed Martin.«

»Short bei der CIA wäre auch nicht dumm gewesen.«

»Wenn das mal nicht alles Absicht war«, sagte Stalk. »Aber natürlich war ein Teil der Geheimdienste sauer. Auch auf Deutschland. Der Plan zu 9/11 ist aber nicht in Hamburg-Harburg, sondern von Khalid Scheich Mohammed in einem Terrorlager in Afghanistan ausgebrütet worden.«

»Schon wieder Afghanistan.« Cohagen blickte Stalk an. »Von Stahleck hat immer davon erzählt.«

»Er hatte recht. Natürlich. Afghanistan hat erst den Russen und dann den Amis das Leben schwer gemacht. Adenauer und de Gaulle wollten damals ein starkes Europa als Ge-

genpol zu den USA und Russland, damit die USA und Russland nicht über den Kopf von Europa hinweg Politik machen und Atomwaffen als Druckmittel haben. Darum sollten in Europa auch Atomwaffen stationiert werden.«

»Die Diskussion kam in Deutschland auch auf. Manche haben schon früh gefordert, dass Deutschland als größte Macht Europas auch über Atomwaffen verfügt. Was natürlich nach dem Zweiten Weltkrieg für viele ein rotes Tuch war.«

»Das würde ich nie offen sagen«, sagte Stalk, »aber Atomwaffen haben mehr Kriege verhindert als alle Friedensmärsche zusammen. Wenn man weiß, dass der Gegner einen komplett vernichten kann, überlegt man es sich, ob man einen Krieg anfängt. Und was Deutschland angeht …« Er sprach nicht zu Ende.

»… Deutschland könnte bald gar keine Atomwaffen mehr herstellen, selbst wenn es das wollte.«

»… weil eure weise Bundeskanzlerin alle Atomkraftwerke abschalten will. Dadurch verschwindet die Technologie und damit auch die Möglichkeit und das Know-how, Atomwaffen herzustellen. Deutschland wird noch wehrloser, als es das eh schon ist.«

»Dann bleibt es wieder bei den alten Supermächten?«

»Aber ja!«

»Wie erscheinen Ihnen die Russen dabei?«

»Gar nicht so schwach.«

»Nein, deswegen verstehen sie sich auch gut mit China. Als sich Putin mit Xi Jinping getroffen hat, sprach er von seinem Vater, der im Zweiten Weltkrieg gegen Deutschland gekämpft hat.«

»Und Xi sprach wahrscheinlich von seinem Vater, der gegen Japan gekämpft hat.«

»Genauso war es. Beide versuchen, die USA als Supermacht abzulösen. Bündnisse zu spalten oder zu beenden. Und Russland gelingt das deutlich effizienter.«

»Ja?«

»Ja. Die USA zahlen für ihren Militärapparat etwa achthundertsechzig Milliarden pro Jahr. Die Russen nur knapp siebzig Milliarden.«

»Die Konflikte auf der Erde haben sich verdoppelt«, sagte Stalk weiter. Eine Kellnerin brachte ihnen zwei Gläser Champagner. Sie stießen an. Der Ton der Gläser war hell und klar. »Gerade hat ein großer Kreditversicherer wieder einen Gefahrenindex publiziert.« Gerade für Länder, die viel exportierten, zu denen auch Deutschland gehörte, waren solche Rankings wichtig.

»Und welche Länder sind am schlimmsten?«, fragte Cohagen.

»Nummer eins nach wie vor Afghanistan«, sagte Stalk.

»Natürlich«, sagte Cohagen, »*Graveyard of Empires.*«

»Dann der Irak, Libyien, Nigeria und Syrien. China kommt auf Platz 36, die USA auf Platz 103 und Deutschland auf Platz 132.«

»Das wird sich ändern«, sagte Cohagen. »Jedenfalls mit einem *Teil* von Deutschland.«

Stalk fasst Cohagen am Arm. »Kommen Sie einmal mit.«

Der Lärm der Party wurde leiser, als sie durch einige Korridore zu Stalks Büro gingen. Kurz vorher allerdings bog Stalk ab, und beide betraten einen Aufzug. Eine Kamera nahm einen Iris-Scan von Stalk, ebenso wie einen Fingerabdruck. Der Aufzug setzte sich nach unten in Bewegung. Sie betraten ein riesiges Kellergewölbe. Ein Surren war in der Luft, wie von einem riesigen Insektenschwarm.

»Wie tief unten sind wir?«, fragte Cohagen, als sich die Türen des Aufzugs öffneten.

»Ungefähr dreißig Meter. Kommen Sie.«

Sie schritten den Gang hinunter, das Summen der Server wurde lauter. Schließlich endete der Gang an einer Glastür. Das Sirren stieg noch einmal an, übertönt von dem Rauschen von Kühlaggregaten und dem Zischen von Starkstrom.

»Das ist Kendo«, sagte Stalk und zeigte auf die langen Reihen von Servern. Sonst gab es nicht viel zu sehen. Der Cyberkrieg war vor allem ein unsichtbarer.

»Kendo«, murmelte Cohagen. »Die Kunst des Schwertes.« Sein Smoking schimmerte bläulich im Licht.

»*Der Weg des Schwertes,* genau genommen«, sagte Stalk. »*Kendo* zerschneidet die Realität. Findet die Wahrheit hinter dem Rauschen in der Statistik. Findet Korrelationen zwischen Weltereignissen und preissensitiven Vermögenswerten. Was passiert, wenn es in Syrien knallt? Was geschieht mit dem Ölpreis, wenn der ISIS Ölquellen verbrennt? Neue Jobs entstehen nicht mehr so schnell, wie alte überflüssig werden. Wie viel Ungleichheit verträgt ein Land, bevor es zu Randale auf den Straßen kommt? Und wer profitiert davon?«

»Hoffentlich wir«, sagte Cohagen grinsend. »Und wie funktioniert diese Maschine? Wie argumentiert sie?«

»Nehmen wir das Aufrüsten und die nicht vorhandenen Atomwaffen in Deutschland«, sagte Stalk. »Der deutsche Staat merkt, dass seine Armee zu schwach ist. Also erhöht er schnell die Truppenzahl, auch, damit er die Bundeswehr, wenn die Flüchtlingskrise außer Kontrolle gerät, im Inland einsetzen kann. Damit das einfacher als früher geht, erfindet er die sogenannten ›Kurzzeitdiener‹.«

»Teilzeitkräfte der Bundeswehr.«

»Genau. Und zeitlich befristet. Früher undenkbar. Es gab zwar Soldaten auf Zeit, aber nicht so etwas. Diese zeitlich befristeten Kräfte können von sonst wo herkommen, Extremisten, Schläfer, Radikale. Sie können sich bei der Bundeswehr einschleichen und diese von innen sabotieren. In dem Moment, wo die Panzer losfahren sollen, merkt man, dass sie gar nicht fahren können. Weil jemand sie *von innen* beschädigt hat.«

Cohagen wusste, dass Stalk recht hatte. Der MAD, der Militärische Abschirmdienst, der normalerweise Personenüberprüfungen vornahm, war in den letzten Jahren totgespart worden und pfiff aus dem letzten Loch. Auch die technische Absicherung von Liegenschaften wie Kasernen durch Alarmanlagen, Hunde, Kameras oder auch Wachen funktionierte längst nicht mehr so reibungslos wie zu Zeiten des Kalten Krieges.

»Die Bundeswehr wird von innen geschädigt«, sagte Cohagen. »Und was macht *Kendo* dann?«

»Es denkt sich, dass der deutsche Staat riskanter geworden ist. Die Rate, zu dem sich der deutsche Staat verschulden kann, steigt. Die Renditen für Bundesanleihen gehen nach oben, die Kurse nach unten. Der Euro fällt, Gold steigt. Kreditversicherungen für Bundesanleihen steigen. Der Downgrade von Anleihen kann auch deutsche Bankaktien in Gefahr bringen. Und so weiter.«

»Interessant«, sagte Cohagen. »Gut, dass wir schon richtig gewettet haben.«

Stalk nickte. »Richtig. Weil wir das, was dafür eintreten muss, hervorrufen können.«

»Wie sagen die Chinesen, und was sage ich immer?«

»Einiges«, sagte Stalk lächelnd.

Um etwas zu fangen, muss man es erst einmal entkommen lassen.

»Oder Randolph Hearst einmal anders: *Ich kümmere mich um die Gewinne. Sie kümmern sich um den Krieg.*«

KAPITEL 8

31. Dezember 2018
Charlottenburg, Berlin

Judith näherte sich dem Schreibtisch ihres Mannes, während um sie herum die Explosionen fauchten. Der Schreibtisch war antik, von 1912, dem Jahr, als die Titanic unterging. Sie hatten ihn gemeinsam vor vielen Jahren für sechshundert Euro bei einem Antiquitätenhändler am Hackeschen Markt gekauft. Sie ging auf den Schreibtisch zu. Einen Schritt und noch einen, wie ferngesteuert. War es richtig, fragte sie sich, bei ihrem Mann, der immerhin Kriminaloberrat war, im Schreibtisch herumzustöbern? Dreitausend Euro würde sie damit nicht verdienen, aber vielleicht würde sie etwas herausfinden, was sie nicht wusste.

Sie wusste, dass sie das eigentlich nicht tun durfte. Aber manchmal musste man auch etwas Verbotenes tun, um auf neue Dinge zu kommen. Die Geschichte ihres Sohns mit den Bitcoins und den Waffen bei *Call of Duty* hatte sie inspiriert. Ihr Mann hatte am Telefon einmal etwas erzählt. Etwas von irgendeiner *Lieferung*, die man umleiten müsste.

Sie fand in der Schublade einige Mappen.

Plastikfolien, in denen Papiere steckten.

Sie schaute sie nacheinander durch.

Handyrechnungen, ausgedruckte Mails, Briefe. Nichts Wichtiges.

Darunter ein Lieferschein.

Sie schaute auf den Lieferschein.

Pralinen stand dort. *10 000 Stück.*

Und darunter. *Füllung für die Pralinen.*

Darunter etwas mit Kugelschreiber gekritzelt.

Ferdi.

Ferdi, dachte sie. Was sollte das heißen?

Pralinen und *Füllung für die Pralinen.* Und dann: *Ferdi.*

Ferdi hatte sie schon einmal gehört. Aber was machte sie sich Gedanken? Es war Silvester, sie hatte frei, und vielleicht hatte ihr Mann wirklich irgendwelche Pralinen für ein Kochevent bestellt? Er konnte auch nett und herzlich sein. Jedenfalls bei den Leuten, bei denen es ihm weiterhalf. Oder bei Frauen, von denen er etwas wollte und von denen er dann über das Nummernschild die persönlichen Daten herausbekam. Dennoch: *Ferdi.* Irgendetwas sagte ihr dieser Name. Irgendetwas …

In dem Moment klingelte ihr Handy.

Es war Tahirs Nummer. Tahir würde sie nur anrufen, wenn es wirklich wichtig war. Vor allem an Silvester. Also nahm sie den Anruf an.

»Ja?«

»Ich dachte, ich rufe dich an, damit du noch vor der Presse Bescheid weißt.«

»Wovon?«

»Na ja, sie haben eigentlich versucht, es bis Neujahr geheim zu halten, damit Silvester die Stimmung nicht kippt. Aber das hat nicht geklappt. In einer Stunde spätestens weiß es auch die Presse und dann die ganze Stadt. Ich wollte, dass du es wenigstens vorher erfährst.«

»Was denn, zum Teufel?« Judith trank von ihrem Wein und blickte nach unten auf den Schloßplatz. Mehrere Jugendliche packten riesige Tüten mit Feuerwerk aus, während das Schloss im Licht der Raketen flackerte. Sie musste unweigerlich an die Belagerung einer Burg denken. *Damit Silvester die Stimmung nicht kippt.* Die war schon gekippt, dachte Judith. So wie jedes Silvester.

»Was denn nun?«

»Der Innensenator ist tot.«

»Tot?«

»Erschossen. Vor seinem Haus.«

Judith dachte einen Moment nach. »Er hat seine Limousine verlassen? Oder saß er noch drin. Oder war der Wagen schon weggefahren?«

»Ja. Sie waren vor seinem Haus angekommen, da musste er ja aussteigen. Es war wohl ein Sniper auf dem Dach. Mit einem G22.«

»Das ist von Accuracy, richtig? Britische Firma?«

»Ja genau. Eigentlich eine Jagdwaffe, aber was blitzschnelle Tiere töten kann, das kann auch langsame Menschen töten. Die Forensik hat das Projektil untersucht. Wie es aussieht, 12,7 Millimeter oder 300 Winchester. Das müssen wir uns noch genau anschauen. Wahrscheinlich war noch ein Zielfernrohr von Schmidt und Bender obendrauf. Und natürlich ein Schalldämpfer. «

»Irgendwelche Spuren?«

»Nein.«

»Und sein Fahrer?«

»Der hat nichts gesehen. Erst, als Winkler tot zusammenbrach.«

»Wann war das?«

»Gestern.« Tahir schnäuzte sich mit einen zerknüllten Papiertaschentuch. »Also einen Tag vor Silvester. Da ja dann auch schon alle rumknallen, hört man einen Schuss kaum. Das Geböllere fängt hier ja schon ab Heiligabend an.« Er zuckte die Schultern. »Und mit einem Schalldämpfer hört man den Schuss erst recht nicht.«

Ein Tag Verzögerung, bis selbst wir Bullen was erfahren, dachte Judith. Das hätten die wohl gern noch länger geheim gehalten.

Judith setzte sich auf die Couch und kraulte Fenris unter dem Kinn. »So hat er uns einen klaren Hinweis gegeben.«

»Welchen?«

»Wenn der Schütze einen Schalldämpfer und ein Scharfschützengewehr verwendet hat, heißt das doch, dass es sich um einen Profi handelt. Ich frage mich nur, warum er Winkler nicht heute erschossen hat. Bei dem üblen Geböllere heute wäre der Schuss auch ohne Schalldämpfer überhaupt nicht aufgefallen. Und ein Schuss aus einer normalen Pistole wäre doch viel unauffälliger gewesen. Oder sollte das eine Machtdemonstration sein?«

»Heute wäre Winkler nicht in Berlin gewesen.« Judith spürte den Sarkasmus in Tahirs Stimme. »Er wollte Silvester auf Sylt verbringen. Es heißt, Winkler hasst Berlin zu Silvester.«

»Da ist er nicht der Einzige.«

Judith schaute sich um. »Auf die Idee, als Innenminister mal etwas gegen das Chaos zu tun, kommt er aber auch nicht.«

»Jetzt eh nicht mehr«, sagte Tahir.

Judith schaute auf die Uhr. Kurz vor Mitternacht. »Brauchst du mich?«

»Wir können uns die Leiche anschauen und mit der Rechtsmedizin sprechen. Aber nur, wenn du willst.«

»Wenn ihr mich abholt, schon. Hab schon was getrunken und habe keine Lust, ewig auf ein Taxi zu warten.«

»Kein Problem.« Tahir lachte. »Dann können wir zwei noch anstoßen. Wenn auch mit Verspätung.«

KAPITEL 9

31. Dezember 2018
Rechtsmedizin, Berlin

Die Leiche von Winkler lag auf dem Rücken.

Es war nicht der einzige Tote, den es an diesem Silvester gab. Tote an Silvester gehörten einfach dazu. So auch dieses Jahr. Zwei Jungen hatten sich mit Polenböllern in die Luft gesprengt, und das UKB, das Unfallkrankenhaus in Marzahn, musste wieder Sonderschichten einlegen, um Haut bei Verbrennungen zu transplantieren und Finger und Hände, die nicht mehr zu retten waren, zu amputieren. Die Expertise dieser Chirurgen hatte sich seit dem Ersten Weltkrieg aufgebaut, als immer mehr Soldaten mit zertrümmerten Gliedmaßen, Gelenken oder Kiefern von der Front kamen. Daraus hatte sich dann die plastische Chirurgie entwickelt. Dass es sogar zu Friedenszeiten großen Bedarf an dieser Fertigkeit geben würde, hätten die Herren sich wohl damals nicht träumen lassen.

Dr. von Weinstein, der stellvertretende Leiter der Berliner Rechtsmedizin, lief um den Stahltisch herum wie ein Hund an der Kette.

»Der Schuss hat ihn von oben erwischt, direkt in den oberen Rücken. Das Projektil ist schräg in die Rückseite der rechten Schulter eingedrungen, hat den rechten Lungenoberlappen, das Herz, die Körperhauptschlagadern und den linken Lungenunterlappen durchschlagen. Dann ist es am linken Rippenbogen wieder ausgetreten.« Er zeigte auf einen Monitor, der an der Wand hing.

»Ganz schöner Flurschaden.«

»Ja, wie es aussieht, hat sich das Geschoss zerlegt und damit quasi jedes lebenswichtige Organ im Brustkorb getroffen. Überlebenswahrscheinlichkeit null.«

»War das ein Dumdumgeschoss?« Die Briten hatten diese Munition in Afrika eingesetzt, da sie die perfide Eigenschaft hatte, sich im Körper zu deformieren, wie es hieß, und dadurch viel mehr Vernichtung anzurichten. Hier sprach man von der »mannstoppenden« Wirkung. Andererseits wurde ähnliche Munition auch von Auftragskillern eingesetzt, damit ein Geschoss nur das Ziel traf und nicht durch den Körper hindurchflog und noch andere Unbeteiligte tötete. Dumdumgeschosse blieben in der Leiche, während Vollmantelgeschosse problemlos durch mehrere Körper hindurchfliegen konnten. Von Weinstein nickte. »Nicht ganz. Es kam ja wieder raus.«

»Sofortiger Tod?«, fragte Judith. Tahir stand neben ihr und sagte nichts.

»Der war tot, bevor er auf den Boden schlug.« Von Weinstein hatte Gummihandschuhe angezogen und zeigte auf die Einschusswunde. »Fernschuss«, sagte er, »keine Schmauchspuren.«

»Wie weit entfernt?«

»Vielleicht fünfzig Meter? Stellen die Ballistikexperten noch fest.«

Sie schaute Tahir an. »Dann war der Täter irgendwo auf einem Dach?«

»Steht zu vermuten.« Von Weinstein antwortete statt Tahir und bewegte den Kopf zu dem zweiten Tisch. »Seinen Staatssekretär hat es genauso erwischt.«

»Warum einen Mitwisser am Leben halten? Der kann ja auch irgendwas gesehen haben.« Tahir zuckte die Schultern. »Ein Scharfschütze auf dem Dach, der genau weiß, was er tun muss. Das war ein Profi.«

»Islamisten?« Judith schaute ihren Kollegen fragend an.

»Oder andere Extremisten? Ex-Militärs? Infiltratoren aus Russland?« Von Weinstein zuckte die Schultern und steckte seinen Kugelschreiber in die Brusttasche seines Kittels. »In jedem Fall jemand mit Sniper-Erfahrung.«

Sniper, dachte Judith. Scharfschützen. Sie waren eine eigene Spezies. Viele gaben ihrer Waffe einen Frauennamen. Oft auch den Namen der Frau, die sie wirklich hatten. Wenn sie eine hatten. Die meisten waren Männer. Sie legten sich mit der Waffe auf die Lauer. Und ihnen wurde beigebracht, die Waffe zu umarmen wie die Frau. Daran zu denken, dass man die Person, die man liebt, beeindrucken will. Indem man richtig zielt. Indem man richtig trifft. Die Liebe zu beweisen, indem man tötet.

»Dann habe ich aber zwei Fragen.« Judith schaute Tahir an. »Warum hat er den Chauffeur verschont?«

Tahir nickte. »Stimmt. Der ist doch bestimmt ausgestiegen, um den Herrschaften die Tür aufzuhalten.«

»Und noch etwas«, sagte Judith und ließ ihren Blick über den Raum schweifen. Auf dem Nebentisch lag die Leiche eines der Jungen, der durch den Polenböller getötet worden war. »Winkler hatte doch bestimmt Personenschützer vor seinem Haus.«

Tahir nickte wieder und spielte dabei mit dem Gummiband der Ermittlungsakte. »Hatte er. Zwei sogar.«

»Und die haben nichts gesehen?«

»Die sagen, sie haben nichts gesehen. Als die Schüsse gefallen sind, natürlich schon.«

»Was haben die beiden dann gemacht?«

»Sich in Sicherheit gebracht. Was auch das Richtige ist.« Tahir klemmte die Mappe unter den Arm und ließ seinen Blick über Winklers Schulterrückseite schweifen, in der die Einschusswunde klaffte wie ein schwarzes Loch. »Die konnten ja nicht wissen, ob der Typ als Nächstes auf sie schießt.«

»Auch wieder wahr. Können wir mit dem Chauffeur sprechen?«

Tahir schüttelte den Kopf. »Steht derzeit noch unter Schock.«

Von Weinstein stemmte die Hände in die Hüften und schaute beide an. »Wenn ich bei Ihrer Unterhaltung nicht störe, würde ich gern wieder nach Hause fahren. Der Rest des Berichts kommt dann von den Kollegen direkt an Sie. Und gegenüber im Hauptgebäude gibt es auch einen Kaffeeautomaten.«

»Hat der auch Sekt?« Tahir schaute auf die Uhr. Es war Mitternacht. Draußen brach die Hölle los.

Von Weinstein schüttelte den Kopf. »Seien Sie froh, wenn da überhaupt Kaffee rauskommt.« Er machte Anstalten, nach draußen zu gehen.

»Frohes neues Jahr«, sagte Tahir und umarmte Judith. Von Weinstein gab er die Hand. Der musste sogar lächeln. »Kann ja nur besser werden«, sagte er.

Tahir zündete sich eine von seinen filterlosen Zigaretten an, als beide zu seinem Wagen auf dem Parkplatz gingen. »Würde gern noch mit dir anstoßen«, sagte er, »aber ich muss zurück zur Familie. Die Großeltern sind da und dann noch Freunde von meinen Kindern.«

»Kein Problem«, sagte Judith. »Ich muss auch …«

Dann sah sie den Schatten.

»Judith Richter?«, fragte eine Stimme aus der Dunkelheit. Es war eine Frauenstimme. Jetzt erkannte Judith ein Gesicht. Schmal, mit dunklen Haaren, bekleidet mit einem langen Mantel, nass vom Schneeregen. Eine Frau, die Judiths Namen kannte. Und die Judith nicht kannte. Das gefiel ihr nicht.

»Was wollen Sie?«

»Gerhard Winkler«, sagte die Stimme. »Wenn Sie Informationen dazu wollen, habe ich welche für Sie.«

Judith blinzelte die Frau an. »Ich kenne Sie nicht. Und wir sind hier auch nicht auf dem Basar.«

»Aber ich kenne Sie.« Damit hatte die Frau wohl recht. Immerhin kannte sie Judiths Namen. Oder war das ein Glückstreffer?

»Wer sind Sie?«, fragte Judith. »Journalistin oder so was?«

»Oder so was …«, ergänzte die Frau. Dann reichte sie Judith eine Karte. »Ulrike Brückner.« Sie zog noch eine Karte aus ihrer Tasche und gab Tahir auch eine.

»Gerhard Winkler«, wiederholte Brückner.

»Was soll mit dem sein?« Judith und Tahir beschleunigten ihren Schritt in Richtung Auto.

»Sie waren doch bei ihm? Oder dem, was von ihm übrig ist.«

»Meinen Sie?«

»Warum sonst sollten eine Kommissarin und ein Kommissar vom Staatsschutz Silvester in der Rechtsmedizin sein?«

Tahir öffnete die Tür. Beide stiegen ein.

Brückner sprach weiter. »Doch wohl kaum, weil sich wieder irgendwelche Idioten mit Polenböllern die Finger abgesprengt haben?«

»Kein Kommentar«, sagte Judith. »Tahir, los geht's.« Tahir startete den Wagen.

Brückner lief neben dem Auto her. »Finden Sie es nicht auch seltsam, dass Winkler Personenschützer dabeihatte, aber einfach so in Berlin erschossen wurde? Und keiner will etwas gesehen haben? Und sein Chauffeur? Warum ist der …«

Mehr hörte Judith nicht. Sie sah die Frau im Rückspiegel, die allmählich ihre Schritte verlangsamte und dem Auto hinterherblickte. Die Wolke, die der Atem zwischen ihnen hinterlassen hatte, hing noch in der Luft wie eine Sprechblase.

Finden Sie es nicht auch seltsam, dass Winkler Personenschützer dabeihatte …

Die Gedanken tanzten durch Judiths Kopf, als sie draußen an der Schranke rechts in die Turmstraße abbogen.

… einfach so in Berlin erschossen wurde …

Der Himmel war voller Raketen und Explosionen.

Und Judiths Kopf war es auch.

KAPITEL 10

2. Januar 2019
Landeskriminalamt, Tempelhofer Damm, Berlin

Das neue Jahr 2019 war gekommen. Und Berlin war im Januar noch schmutziger als ohnehin schon.

Judith saß im Besprechungsraum im LKA am Tempelhofer Damm. Es war der größte Besprechungsraum in dem großen, hässlichen Polizeigebäude gegenüber dem früheren Flughafen Tempelhof, der jetzt die größte freie Fläche darstellte, die eine westliche Großstadt in einem Industrieland zu bieten hatte.

Die Wände des Raumes bestanden aus weißer Raufasertapete, der Boden aus Linoleum, die Luft war irgendwie dauerhaft abgestanden. So roch jede Behörde, dachte Judith. Diese Mischung aus Bohnerwachs, Schweiß, Mief und Papier. Manche Hochschulen rochen auch so. An der Stirnseite hing ein großer Kunstdruck von Georg Baselitz. Das Bild eines fallenden Adlers. Interessant, dachte Judith, dass dieses Bild hier im LKA hing. Sah es doch aus wie eine Mahnung an Deutschlands Absturz, denn der Adler könnte auch der Bundesadler sein.

Karl Brandt, der Polizeipräsident von Berlin, saß ihr gegenüber, ebenso wie Sabine Schiller, die Chefin der Senatskanzlei des Bürgermeisters. Schiller vertrat den Bürgermeister, der wiederum den – toten – Innenminister vertrat. Eigentlich hätte Winkler von seinem Staatssekretär vertreten werden sollen, doch der war ja ebenfalls tot.

Auch mit am Tisch saß Kriminaloberrat Joachim Richter, Chef des Staatsschutzes und darüber hinaus Judiths Ehemann. Noch jedenfalls. Er sah aus, als käme er gerade aus dem Urlaub. Die Haare nach hinten gegelt und das Gesicht gebräunt. In ihn hatte sie sich einmal verliebt. Damals hatte er ihr das Gefühl gegeben, dass sie die einzige Frau war, die ihn interessierte. Aber auch das war lange her. Inzwischen schien er sich eher für jede Frau zu interessieren, die ihm begegnete.

»Frau Richter«, fragte Schiller jetzt. »Was ist Ihnen aufgefallen?«

»Das war ein Profi. So ähnlich wie der Typ in Las Vegas, der vom Hotelfenster aus geschossen hat. Der wusste, was er tat.«

»Waren es Islamisten? Oder Rechtsradikale?«

»Woher soll ich das wissen? Sind wir hier bei Günther Jauch?« Im selben Moment biss sich Judith auch schon auf die Zunge. Aber was sollte sie bei einer derart blöden Frage auch erwidern?

»Ich verbitte mir Ihren schnoddrigen Ton, Frau Richter«, ließ sich jetzt Brandt vernehmen, der Polizeipräsident. »Der Innenminister und sein Staatssekretär sind erschossen worden. Da gebietet es nicht nur die Ehre, dass wir alles tun, um die Täter zu fangen. Es verbieten sich auch sämtliche unpassenden Kommentare.«

Weil passende Kommentare Winkler ja auch wieder lebendig machen, dachte Judith, sagte es aber nicht.

Brandt hatte einige Akten vor sich liegen. »Die Obduktion hat ergeben, dass der Innensenator und der Staatssekretär mit einem G22 erschossen wurden. Distanz maximal hundert Meter, vielleicht auch weniger. Die Kollegen sind schon dabei, die Umgebung abzusuchen und mit allen Nachbarn zu sprechen.« Er schaute Judith an. »Das ist doch ein englisches Gewehr.«

»Ja und?«

»Worauf ich hinauswill«, sagte Brandt, »ist, dass es mich verwundert, dass in Deutschland ein britisches Gewehr verwendet wird.«

Jetzt erhob Joachim Richter seine Stimme. »Herr Polizeipräsident, der illegale Waffenmarkt ist leider global. Täter nehmen, was sie kriegen. Und falls es ein Ex-Marine, ein Auftragskiller oder wer auch immer war, hat der vielleicht mit dem G22 trainiert und nutzt es auch für solche, ähm, Aktionen.« Er schaute sich um. »Ein Islamist hätte vielleicht eine AK 47 genommen.«

»Dann war es aus Ihrer Sicht also kein Islamist?«, fragte Schillller.

Nein, dachte Judith, dann hätte er sicher eine Visitenkarte hinterlassen. Oder einen Flyer. »Wie war mein Anschlag? Bewerten Sie mich, ein bis fünf Sterne. Rufen Sie Customer Service an: 0800-ISLAMIST.

Joachim gelang es, die peinliche Frage aufzulösen. »Das wissen wir nicht. Bisher sind keine Bekennerschreiben oder Ähnliches eingegangen. Auch keine Videobotschaften.«

»Und wahrscheinlich auch kein Ausweis, der absichtlich liegen gelassen wurde, wie am Brüsseler Flughafen?«

»Nein. Es müssen ja auch keine Islamisten gewesen sein«, sagte Joachim.

»Liegt denn mittlerweile eine Zeugenaussage vor, wenn wir schon kein Bekennerschreiben haben?«, fragte Judith.

Brandt und Schiller sahen sie verwundert an. »Von wem? Gab es denn Zeugen?«

»Von dem Chauffeur«, sagte Judith und blätterte in ihren Akten, »dem, wie heißt er noch … Klose!«

»Hajo Klose«, sagte Brand. »Wir haben kurz mit ihm gesprochen.«

»Und?«

»Er steht noch zu sehr unter Schock. Außerdem hat er wohl nichts gesehen.«

»Sagt er das?«

»Frau Richter, es hätte genauso gut ihn erwischen können. Dass er das überlebt hat, ist ein Wunder.«

»Warum hat Hansen eigentlich den Wagen verlassen?«

»Weil er wohl Winkler noch eine Akte geben wollte.«

»Und Klose? Der hat doch den beiden bestimmt die Tür aufgehalten?« Judith ließ nicht locker. Sie sah, wie Joachim in sich hineingrinste. Er kannte Judiths Hartnäckigkeit und war wohl froh, dass es jetzt einmal andere traf und nicht ihn.

»Denke schon«, sagte Schiller.

»Dann war er auch draußen?«

»War er wohl.«

Judith schüttelte den Kopf. »*Warum* gerade Klose das überlebt hat, fragen Sie nicht?«

Schiller stand der Mund offen. Sie zupfte an ihren Ohrringen. »Wollen Sie damit sagen, dass Klose …«

»… ihn erschossen hat? Nein. Das war ein Sniper auf dem Dach gegenüber.« Judith blickte in die Runde. »Der Täter hatte allerdings keinen Schmerz, auch den Staatssekretär Hansen mit zu erschießen. Wahrscheinlich um zu verhindern, dass es Zeugen gibt.«

»Glauben Sie?«, fragte Brandt.

»Natürlich! Was sollte ihn also dann davon abhalten, mit Klose ebenso zu verfahren? Dann gäbe es gar keinen Zeugen, und wir würden noch mehr im Nebel herumstochern.«

Brandt und Schiller sagten nichts.

Judith bohrte weiter. »Mochte Klose seinen Chef?«

Brandt wollte antworten, doch Joachim sprang dazwischen. »Nein. Sie wissen, wie unbeliebt Winkler war. Nicht mal sein Hund mochte ihn.«

»Herr Richter«, zischte Schiller. Judith hatte nicht gewusst, dass Winkler einen Hund hatte. Für den tat es ihr leid, Hunde litten, wenn ihr Herrchen oder Frauchen nicht mehr da war.

Brandts Mundwinkel zuckten, während er seine Papiere ordnete. »Sie meinen, Klose steckt da mit drin?«

»Solange wir nicht vom Gegenteil überzeugt sind, ist doch erst einmal jeder verdächtig, oder?« Judith blickte Brandt in die Augen. »So habe ich das jedenfalls gelernt. Falls er drinstecken sollte, geht er wohl lange in den Knast. Und zwar nicht als Gefängnisdirektor.«

Brandt erhob sich. »Frau Richter, Herr Richter, wir danken Ihnen. Unsere Büros werden sich mit Ihnen in Verbindung setzen.«

Das hieß auf gut Deutsch, dass das Treffen beendet war.

Judith gelang es, ihren Mann abzufangen, bevor er auf dem Flur des LKA das Weite suchen konnte. Sie packte ihn am Arm, bevor er endgültig weglaufen konnte.

»Warum will niemand an den Klose ran?«, fragte sie.

Joachim schüttelte seinen Arm, als würde er ein Insekt abschütteln. »Weil er unter Schock steht.«

Judith hielt seinen Arm umklammert und schüttelte den Kopf. »Wir sind seit siebzehn Jahren verheiratet. Mich kannst du nicht verarschen.«

»Okay.« Er ließ resigniert die Schultern hängen. »Das BKA ist an der Sache dran. Und die wollen das allein machen.«

»BKA?«

»Vielleicht auch BND.«

»BND ist der Auslandsgeheimdienst. Hier wäre doch der Verfassungsschutz zuständig.«

»Wer auch immer zuständig ist. Wir sind es jedenfalls nicht.«

»Und warum?«

»Keine Ahnung.«

»Raus mit der Sprache!«

»Ich weiß es wirklich nicht.«

»Aber ich.«

»Nämlich?«

Judith holte Luft. »Die Leute sollen sich nicht sicher fühlen. Jetzt zeigt irgendjemand, dass er sogar den Innensenator, der super abgesichert ist, umlegen kann. Das ist doch eine Machtdemonstration.«

»Und wozu soll die gut sein?«

»Um einen Umsturz vorzubereiten, eine Art Bürgerkrieg, was auch immer.«

»Du liest zu viel Tom Clancy.«

»Und du weißt doch irgendetwas.«

»Nein.« Er riss sich los. »Ich weiß nur, dass ich losmuss.«

Sie sah ihm nach, als er um die Ecke bog und seine Schritte auf dem Linoleumboden verhallten.

Eine Notiz in ihrem Smartphone ploppte auf.

Sie verzog das Gesicht. Ihr Termin bei der Traumaambulanz des St.-Hedwig-Krankenhauses in Mitte.

KAPITEL 11

2. Januar 2019
Traumaambulanz, St.-Hedwig-Krankenhaus, Berlin

Iwo Retzick war wieder in Berlin. Das Erste, was er im neuen Jahr tat, war, sich diesem Termin in der blöden Traumaambulanz zu stellen, den ihm das LKA verordnet hatte. Was für ein Quatsch. Retzick sollte der Seelenklempnerin dort von früheren Erfahrungen erzählen, bei denen Menschen durch Projektile umgekommen waren. Und wahrscheinlich auch noch von seiner Kindheit, denn das wollten diese Psychofritzen ja immer hören. Das hatte er auch getan. Dummerweise hatte er erzählt, dass sich sein Vater, ein Polizist, erschossen hatte. Mit seiner Dienstwaffe. Im Gartenschuppen. Sein Vater hatte viele Fehler gemacht, aber diesen Fehler hatte er nicht gemacht: nämlich sich derart in den Kopf zu schießen, dass die Kugel im Inneren an der Schädelwand entlangläuft, aus der anderen Seite des Kopfes wieder herausfliegt und man sich am Ende nicht tot, sondern als lobotomisierter Wachkomapatient wiederfindet. In einem noch schlimmeren Leben als dem, aus dem man sich gerade hatte entfernen wollen. Das war Joseph Retzick nicht passiert. Er hatte sich auf den Boden gelegt und sich in den offenen Mund geschossen. Das war sicher. Und hundert Prozent tödlich. Es war aber nicht schön für jeden, der den Tatort sah. Die Blutflecken, die der junge Iwo damals gesehen hatte, hatten sich lange auf seine Netzhaut gebrannt. Vielleicht lag es daran, dass er sich für Impressionismus interessierte. Im Impressionismus waren es keine Blutspritzer, die vom eigenen toten Vater kamen. Hier waren es Farbflecken, die schön waren. Vielleicht mochte Retzick deswegen die Impressionisten und besonders Claude Monet, der eigentlich zu kitschig für jemanden wie Retzick war. Jedenfalls hatte die Traumaexpertin des LKA, die ihn über ihre schwarz geränderte Brille wie eine Schildkröte angeschaut hatte, das sofort vermutet.

Sie hatte ihm dann detaillierte Fragen gestellt und war zu dem Ergebnis gekommen, dass der Anschlag in der Berliner Innenstadt ihn wohl traumatisiert habe und er deshalb die junge Frau erschossen hatte, nicht, weil sie wie ein Terrorist gekleidet war, sondern wegen seines Traumas. Retzick hätte der Dame gerne seine Meinung zu diesem Schwachsinn gesagt. Da er aber fürchtete, dass eine Diskussion die Sitzung nur unnötig in die Länge gezogen hätte, beschloss er, stattdessen lieber nichts zu sagen, an schöne Dinge zu denken und nur hin und wieder zustimmend zu nicken oder ein »Hm« von sich zu geben. Irgendwie war es der Schildkrötendame aber gelungen, ihn wieder auf Monet zu bringen, und dann kam Retzick doch ein wenig aus sich heraus. Retzick hatte ihr von seinem Ziel erzählt, bevor sie wieder anfing zu reden. Sein Ziel war es, jeden Monet auf der Welt gesehen zu haben. Das hätte er lieber nicht tun sollen. Denn für die Schildkrötendame war die Sache damit klar: Das, so sagte die Expertin, war seine Methode, um das Trauma mit etwas Schönem aufzuwiegen. Was das Ganze aber mit dem Anschlag in Berlin kurz vor Weihnachten zu tun haben sollte, das sagte sie nicht. Er dachte lieber an Monet. Die meisten Bilder von Monet hatte sich Retzick in Paris angeschaut im Musée d'Orsay und in der Orangerie nahe dem Louvre. Dort, wo die riesigen, runden Seerosenbilder hingen. In New York war vor Kurzem der Nachlass von David Rockefeller versteigert worden, und eines der Seerosenbilder hatte einen Preis von fast hundert Millionen Dollar erzielt. In Paris aber hingen nach wie vor die meisten dieser Bilder. Paris, wo er auch bewundernd das Grab von Napoleon im Invalidendom besucht hatte, wie es so viele andere von der Truppe auch getan hatten. Daneben der Sarg von General Ferdinand Foch, der von steinernen oder metallenen Soldaten getragen wurde, genau hatte Retzick es nicht mehr im Kopf, aus welchem Material die lebensgroßen Figuren waren. Aber eindrucksvoll waren sie.

Paris und Berlin, hatte Retzick kurz gedacht. Die beiden früheren Feinde waren der Motor Europas geworden. Retzick hatte eine Originalausgabe der *Ausgewählten Schriften* von General von Moltke geerbt über den Deutsch-Französischen Krieg von 1871, der mit der Gründung des Deutschen Reiches und der Bestellung Bismarcks zum Reichskanzler geendet hatte. Moltke hatte eines der ersten Dokumente zur Organisationsentwicklung geschrieben, das er »Auftragstaktik« nannte. Er hatte versucht, die Frage zu lösen, die jeden Strategen umtrieb: Wie kann ich dafür sorgen, dass meine Leute genau das tun, was sie tun müssen, ohne dass sie das Ziel aus den Augen verlieren, aber auch, ohne alles bis in kleinste Detail zu regeln? Das Ganze war notwendig, weil Armeen und Einheiten schneller agieren mussten, es bei der damaligen Kriegsführung noch keine Funkgeräte gab und die Übermittlung von Informationen zu Pferd oder gar zu Fuß viel zu lange dauerte. Also musste die Truppe autonomer gemacht werden.

Die Einführung der Auftragstaktik hatte dafür gesorgt, dass Deutschland Frankreich 1871, nach einigen verheerenden Niederlagen, besiegt hatte. Seit 1871, aber spätestens seit 1939 und Hitlers Überfall auf Polen, war daraus das Wort »Blitzkrieg« geworden. Die Alliierten hatten sich diese Taktik genau angeschaut, hatten sie in ihre Militärstrategie übernommen, und aus der Auftragstaktik hatten die Amerikaner, Briten und auch Israelis das »Mission command« gemacht. Einige Israelis, wie zum Beispiel auch Martin van Creveld, nannten es, im Hinblick auf seinen deutschen Ursprung, auch »Kampfkraft«.

»Herr Retzick?«

»Wie bitte?« Er schaute die Psychologin erschrocken an, die wiederum ihn verdutzt anschaute. Er war offensichtlich doch weiter als geplant abgeschweift, und offenbar versuchte die Dame schon seit einigen Sekunden, eine Antwort von ihm zu bekommen.

»Was braucht der kleine Junge?«, fragte sie. Sie schaute auf ihr Klemmbrett und ihren Block. Retzick wusste nicht, was er sagen sollte. Von Moltke und dem Blitzkrieg hatte Retzick absichtlich nichts gesagt. Wer wusste schon, mit was für Assoziationen die Schildkröte deswegen kommen würde. »Was braucht der kleine Junge, um das Bild seines toten Vaters zu vergessen? Die Monet-Bilder sind ein guter Anfang, aber was braucht der kleine Junge Iwo noch?«

»Ich sag es Ihnen ehrlich, was der kleine Junge braucht«,

unterbrach Retzick sie, »die Sache mit meinem Vater ist übel. Die Sache mit den Monet-Bildern ist schön. Die Sache mit meinem Vater ist aber schon über dreißig Jahre her. Was mich im Moment beschäftigt, ist nicht mein toter Vater im Gartenhaus, der schon längst unter der Erde ist. Sondern das Mädchen in dem VW-Bus, das einer von uns versehentlich erschossen hat. Vielleicht sogar ich. *Das* finde ich am allerschlimmsten, und genau deshalb fühle ich mich machtlos.« Er warf der Dame einen kurzen Blick zu und erhob sich. »Genauso machtlos, wie Sie sich offenbar bei der Ausübung Ihrer Therapie fühlen. Ein schönes Neujahr wünsche ich!«

Damit war er aufgestanden und hatte das Behandlungszimmer verlassen.

Er wollte gerade das Kleingeld für den Kaffeeautomaten auf dem Flur abzählen, als ihm eine blonde Frau Mitte vierzig auffiel, die im Wartezimmer saß. Es war ihm, als hätte er sie schon irgendwo gesehen. Vielleicht auch LKA? Oder Kriminalpolizei? Oder war es eher Staatsschutz? Ihre Blicke trafen sich, und Retzick merkte, dass sie ihn auch erkannte.

KAPITEL 12

2. Januar 2019
Traumaambulanz, St.-Hedwig-Krankenhaus, Berlin

Der Mann, der gerade den Behandlungsraum verlassen hatte, schaute Judith an. Er war nicht klein, auch nicht riesig. Vielleicht ein Meter sechsundsiebzig, kräftig, ein wenig gedrungen, aber mit geschmeidigen Bewegungen. Er hob die Augenbrauen, öffnete den Mund und schloss ihn dann wieder.

»Wollten Sie etwas sagen?«, fragte Judith.

»Ja … Ich kenne Sie von irgendwoher.«

»Alle, die zu diesen Seelenklempnern müssen, kennen sich.« Judith legte ihre Tasche auf einen der Stühle im Wartezimmer. »Wir haben alle etwas gemeinsam.«

Retzick nickte. »Wir haben alle den gleichen Scheißjob.« Er hob das Kinn. »Sind Sie nicht vom Staatsschutz?«

»Richtig. Judith Richter.« Sie entschloss sich, ihm einfach die Hand hinzuhalten. Er ergriff sie. Warm und fest. »Iwo Retzick. Früher KSK. Jetzt Ausbilder.«

»Und Held von Berlin.« Judith nickte anerkennend. »Sie haben doch den Terroranschlag beendet.«

Er lächelte gequält. »Mehr oder weniger. Das hat sich also schon herumgesprochen.« Er blickte sich um. »Obwohl mich ja einige hohe Herren deswegen hassen, weil ich nicht die Vorschriften beachtet habe. Der Polizeipräsident, Staatssekretäre, der Innensenator …«

»… der Innensenator nicht mehr.« Judith kniff die Lippen zusammen.

»Stimmt. Dann sind Sie wahrscheinlich an dem Anschlag auf den Innensenator dran?«

Judith sagte nichts.

»Verstehe«, sagte Retzick lächelnd. »Sie dürfen zu laufenden Ermittlungen nichts sagen. Ich will auch gar nichts wissen und weiß selbst nichts. Nur eines: Ich habe ihn nicht erschossen.«

»Das hätte ich auch nicht geglaubt.«

»Lust dazu hätte ich nach einem Treffen mit ihm im GTAZ schon gehabt.«

»Das habe ich jetzt nicht gehört.«

Retzick ging zur Kaffeemaschine auf dem Flur. »Auch einen?«, fragte er.

»Gern. Brauchen Sie Kleingeld?«

Retzick fixierte blinzelnd die abgewetzte Schrift auf dem Kaffeeautomaten. Es war einer dieser Automaten, die dafür prädestiniert waren, dass erst der Zucker, dann das Milchpulver, dann die Kaffeebrühe und dann erst der Becher herauskamen. Die Reihenfolge war egal, Hauptsache, der Becher kam zuletzt. So war das bei vielen Kaffeeautomaten in Behörden.

»Ja, einen Euro noch.«

»Hier!« Judith warf ihm die Münze zu.

Er fing sie mit der linken Hand in einer schnappenden Bewegung auf. Es gab einen leichten Knall, als die Luft aus seiner Hand entwich, die die Münze umschloss. *Das ist die Luft, die die Leere füllt, die dein toter Körper hinterlässt,* hatte Judith mal irgendwer gesagt. Reflexe hatte der Typ, das musste sie zugeben. Wahrscheinlich hatte er schon oft dafür gesorgt, dass Luft die Leere füllte, die ein toter Körper hinterließ.

Die Kaffeemaschine gurrte und ratterte. Dann kam erstaunlicherweise tatsächlich erst der Becher, dann der Kaffeesud, dann Milchpulver und Süßstoff. Zweimal.

»Hier«, sagte Retzick und ließ sich auf einem der harten Stühle nieder.

»Danke.« Judith trank in langsamen Schlucken.

»Sie waren nicht immer beim Staatsschutz?«, fragte Retzick, nachdem er sich an dem Kaffee fast die Lippen verbrannt hatte.

»Nein.« Sie schüttelte den Kopf. »Ich hab die ganze Polizeinummer mitgemacht. Tausendzweihundert Anrufe pro Schicht beim Notruf, alle dreißig Sekunden einer. Mehr am Tag als in der Nacht. Im Sommer mehr als im Winter. Meistens Beschwerden wegen Lärm und Verkehrsbehinderungen. *UL*, das waren die Notrufe wegen *unzulässigem Lärm*, *VHB* das waren *Verkehrsbehinderungen*. Dann Objektschutz, Demonstranten absichern, Dealer festnehmen und wieder laufen lassen. In Wohnungen gehen, in denen Männer ihre Frauen oder Kinder ermordet haben oder in denen Kinder ihre toten Eltern gefunden haben.« Sie dachte wieder an ihre toten Kollegen Jochen und Stephan, die auf dem Friedhof Friedrichsfelde lagen. »Frauen morden seltener als Männer. Aber wenn, dann rasten die manchmal richtig aus und bringen dann meist ihre eigenen Kinder mit um.« Sie merkte, wie heiß der Kaffee war, und blies in den Becher.

»Klingt so, als ob sie den noch mistigeren Job haben«, sagte er.

»Jetzt nicht mehr. Jetzt sitze ich fast nur am Schreibtisch. Oder hier bei den Psychotanten. Aber früher, da wurde ich mit Flaschen beworfen, als Bullenschwein beschimpft und mit Zwillen beschossen. Den Kollegen, die nicht am Schreibtisch sitzen, geht das immer noch so. Mehr als je zuvor.«

Retzick musste kurz grinsen. »Wir beim KSK dürfen immerhin zurückschießen.«

»Wo Sie sind, da verirrt sich auch kein Kuschelrichter hin.«

»Das stimmt. Aber Gewalt ist nun einmal eine Botschaft, die international jeder versteht. Oder die Drohung damit.« Er trank vorsichtig von dem Kaffee. »Friedensstifter sind keine Pazifisten. Und umgekehrt. Den Frieden bewahrt nur der, der auch zum Krieg fähig ist.« Er schaute sie an. »Wie oft schießen Sie?«

Sie blies in ihren Kaffee. »Damals waren wir alle vier Monate mal auf den Schießstand. Heute, wo ich nur noch am Schreibtisch sitze, deutlich weniger. Vierzig Schuss im Jahr schießen und hoffen, dass das reicht.«

»Vor allem, wenn die neuen Gegner mit einer AK 47 herumlaufen.«

»Wie haben Sie das denn gemacht? Die Sache mit den Tschetschenen?«

»Training. Übung. Man muss halt ruhig bleiben.«

»Und wenn man selbst in Panik gerät?«, fragte Judith. »Was ist dann?«

»Der erhöhte Puls und das Adrenalin können dein Freund sein«, sagte Retzick. »Oder auch nicht. Bei Puls zwischen sechzig und achtzig ist Ruhe, ab hundertfünfzehn verschlechtert sich die Feinmotorik, das ist dann die optimale Kampfbereitschaft, die allerdings ab hundertfünfundvierzig schon zu Ende ist.«

»Und dann?«

»Ab Puls hundertfünfundvierzig verschlechtert sich auch die Grobmotorik, ab hundertfünfundsiebzig kommt der Verlust der Tiefenschärfe und der Nachtsehfähigkeit. Man wird vorübergehend fast blind. Bei allem drüber ist dann irgendwann Feierabend.«

»Dann rennt man einfach nur weg?«

»Das kann man so generell nicht sagen. Es gibt im Grunde bei einem derartigen Stress nur noch drei Reaktionsarten, die der Körper in petto hat: Flucht, Kampf oder Erstarren. Das sind uralte Mechanismen, die sich in der Evolution durchgesetzt haben und die der Mensch mit jedem Tier teilt.«

»Aber wo liegt der evolutionäre Vorteil im Erstarren? Dann hat es der Gegner ja noch einfacher.«

»Nicht unbedingt«, erwiderte Retzick, »denken Sie an das Kaninchen vor der Schlange. Angreifen kann es nicht und flüchten auch nicht, da die Schlange es ohnehin erwischen würde. Da Schlangen aber kein Aas fressen, erstarrt das Kaninchen und senkt seine Herzfrequenz, damit die Schlange es für tot hält und verschwindet.« Retzick nickte zu sich selbst. »Habe ich alles schon gesehen . Irrationales Verhalten, Flucht, manchmal auch Angriff. Aber oft auch Erstarren, Betteln, Flehen. Bei vielen auch unkontrollierter Urin- und Stuhlgang.«

»Das Angstzentrum im Gehirn«, sagte Judith. »Fight, Fright, Flight, wie die Amis sagen. *Kämpfen, sich fürchten, flüchten.*«

»Genau. Das sind die drei Reaktionen.«

»Wo waren Sie überall im Einsatz?«

»Das meiste war geheim, aber dass KSK-Leute in Afghanistan waren, hat sich wohl mittlerweile rumgesprochen.«

»Ja, hat es. Wir waren dafür in Hamburg mit dabei. G20.«

»Das soll ja fast so ähnlich wie in Afghanistan gewesen sein.«

»War es auch. Ich war nie bei den Hundertschaften, die bei Krawallen eingesetzt werden. Da sind eh kaum Frauen. Keine Frau kann stundenlang mehr als zehn Kilo Vollschutzmontur tragen.«

»7. Juli war das mit G20, richtig? 7. Juli 2017.«

»Sie wissen gut Bescheid.«

»Mein Bruder hat am 6. Juli Geburtstag«, sagte Retzick.

»Einige Kollegen waren sechsunddreißig Stunden am Stück wach. Diese sogenannten Autonomen haben Barrieren aus Baustellenabsperrungen gebaut, nahe der Wohnung von Hamburgs Innensenator.«

»Der war doch sicher von Dutzenden Polizisten bewacht.«

»Eben. Dem war alles egal.« War es Winkler wahrscheinlich auch gewesen, bis er den dumpfen Knall aus dem Schalldämpfer gehört hat, dachte sie. Oder gar nicht mehr hören konnte.

»Einige der Demonstranten haben sich mit so einem Zitronenzeug eingeschmiert«, sagte sie. »das soll gegen Tränengas helfen. Nehmen sie auch in der Türkei bei Demos.«

»Die aus der Türkei wundern sich wahrscheinlich, wie easy das hier bei den Demos ist.«

Judith nickte. »Ja. Die Bilanz des G20 waren fünfhundert verletzte Polizisten.«

Judiths Ausbilder kam aus Hamburg. Er hatte ihr von Werner »Mucki« Pinzner erzählt, einem Auftragsmörder, der 1986 seine eigene Frau, einen Staatsanwalt, und am Ende sich selbst im Hamburger Polizeipräsidium erschossen hatte. Mit der Waffe, die seine Frau ihm mitgebracht hatte. Seitdem war man dort vorsichtig geworden. Kein Fremder durfte allein über die Flure laufen. Jeder wurde in Manndeckung genommen. Umso seltsamer, dass Hamburg trotzdem immer ein Problem mit Gewalt hatte und das Chaos nicht in den Griff bekam. Da war es genauso wie Berlin. Sogar noch schlimmer. Großstädte mussten immer hipp sein, und wer hipp war, musste Anarchokieze cool finden.

»Stimmt die Geschichte mit den Codewörtern?«, fragte Retzick.

Judith lächelte. Der Mann schien sich zu freuen, dass er mal jemanden von der Polizei als Gesprächspartner hatte, den er nicht bei einer Übung über den Platz scheuchen musste. »Orkan, Blitz und so weiter?«

»Ja.« Sie trank von ihrem Kaffee. »Orkan heißt Anschlag. Blitz heißt Attentat. Sandsturm heißt Bombendrohung.«

»Alles zum Wohl der G20-Politiker?«

»Natürlich.« Judith nickte. »Und ihrer Gefolgsleute. Die Bevölkerung war dem Hamburger Senat scheißegal. Der Hamburger Bürgermeister sagte ja, dass er nur dann zurückgetreten wäre, wenn es Tote gegeben hätte.«

»Wie gnädig!«

»Es müssen schon Leute sterben, damit er verschwindet. Und der Bundesregierung war das Chaos und das Schicksal der Bürger auch scheißegal. Wichtig war nur, dass die Scherpas so viel Strittiges wie möglich aus der G20-Schlusserklärung wegverhandeln, wie es nur geht, während bei den normalen Bürgern die Häuser brannten.«

»Und wenn sie das mit dem Wegverhandeln nicht hinkriegen?«

»Dann landet der Rest zwangsläufig bei den Chefs, also den Regierungschefs, was als unschön gilt. Im Entwurf der Schlusserklärung stehen solche Passagen dann in eckigen Klammern.« Sie verzog das Gesicht. »Genauso eckig wie die Gehwegplatten oben auf den Häusern beim Schulterblatt im Schanzenviertel. Gehwegplatten und Molotowcocktails. Da musste erst das SEK kommen, bis dort Ruhe war.«

»Stimmt die Theorie mit dem Schanzenviertel?«, fragte Retzick.

»Welche?«

»Dass die Polizei sich absichtlich Zeit gelassen hat, damit die Anarchofreunde in der Schanze mal sehen, wie echte Anarchie aussieht, wenn ihnen die Typen das eigene Wohnzimmer zerlegen.«

Judith schluckte den Kaffee hinunter. »Auch so eine Verschwörung. Ich würde es nicht für unmöglich halten, aber ich glaube, es lag wirklich an den Gehwegplatten, die da von oben runterkamen.«

»Ich habe da noch was gehört«, sagte Retzick und trank seinen Kaffee aus.

»Was denn?«

»Ich …« Er zögerte kurz. »Ach, nicht so wichtig.« Er

schaute auf die Uhr. »Muss eh los. War nett, mit Ihnen zu plaudern. Vielleicht sehen wir uns mal wieder.«

Sie schüttelten sich wieder die Hand, während Retzick den Kaffeebecher in den Müll warf.

Dann war er weg.

Judith saß dort wie bestellt und nicht abgeholt. Ob sie wohl drinnen bei der Therapeutin einmal anklopfen sollte?

Erst jetzt fiel ihr das Bild an der Wand auf. Eine wunderschöne Kalligrafie. Der deutsche Text stand unter der Kalligrafie. Es war ein Gedicht der japanischen Kaiserin. Wie es sich anhörte, ging es um die Sprengung der Buddhas in Afghanistan, die die Taliban 2001 durchgeführt hatten. Seltsam, dachte Judith, dass das gerade hier hängt.

Dann las sie den Text.

Auf einer Reise durch Afghanistan:

In Bamiyan
Im fahlen Licht des Mondes
Tritt der erlauchte Buddha,
Vor langer Zeit seines Antlitzes beraubt,
Ehrwürdig aus dem Felsen.

Sie schaute sich um. Retzick war eben gegangen. Sein leerer Kaffeebecher lag im Mülleimer, seine Schritte waren noch leise auf dem schäbigen Linoleumboden zu hören, sicher war auch der Stuhl noch warm, auf dem er gesessen hatte. Dort, wo er eben noch war, war jetzt Luft. *Die Luft, die das Vakuum füllt, das dein toter Körper hinterlässt …*

Sie schaute noch einmal auf das Gedicht.

Tritt der erlauchte Buddha,
Vor langer Zeit seines Antlitzes beraubt,
Ehrwürdig aus dem Felsen.

Ihr Handy klingelte.

Judith war derart in ihre Gedanken versunken gewesen, dass sie abrupt zusammenzuckte.

Es war die Nummer von Tahir.

»Tahir«, rief sie. Lauter, als sie eigentlich wollte. Sie atmete ein paarmal durch, während sie sprach. »Ist was Schlimmes?« Wenn das Telefon so klingelte und sie sich derart erschreckte, konnte es nur etwas Schlimmes sein.

»Ja«, sagte Tahir, »es ist etwas Schlimmes.«

»Schlimmer als die Sache mit dem Innensenator?«

»Ja.«

»Das geht?«

»Das geht sogar problemlos.«

KAPITEL 13

2. Januar 2019
Choriner Straße, Prenzlauer Berg, Berlin

Es war 2:30 Uhr, doch Ulrike Brückner war noch nicht fertig.

Sie arbeitete von zu Hause aus. Das war billiger. Und einfacher. Keine Gruppenbüros oder »Coworking Spaces«, wie man das neuerdings nannte. Englische Namen bekamen alle Dinge, die eigentlich schlecht waren, die man aber anderen als gut verkaufen wollte. Sie schaute auf das Foto, das sie gemacht hatte. Von den zwei Männern, die am Tag des Anschlags in die St.-Hedwigs-Kathedrale gegangen waren. Einer der beiden war Arnoldsen, den anderen kannte sie nicht. Sie wusste, dass dieser Arnoldsen irgendetwas plante, aber sie wusste nicht, was. Hier war sie bisher nicht weitergekommen. Und bei ihrem zweiten Projekt genauso wenig. Die Worte des Gesprächs hallten noch in ihrem Kopf nach.

»Wer sind Sie?«, hatte die Kommissarin vom Staatsschutz gefragt. »Journalistin oder so was?«

»Oder so was …«, hatte Ulrike Brückner gesagt. Dann hatte sie Judith die Karte gegeben. *Ulrike Brückner. Global News.* Dem Kollegen der Kommissarin hatte sie auch eine Karte gegeben.

Sie hatte den Namen des Innensenators gesagt. Gerhard Winkler.

»Was soll mit dem sein?«, hatte die Kommissarin gefragt. Ulrike Brückner hatte gemerkt, dass sie es eilig hatte und dass sie nicht mit ihr sprechen wollte. Sie hatte wohl vor allem nicht gewollt, dass jemand herausbekam, dass Winkler tot war. Und dass der Staatsschutz schon an dem Fall dran war. Vielleicht war Brückner zu voreilig gewesen. Sie hatte die Kommissarin Judith Richter direkt an der Rechtsmedizin abgefangen. Es war nicht so schwer, durch die Schranke beim Gesundheitszentrum Moabit zu kommen. Aber es war dumm, denen, von denen man die Wahrheit wissen wollte, die eigene Wahrheit zu sehr auf dem Präsentierteller zu überreichen. »Warum sonst sollten eine Kommissarin und ein Kommissar vom Staatsschutz Silvester in der Rechtsmedizin sein?«, hatte Brückner gefragt. Und das war vielleicht etwas voreilig gewesen.

Sie trank einen Schluck Weißwein, ein Sauvignon Blanc Marlborough aus Neuseeland. Weißwein war die einzige Droge, die sie sich gönnte. Sie schaute aus dem Fenster in ihrer Wohnung in der Choriner Straße in Prenzlauer Berg.

Pregnancy Hill nannte man den Prenzlauer Berg auch wegen seiner hohen Fruchtbarkeit, doch Brückner hatte weder Kind noch Mann. Sie hatte eigentlich nur ihren Job. Vielleicht war es aber auch ganz gut so. Was man nicht hatte, konnte einem auch nicht genommen werden, und was man nicht hatte, lenkte einen auch nicht ab. Vor allem, da die meisten Ehen in ihrem Umfeld im Prenzlauer-Berg sowieso ziemlich schnell wieder geschieden wurden. Und die Paare dann nicht mehr genug Geld hatten und aus ihren schönen, großen Wohnungen wieder rausmussten, da einer allein die Miete oder die Kreditzinsen und Tilgung nicht mehr bezahlen konnte. Die Wohnung immerhin gehörte ihr. Zwei Zimmer, achtzig Quadratmeter, Wohn- und Arbeitszimmer waren eins. Sie hatte die Wohnung damals Mitte der Neunziger gekauft. Für »'n Appel und 'n Ei«, wie man in ihrer norddeutschen Heimat sagte. Zum ersten Mal war sie in Prenzlauer Berg auf der obligatorischen Berlin-Fahrt gewesen, die vor der Wende jede Klasse aus dem Westen machen musste, meistens im zwölften Jahrgang. Da hatten sie die Hinterhöfe in Prenzlauer Berg angeschaut, und alles hatte irgendwie verfallen und abgerissen ausgesehen. Aber auch voller Möglichkeiten. Brückners Großmutter war verstorben, und Ulrike Brückner hatte einen kleinen Geldbetrag geerbt. Groß genug, um nach Berlin zu gehen und die Wohnung zu kaufen. Damals war der ganze Bezirk gerade in der Gründung. Die ersten Galerien entstanden, Klaus Biesenbach gründete die *Kunstwerke*, bevor er Kurator am MoMa in New York wurde. Jetzt war alles, auch Ulrikes Wohnung, sicher mehr als das Zehnfache wert, wenn nicht noch mehr. Das war damals eine gute Entscheidung gewesen. Eine der wenigen guten Entscheidungen, die sie in ihrem Leben getroffen hatte.

Ihr erstes großes journalistisches Thema war das Bild von

Ostdeutschland in den Medien gewesen. Sie hatte damals in Stralsund am Hafen gesessen und hatte die Glocken von Dutzenden Kirchen gehört. Und sie hatte sich gefragt, was das Richtige für sie und ihr Leben sein könnte. Und in all dem Geläut der Glocken war ihr eingefallen, dass vielleicht die Suche nach dem Richtigen genau für sie, Ulrike Brückner, auch genau das Richtige war. So war sie Journalistin geworden. Der Osten war ihr erstes großes Thema gewesen.

Auch wenn sie aus dem Westen kam, hatte sie bestimmt Tausende von langen Gesprächen mit Menschen aus der ehemaligen DDR geführt. Sie hatte die Werke von Leuna gesehen, den Rostocker Hafen, die Kreidefelsen von Rügen, die immer noch so aussahen, als hätte sie Caspar David Friedrich gerade eben erst gemalt. Wo immer man in Ostdeutschland war, sah man nicht nur Überreste der DDR, sondern auch des NS-Regimes. Die riesigen Kraft-durch-Freude-Wohnungen in Prora an der Ostsee, die Heeresversuchsanstalt in Peenemünde, wo Wernher von Braun an der V2 gearbeitet hatte. Eine Waffe, die erst als »Aggregat 4« bezeichnet wurde und die Goebbels dann in »Vergeltungswaffe« oder »V2« umtaufte. Eine Waffe, die der Vernichtung der Feinde des NS-Regimes dienen sollte, die aber ironischerweise bei ihrer Herstellung mehr Menschenleben an Zwangsarbeitern gefordert hatte als bei ihrem Kriegseinsatz in London. Die Alliierten hatten Wernher von Braun in die USA mitgenommen, dort war er Direktor der NASA geworden und hatte das Raumfahrtprogramm begleitet. Die Saturn-Rakete, mit der die Amerikaner zum Mond geflogen waren, hatte eine ziemliche Ähnlichkeit mit der früheren *Vernichtungswaffe* V2. Angeblich hatten auch die Nazis schon eine Plutoniumatombombe gehabt. In der Heeresversuchsanstalt in Peenemünde an der Ostsee hatte man lange Zeit erhöhte Strahlung gemessen, und der nordwestliche Zipfel der Bucht war so gut wie weggesprengt. Die V2 war dabei nur ein Umweg gewesen, um eine taugliche Steuerungstechnologie für die Rakete zu bauen. Bei der deutschen Atombombe, die die Nazis angeblich auf New York abgefeuert hatten, hatte das aber nicht funktioniert, und die Rakete war irgendwo im Atlantik untergegangen, wo sie wahrscheinlich noch heute auf dem Meeresboden lag.

Vielleicht auch deswegen wurde auf den Osten immer anders geschaut als auf den Westen. Auch heute noch. Für die meisten im Westen war der Osten nach wie vor ein barbarischer Hinterhof, auf den man herabblickte und bei dem grundsätzlich mit zweierlei Maß gemessen wurde. Als sich in Hamburg ein Islamist im Gefängnis erhängte, krähte kein Hahn danach, als das Gleiche in Leipzig passierte, stürzte sich die gesamte Presse sofort auf die Geschichte, und Sachsen wurde sofort zum *failed state* erklärt. Dass Sachsen eines der am wenigsten verschuldeten Bundesländer mit einer hervorragenden Verwaltung war, interessierte keinen. Osten war gleichbedeutend mit Diktatur und Stasi. Vorher hatten in Berlin zum Thema Stasi nur Westdeutsche diskutiert. Was wäre wohl gewesen, wenn zum Thema RAF nur Ostdeutsche diskutieren würden?

Der Fuchs ist schlau und stellt sich dumm …

Der Wessi macht es andersrum war im Osten mehr als nur ein geflügeltes Wort.

Über den Osten und seine ambivalente Betrachtung kam Ulrike Brückner zu ihrem Spezialgebiet. Dem Extremismus in all seinen Facetten. Sie schaute auf ihren Schreibtisch. Er war voll mit Artikeln und Ordnern, und auf dem großen Monitor war die Website der radikalislamischen Bewegung *Boko Haram* offen.

Da war diese Frau aus Landshut gewesen, die sich dem IS angeschlossen hatte. *Komm nach Rakka,* hatte man ihr gesagt. *Hier kannst du Allah nahe sein.* Es war dieselbe Frau, die jetzt wieder nach Europa zurückwollte. Brückner hatte sie getroffen. Sie hatte sich nach Syrien getraut und in den Irak. Die Frau musste dabei helfen, die Dorfgemeinschaften zu spalten. Sie hatten die Wasserleitungen in dem Dorf gesprengt. Die Ölquellen angezündet hatten sie ohnehin.

Die Story dieser IS-Frau hatte Brückner einen Job bei *Global News* eingebracht. Ihr Chef Florian, wegen seinem Leibesumfang auch Flori das Fass genannt, ließ sie in Ruhe und einfach machen, was ihr am liebsten war. Neben dem Job bei *Global News* hatte die Story ihr auch noch diverse Preise eingebracht. Ihr Gespür hatte ihr schon zu Beginn gesagt, dass diese Story von der Frau aus Landshut etwas Besonderes war. Ihr Gespür hatte Ulrike Brückner selten im Stich gelassen, und genau deswegen musste sie mit dieser Kommissarin sprechen, dieser Judith Richter, wenn sie schon bei Arnoldsen und seinen Leuten nicht weiterkam. Sie musste an sie herankommen. Davon würden beide etwas haben, Richter vielleicht sogar mehr als Brückner.

Sie stand auf, nahm ihre Brille ab und schloss kurz die Augen. Die Website von *Boko Haram* flimmerte noch in ihrem Kopf. Sie nahm das Weinglas, ging zum Kühlschrank und schenkte sich noch einen Schluck Weißwein ein. Aus dem Küchenfenster hinaus sah sie auf die Choriner Straße, die gelb im Schein der Straßenlaternen im Regen schimmerte.

Unten stand ein Mann. Groß und massig. Er warf eine brennende Zigarette auf den Boden und verschwand.

KAPITEL 14

2. Januar 2019
LKA, Tempelhofer Damm, Berlin

Judith stürzte aus der Traumaambulanz hinaus. In dem Moment kam die Ärztin, Psychologin oder was immer sie war, aus dem Behandlungszimmer heraus. Sie trug eine unmodische Brille und einen Dutt.

»Hey, Sie müssen noch unterschreiben, Frau Richter«, rief sie.

»Selbstheiler unterschreiben nicht.«

Und schon war sie draußen auf der Straße, das Handy noch am Ohr.

»Was sagst du?«, fragte Tahir, als Judith draußen war. Sie presste das Handy ans Ohr.

»Nichts. Ich bin hier bei der Traumaambulanz. Oder besser: Ich war.« Sie sah sich um. Es ging ein leichter, kalter Nieselregen. »Was ist passiert?«

»Waffen«, sagte Tahir. »Jede Menge. Kriegswaffen.«

»Wo?«

»In einigen Selfstorages in Tempelhof.«

»Ich bin sofort da.«

Fünfzehn Minuten später war Judith in Tahirs Büro beim Staatsschutz im LKA-Gebäude am Tempelhofer Damm.

Tahir stand mit Micha, dem SEK-Mann, der Judith früher im Schießen ausgebildet hatte und der im Dezember auch die Moschee in Neukölln bewacht hatte, auf dem Flur. Die beiden Männer warfen sich Witze zu. Es ging offenbar um Chuck Norris.

Chuck Norris hat keine Uhr – er bestimmt, wie spät es ist.

Was macht der Teufel, bevor er ins Bett geht? Schaut unterm Bett nach, ob Chuck Norris da ist.

Chuck Norris schläft nur im Hellen – die Dunkelheit hat Angst vor ihm.

Beide Männer prusteten. Sie hatten Judith noch nicht bemerkt.

»Einen habe ich noch«, sagte Micha.

»Raus damit«, sagte Tahir grinsend.

»Warum wurde Chuck Norris von seiner Tante zur Welt gebracht?«

Tahir zuckte die Schultern. »Keine Ahnung.«

»Weil sich niemand getraut hat, seine Mutter zu ficken.«

Tahir warf den Kopf zurück und begann schallend zu lachen. »Isch ficke deine Mutter …«, sagte er mit nachgemachtem Akzent. »Aber was für ein Scheiß. In dem Moment, wo sie Chuck Norris gebärt, ist sie doch seine Mutter.«

»Bei solchen Witzen darfst du nicht mit Logik kommen«, sagte Micha.

Tahir nickte lachend. »Sonst wären sie auch nicht witzig.«

»Hier wird also der Herrenwitz gepflegt«, sagte Judith.

Beide Männer sahen sie an, als wären sie auf dem Schulhof beim Rauchen erwischt worden.

»Okay, Micha, der Ernst des Lebens beginnt.« Tahir öffnete die Tür zu seinem Büro und nickte Micha zu. »Judith, komm mit.«

Auf dem Tisch in Tahirs Büro lagen eine Menge Fotos.

»Wir haben noch mehr gefunden«, sagte Tahir. Judith schaute auf die Fotos. SIG Sauers, Glocks, M16-Gewehre, Maschinenpistolen, Kalaschnikows. Die ganze Klaviatur des Grauens.

»Deutlich mehr als beim letzten Mal. In einem Selfstorage waren die Waffen«, sagte Tahir, »in dem anderen …«

»… die Munition«, ergänzte Judith.

»Richtig.«

»Was hatten die damit vor?«

Tahir zuckte die Schultern. »Wissen wir leider nicht genau. Angeblich hat der BND übernommen. Mir kam nur zu Ohren, dass mit diesen Waffen ein großer Anschlag in einer Fußgängerzone durchgeführt werden sollte.«

»Hier in Berlin?«

»Ja, in Berlin und an noch ein paar anderen Orten wie Leipzig und Dortmund.«

»Da hatten wir doch schon mal von gehört.«

»Vielleicht der gleiche Plan?«

»Moment, dann sind vielleicht …«

»Ja. Vielleicht sind woanders noch weitere Waffen versteckt.«

Judith ließ sich auf den Stuhl vor Tahirs Schreibtisch fallen. »Ein Anschlag? In der Fußgängerzone?«

Tahir nickte. »Am Samstagvormittag. Wenn es richtig voll ist.«

Judith biss sich auf die Lippe. »Wenn da noch diese Gatling-Kanone dazukommt …« Ihr Kopf zuckte nach oben. »Wissen wir mittlerweile, warum dieses Ding aus Bremerhaven von den Amis gestohlen wurde?«

»Wir nicht. Vielleicht aber andere.«

»Der BND.«

»Genau.«

»Und was sagen die Amis dazu?«

»Wissen wir auch nicht.«

Sie schaute die Fotos an, die schwarz glänzende Waffen zeigten.

Sie schaute Tahir an. »Es hätte eine Katastrophe passieren können.«

Sie hatte Freunde in Paris. Die hatten ihr aus eigener Erfahrung von dem Bataclan-Anschlag erzählt. Am Freitag, 13. November 2015, war es passiert. Um zwanzig nach neun abends. Ein lauter Knall im Stadion hatte den Start des Terrors markiert. Hundertdreißig Menschen starben in dieser Nacht. Neunundachtzig davon im Bataclan.

Einige Besucher des Konzerts im Bataclan sagten, die Explosionen hätten wie Chinaböller geklungen. Andere hörten gar nichts, hörten die Projektile fast nicht, wenn sie nahe an ihrem Ohr abgeschossen wurden, aber sie spürten die Hitze. Oder vielleicht war es nur der Schock gewesen, der die Sinne lahmlegte. Bei manchen der Besucher hatte sich diese Höllennacht tief in ihre Traum- und besonders Albtraumwelt gefressen. Sie hörten dann in jeder Nacht im Traum das Nachladen der Kalaschnikows.

Die Täter wussten, wie Terror funktioniert. Terror im Sinne des psychologischen Terrors. Sie hatten die Leute hintereinander erschossen. Sodass es alle mitkriegen mussten. Einige hatten *pitié, Gnade* geschrien. Einer von denen, mit dem Judith gesprochen hatte, hieß Jean. Der hatte es irgendwie nach draußen geschafft. »Ich habe Kinder«, hatte er immer wieder gesagt. »Ich muss meine beiden Kinder wiedersehen.« Er hatte sich durch die Explosionen nach draußen gerettet und war gerade in der Vorhalle, als sich ein Terrorist direkt an der Bar des Bataclan in die Luft gesprengt hatte. Irgendwann war er dann draußen auf der Straße gewesen. Und dort war er zusammengesackt. Aber er war am Leben.

Am 12. November 2016 war das Bataclan wiedereröffnet worden. Sting hatte gespielt. Irgendwie passte der Name, dachte Judith. Denn irgendein Stachel im Fleisch würde bleiben.

Judith sah Tahir an. »Das hätte ein zweites Bataclan werden können.«

»Was heißt hier *hätte*. Wir wissen nicht, was noch alles irgendwo gelagert wird. Und da wir das nicht wissen, finden wir es auch wahrscheinlich nicht.«

Sie atmete tief ein und aus. »Ich brauch noch einen Kaffee.«

»Ägyptischen Mokka?«

»Was immer du hast. Ich nehme alles.«

Eine Minute später wärmte sich Judith die kalten Hände an der Tasse. Es war ein uralter Becher mit einer Zigarettenreklame von HB mit dem HB-Männchen. *Wer wird denn gleich in die Luft gehen,* stand auf dem Becher. Das Schicksal hatte Sinn für Humor.

»Wir haben drei lose Fäden«, sagte Judith. »Die Gatling aus der Moschee bzw. aus Bremerhaven, die geplanten Anschläge in der Fußgängerzone. Und den Mord an Winkler.« Sie kritzelte eine Notiz auf den großen Tischkalender zum Abreißen, der auf Tahirs Schreibtisch lag. »Was ist mit Klose, dem Fahrer von Winkler?«

»Hajo Klose ist vom Erdboden verschluckt.«

Judiths Kopf zuckte nach vorn. »Einfach verschwunden?«

»Er war ja nicht in U-Haft oder so, er konnte sich frei bewegen. Abgesehen davon, es verschwinden pro Jahr fünftausend Menschen in Deutschland, und keiner weiß, wo die bleiben.«

»Den Zynismus überlass lieber mir.« Sie grübelte einen Moment vor sich hin. »Kann es sein, dass der BND auch dazu etwas weiß?«

»Der BND hat schon immer vor der Gefahr von völlig unkontrollierter Einwanderung gewarnt.« Tahir zuckte die Schultern. »Es kann sein, dass der BND deshalb in diesem

Spiel die *Bad-guy*-Rolle spielt, damit unsere Politiker bloß nicht zugeben müssen, dass sie etwas falsch gemacht haben.«

»Und du glaubst, der BND hat Klose? Oder weiß zumindest, wo er ist?«

Tahir zuckte die Schultern. »Vielleicht?«

»Verdammt«, knurrte Judith. »Klose ... Jetzt ist der Kerl weg. Warum haben wir den nicht einfach in die Mangel genommen, bis er den Mund aufmacht.«

Cui bono?, dachte sie. Wem nützt es? Wer gewinnt, wenn Winkler stirbt? Es war immer die alte und gleiche Frage.

»Komm nach Ägypten, da ist das kein Problem. Da haben wir schöne Keller. Unter Mubarak war das so, und heute ist es immer noch so.« Tahir zeigte seine weißen Zähne. »Aber du weißt doch, wie es ist. Für solche Drecksarbeit braucht man Contractors, die diese Typen entführen und in irgendeinem Foltergefängnis in Osteuropa weichkochen, in diesen sogenannten *black sites*, bis sie das Maul aufmachen.«

»Vielleicht ist er mit dem BND genau dorthin unterwegs?«

»Vielleicht. Aber eigentlich ist das eher die Masche der CIA.«

»Der BND ist eine Tochter der CIA. Genau genommen gab es die Vororganisation des BND schon vor der CIA. Nannte sich OSS. Office of Strategic Services. Die Vorgängerorganisation wurde von Reinhard Gehlen aus Hitlers Generalstab und John Boker von der US Army nach dem Zweiten Weltkrieg in Wiesbaden gegründet.«

»Was du alles weißt. Der BND war vor der CIA da?«

»Ja. Gegründet in Pullach bei München, wo zu Nazizeiten die Rudolf-Hess-Arbeitersiedlung war. Angeblich gibt es auch immer noch Sonderverträge von CIA und BND, die besagen, dass der BND kein Recht hat, Daten zu behalten, sondern alles mit der CIA teilen muss. Hat mir mal eine Freundin erzählt.«

»Danke für den Geschichtsunterricht. Aber apropos Freundin. Ich dachte immer, du hast eine Freundin, die beim BND arbeitet. Ist das die?«

»Ja, das ist sie. Nur offiziell weiß ich natürlich gar nicht, dass sie dort arbeitet.«

»Dann trink doch einen Kaffee mit ihr, auch wenn es kein ägyptischer Mokka ist.«

Judith kaute weiter auf ihrer Unterlippe und stützte das Kinn in die Hände. Als ihr die Haltung zu unbequem wurde, richtete sie sich auf. »Vielleicht gar keine blöde Idee. Dann werde ich mal …«

Tahirs Telefon auf seinem Schreibtisch klingelte. Er nahm den Anruf an, hörte ein paar Sekunden zu und hob die Augenbrauen. »Alles klar, ich komme.« Er legte auf.

»Klingt so, als ob sich etwas tut«, sagte Judith.

»Tut es auch. Sie haben einen erwischt, der mit den Waffenlagerungen zu tun hat. Nennt sich Khalid.«

»Und weiter?«

»Nichts weiter.«

»Einen Pass hat er nicht?«

Tahir grinste unfreiwillig. »Braucht man doch bei euch in Deutschland nicht. Selbst wir in Ägypten haben Pässe. Nein, im Ernst, vielleicht hat er ihn verloren?«

Judith verdrehte die Augen. »Also nirgends gemeldet?«

Tahir nickte. »Nirgendwo gemeldet. Er sagt, er habe Sperrmüll verkauft. Er hat keinen Pass, keine Nummer, nichts.« Er schnappte sich seine Lederjacke. »Ich werde mal mit dem Kerl sprechen. Arabisch wird er verstehen, auch wenn es ägyptischer Dialekt ist. In der Zeit kannst du doch mit deiner Freundin sprechen.«

Judith stand abrupt auf. »Gut, dann weiß jeder, was er zu tun hat. Du sprichst mit diesem Khalid …«

Tahir grinste. »… und du gehst Kaffee trinken.«

KAPITEL 15

2. Januar 2019
Schloss Mürendorf bei Berlin

Retzick näherte sich in seinem schon etwas betagten VW Golf dem Anwesen. Er stieg aus und sah seinen alten Freund bereits mit Schal und englischem Sakko am Tor stehen und winken. Arnoldsen hatte ihn am Morgen angerufen und um ein Treffen gebeten, um Retzick *noch mehr* erzählen zu können. Nach dem seltsamen Termin in der Traumaambulanz war ein Gespräch unter alten Freunden vielleicht die bessere Therapie. Er stieg aus dem Wagen.

Kahle Sträucher säumten den Weg, und in der Mitte zwischen Schloss und Eingangstor befand sich ein Springbrunnen, der jetzt ausgeschaltet war und wohl erst im Frühjahr wieder gen Himmel plätschern würde. Hinter dem Brunnen führte eine Treppe zu einem Kiesplatz, dahinter war der Eingang zum Schloss. Rechts davon ein Pavillon mit metallenen Gartenstühlen, links und rechts Mauern aus groben Steinen, an denen Efeu und Schlingengewächse in die Höhe kletterten. Nahe dem Tor streckte eine knorrige Eiche ihre Zweige gen Himmel und bildete damit den Teil einer geraden Linie vom Tor über die Eiche und den Springbrunnen bis zum Schloss. Die Architektur war beeindruckend und strahlte selbst im erstarrten Winter eine Wärme und Eleganz aus. Oder vielleicht genau deswegen?

Schloss Mürendorf, ein paar Minuten südlich von Berlin bei Großbeeren gelegen, würde man mit allem in Verbindung bringen, vor allem mit Hochzeiten, Firmen- und Familienfeiern, Banketts, Sommerfesten oder Weinproben, aber nicht unbedingt mit Waffentechnik, obwohl Retzick wusste, dass es gerade an diesem Ort oft genau darum ging.

»Hier haltet ihr also eure konspirativen Treffen ab«, sagte Retzick, nachdem sich Arnoldsen und Retzick per Handschlag begrüßt hatten. Viele Beete waren neben den Wegen, Beete, die im Sommer sicher nach Blumen und Kräutern, jetzt im Winter aber nach gar nichts rochen.

Arnoldsen nickte und lächelte. »Nah genug dran, aber weit genug weg.«

»Schickes Sakko«, sagte Retzick.

»Echter Harris-Tweed.« Arnoldsen grinste. »Schafwolle von den Hebriden. Aber das hier kommt aus Kuba.« Er zog zwei Zigarren hervor. »Romeo y Julieta. Havannas, aber deutlich milder als die üblichen Havannas. Du rauchst doch ab und zu?«

»Ab und zu.«

Die beiden steckten sich ihre Zigarren an, und zu der Atemwolke, die durch die Kälte aus ihren Mündern kam, gesellte sich auch noch der Rauch der Zigarren.

»Denkst du manchmal noch an Tom?«, fragte Retzick.

Arnoldsen nickte. »Ich kann nicht anders. Ohne seinen Tod wären wir beide ja nicht mehr am Leben.« Tom, der mit seinem eigenen Blut in den afghanischen Sand gemalt und ihnen den Weg zu dem Munitionslager gezeigt hatte. Sie gingen eine Weile schweigend nebeneinander.

»Nicht nur wir, auch die DWT ist hier auf dem Schloss aktiv«, sagte Arnoldsen.

Deutsche Gesellschaft für Wehrtechnik, dachte Retzick. »Auch wegen Waffendeals?«

»Die Gründwald AG und die DWT kooperieren oft. Das ist hier wie so eine Art Speeddating. B2B-Gespräche nennen wir das. Business to Business. Es kommen Vertreter der Rüstungsindustrie, Offiziere irgendwelcher Schurkenstaaten, aber auch Scheichs aus dem Nahen Osten, Chinesen, Amerikaner, Militärattachés. Die Waffenschmieden sind hier und deren Käufer, achtzehn Minuten pro Gespräch, dann dreht sich das Karussell weiter.«

»Übernachten die alle hier?« Retzick sah sich um.

»Einige schon. Abends gibt es dann Wildschwein mit Blauem Zweigelt vom Neusiedler See. Wenn Leute aus dem arabischen Raum da sind, natürlich Lamm.«

»Schwein ist unrein?«

»Diese Wildschweine hier wühlen wirklich noch im echten Dreck«, Arnoldsen machte mit dem Kinn eine Bewegung Richtung Acker, »und werden nicht in irgendeiner Batterie gehalten, aber ja. Die haben hier in Berlin übrigens sogar eigenen Wein. In den Handel hat der es aber noch nicht geschafft. Er stammt nämlich nicht aus einem offiziellen deutschen Weinbaugebiet. Muss in Deutschland ja alles seine Ordnung haben. Na, wie auch immer. Manche der Händler und Käufer gehen dann noch auf die Jagd. Andere setzen sich ins Zigarrenzimmer und rauchen. So wie wir jetzt.«

»Da können wir von mir aus auch gleich hingehen«, sagte Retzick. »Es ist verdammt kalt.«

»Ja, es ist auf einmal richtig kalt geworden. Immerhin nieselt es nicht mehr.« Arnoldsen nickte, dann knuffte er Retzick in die Seite. »Aber sag mal, seit wann bist du so empfindlich geworden. In den Bergen von Tora Bora war's nachts auch nicht warm.«

Arnoldsen war nach der Wende Scharfschütze beim Panzergrenadierbataillon 411 in Viereck in Mecklenburg-Vorpommern gewesen, daher kannte er den Osten gut. Manche behaupteten, er sei über ein paar Umwege mit der Familie von Moltke verwandt, die über ganz Ostdeutschland verstreut Schlösser besaß.

»Hier haben wir den Leopard-Deal eingefädelt«, sagte er. »Ausländische Käufer wollten ihn, und die Bundeswehr brauchte ihn. Dabei war der ursprüngliche Plan, zweitausend davon zu verschrotten, und jetzt mussten hundert kurzfristig aktiviert werden. Die Leute, die das können, muss man erst mal so schnell finden.«

»Der Baumarkt Hornbach hat doch einen Hammer aus Panzerstahl herausgebracht«, sagte Ritzeck lächelnd. »Da haben sie einen Panzer eingeschmolzen.«

Arnoldsen nickte und stieß Rauch aus. »Einen tschechischen Panzer, genau. Hier mussten wir es umgekehrt machen. Alles wieder zusammenbauen.«

»Der gute alte Leo …«, murmelte Retzick und zog an seiner Zigarre.

»Panzer sind schwerer zu exportieren als Waffen«, sagte Arnoldsen.

»Sie sind ja auch etwas größer«, witzelte Retzick.

»Das stimmt.« Arnoldsen nickte. »Wir machen es aber trotzdem. Wir verkaufen sie über verschlungene Wege in alle Ecken der Welt. Und der Leo ist nach wie vor ein super Produkt. Seit 1979 gebaut. 62 Tonnen, 11 Meter lang, 12 Zylinder, 1500 PS, Vier-Gang-Automatik. Geschütz Kaliber 120 mm, 42 Schuss, Maschinengewehr MG3 mit fast 5000 Schuss. Aber was erzähle ich dir das alles?«

»Wir haben beide schon dringesessen.«

»Ja, aber die Anforderungen ändern sich. Viele bestellen den Nebelwerfer mit. Andere wollen den Leopard im Straßenkampf einsetzen, was gefährlich sein kann. Wenn so ein Panzer irgendwo stecken bleibt oder hinter und vor ihm Barrikaden zusammenkrachen, wird es ungemütlich. Darum haben wir noch für die Stadtversion Minenschutz und Extrapanzerung eingebaut.« Er nickte bestätigend. »Stadtfein sozusagen.« Er schaute Richtung Eingang. »Gleich gibt es noch Tee. Für Cognac oder Korn, was man hier normalerweise so trinkt, ist es vielleicht etwas früh.« Irgendwie kam Retzick eine dämliche Werbung von früher in den Sinn. *Montag, Dienstag, Mittwoch, Donnerstag, Freitag, Samstag, Sonntag – Alter Senator. Der schmeckt jeden Tag.* Wer würde heute noch jeden Tag Korn trinken, dachte er.

»Außerdem muss ich noch fahren.«

»Könntest auch hier übernachten.«

Retzick sah sich um. »Schön ruhig ist es ja.« Er schaute Arnoldsen an. »Und die Geschäfte laufen gut?«

»Sehr gut. Gerade die Militärs in Deutschland merken, dass eine wichtige Option jetzt endgültig vom Tisch ist. Und kriegen Angst.«

»Welche Option?«

»Atomwaffen in Deutschland.«

»War das denn jemals Thema?«

»Wir hätten es machen können. Die deutschen Kernkraftwerke verfolgten den kompletten Brennstoffkreislauf. Urananreicherung und eine Wiederaufarbeitung, die Plutonium und Atommüll trennt. Schnelle Brüter, die mehr spaltbares Material erzeugen. Dadurch hätte man auch Plutonium erzeugen können, mit dem man grundsätzlich

Atomwaffen herstellen könnte. Das Plutonium war die Rückversicherung für die nukleare Option. Das Ganze wurde aber schon schwieriger, als Wackersdorf 1989 aufgrund des Drucks der Alliierten, besonders der UdSSR, dichtgemacht wurde.«

»Ich kenne Einsatzkräfte, die bei den Demos dabei waren«, sagte Retzick. »Nach Tschernobyl 1986 kochten die Emotionen hoch.«

»Na ja«, sagte Arnoldsen und zog an seiner Zigarre, »die Bullen waren auch nicht ohne da unten zu der Zeit. Blendschockgranaten und Gummischrotgeschosse. Das würde es heute nicht mehr geben. Jedenfalls war mit der Schließung von Wackersdorf auch die Plutoniumoption fürs Erste vom Tisch. Das auch vor dem Hintergrund, dass die Nazis wahrscheinlich schon über eine Uranbombe verfügten, mit der sie New York angreifen wollten.«

»Aber nicht getroffen haben.«

»Zum Glück. Ich weiß auch nicht, ob das mit Hitler abgestimmt war. Der war ein großer Fan der New Yorker Architektur.«

»Und mit der Energiewende war dann endgültig Schluss mit jeglicher Form von Atommacht«, ergänzte Retzick.

»Richtig. Wer keine Kernkraftwerke mehr hat, braucht auch keine Atomforschung mehr. Ein Forschungsgebiet, das die Deutschen mit Otto Hahn und auch Einstein eigentlich erfunden haben und wo sie weltweit führend waren. Ein typischer Alleingang der Kanzlerin nach Fukushima 2011. Aber ein gravierender. In der Ära Schmidt war alles beisammen, was der friedlichen Nutzung diente, aber auch eine nukleare Option zuließ. Damit ist jetzt Schluss. Nicht nur mit der Energieautarkie Deutschlands, denn Strom und Wind werden dafür nicht reichen, sondern auch mit der nuklearen Option. Deutschland war ohnehin schon nicht gerade der unbezwingbare Player und wird's noch weniger …« Er klopfte Retzick auf die Schulter. »Aber das ist gut für uns. Denn dann werden wir umso mehr gebraucht.«

»Wofür zum Beispiel?«

»Derzeit arbeiten wir an einer Extrapanzerung. So wie bei den Filmhelden. Iron Man und so was. Oder die bei den Space Marines. Die können dann schwere Lasten tragen, die Vitalparameter werden analysiert, um die maximale Belastung herauszubekommen. Da arbeiten wir sogar mit Spezialisten aus Hollywood.«

»Was wiegt so eine Uniform, wenn sie dann mal fertig ist?«

»Mindestens hundertfünfzig Kilogramm. Aber das ist ja alles motorisch verstärkt. Davon merkt man nichts.«

Die Bundeswehr war im Umbruch, das wusste Retzick, so wie ziemlich alle Glaubenssätze im Umbruch waren, an die die meisten jahrelang geglaubt hatten. Alle glaubten, die Welt würde sicherer werden, und auf einmal merkten alle, dass genau das Gegenteil eintrat. Cyberwar war auch so ein Schlagwort. Retzick kannte die dummen Sprüche der Truppe, die auch eine gewisse Ratlosigkeit ausstrahlten: *Wie ziehst du eine Firewall um ein Feldlager?* Oder: *Gegen virtuellen Terror hilft kein Dislike-Button.*

Mittlerweile überlegte man schon, Werkverträge für Hacker bei der Armee einzuführen. Aber konnte man von Freelancern die gleiche Bindung wie von Berufssoldaten erwarten? Sicher nicht die einzige Kröte, die man schlucken musste, um als Bundeswehr irgendwie handlungsfähig zu bleiben.

»Aber jetzt mal zu uns«, sagte Arnoldsen. »Was hast du

denn in letzter Zeit so gemacht? Außer Berlin zu retten und Tschetschenen zu erschießen?«

»Unschuldige leider auch.«

Arnoldsen nickte. »Ja, das ist tragisch mit der jungen Dame. Aber hättet ihr nicht eingegriffen, wären noch mehr Menschen gestorben und das Mädchen wahrscheinlich ohnehin.«

»Julia Schnedes«, murmelte Retzick.

»Du kennst ihren Namen?«

»Ja, so etwas merke ich mir.«

Sie gingen eine Weile schweigend nebeneinander. Pferde schnaubten in der Nähe mit qualmenden Nüstern.

»Das letzte große Ding war Getex 2017«, sagte Retzick. »Terrorübungen von Bundeswehr und Polizei. Wir simulieren Anschläge auf Kindergärten, Geiselnahmen in Schulen, Entführungen von Bussen, aber auch biologische und chemische Angriffe.«

»Dann sind Einsätze der Bundeswehr im Inneren gar nicht so unwahrscheinlich?«

»Laut Artikel 35 Absatz 2 Grundgesetz ist das unter bestimmten Umständen ohnehin schon möglich. Das nennt sich subsidiärer Einsatz. Besonders bei Naturkatastrophen oder bei der Luftsicherheit, wenn es darum geht, von Terroristen gekaperte Flugzeuge abzuschießen. Das kann die Polizei nämlich nicht.«

»Und einen richtigen Grenzschutz gibt es auch nicht mehr. Früher gab es paramilitärische Einheiten wie den Bundesgrenzschutz, Frankreich hat die Gendarmerie, Italien die Carabinieri. Wir haben gar nichts mehr.«

Retzick nickte. »Stimmt leider. Darum ist es umso wichtiger, dass Polizei und Armee die gleiche Sprache sprechen, was Befehlsketten angeht. Und da hapert es noch.«

»Dann weißt du, wie die Sicherheitsapparate zusammenarbeiten?« Arnoldsen schaute ihn an. Etwas zu eindringlich, wie er fand.

»Ja, würde ich sagen.«

»Und … wo die Lücken sind, weißt du auch?«

Retzick schaute ihn etwas verwundert an. »Denke, ja. Aber wir haben auch so schon genügend Lücken, ohne dass jemand angestrengt danach sucht.«

»Da hast du wohl recht.«

Retzick wiederholte den Satz seines alten Freundes im Kopf. *Wo die Lücken sind, weißt du auch …?* Sie gingen eine Weile schweigend nebeneinander.

»Warum willst du wissen, wo irgendwelche Lücken sind?«

»Will *ich* nicht.« Er betonte das »ich«.

»Sondern?«

»Cohagen.«

»Der, den wir im Hotel de Rome getroffen hatten?«

»Genau der.«

»Wie siehst du denn die Sache mit den Anschlägen? Dein Freund Cohagen schien ja nicht sehr überrascht gewesen zu sein. Was ist das überhaupt für einer?«

Arnoldsen schüttelte den Kopf.

»Überrascht war er auch nicht. Eigentlich ist er Anwalt. Aber einer, der etwas weiter blickt als die meisten. Überraschen konnte das eigentlich niemanden. Anschläge mit Autos sind nichts Neues. Stand 2010 schon im *Inspire,* dem Magazin von al-Qaida mit dem Titel: *The ultimate moving machine.*«

»Klingt fast wie ein Werbespot.«

»Oder eine Motivationsrede. War auch genau so gemeint. *Fahr so schnell du kannst, versuch so viele Leute wie möglich niederzumähen.* Aber das waren alles Männer. Keine

Familien bei der französischen Botschaft. Mohammed Atta war angeblich in einer Flugschule, um das Treffen der Türme zu üben. Bush senior gegen bin Laden und dann gegen Saddam Hussein, der damit gar nichts zu tun hatte und den auch Bush senior nicht stürzen wollte, um kein Vakuum zuzulassen. Saddam war sogar Gegner von al-Qaida. Und Massenvernichtungswaffen hatte er auch nicht, auch wenn Colin Powell damals mit irgendwelchen kleinen Gläschen vor dem Kongress rumhantiert hat.«

»Und Atomwaffen hatte er auch nicht?«

»Nein. Das Atomkraftwerk, das er hatte, hatten die Israelis ihm schon im Jahr 1982 weggeschossen. Die verstehen da keinen Spaß. Ähnlich wie jetzt mit dem Iran.«

»Vielleicht hat bin Laden die Reaktion einkalkuliert, weil er wusste, dass die USA nach 9 / 11 Krieg im Nahen Osten anfangen?«

»Kann schon sein. Am Ende schien er aber recht verzweifelt zu sein.« Arnoldsen zog an seiner Zigarre und schaute zu den Pferden, die auf der Weide grasten. Sie trugen Pferdedecken gegen die Kälte, malmten andächtig Hafer, und ihr Atem dampfte. »Seine alten Tage verbrachte er in Abbottabad, allerdings damit, bei YouTube unter falschem Namen Videos zu kommentieren.«

»Was für Videos?«

»Verschwörungsvideos, die sagen, dass 9 / 11 ein Machwerk der CIA war und nicht von al-Qaida. Bin Laden war darüber sehr erbost. 9 / 11 war schließlich sein Baby. Für ihn waren diese Vermutungen so etwas wie eine Copyrightverletzung.«

»Er konnte aber wohl kaum rauslassen, dass er genau weiß, warum er recht hat.«

»Nein, das war das Dilemma. Er musste unter falschem

Namen posten. Hätte er zu stark auf sich aufmerksam gemacht, hätte die CIA, besonders die NSA, ihn noch schneller bekommen. Aber das war der alte Terror.«

»Der Terror mit Männern, meinst du?«

»Genau. Männer fallen bei Anschlägen zu sehr auf, vor allem, wenn sie lange Bärte haben, da rechnet man gleich mit Terror. Viel zu auffällig. Dass irgendwann Frauen mit Sprengstoff auftauchen, war da nur der nächste Schritt.«

»Du meinst, das bei den Botschaften waren Frauen?«

»Bei der französischen Botschaft definitiv. Mit einem Kinderwagen voller Sprengstoff. Bei der Britischen Botschaft war es der Fahrer.«

Sie steuerten auf den Eingang zu. Ein paar Schneeflocken fielen vom Himmel. Gegen Schnee hatten sie sie in der Truppe immer Kondome über die Mündungen der Waffen gestreift. Das war das Einfachste, um zu verhindern, dass der Lauf nass wurde. Retzick war es recht, dass sie ins Haus gingen, denn es war wirklich verdammt kalt, auch wenn es eine klare, trockene und irgendwie *faire* Kälte war.

Langsam, dachte Retzick, war es an der Zeit, dass Arnoldsen mal die Hosen runterließ, was er denn genau wollte.

»Es ist wirklich schön, dass wir uns wiedersehen«, sagte Retzick. »Warum du mich aber hierhergeführt hast, das weiß ich noch immer nicht so recht.«

»Erst einmal«, sagte Arnoldsen, »damit wir zwei mal wieder quatschen. Außerdem, um deinen Besuch bei Cohagen vorzubereiten.«

»Der will mich tatsächlich sehen? In Wiesbaden?«

»Unbedingt.«

Retzick wusste nicht so recht, ob das eine Ehre oder eine Drohung war.

»Und es gibt noch einen Grund.«

»Und welchen?«
»Um dir etwas zu zeigen.« Sie liefen den Kiesweg entlang.
»Bin gespannt.«
Arnoldsen öffnete die große Eingangstür. »Komm mit.«

KAPITEL 16

2. Januar 2019
Choriner Straße, Berlin

Molotok hatte sich noch eine Zigarette angezündet und lief die Choriner Straße hinunter. Er hatte genügend Fotos gemacht.

Er würde schauen, wie es weiterging und was diese Journalistin tun würde. Irgendwann bekam man alle zum Reden. Er wusste, wie es ablief, er kannte die Abfolge in Guantanamo Bay: eine Stunde Schlaf, drei Stunden wach sein, eine halbe Stunde auf Knien sitzen, eine halbe Stunde normal sitzen, eine Stunde stehen, dann nackt ausziehen, dann sich von Hunden anbellen lassen und so weiter. Die Amerikaner konnten auch durchaus »undemokratisch« sein. Doch auch die Russen waren nicht ohne. Er hatte mal das Black-Dolphin-Gefängnis in Russland besucht. Zum Glück nur als Besucher, denn wer einmal drin war, kam nie wieder heraus. Die Zellen waren in etwa so groß wie ein Auto, und selbst den »Ausgang«, wo Gefangene normalerweise draußen herumlaufen konnten, gab es dort nur innerhalb der Mauern. Auf siebenhundert Häftlinge kamen neunhundert Wärter. So war es kein Wunder, dass noch nie jemand aus dem Dolphin entkommen waren, mit Ausnahme von denen, wie der Direktor einmal sagte, die gestorben waren. *Cor ne adito,* hatte sich einer der Gefangenen auf die Brust tätowieren lassen. *Verzehr mir nicht das Herz.* »Ich habe aber kein Herz mehr«, hatte der Mann gesagt. Auch das Gefängnis Vladimir in der Nähe Moskaus kannte er. Dort hatte er sogar einmal gesessen. Er hatte die Schäferhunde gesehen, die aufgerichtet bis zu zwei Meter groß waren und von denen man sagte, sie hätten, wenn sie einen anspringen, die Aufschlaggeschwindigkeit einer Waffe vom Kaliber 45. Molotok hatte es nicht ausprobiert, ob diese Theorie stimmte.

Er wechselte in die Zehdenicker Straße Richtung Rosenthaler Platz. Er überlegte, ob er die U-Bahn nehmen sollte. Es war tiefe Nacht, und nachts U-Bahn zu fahren war in Berlin eigentlich gefährlich, aber davor hatte er keine Angst. Es hatte sogar eine Zeit gegeben, da hatte er Streit gesucht. Hatte zwar nicht angefangen, aber jeder, der Ärger mit ihm wollte, hatte ihn auch bekommen. Er hatte sich geprügelt, heftig geprügelt. Er kannte alle Tricks. Wenn Gruppen Streit anfingen, schickten sie immer den Kleinsten vor zum Stressmachen. Den musste man aber links liegen lassen und gleich dem Anführer eine reinhauen. Und zwar richtig, sodass der sofort zu Boden ging. Dann waren die Verhältnisse klar. Molotok hatte das Spiel gekannt, und er hatte es lange gespielt. Doch irgendwann war Schluss. Irgendwann hatte ihm jemand eine Gehwegplatte ins Gesicht geschlagen, und es war nur einem sehr guten plastischen Chirurgen zu verdanken, dass sein Gesicht noch einigermaßen erträglich aussah. Dann hatte er sich irgendwann aufs professionelle *Stressmachen* fokussiert.

Er ging unter dem gelben Licht der Laternen. Nachts in Berlin sollte man sich unwohl fühlen, aber er fühlte sich wohl. Obwohl Berlin übel war. Hartz-IV-Hauptstadt und Hauptstadt des Verbrechens und mit Schönefeld die Hauptstadt mit dem hässlichsten Flughafen Europas, der wahrscheinlich, wenn Tegel geschlossen wäre und der neue BER niemals eröffnen würde, auch der einzige Flughafen Berlins sein würde. Und während alle anderen Hauptstädte wie Paris oder London oder sogar Athen die Wirtschaftsleistung nach oben zogen, drückte Berlin die von Deutschland nach unten. Was soll's, dachte er, ihre Zeit würde kommen.

Auf dem von Schneematsch und Dreck bedeckten Boden lag eine Zeitung, auf der Titelseite die Nachricht vom Tod des Innenministers. Was die sich so aufregen, dachte Molotok.

Vor dem Ersten Weltkrieg wurde im Durchschnitt jedes Jahr ein Staatsoberhaupt zum Opfer eines Attentats. Egal, ob Italien, Frankreich, Griechenland oder Spanien.

Kronprinz Friedrich notierte in Berlin am 15. Juni 1878 in sein Tagebuch: »Es ist heute nun doch nicht auf mich geschossen worden.«

Molotok lächelte in Gedanken. Warum nicht auch andere?, dachte er.

Er war am Rosenthaler Platz angekommen und winkte sich ein Taxi.

KAPITEL 17

2. Januar 2019
Schloss Mürendorf bei Berlin

In dem Raum prangte ein großes Banner. Die Farben, Schwarz, Weiß und Rot, erinnerten an die Farben des Deutschen Reiches, aber nur sehr dezent. Davor ein stilisierter Adler. Darunter stand, in neutraler Schrift: *Deutschland zuerst.* Es war neutrale Schrift, keine Fraktur. Die meisten

Menschen assoziierten die Fraktur mit den Nazis. Dabei hatten die Nazis einst die Fraktur verboten. Auf den Tischen Banner, Prospekte und Plakate.

»Ihr gründet eine Partei?« Retzick standen die Augen offen.

»Ja«, sagte Arnoldsen. Er schaute das Banner an und kniff prüfend ein Auge zu, so als wollte er abschätzen, ob alles in den richtigen Proportionen war. »Ein starkes Deutschland ist wichtig für Europa. Wir Deutschen sind in Europa der Primus inter Pares, der Erste unter Gleichen«, sagte er, »aber so, wie es jetzt ist, geht es nicht weiter. Es ist in unserem eigenen Interesse, stark zu sein.« Er ging zu dem großen Banner. »Der Eigennutz kennt keine Grenzen, nicht einmal den Gemeinnutz.«

»Soll heißen?«

»Klare Kante. *Deutschland zuerst* heißt, dass es der Welt gut geht, wenn es uns gut geht. Dummerweise hat Deutschland keine Strategie.«

»Strategie hält bis zum ersten Schuss«, sagte Retzick.

Arnoldsen nickte. »Das hat Clausewitz gesagt. Sehr gut. Ich erinnere mich am liebsten an sein berühmtestes Zitat: *So sehen wir also, dass der Krieg nicht bloß ein politischer Akt, sondern ein wahres politisches Instrument ist, eine Fortsetzung des politischen Verkehrs, ein Durchführen desselben mit anderen Mitteln, um den Frieden wieder herzustellen.*«

»Ihr wollt Krieg führen?«

»Nein, aber wir wollen, dass Deutschland endlich wieder ein Ziel hat und eine Strategie verfolgt, genauso wie andere Großmächte auch. Oder eigentlich alle Länder.«

»Alle Länder außer Deutschland.«

»Genau. Wir reagieren immer nur auf andere, aber wir agieren nicht souverän.«

»Weil wir denken, dass alle anderen unsere Freunde sind«, sagte Retzick.

Arnoldsen kniff die Lippen zusammen und nickte. »Sind sie aber nicht. Bismarck war der Erste und Letzte, der das verstanden hat: *Staaten haben keine Freunde. Nur Interessen.*«

Bismarck, dachte Retzick, der erste und letzte richtige deutsche Staatsmann. »Und ihr meint, die Deutschen springen darauf an?«

Arnoldsen wiegte den Kopf hin und her. »Vielleicht schon. Da sind wir wieder bei Clausewitz. *Wenn der Gegner unseren Willen erfüllen soll, so müssen wir ihn in eine Lage versetzen, die nachteiliger ist als das Opfer, welches wir von ihm fordern.*«

»Und was sollte nachteiliger sein?« Retzick zog die Augenbrauen hoch.

»Das wird dir Cohagen erzählen, wenn ihr euch trefft.« Retzick spürte, dass Arnoldsen ihm nicht viel mehr dazu erzählen wollte. »Jedenfalls haben wir die Antworten auf die Fragen, die niemand zu stellen wagt.«

Ganz verstanden hatte Retzick noch immer nicht, was Arnoldsen ihm sagen wollte. Aber vielleicht war das auch nur Vorgeplänkel für das Gespräch mit Cohagen. »Wer wagt denn was für Fragen nicht zu stellen?«

»Nimm doch die SPD und die Flüchtlingspolitik. Die SPD war weder dafür noch dagegen, das ist ihr voll um die Ohren geflogen.«

»Tja, entscheiden sollte man sich.«

»Kennst du die *Göttliche Komödie?* Von Dante?«

»Die Story mit der Höllenfahrt?«

»Ja. Die Hölle ist natürlich am interessantesten. Den Part mit dem Himmel hat, glaube ich, keiner gelesen.« Arnoldsen paffte Rauch an die Decke. »Da begegnet Dante in der

Hölle den Memmen. *Hölle, Dritter Gesang.« Da war er wieder, der Oxford-Professor,* dachte Retzick. Arnoldsen fing an zu zitieren:

Und hintendrein kam eine lange Kette
So vielen Volks – ich glaubt' im Leben nicht,
Dass je der Tod so viel erschlagen hätte.
Alsbald gewahrt' ich ein bekannt Gesicht …
…
Und durch den einen wusst ich nun von allen;
Dass dies die Memmen seien, sah ich klar,
Die Gott und Gottes Feinden gleich missfallen,
Dies Jammervolk, das nie lebendig war.

»Die Memmen«, sagte Arnoldsen, »das ist die SPD. Schwer beschädigt von der GroKo und in großer Vorfreude, sich in der neuen GroKo komplett zermalmen zu lassen. Die Memmen sind die, die in Zeiten großer Not gebraucht werden, die aber nicht da sind. Wir aber sind da.«

»Und ihr baut jetzt die Partei auf?«

»Die ganze Zeit.«

»Was macht ihr da so?«

»Vor allem Verhandlungen.«

»Und das schaffst du neben deinem Job? Bei der Grünwald AG?«

»Nein, das schaffe ich natürlich zeitlich nicht. Deswegen werde ich da auch deutlich kürzertreten. Vor allem die Verhandlungen kosten Zeit. Verhandlungen sind wie Poker, man muss verstehen, wie der andere tickt. Was ist seine Agenda? Wer ist scharf auf welchen Posten? Was machen die Landesverbände. Wer kriegt welches Ministeramt?«

»Ihr denkt ja schon recht weit.«

»*The sky is the limit.* Jedenfalls darf man nichts hergeben, es sei denn, der Gegner gibt woanders nach. Ähnlich wie mit den Taktiken in Afghanistan, du erinnerst dich?«

»Natürlich. An einer Seite stark tun, damit der Feind die schwache Seite nicht bemerkt.«

»Richtig. Posten, die nicht so wichtig sind, werden hart verhandelt, um dann Zugeständnisse zu bekommen für die Dinge, die wirklich wichtig sind.«

»Und ihr sitzt da und verhandelt?«

»Manchmal bis drei oder vier Uhr morgens. Oft ist Cohagen auch dabei.«

»Tatsächlich? Der scheint eine wichtige Rolle zu spielen.«

»Sicher. Er ist einer der Gründungsväter. Wirst du noch herausfinden. Aber bis drei Uhr morgens gehen die Termine schon mal, deshalb ist es wichtig, vorher viel zu schlafen. Keine Termine am Vortag. Und wenn gar nichts hilft, die Verhandlungen unterbrechen, sich zehn Minuten zurückziehen, den Handywecker stellen und schlafen.«

»Der Kurzschlaf«, sagte Retzick. »Den kenne ich auch noch. Powernapping. Kann sehr erfrischend sein.«

»Ja, nur heute mit Handy statt mit Schlüssel.«

In der Zeit in Afghanistan hatten sie das Kinn auf die Hände gestützt und dazwischen einen Schlüssel geklemmt. Sobald man einschlief, fiel der Schlüssel herunter, und man war wach. Doch dieser Kurzschlaf war oft erfrischender, als sich eine ganze Stunde hinzulegen.

»Und wer ist euer Gegner? Die Kanzlerin?«

»Tja, in Sachen Demokratieverachtung tun wir uns beide nichts. Sie hatte mit ihrem Kanzleramtschef, der auch noch Flüchtlingskoordinator ist, das Wahlprogramm durchgepeitscht. Kurzzeitig war er ja sogar Finanzminister. Und weißt du, was er noch war?«

»Geheimdienstkoordinator.«

»Richtig. Was glaubst du, wie viele Dossiers der über die Feinde der Kanzlerin hat? Sobald einer aufmuckt, wird damit gedroht, pikante Details an die Presse zu geben. Edathy ist nichts dagegen. Übelste Stasimethoden.«

»Da kommt sie ja auch her.«

»Vollkommen richtig. Bei der Stasi war ihr Spitzname angeblich *IM Erika, inoffizieller Mitarbeiter der Stasi.* Ihr Vater, der freiwillig von Hamburg mit der Familie in den Osten ging, war der rote Pastor. Da hat sie gelernt, wie man ein System von innen zerstört. Erst die DDR. Jetzt Gesamtdeutschland. Immer mehr wissen als die anderen, kompromittierende Dinge natürlich. Genauso hat es Stasichef Mielke auch gemacht, der hatte den berühmten roten Koffer, in dem er angeblich Geheimnisse über Honeckers Naziaktivitäten während des Dritten Reiches hatte. Das hätte sich im kommunistischen, sowjettreuen Arbeiter-und-Bauern-Staat nicht gut gemacht.«

»Ich dachte, Honecker saß bei den Nazis im Knast. Da kann er ja nicht so viel mit den Nazis zusammengearbeitet haben.«

»Tja, von uns war keiner dabei. Wer weiß?«

»Die Begeisterung in der Presse für die Flüchtlingspolitik der Kanzlerin ist merklich abgekühlt.«

»Ja, ist sie. Vor allem die Springer-Presse hat jetzt begriffen, dass die Kanzlerin millionenfach Antisemitismus importiert. Judenhass gehört in den arabischen Ländern nun einmal dazu. Das kann Springer, die ja das Existenzrecht Israels in ihren Statuten haben, nicht gefallen, leider fällt denen das erst mit mehr als zweijähriger Verspätung auf. Schon komisch.«

»Wie steht ihr denn zu Israel?«

»Die Frage gefällt mir schon nicht. Wir sind rechtskonservativ, und von Demokratie halten wir auch nicht viel. Wir nutzen sie nur so lange, bis wir die Macht haben. Dann wird der Hebel umgelegt.«

»So wie Hitler mit seinen Ermächtigungsgesetzen?«

»Es war ja nicht alles dumm, was Hitler gemacht hat, er hätte sich nur nicht mit der ganzen Welt anlegen sollen. Und dass er nun gerade die Juden, eines der intelligentesten Völker der Welt, ausrotten wollte, zeugte genauso wenig von Intelligenz wie heute die ganze Asyldebatte.«

»Klingt fast so, als mögt ihr Israel.«

»Was Kampfkraft, Terrorbekämpfung, Pragmatismus, ja aber auch Patriotismus angeht, kann jeder Staatsmann eine Menge von Israel lernen. Ich garantiere dir: Wenn wir herrschen, werden wir uns gut mit Israel verstehen.«

»Solche Parteien ziehen immer den braunen Sumpf an. Was macht ihr dann?« Er schaute den Adler auf dem Banner an.

»Werden wir sehen. Aber …«

»Aber was …?« Retzick hatte den Eindruck, dass Arnoldsen über diesen Einwand selbst noch nicht genug nachgedacht hatte und das Thema gern vom Tisch wischen würde.

»Aber … Ja, was wollte ich sagen?« Arnoldsen schaute einen Moment in die Luft, als würde er seine Gedanken ordnen, »das ist ohnehin alles sehr seltsam in diesem Land: Wer meint, dass man Grenzen schützen muss, ist sofort ein Nazi. Wer aber vor dem Brandenburger den Tod aller Juden fordert und Israel-Fahnen verbrennt, ist keiner.«

»Du meinst damals die Demonstrationen, als Trump Jerusalem als Israels Hauptstadt anerkannt hat.«

»Das und anderes. Aber völlig egal. Sehr bald werden die Deutschen ganz andere Probleme haben. Denk an Clausewitz und das Opfer, das *nachteiliger* sein muss.« Er tippte die Asche der Zigarre in einen Keramikaschenbecher.

Retzick ging das Clausewitz-Zitat erneut durch den Kopf. *Wenn der Gegner unseren Willen erfüllen soll, so müssen wir ihn in eine Lage versetzen, die nachteiliger ist als das Opfer, welches wir von ihm fordern.*

»Und was macht ihr dabei? *Deutschland zuerst?* Ihr bekämpft die Islamisten?«

Arnoldsen wackelte mit dem Kopf. »Wer weiß?«

»Was soll das heißen?«

»Vielleicht helfen sie uns auch.«

»Wie bitte? Wie soll denn das gehen?«

»Wenn du Näheres dazu wissen möchtest«, sagte Arnoldsen und legte die Zigarre in einen Aschenbecher, »frag am besten Cohagen. Aber ja, es kann sein, dass genau diese Islamisten uns helfen. Es gibt ein schönes arabisches Sprichwort. Habe ich gerade vor Kurzem erst wieder gehört.«

»Ach ja? Und welches?«

»Ja. *Die Hand, die du nicht abhacken kannst, musst du schütteln.*«

»Klingt nicht so, als ob das so leicht möglich wäre.«

»Das Mögliche ist meist nicht möglich. Das Unmögliche schon.«

»Hat das nicht auch Hitler so ähnlich gesagt?«

»Schon möglich. Muss aber deswegen nicht falsch sein.«

»Ihr macht also mit allen gemeinsame Sache, nur um einen Umsturz zu erreichen?«

»Das müssen wir. Denk an das, was Cohagen gesagt hat zum Besatzungsstatus. Wir brauchen eine neue Verfassung, das Grundgesetz ist ein Provisorium.«

»Bist du da wirklich sicher?«

»Schau nach, wenn du Zeit hast.«

Das hatte Retzick fest vor. Vielleicht sogar heute Abend noch.

»Wir«, sagte Arnoldsen, »haben das Angebot, also die Lösung. Wir haben das Happy End.«

»Dann fehlt nur noch die Nachfrage.«

»Oder das Problem. Beziehungsweise der Schurke.«

»Und wer ist das?«

»Das wird dir Cohagen erklären. Am besten, du besuchst ihn bald.«

»Und da spiele ich eine Rolle?«

»Sonst würden wir ja nicht miteinander reden.«

»Strategie ...«, murmelte Retzick. »Strategie hält bis zum ersten Schuss.«

»Schon wieder Clausewitz.« Arnoldsen lächelte. »Mike Tyson hat das noch schöner gesagt.«

»Der Boxer?«

»Ja. *Jeder hat eine Strategie. Bis er eins in die Fresse bekommt.*«

KAPITEL 18

2. Januar 2019
Staatsbibliothek Berlin

Retzick durchquerte den klassizistischen Innenhof, der zum Haupteingang der Staatsbibliothek führte. Einer seiner Kollegen hatte ihm einen Schlüssel für das Haupttor überlassen. Es war in der Innenstadt wieder etwas wärmer geworden, ein leichter Schneeregen ging vom Himmel, und der Mond schaute von Zeit zu Zeit durch tief hängende Wolken.

Er nickte dem Pförtner zu und betrat den großen Lesesaal.

Regale, die sich bis zu vier Meter in die Höhe reckten, erhoben sich hin zur barocken Stuckdecke und Onlinedatenbanken surrten leise im Halbdunkel.

Retzick legte seine Jacke auf einen der Tische.

Im Internet hatte er schon eine Menge Verschwörungen gefunden. Er war auf die Idee gekommen, einmal in der Bibliothek zu recherchieren, weil er im Internet einige diffuse Dinge über die sogenannten *Reichsbürger* gelesen hatte. Männer und Frauen, die sich nicht als Bürger der Bundesrepublik sahen, sondern als Bürger des Deutschen Reiches, das ihrer Meinung nach niemals abgeschafft worden war. Das gegenwärtige Deutschland war nach Ansicht dieser Leute eine GmbH und die Bürger die Bediensteten dieser GmbH bzw. das »Personal«, weshalb jeder Deutsche auch einen »Personalausweis« bei sich tragen musste. Passend dazu wurden die Anleihen Deutschlands, mit denen sich der deutsche Staat derzeit für fast null Prozent verschulden konnte, von der *Finanzagentur GmbH* herausgegeben. Retzick hielt das alles für Spinnereien und hatte auch in seinem Leben nie Zeit gehabt, sich mit solchen Dingen zu beschäftigen. Jetzt hatte er immerhin mal zwei Stunden Zeit, und neugierig war er nach dem Gespräch mit Arnoldsen ohnehin.

Wenn sich ohnehin alles ums Geld dreht und ein Staat ohne Geld nicht handlungsfähig ist, dachte Retzick, und diese Finanzagentur GmbH für das Geld sorgt, ist sie dann auch die Deutschland GmbH, von der die Reichsbürger sprachen?

Er gab ein paar Suchbegriffe in die Suchmaske ein. Die Finanzagentur war am 29. August 1990 in Frankfurt am Main gegründet worden, nach dem Mauerfall, aber vor der Wiedervereinigung. Seltsam, dachte er. Auf einer anderen

Seite fand er einige Vermutungen zum deutschen Bundesadler. Es gäbe den Bundesadler und den Reichsadler, stand dort. Der Bundesadler hatte sieben Federn auf jeder Seite, der Reichsadler nur sechs.

Er prüfte ein paar Bilder im Internet. Der Bundesadler in Bonn und im Reichstag. Und der frühere Reichsadler. Sieben Federn und sechs. Insgesamt also vierzehn und zwölf. Es stimmte.

Dort stand aber noch etwas: Der Adler auf der Titelseite des Reisepasses habe ebenfalls sechs Federn, wie der Reichsadler, der in der Innenseite aber sieben. Er zog seinen Reisepass hervor, den er wegen seiner internationalen Aktivitäten eigentlich immer dabeihatte. Es stimmte! Der Reichsadler mit sechs Federn war auf der Frontseite abgebildet, der Bundesadler mit sieben Federn auf der Innenseite! War das Deutsche Reich tatsächlich die Klammer, die alles zusammenhielt?

Aber was war dann mit dem sogenannten »Besatzungsstatus«, den dieser Cohagen erwähnt hatte? Das passte doch nicht zusammen. Oder war die Bundesrepublik tatsächlich nur ein Provisorium?

Er holte sich am Automaten einen Kaffee und schweifte durch die Regale. Ein dickes Buch, das eigentlich eher ein Ordner war mit abgehefteten Kopien, schien Auskunft geben zu können.

Besatzungsstatut stand dort. *10. April 1949. Die Siegermächte legen die rechtlichen Schranken fest, die der staatlichen Souveränität der Bundesrepublik gesetzt sind. Siehe Grundgesetz.*

Er blätterte um und las weiter.

Dazu gehört Abrüstung und Entmilitarisierung, Außenpolitik, Devisenwirtschaft.

Dann wieder ein Hinweis zum deutschen Grundgesetz. Er hob die Augenbrauen.

Das Grundgesetz ist keine Verfassung nach Wortlaut Artikel 146, sondern nur ein Provisorium, das von einer vom Volk gemeinsam verabschiedeten Verfassung ersetzt werden soll. Es ist das vorläufige, ordnungsrechtliche Instrumentarium der Siegermächte des Zweiten Weltkriegs.

Irgendwie gefiel ihm das alles nicht. Konnte es wirklich sein, dass die Alliierten das Recht hatten, Deutschland einfach neu zu besetzen? War dann Deutschland unter der Herrschaft der Alliierten? Aber war es das nicht ohnehin schon, bei all den Euro-Rettungsprogrammen und den unbezahlten Target-Salden bei der europäischen Zentralbank, in die Deutschland am meisten von allen einzahlte? Oder waren es gar nicht die Alliierten, die eine neue Verfassung ins Leben riefen, sondern jemand ganz anderes? Er dachte an die Worte Cohagens im vergangenen Jahr im Hotel de Rome. Er hatte etwas vom Besatzungsstatus erzählt, aber auch von einer finalen Verfassung, die irgendwann das Grundgesetz ablösen wurde. Das Grundgesetz, das nur ein Provisorium war. Im Zwei-plus-vier-Vertrag, dessen letzte Version am 15. März 1991 in Moskau unterzeichnet worden war, hatten die vier Siegermächte, Russland, England, die USA und Frankreich, festgelegt, dass Deutschland nach der Wiedervereinigung endgültig von besatzungsrechtlichen Beschränkungen befreit wurde. *Die Französiche Republik, die Union der sozialistischen Sowjetrepubliken, das Vereinigte Königreich Großbritannien und Nordirland und die Vereinigten Staaten von Amerika beenden hiermit ihre Rechte und Verantwortlichkeiten in Bezug auf Berlin und Deutschland als Ganzes … Das vereinte Deutschland hat demgemäß volle Souveränität über seine inneren und äußeren Angelegenheiten.*

So stand es in Artikel 7 des Zwei-plus-vier-Vertrages. Doch irgendwo sollte es noch einen Passus geben, der in einem Giftschrank in Moskau, London, Paris und Washington lag. Und da sollte etwas ganz anderes drinstehen. Auch davon hatte Retzick gehört. Wenn auch nur Gerüchte. Ebenso wie die Gerüchte über das Grundgesetz. *Das Grundgesetz war nur ein Provisorium …* Vor seinem Auge tauchten riesige Banner auf, Fackelzüge, Verhaftungen, Erschießungen und Terror. Es war im Moment eine Zeit, in der so etwas passieren konnte, das musste er zugeben. Von welcher Seite auch immer. Mit den Deutschen war es so eine Sache, sie ließen sich extrem viel gefallen. Lenin hatte recht gehabt, als er gesagt hatte, dass die Deutschen, wenn sie einen Bahnhof besetzen wollen, sich als Erstes eine Bahnsteigkarte kauften. Auch wenn es heute gar keine Bahnsteigkarten mehr gab. Das ging aber nur eine bestimmte Zeit gut. Irgendwann kam der Aufstand, der Terror und der Krieg. Der *Furor Teutonicus.*

Er stand noch einmal auf und nahm sich ein kleines Brevier, das ihm vorhin schon aufgefallen war und das es auch in jeder Bundeszentrale für politische Bildung kostenlos gab. *Grundgesetz der Bundesrepublik Deutschland.*

Er blätterte auf Seite 132, zu Artikel 146.

Dort stand:

Dieses Grundgesetz, das nach Vollendung der Einheit und Freiheit Deutschlands für das gesamte deutsche Volk gilt, verliert seine Gültigkeit an dem Tage, an dem eine Verfassung in Kraft tritt, die von dem deutschen Volke in freier Entscheidung beschlossen worden ist.

Retzick trank grübelnd von seinem Kaffee. *An dem Tage, an dem eine Verfassung in Kraft tritt …*

War dieser Tag denn nicht am 3. Oktober 1990 gewesen? Die Ausgabe des Grundgesetzes war von 1993, das war lange nach dem 3. Oktober 1990. Wenn dann Etwas Neues verabschiedet worden wäre, müsste diese Verfassung doch im Grundgesetz stehen? Tat sie aber nicht. Dann würde dieser Tag also tatsächlich noch kommen, der Tag der neuen Verfassung. Aber wann würde er kommen? Und vor allem: *Wie?*

KAPITEL 19

3. Januar 2019
Nordbahnhof, Berlin

Jasmin, die offiziell natürlich ganz anders hieß und offiziell auch nicht beim BND arbeitete, hatte tatsächlich Zeit. Judith und Jasmin hatten sich in ein Café nahe dem Nordbahnhof gesetzt. Die Gegend war im Kommen, überall wurde gebaut, und das riesige BND-Hauptquartier an der Chausseestraße war nur eines von vielen Neubauprojekten.

»Unser Ex-Chef hat vor diesem Chaos gewarnt«, sagte Jasmin und rührte in ihrem Kaffee. »Ein Staat, der seine Grenzen aufgibt, gibt auch seine Souveränität auf. Manche zweifeln, ob wir diese Souveränität jemals hatten.« Sie schaute Judith an. »Warum zahlen wir hier andere Steuern als in Frankreich? Warum sprechen wir hier Deutsch und die drüben Französisch? Wie es in einem Land zugeht und im angrenzenden nicht, wird primär durch Grenzen definiert. Und Grenzen definieren Nationen. Deshalb kann ein Staat seine Grenzen nicht ohne strikte Vorgaben öffnen.«

»Und das Grundgesetz?«, fragte Judith. »Da ist doch von keiner strikten Vorgabe wie einer Obergrenze die Rede?«

Jasmin nickte. »Das Grundgesetz schließt eine fixe Obergrenze beim Asylrecht aus.«

»Das stimmt«, sagte Judith. »Das Asylrecht wurde aber auch nicht in einer Zeit gemacht, wo teilweise bis zu hunderttausend Menschen pro Monat nach Deutschland kamen.«

»Ja. Ein Freund von mir arbeitet bei Frontex. Die Schlepperbanden nutzen die Selfies von der Kanzlerin mit Flüchtlingen als Social Network Promotion. Das *freundliche Gesicht* der Kanzlerin wurde sozusagen reinstes Schleppermarketing. Irgendwo in Schleswig-Holstein mussten sie 2015 einige Flüchtlinge in einem leer stehenden Schloss unterbringen. Mit Stuck und Kronleuchter. Die Bilder gingen über die Schlepper auch sofort um die Welt. Die Story war: *Kommt nach Deutschland, da lebt ihr sofort im Schloss! Leben im Paradies.*«

»Die Menschen waren ja auch zunächst sehr hilfsbereit.«

»Auch das stimmt«, sagte Jasmin. «Nach dem 4. September 2015 gab es eine unglaubliche Hilfsbereitschaft der Bürger für den überforderten Staat, der sich viel zu viel zugemutet hatte. Nur tritt jetzt leider das ein, was unser Ex-Chef schon 2015 befürchtet hat.«

»Durch die offenen Grenzen kommen jede Menge Kriminelle und Terroristen über die Grenze.«

»Und sechshundert ISIS-Kämpfer aus Deutschland stehen in Syrien vor der Festnahme. Werden die ausgeliefert? Kommen die zurück?« Jasmin blickte Judith an. »Und das ist noch nicht alles. Manche nordafrikanischen Staaten sollen auch ihre Gefängnisse geleert und die Kerle einfach auf ein Schlepperboot gesetzt haben. Was aber noch viel schlimmer ist, ist, dass viele ausländische Geheimdienste auf diese Weise Spione nach Deutschland geschleust haben. Auch gibt es inoffizielle Listen mit gefallenen Kriegern des früheren IS, die aber alles andere als tot sind und mit neuen Identitäten nach Deutschland kommen.«

»Es wurden einige Dinge in diesen Selfstorageräumen beschlagnahmt«, sagte Judith.

»Was für Dinge?«

»Dinge zum Schießen zum Beispiel. Weißt du zufällig Näheres darüber?«

»Natürlich weiß ich nichts.«

»Offiziell. Und inoffiziell? Einer alten Freundin gegenüber, die auch weiß, dass du nicht Marketingchefin bei einem Mittelständler bist?« Denn genau das war der Tarnberuf von Jasmin Walters, da sie kaum jemandem erzählen konnte, dass sie beim BND arbeitete.

»Festplatten«, sagte Jasmin.

»Und was ist da drauf?«

»Das würde ich dir nun wirklich nicht sagen können, auch wenn du meine Freundin bist.«

»Es könnte etwas mit Waffenlieferungen zu tun haben, die eigentlich für die Polizei gedacht waren und umgeleitet worden sind.« Judith versuchte, Jasmin irgendwie aus der Deckung zu bekommen.

»Könnte. Aber das wissen wir nicht.«

»Wirklich?«

»Wie gesagt: Selbst wenn ich es dir sagen wollte, könnte ich es nicht.«

»Warum?«

»Die sind passwortgeschützt, und ziemlich schwer zu hacken.«

Da fiel es Judith ein. Sie nahm eine Serviette und schrieb ein Wort darauf.

Jasmin schaute überrascht zu. »Das ist der Code?«

Judith wackelte mit dem Kopf. »Vielleicht.«

Jasmin schaute sich den Code eine Weile an. Judith fragte sich, ob ihre Freundin wohl ein fotografisches Gedächtnis hätte, aber das Wort war nicht allzu lang und nicht allzu schwer sich zu merken.

»Marokko führt einen sehr erfolgreichen Kampf gegen die Islamisten«, wechselte Jasmin plötzlich das Thema, so als fürchtete sie, abgehört zu werden.

»Aber nicht sehr demokratisch.«

»Natürlich nicht. Dafür sind sie eine Art Nadelöhr für Flüchtlingsströme aus Afrika, so wie es früher Libyen war. Der marokkanische Geheimdienst ist für Europa eine unschätzbare Quelle für Informationen über transnationale Dschihadisten. Rabat lieferte den entscheidenden Hinweis zum Paris-Attentäter Abdelhamid Abaaoud. Zwischen 2011 und 2016 hatten die nur einen einzigen Terroranschlag. Selbst Deutschland hatte mehr. Und in anderen nordafrikanischen Ländern waren es über tausend.«

»Das habe ich auch gehört. Das Königreich soll als eines der sichersten Länder der Welt gelten.«

»Das ist es auch. Was auch daran liegt, dass Spitzelei hoch im Kurs ist. Verdächtige werden *vorausschauend* festgenommen, wie man das nennt. Es gibt die Mukaddim, lokale Hilfssheriffs. Ein Vorwand ist meistens ein Verstoß gegen die Scharia.«

»Interessant. Wie machen sie das?«

»König Mohammed von Marokko ist auch der höchste Rechtsgelehrte des Glaubens, sozusagen der oberste Scharia-Gelehrte. Er bestimmt, was islamkonform ist und was nicht.«

Judith blickte blinzelnd nach oben. Sie wiederholte die Worte in ihrem Kopf. *Was islamkonform ist und was nicht …* »Islam …«, murmelte sie, »… mir fällt da etwas ein.«

KAPITEL 20

3. Januar 2019
Zwischen Frankfurt und Wiesbaden

Iwo Retzick war auf dem Flughafen Frankfurt gelandet. Die Limousine von Cohagen hatte ihn direkt am Ausgang des Flughafens abgeholt. Das Schloss Cohagens lag etwas außerhalb von Wiesbaden. Die Stadt war im Krieg kaum zerstört worden, besonders deswegen, weil die Amerikaner schon während des Krieges überlegt hatten, dort nach einem möglichen Sieg, zu dem es ja tatsächlich gekommen war, verschiedene Hauptquartiere zu errichten. Der BND war eines davon, auch wenn der dann schließlich seine erste Station in Pullach bei München bezog, bevor er im neuen Jahrtausend nach Berlin umzog. Im Juni 1945, nur einen Monat nach der bedingungslosen Kapitulation Deutschlands, hatten hier in Wiesbaden zwei Männer auf der Terrasse einer Villa gesessen. Reinhard Gehlen, der Chef der Abteilung Fremde Heere Ost in Hitlers Generalstab, und John R. Boker, ein Geheimdienstoffizier, der im Auftrag der CIA interessante Kriegsgefangene verhörte. Reinhard Gehlen war zu den Amerikanern übergelaufen und hatte sie wissen lassen, dass er eine Menge Unterlagen mit geheimem Wissen über die Sowjetunion in wasserdichten Kisten in den Alpen vergraben hatte. Würde man Gehlen gut behandeln, dann würde er die CIA zu den Kisten führen. Falls nicht, würden die Kisten nie gefunden werden, und eine Menge Wissen über den neuen Feind im Osten wäre dann für immer verloren. Boker hatte sofort eingewilligt. Nicht nur, weil er und Gehlen sich sofort sympathisch waren. Boker wusste, dass mit dem Ende des Krieges zwar Deutschland gezähmt, aber dafür ein neuer Gegner auf der Bildfläche erschienen war: Stalin und die Sowjetunion. Selbst Churchill, der kein Freund von Hitler-Deutschland war, hatte dann recht spät erkannt, dass Stalin die noch größere Bedrohung war, was ihn zu der Aussprache verleitete: *We slaughtered the wrong pig!* Wir haben das falsche Schwein abgeschlachtet. Damit wurde aus dem 1942 in den USA gegründeten *Office of Strategic Services* der Bundesnachrichtendienst und war gleichzeitig der Kalte Krieg eröffnet, Deutschland ganz schnell vom Feind zum Freund geworden und die Liaison zwischen CIA und BND, die auf besagter Terrasse in Wiesbaden begann, besiegelt, weil ein Freund auch jemand sein konnte, der jemand anderem an den Kragen wollte.

Retzick saß rechts hinten im Fond des Wagens, der Fahrer, mit einem Headset am Ohr, sagte kein Wort und starrte stur nach vorn. Irgendeine Tätowierung war unter seiner Manschette an der rechten Hand zu sehen, doch Retzick konnte es kaum erkennen und fragen konnte er den Fahrer natürlich nicht. Es war irgendetwas mit »C« und eine Zahl. *Konnte das Combat 18 sein?* Retzick hatte schon oft davon gehört. Der militante Arm des in Deutschland verbotenen rechtsextremen Netzwerkes *Blood and Honour.* Und 18 stand für A und H. Den ersten und den achten Buchstaben des Alphabets. Ebenso die Initialen von Adolf Hitler. Es gab einige von diesen Vereinigungen. Fast alle im Untergrund und verboten. *Arischer Widerstand, White Power Germany, Skinheads Sächsische Schweiz* und eine Menge ehemaliger Soldaten, Elitetruppen oder Bodyguards, von denen Retzick bei seiner Bundeswehrzeit einige flüchtig kennengelernt hatte, zu kaum einem aber noch Kontakt hatte.

»Wir sind da«, sagte der Fahrer plötzlich.

Retzick schaute nach draußen. Das ganze Anwesen war nach dem Vorbild eines Wehrhofes errichtet. Zwei Türme säumten das Eingangstor, das sich öffnete, sobald sich die Limousine näherte. Retzick sah die Einfahrt des Schlosses, ein langer Weg, der auf das mehrstöckige Haupthaus wies. Dann blickte er wieder auf die Türme. Auf jedem war die steinerne Skulptur eines Raben angebracht.

»Hugin und Munin«, sagte der Fahrer, der offenbar Retzicks Blick bemerkt hatte. »Die Raben von Odin.«

Nordische Mythologie, dachte Retzick. Was auch sonst? Wobei nicht alle Nazis das Nordische verehrten. Himmler hatte das getan, während Hitler eher von Wolkenkratzern à la New York träumte und bei Frauen lackierte Fingernägel mochte.

Auf dem Weg stand ein großer, bulliger Mann, der langsam zur Seite trat und das Auto aufmerksam musterte. Das Gesicht vernarbt, die Haare extrem kurz, die Augen wie Schießscharten.

»Und wer ist das?«

»Das?« Retzick sah das Grinsen des Fahrers im Rückspiegel. »Das ist der Chef von Cohagens Privatarmee. Sein Name ist Alexey.«

Der große Mann verbeugte sich, als die Limousine an ihm vorbeifuhr.

»Sein Spitzname ist Molotok«, sagte der Fahrer, als er Retzick die Tür aufhielt. »Das heißt *der Hammer.*«

KAPITEL 21

3. Januar 2019
Nordbahnhof, Berlin

»Was denn?«, fragte Jasmin und rührte noch einmal in ihrem Kaffee.

»Wir haben doch gerade vom Islam gesprochen«, sagte Judith. »Die Frau meines Kollegen arbeitet für eine islamische Bank!«

»Welche? Ich kenne da ein paar.«

»Amanah Bank, sitzen in der Friedrichstraße, Ecke Leipziger. Ich glaube, so viele islamische Banken gibt es in Deutschland auch noch nicht.«

Jasmin hob sie den Kopf. »Warum fragst du die nicht mal, ob sie irgendetwas herausfinden kann?«

»Hatte ich auch schon überlegt. Andererseits: Was soll sie schon herausfinden?«

»Die Amanah Bank scheint sauber zu sein. Aber einige dieser islamischen Banken sind leider auch als Terrorfinanzierer unterwegs.«

»Sind westliche Banken auch«, sagte Judith.

Jasmin nickte wieder. »Das stimmt leider. Dennoch könnte die Amanah Bank einige Dinge entdecken, die wir nicht herausfinden können. Und wenn, dann nur mit Tausenden von Kontoabrufen.«

»Wo das Geld herkommt?«

Jasmin schlug ein Bein über das andere. »Richtig. Diese ganzen Waffenlieferungen werden irgendwie bezahlt. Und ich glaube nicht, dass das Konten oder Banken sind, die in der Eurozone sitzen. Die können nämlich durchleuchtet werden.«

»Schön, dass du immer die guten Ideen hast.«

»Dann mach doch Folgendes«, schlug Jasmin vor. »Du gehst zu der Frau von deinem Kollegen, und ich kümmere mich um … diesen Namen.« Judith schaute auf die Serviette. Dann schaute sie Judith an. »Wie bist du denn auf dieses Passwort gekommen? Wenn es das Passwort ist.«

»Ich denke, das solltest du im Moment noch nicht wissen.« Judith schaute auf ihre Schuhe. Und ihr fiel ein, dass sie die auch mal wieder putzen könnte. Für Joachim putzte sie immer die Schuhe. Für sie tat das niemand. »Ich hatte ein paar Unterlagen gesehen. Da stand nur *Pralinen* und *Füllung für die Pralinen.*«

Jasmin riss die Augen auf. »Das kann nur eins heißen.«

»Waffen und …«

»Munition. Die Munition ist die Füllung.«

»Gut«, sagte Judith. »Für deine Verhältnisse warst du ja fast gesprächig. Du sagst mir Bescheid, wenn die Spur heiß ist.«

»Ich kann dir sagen, ob die Spur heiß ist oder nicht. Also Ja oder Nein«, sagte Jasmin. »Mehr nicht. Das weißt du.«

»Verstehe.« Judith nickte. »Darum seid ihr ja auch ein Geheimdienst.«

»Exakt«, sagte Jasmin. »Sonst wären wir ja ein Öffentlichkeitsdienst.« Sie schaute sich nach einem Kellner um. »Hier«, sagte sie dann, »nimm du das lieber. Wir wollen nichts zurücklassen.« Sie gab Judith die zerknüllte Serviette zurück. »Ich muss dann auch los«, sagte Jasmin und stand auf. »Bin spät dran.«

»Ich auch. Finn macht mir sonst nur Dummheiten zu Hause.« Judith kramte in ihrer Handtasche nach dem Portemonnaie. »Ich mach das schon mit der Rechnung.«

»Danke!«

»Sagst du mir irgendwie, ob ihr etwas herausbekommen habt?«

Jasmin verdrehte die Augen. »Wie gesagt: Wenn ich es irgendwie einrichten kann, ja.«

Jasmin schob den Stuhl an den Tisch, so als wollte sie ihre Spuren verwischen und verschwand.

Judith faltete die Serviette auseinander. Las die Worte, die sie selbst auf die Serviette geschrieben hatte.

F E R D I.

Das erschien ihr allerdings als Passwort zu einfach. Deshalb hatte sie noch eine Zahl hinzugefügt. *1970.* Das Geburtsjahr ihres Mannes.

Ferdi1970.

Dann holte sie die Visitenkarte von Djamila hervor und wählte ihre Nummer.

KAPITEL 22

3. Januar 2019
Wiesbaden, Deutschland

Molotok der Hammer. Eine Burg, eine Privatarmee, dachte Retzick, als er das Auto verließ. Ein Film ist so gut wie sein Schurke, hatte Hitchcock gesagt. Das hier war offenbar Cohagens Film.

Das Arbeitszimmer von Cohagen, das Retzick nach einem Marsch durch mehrere Gänge, Treppenfluchten und Korridore erreicht hatte, war riesig. Ledersessel, Tische und Regale, die sich bis zu der vier Meter hohen Decke streckten. Auf dem Eichenschreibtisch mehrere Telefone, daneben Monitore, ein riesiger Flachbildfernseher, internationale Zeitungen, Akten,

Papiere und Visitenkarten. Retzicks Blick huschte kurz über die Zeitungen. *FAZ, Financial Times, Wall Street Journal, Economist, Foreign Affairs.* Retzick erinnerte sich an einen früheren Schulfreund, dessen Eltern sehr reich gewesen waren. Dort gab es immer drei bis vier verschiedene Zeitungen im Angebot, während bei den Retzicks zu Hause nur das örtliche Käseblatt herumlag. Die vier Zeitungen hatten ihn damals beeindruckt. Und die mehr als sechs Zeitungen und Zeitschriften hier beeindruckten ihn noch mehr, auch wenn es ja keine große Leistung war, Zeitungen zu kaufen und auszulegen. So konnten die verschiedensten Zeitungen, die sichtbar auf dem Tisch lagen, auch eine Machtinszenierung sein.

Cohagen begrüßte Retzick mit einem festen Händedruck. Der kurz gestutzte graue Bart, die randlose Brille und die grauen Haare waren die gleichen wie im alten Jahr. Nur diesmal trug er einen dunkelblauen Anzug und statt einer Krawatte einen roten Paisley-Schal, vielleicht, weil er hier auf dem Land und nicht in der Stadt war.

»Kaffee?«, fragte er. Er gab dem Butler, der Retzick hereingeführt hatte, ein Zeichen, und der zog sich diskret zurück.

»Gern.« Retzick sah sich um. Er hatte ein interessantes Bild an der Wand entdeckt.

»Sie haben es schon entdeckt«, sagte Cohagen, »das ist eine Kopie der Originalabschrift des Deutschlandliedes, komponiert von August Heinrich Hoffmann von Fallersleben am 26. August 1841. Nach dem Krieg tat man sich dann schwer mit den ersten beiden Strophen.«

»Mit *Deutschland, Deutschland über alles …?*«

»Ja. Und diesen ganzen Flüssen, Maas, Memel, Etsch und Belt, von denen keine der Flussgrenzen heute einer realen Deutschlandgrenze entspricht.«

»Viel hat sich nicht verändert«, sagte Retzick.

»Einiges schon«, sagte Cohagen. »Als am 9. November 1989 die Nachricht vom Mauerfall im Bonner Parlament ankam, erhoben sich die Abgeordneten im Bonner Bundestag und sangen das Deutschlandlied.« Er sah ihn an. »Würden die Abgeordneten das heute auch noch machen? Sicher nicht.«

Er blieb bei einer chinesischen Tuschezeichnung stehen. »Aus Okinawa«, sagte er. »Karate wurde dort basierend auf chinesischen Kampfkünsten entwickelt und dann nach Japan gebracht. Die Einwohner Okinawas lernten Karate, weil Waffen dort verboten waren.«

»Aber Karate zu trainieren war nicht verboten?«

»Nicht ganz. Sie tarnten die Bewegungsabfolgen, die Kata, als Tänze. Aber es würde ein Tanz des Todes werden.«

»So ähnlich war das ja auch mit den Fahrzeugen nach dem Ersten Weltkrieg.«

»Ebenfalls richtig. Die Deutschen durften eigentlich keine Waffen produzieren, machten es aber trotzdem. Damals gab es eine gut geölte Kooperation der Reichswehr mit der russischen Roten Armee. Die Russen waren sehr gut im Panzerbau. Und bei ihren Luftlandetruppen. Sie waren die Ersten, die Zehntausende von Luftlandetruppen absetzen konnten. General Guderian hatte in Russland Panzertechnik studiert.«

»Die Panzer in Deutschland hießen aber nicht Panzer.«

»Nein. Die nannte man *Landmaschinen* oder *Sonder-KfZ*. Tarne, was du vorhast.«

»Ein Wolf im Schafspelz.«

»Richtig. Wobei es auch Politiker gibt, für die der Begriff *Schaf im Schafsfell* noch besser passt.«

Retzick glaubte, es sei an der Zeit, einmal zu fragen, was Cohagen denn nun von ihm wollte. »Dr. Cohagen, Philipp Arnoldsen sagte, dass Sie mich wegen einer wichtigen Angelegenheit sprechen wollen. Nun bin ich hier und frage: Was kann ich für Sie tun?«

»Eine Menge. Und ich schätze es, wenn Leute gleich zur Sache kommen. Das ist der Soldat in Ihnen. Aber lassen Sie mich noch ein paar Worte verlieren. Arnoldsen hat Ihnen wohl schon einiges gesagt. Aber eben nicht alles. Nichts, mein lieber Retzick, ist so stark wie eine Idee, deren Zeit gekommen ist.« Er ging zu einer großen Weltkarte. »Wir machen es wie die Karatekämpfer. Wir tanzen, aber in Wirklichkeit bereiten wir uns auf den Kampf vor.« Er schenkte Kaffee ein. »Die Kunst der Diplomatie ist es schließlich, den Hund so lange zu streicheln, bis der Maulkorb fertig ist.«

»Und wer ist der Hund? Die gegenwärtige Regierung?«

»Natürlich. Wobei das Problem ist, dass der Koalitionspartner der Bundeskanzlerin hinterherhechelt, während er seine Kernwählerschaft, bei der es sich ja um die sogenannten *Arbeiter* handelt, in einen gnadenlosen Konkurrenzkampf mit den günstigen Flüchtlingen treibt.«

»Es gewinnt der, der am wenigsten Geld verlangt«, sagte Retzick.

»Exakt. Darum spenden auch die Großkonzerne Applaus. Natürlich. Es gibt einen erbarmungslosen Konkurrenzkampf billig arbeitender Armeen, aus denen die Konzerne sich die besten rauspicken können.« Er bewegte die Hände, als würde er einen Lappen auswringen. »Zwangsarbeit 4.0.« Er verschränkte die Hände hinter dem Rücken und ging zum großen Balkon. »Aber das ist ohnehin eine komische Allianz aus Kapital und Linken, die wir bei den linksorientierten Parteien haben. Die SPD füttert die Knochenmühle der Großkonzerne, Hillary Clinton macht auf arbeiternah und paktiert gleichzeitig mit der Wall Street.«

»Hillary Clinton hat aber verloren.«

»Ja, die Wahl von Trump war ein Fehler im System. Das hätte nicht passieren sollen, ist aber passiert. Der Plan ist aber überall der gleiche: Staatenloses und grenzenloses Kapital trifft auf staaten- und grenzenlose Sklaven, die es nach Belieben ausbeuten kann.«

»Sie sind aber kein Linker?«

»Ich war es mal, aber ich habe die Lügen durchschaut.« Retzick musste an Horst Mahler denken, der mit großer ideologischer Beweglichkeit erst RAF-Mitgründer, dann RAF-Anwalt und dann NPD-Anwalt und Nationalsozialismusaktivist und Holocaustleugner wurde.

»Das alles ist jedenfalls nur im Sinne der Kanzlerin«, sagte Cohagen. »Die SPD hingegen wird so lange weitermachen, bis sie gar keiner mehr wählt. Die restlichen Wählermilieus werden alimentiert, grundversorgt und stillgestellt. Und wir haben systemkonforme Wahlergebnisse wie in der DDR. Aber nicht mehr allzu lange.«

»Nein? Mir scheint es so, als ob die Deutschen das noch lange mitmachen. Zu lange. Jedenfalls haben 2017 bei der Wahl über siebzig Prozent für die Fortsetzung des Status quo gestimmt. So schlecht kann es den Leuten nicht gehen, und vielleicht sehen wir tatsächlich alles zu negativ.«

Cohagen nickte. »Das stimmt! Die Deutschen sind typische Untertanen, die immer irgendjemanden haben wollen, der sie unterdrückt und maßregelt. Sie haben zwar keinen Patriotismus, aber sie folgen ihren Herrschern blind, ohne dass es dazu eines vereinenden Nationalstaates, eines Gründungsmythos oder irgendeines Patriotismus bedarf. Ich glaube, so einen Untertanengeist gibt es auf der ganzen Welt nicht noch einmal. Der Patriotismus der Deutschen ist das Steuerzahlen. Je mehr und je höher die Steuern, desto besser für den deutschen Michel. Hohe Steuern, nie wieder

Krieg oder Mülltrennung reichen nur leider nicht als Gründungsmythos.«

»Da haben andere Länder bessere Storys.«

»Allerdings.«

»Und dann?«

»Die Bundeskanzlerin hat die konservative Partei zerstört mit all ihren Alleingängen. Die Energiewirtschaft ist weg durch die Energiewende, das Geld ist weg durch die Euro-Rettungsprogramme, und die Grenzen sind weg durch ihre Abschaffung und ungesteuerte Einwanderung ohne Papiere, was außer Deutschland kein Land so machen würde. Und das Ganze geschieht immer in irgendwelchen Nacht-und-Nebel-Aktionen ohne das Parlament.« Er sah Retzick an. »Da bleibt ein Vakuum. Und dieses Vakuum kann man füllen.«

»Manche sagen, die USA haben absichtlich Nordafrika destabilisiert und auch in Syrien für Aufruhr gesorgt. Sie haben einen scheinbaren Aufstand über Cyber-Warfare im Dark Web angezettelt, der so aussah, als käme er von irgendwelchen Regimegegnern, dabei kam er von den Strippenziehern in Washington.«

Cohagen lächelte wissend. »Der *Deep State* in Washington oder wo immer die sitzen. Ich kenne dort einige.«

Ja, fiel Retzick ein, sie hatten schon über den *Deep State* gesprochen. Und dass Cohagen dort Leute kannte, wunderte ihn nicht. In diesem Staat hinter dem Staat, der aus den reichsten und ältesten Familien der USA bestand und der in Wirklichkeit alle Geschicke leitete. Und für den die Präsidenten nur Marionetten waren, wie für einen Diktator das Parlament.

»Und warum wohl?«, fragte Cohagen in einer gewissen Professorenpose.

»Damit es durch Aufruhr in Nordafrika einen Flüchtlingsstrom nach Europa gibt, wobei die Kanzlerin angewiesen wurde, durch Selfies noch mehr Migranten anzuziehen, die dann Deutschland und Europa stürmen und beides destabilisieren. So weit jedenfalls die gängigen Verschwörungstheorien.«

Cohagen zuckte die Schultern. »Eine Verschwörungstheorie, die vielleicht gar keine ist, sondern eine scharfsinnige Beobachtung, die ich auch schon gemacht habe. Und der Kanzlerin winkt dann irgendein internationaler Job bei der UNO. Aber ich glaube das nicht. Die Amerikaner gönnen uns zwar den afrikanischen Klotz am Bein, aber ein total kaputtes Europa wollen sie auch nicht.«

»Was wollen sie dann?«

»Der Westen ist 1941 auf einem amerikanischen Kriegsschiff vor der Küste Neufundlands bei einem Treffen des damaligen britischen Premiers Churchill mit US-Präsident F. D. Roosevelt ausgerufen worden. Das Problem ist nur, dass Deutschland noch nie Teil des Westens und auch nicht demokratisch sein wollte. Und auch nicht sein will. Großbritannien hat das immer gewusst.«

»Inwiefern?«

»Genauso wie der Iran, Israel und Russland eine Spaltung des Nahen Ostens wollen, wollte Großbritannien ein ungeeintes Europa. Daher kann der Brexit auch niemanden wirklich überraschen. Denn gegen wen hat die Staatengemeinschaft in zwei Weltkriegen gekämpft?«

»Gegen Deutschland.«

»Das, gemäß Bismarck, immer zu groß für ein einfaches Mitglied Europas und zu klein für dessen Anführer war. Genauso wie jetzt.«

»Warum will Deutschland dann überhaupt Europa?«

»Weil Europa für Deutschland etwas ist, wo es sich in seinen Schuldgefühlen in einen postnationalen Zustand auflösen kann, um seine Schuld gemeinsam mit seiner staatlichen Souveränität hinwegzuwaschen. Nur dummerweise teilen die anderen europäischen Länder dieses Bedürfnis nach eigener nationaler Selbstauflösung überhaupt nicht.«

»Frankreich schon gar nicht«, sagte Retzick, der den französischen Patriotismus kannte und schätzte.

Cohagen nickte. »Die Kanzlerin herrscht ganz nach Carl Schmitt, auch wenn sie ihn wahrscheinlich gar nicht kennt und, falls doch, sicher nicht schätzt. Sie bestimmt über den Ausnahmezustand.« Er nickte kurz, teils zu sich, teils zu Retzick. »Den finalen Ausnahmezustand aber werden wir herbeiführen.«

»Sie?«

»Und Arnoldsen.«

»*Deutschland zuerst?* Die neue Partei?«

»Wenn wir Glück haben, helfen Sie uns auch.« Er kniff ein Auge zu. Gesagt, *was* genau Retzick nun tun sollte, hatte er immer noch nicht. »Warten Sie es ab. Der Kurs der Politik geht in die Auflösung von Staatlichkeit. Wir haben bald hundert Prozent Sozialstaat und null Prozent Rechtsstaat. Dadurch entsteht ein Vakuum. Und da stoßen wir rein.«

»Außerparlamentarische Opposition?« Retzick musste an *Gladio* denken, den bezahlten Staatsterrorismus in Italien, der angeblich von der NATO unterstützt wurde. Hier sollten paramilitärische Organisationen Waffen in ganz Europa verstecken, um bei einem möglichen Einmarsch der Sowjetunion der Roten Armee mit diesen Waffen in den Rücken fallen zu können.

»Die Sprache wird kontrolliert, die Industrie wird zerstört, das Geld verschwindet, und jetzt wird auch Staatlichkeit aufgelöst.«

»Wird sie also gesteuert? Die Kanzlerin?«

»Ja.«

»Aber nicht von den USA?«

»Nicht direkt.«

»Wissen Sie, von wem?«

»Ja.«

Retzick stutzte kurz. »Von Ihnen?«

Cohagen sagte nichts, aber es sah so aus, als wollte er sagen: Auch.

KAPITEL 23

3. Januar 2019
Leipziger Straße, Berlin

Die Filiale der Amanah Bank lag, wenn man von Norden aus die Friedrichstraße nach Süden ging, an der Kreuzung Leipziger Straße auf der rechten Seite. Judith blickte nach oben, und ihr fiel wieder die Weihnachtsdekoration an dem Haus links der Kreuzung auf. Riesige rote Kugeln und goldenes Lametta. Sie fand, dass es eine der schönsten Weihnachtsdekorationen der Stadt war, und sie war ein wenig traurig, dass bald alle Dekoration verschwunden sein würde.

»Frau Richter?« Sie hörte eine Stimme hinter sich, die ihr bekannt vorkam. Sie drehte sich um. Es war die Journalistin, die sie Silvester mit Tahir vor der Rechtsmedizin abgefangen hatte. Judith erkannte das Gesicht sofort. Sie musste Judith an der U-Bahn-Station Stadtmitte abgefangen haben.

»Ich hatte Ihnen, glaube ich, schon gesagt, dass ich nicht

mit Ihnen sprechen will. Und jetzt wünsche ich Ihnen einen schönen Tag!«

Sie ging in die Gegenrichtung, weg von der Bank. Die Journalistin, wenn Judith sich richtig erinnerte, hieß sie Brückner, ließ nicht locker.

»Hören Sie«, sagte Brückner. »Ich kann Ihnen helfen. Ich kann Dinge tun, die Sie nie tun können. Ich kann …«

Judith drehte sich um und blickte Brückner direkt in die Augen. »Ich kann auch etwas!«

Brückner sagte nichts.

»Ich kann sie anzeigen wegen Belästigung, wenn Sie mich nicht in Ruhe lassen.« Sie schaute Brückner ein letztes Mal an. »Mein Dienstweg ist bei Anzeigen deutlich kürzer als der von den meisten Leuten.«

Mit diesen Worten winkte sie sich ein Taxi und stieg ein. Diese Nervensäge von der Presse sollte nicht wissen, wo sie hinging, und schon gar nicht sollte sie von der islamischen Bank wissen, wo die Frau von Judiths bestem Kollegen arbeitete.

»Wohin?«, fragte der Fahrer.

»Richtung Pankow.«

Das Taxi fuhr die Leipziger Straße hinunter Richtung Alexanderplatz. Die Silhouette von Brückner wurde kleiner und kleiner, bis sie verschwunden war.

Sie war mit dem Taxi einmal um den Block gefahren und an der Mall of Berlin ausgestiegen. Dann noch ein paar Meter zu Fuß, und sie stand wieder vor der Filiale. Der Taxifahrer war beleidigt abgerauscht, weil er sich eine längere und damit ertragreichere Tour vorgestellt hatte.

Judith war vor dem Eingang der Bank angekommen und blickte durch die Glastür. Ein Mann kam ihr entgegen, öffnete die Tür.

»Verzeihen Sie, aber wir haben jetzt geschlossen.«

Sie schaute auf die Öffnungszeiten am Eingang und dann auf ihre Uhr. Schon 18:05 Uhr. »Ich möchte nur kurz mit Djamila sprechen. Ist sie da?«

»Ich kann …«, begann der Mann.

»Ich kenne sie gut. Könnten Sie ihr nur kurz sagen, dass ich da bin?«

»Twala?«, rief plötzlich eine Stimme. Da kam Djamila schon Judith entgegen.

»Kein Problem, Twala, ich kenne die Dame. Ich habe die Stimme doch gleich erkannt.« Sie nickte dem Mann namens Twala zu. »Ich mach hier gleich alles zu. Du kannst schon gehen. Schönen Abend noch.«

Twala verneigte sich leicht. »Schönen Abend!«

Sie gingen die Treppe nach oben zu Djamilas Büro.

An der Tür stand:

Djamila Nadar, Leitung Kreditgeschäft, Murabaha, Musharaka

»Alles in Ordnung?« fragte Djamila. »Setz dich doch.«

Judith nahm auf einem der Lederstühle Platz und lehnte sich zurück. »Mich hat eine Journalistin genervt.«

»Hat euch nicht eine abgefangen bei der Rechtsmedizin zu Silvester?«

Judith riss die Augen auf.

»Tahir erzählt mir ein paar Sachen. Sonst würde er mit alldem nicht klarkommen.«

»Kann ich verstehen«, sagte Judith. Und merkte einmal wieder, dass sie niemanden hatte, dem sie irgendetwas erzählen konnte.

»Weitersagen«, sagte Djamila, »ist natürlich streng verboten. Es bleibt alles bei mir. Genauso wie sein Bankgeheimnis.«

Judith blickte sich um. »Genauso verboten wie Zinsen im Islam?«

Djamila nickte. »Zinsen sind verboten. Genauso wie islamische Kreditkarten. Die gelten als *Riba*.«

»*Riba?*«

»Ja. Wucher. Das Wort *Reibach* soll sich angeblich daraus ableiten.«

»Man lernt nie aus. Also Zinsen sind verboten?«

»Ja, die sind *haram,* also unislamisch. Es ist im Islam verboten, Geld aus Geld zu machen. Geld darf nicht faul herumliegen, sondern muss investiert werden.«

»Also kein Geld horten wie der Drache Fafnir in den Nibelungen?«

»Die Story kenne ich nicht, aber ich kenne den aus *Der Hobbit,* den Drachen Smaug auf seinem Goldschatz.«

»Smaug verhält sich jedenfalls unislamisch?«

Djamila lächelte. »Absolut. Und das ist noch nicht einmal sein Gold.«

»Wie war das noch mit den Bewohnern des Feuers im Koran?«

»*Die, die Zinsen nehmen, sind Bewohner des Feuers. Darin müssen sie bleiben.*« Djamila schloss ihre Schublade. »Sura al Baqarah, 2, 275. Wobei es das Zinsverbot ja auch schon in der Bibel gab.«

Judith zuckte die Schultern. »Bei Paulus, kann das sein?«

»Nein, schon viel früher. Im Alten Testament: *Herr, wer darf weilen in deinem Zelt? Der, der gottesfürchtig ist. Und der auf sein Geld keine Zinsen nimmt.* Psalm 15, 1 und 5.«

»Du bist Muslimin und kennst dich mit der Bibel besser aus als ich.«

»Viele Muslime interessieren sich auch für das Christentum. Außerdem ist Jesus bei uns zwar nicht der Sohn Gottes, aber auch ein sehr wichtiger Prophet. Am Ende hilft er dabei, den Teufel in der Schlacht des letzten Gefechts zu besiegen.« Sie schloss ihre Schublade zu. »Es ist schade, dass ihr Deutschen euch so wenig für eure eigene Religion interessiert. Wir Muslime misstrauen Menschen, die an nichts glauben.«

Judith nickte. »Das ist wirklich schade. Und ich kann euch verstehen, ich glaube, wir Deutschen misstrauen uns selbst auch.«

»Aber wie ist das mit Girokonten, die habt ihr doch auch?«, fragte Judith.

»Ja, aber die dürfen keine Zinsen haben.«

»Und haben sie wirklich keine?«, fragte Judith.

»Doch, schon. Jedenfalls sind es keine echten Zinsen, sondern eher ein ›Geschenk‹ der Bank, das unterschiedlich hoch ist.«

»Die Höhe variiert also, unabhängig vom Sparbetrag?«

»Ja. Würde sie es nicht tun, wären es Zinsen.«

»Ist das eher etwas für kleine Sparer oder auch für große Projekte? Große Infrastruktursachen und so was, geht das damit auch?«

»Klar. Der Flughafen von Dubai wurde dadurch finanziert. Jedenfalls 4,1 Milliarden Dollar. Es war so eine Art Sale-and-Lease-Back-Konstruktion.«

»So wie bei der Baufinanzierung? Wo die Bank das Haus kauft und dann in Scheibchen an den Hauskäufer weiterverkauft?«

»Ja, genau so. Wobei es solche Finanzierungen im großen Stil auch schon in Deutschland gab.«

»Tatsächlich?«

»Ja. Das Land Sachsen-Anhalt hat 2004 hundert Millionen Euro aufgenommen. Mit einem *Sukuk*.«

»Einem *Sukuk?*«

»Einer islamischen Anleihe.« Djamila ließ die Rollläden herunter und schaltete im Nebenraum das Licht aus. »Die ersten islamischen Banken gab es in den Sechzigerjahren in Ägypten, die erste richtige islamische Bank aber war 1975 die Dubai Islamic Bank. Im Iran wurde dann nach der Revolution 1979 das gesamte Bankensystem auf islamische Banken umgestellt. Danach gab es auch Umstellungen in Bahrain, Pakistan, auf den Philippinen, in Saudi-Arabien und im Sudan bzw. Nordsudan. Der Südsudan ist ja christlich.«

»Aber der ist durch Abspaltung auch nicht friedlicher geworden.«

»Das stimmt.«

»Gibt es die in Europa sonst noch woanders?«

»In Frankreich geht es gerade los. Die haben aber auch über zehn Prozent Muslime an der Gesamtbevölkerung. In England gibt es sie auch schon lange. Deutschland hat bald fünf Prozent Muslime, das waren früher fast nur Türken. Also eine sehr homogene Zielgruppe und leicht zu adressieren vom Marketing her. Jetzt ist das sehr viel gemischter geworden und damit nicht mehr so einfach.«

Judith grinste. »Das heißt, auch islamische Banken machen sich Gedanken über leicht zu segmentierende Zielgruppen, wie man so schön sagt?«

»Natürlich. Wir wollen doch Gewinn machen. Zinsen sind böse, Gewinn machen ist vollkommen okay. Selbst der Prophet Mohammed war Kaufmann.« Sie beugte sich nach vorn. »Aber Judith, meine Liebe, du bist doch nicht zu mir gekommen, um über islamische Banken zu fachsimpeln? Was kann ich für dich tun?«

Judith schielte auf die Espressomaschine hinter Djamilas Schreibtisch. »Einen Kaffee machen?«

Djamila nickte langsam. »Auch sehr gern. Aber du bist doch auch nicht nur wegen dem Kaffee gekommen?«

Judith schüttelte den Kopf. »Nein, bin ich wirklich nicht.«

KAPITEL 24

3. Januar 2019
Wiesbaden, Deutschland

Retzick und Cohagen schauten über das Tal. Wildgänse zogen am Horizont über einen diesigen Himmel, die rote Sonne war schon fast im Untergang begriffen.

»Sie sehen also ein Vakuum in der Machtpolitik?«, fragte Retzick.

»Wir haben die freiwillige Abdankung der USA in der Rolle als Weltpolizist, in die sie nach dem Zweiten Weltkrieg, ursprünglich widerstrebend, hineingewachsen sind.«

»Aber auch, weil Trump es so will.«

»Tja«, sagte Cohagen, »seine Wähler nahmen Trump ernst, aber nicht wörtlich. Seine Kritiker nehmen ihn wörtlich, aber nicht ernst.« Er drehte sich um. »Zudem war Deutschland nie demokratisch. Es hat sich der Parteiendemokratie bis tief ins 20. Jahrhundert hinein verweigert. Der Nationalsozialismus war die Auflehnung gegen die Demokratie. Schauen Sie sich allein die Zeiten an. Der Unabhängigkeitskampf der USA tobte von 1776 bis 1783, die Französische Revolution 1789. England war ohnehin noch viel früher dran! 1649 haben die Engländer Karl I., ihren König, durch Bestreben Oliver Cromwells geköpft.« Er blickte aus dem Fenster in die Ferne. »1649! Das war genau dreihundert Jahre vor der Gründung der Bundesrepublik Deutschland!«

»1949«, murmelte Retzick. »Sie haben recht.«

»Deutschland ist ein Latecomer des Westens, frei nach Nietzsche eine *verspätete Nation.*«

»Deutschland will keine Demokratie?«

»Nein. Deutschland ist Russland viel näher als den USA, und wir werden dafür sorgen, dass sich einiges ändert.«

»Und wie?«

»Mit der richtigen Idee und dem richtigen Brandbeschleuniger können wir ein *anderes* Deutschland hervorbringen.«

»Das klingt nach Umsturz und Terror.«

»Der Terror verliert seine Munition. Den deutschen Terror à la RAF gibt es nicht mehr, und der andere, organisierte Terror ist auch im Niedergang.«

»Das ist doch gut.«

»Nein, das ist schlecht.« Als Retzick ihn verwundert anschaute, sprach Cohagen weiter. »Al-Qaida ist am Ende gewesen, als sie Afghanistan als Homebase verloren hatten. Der ISIS hat Syrien und den Irak verloren und muss jetzt auf ›selbstständige‹ Terroristen ausweichen. So entsteht auch die BIK, Bruderschaft des Islamischen Kalifats, aus den Resten vom ISIS, aber auch aus vielen selbstständigen Terroristen. *Freelance-Terroristen* sozusagen oder *Radikalisierung im Homeoffice.* Gerade Flüchtlinge sind dafür offen. Was ich auch verstehen kann. Wenn Sie dazu verdonnert werden, nicht arbeiten zu dürfen und tagaus, tagein in einer Flüchtlingsunterkunft zu hocken, unbeachtet von allen, dann würden Sie vielleicht auch auf dumme Ideen kommen.«

Cohagen ging zum Fenster. »Freischaffende Terroristen sind gut, um Panik zu verbreiten, aber schlecht, um konzertierte Aktionen durchzuführen.« Er schenkte Kaffee nach und warf zwei Portionen Süßstoff in seinen Kaffee.

»Aktionen wofür?«

»Um unseren Helden unersetzlich zu machen.« Cohagen rührte seinen Kaffee um. Es war teures Silberbesteck und Porzellan von KPM.

»Welchen Helden? Arnoldsen? Und seine Partei?«

Cohagen nickte, sagte aber nichts.

»Und wodurch?«

»Durch das, was jeder Held braucht. Einen Schurken. Den Helden«, fuhr Cohagen fort, »bauen wir gerade auf. *Deutschland zuerst.* Eine neue Partei, die sehr schnell die Lufthoheit in Deutschland erobern wird. Wenn das einschneidende Ereignis kommt, wird es wirklich keine Alternative mehr geben.«

Retzick wiegte den Kopf hin und her. »Ich glaube nicht, dass das so schnell geht.«

»Ich glaube schon«, sagte Cohagen. »Die Deutschen sind entweder aggressiv oder unterwürfig. Eines von beidem, aber niemals dazwischen. Irgendwann kommt der *Furor Teutonicus.*«

»Sie wollen doch wohl nicht die ganze Welt angreifen?«

Cohagen schüttelte den Kopf. »So dumm darf niemand mehr sein. Wir werden zunächst einmal ... unser eigenes Land angreifen.«

»Deutschland?«

»Sehen Sie hier ein anderes Land?«

»Das werden Sie nicht schaffen. Der *Furor Teutonicus,* wie Sie es so schön nennen, das ist noch lange nicht so weit.« Retzick trank von seinem Kaffee. »Abgesehen davon, dass Ihre Idee irgendwie nach Wahnsinn klingt: Im Moment sind die Deutschen klar unterwürfig.«

»Und das ist auch gut so«, sagte Cohagen. »Wie sagte Churchill so schön: *You either get the Germans at your feet.*

Or at your throat. Man hat sie entweder zu Füßen oder am Hals. Wir werden beide Charaktereigenschaften nutzen!«

»Sie haben einen Helden. Das ist Arnoldsen beziehungsweise *Deutschland zuerst.* Wer ist dann der Schurke?«

KAPITEL 25

3. Januar 2019
Leipziger Straße, Amanah Bank, Berlin

Judith und Djamila hatten sich an einen der großen Rechner gesetzt, und Djamila schaute sich einige Transaktionen und Zahlenkolonnen an. Wo immer Geld aus schwarzen Kassen floss, sollte es entweder gewaschen werden, oder es ging darum, damit etwas zu finanzieren. Meistens etwas Gefährliches, Brutales oder Unerwartetes. Immerhin war der Kaffee fertig und stark, sodass Judith die Müdigkeit des Tages ignorieren konnte. Judith hatte vorher kurz mit Jasmin telefoniert, und sie hatten sich für den Abend verabredet. Über eine anonyme Proxy-Plattform im Dark Web, damit niemand etwas von ihrem Gespräch mitbekam. Da würde ihr Finn helfen müssen, und Judith hoffte, dass er nachher zu Hause sein würde.

»Angeblich«, sagte Djamila, »hat Prinz Bandar aus Saudi-Arabien auch Tony Blair überredet, in den Irakkrieg mit einzusteigen. Bandar arbeitete mit der Bush-Administration zusammen. Und dahinter steckten die Waffenkonzerne.«

»Die ganze Verbindung von Saddam mit den Massenvernichtungswaffen war nur eine Chimäre?«, fragte Judith.

»Na ja«, sagte Djamila, »ein Engel war Saddam nicht. Der Giftgasangriff gegen die eigene Bevölkerung 1979 in Halabja war bis dahin der größte Chemieangriff seit dem Ersten Weltkrieg. Schätzungen gingen von zwischen fünfzig- bis hunderttausend Toten aus.«

Judith nickte. Sie hatte sich beim Staatsschutz mit den unterschiedlichen Formen von Giftgas beschäftigt, da ein möglicher Anschlag damit jederzeit drohend über Europa schwebte. Schon die Namen waren unheimlich. Soman, Tabun, Sarin, Cyanogen, Chloride, Hydrogen Cyanid und Senfgas. Sie wusste, dass deutsche Firmen und Wissenschaftler das ballistische Raketenprogramm des Irak unterstützt hatten. Vielleicht war auch deswegen der frühere Bundeskanzler Gerhard Schröder gegen den Irakkrieg gewesen, der mit dieser Weigerung hundert Prozent recht gehabt hatte. Aber es war nicht nur Deutschland. Frankreich hatte zwischen 1979 und 1990 Dutzende von Mirage F-1C Fightern in den Irak exportiert, sodass Saddam 1989 die erste internationale Waffenmesse des Irak in Bagdad eröffnen konnte.

»Es gab aber doch überhaupt keine Verbindungen zwischen Saddam und al-Qaida«, sagte Judith.

»Nein. Das war nur ein Vorwand, um das der US-Bevölkerung geschickt zu verkaufen. Eigentlich war Saddam ein Bollwerk gegen den Islamismus. Und auch ein Verbündeter des Westens.«

»Darum hatte der Westen auch mit der Invasion von Kuwait Bauchschmerzen?«

»Ja. Der ganze Nahe Osten war damals in heller Aufregung«, sagte Djamila. »Aber der Irakkrieg nach der Invasion von 1990 war durch ein UN-Mandat gedeckt, der Irakkrieg von 2003 nicht. Da war noch etwas anderes.«

Judith überlegte. »Etwas, das auch heute wieder eine Rolle spielt?«

Djamila nickte. »Vielleicht.« Sie schaute sich riesige Tabellen am Bildschirm an. »Alles Zahlungsströme«, sagte sie. »Islamische Banken versuchen, ethisch und nachhaltig zu sein, aber auch sie werden missbraucht.«

»Für Geldwäsche?«

»Ja. Zum Beispiel vom Drogenhandel aus Afghanistan. Das Bargeld muss irgendwo hin, eine Million in Hundertdollarscheinen wiegt elf Kilogramm. Das muss irgendwie transportiert werden.« Judith kannte die Geschichten. Einige der mexikanischen Drogenbarone transportierten so viel Bargeld in Koffern, dass selbst bei Samsonite-Koffern der Griff abbrach.

Doch nicht nur Drogenbarone wollten Geld außer Landes schaffen, allein aus China verschwanden von 2002 bis 2011 fast bis zu einer Billion Dollar, aus Russland achthundert Milliarden, aus Mexiko fast fünfhundert Milliarden, fast alles Drogengeld.

»Was den Drogenhandel in Afghanistan angeht, geht das Geld nach Macau in die Spielcasinos. Dort gibt es dann Spielchips. Die Gewinne werden auf ein anderes Konto eingezahlt, oder?«

Djamila nickte. »Ja. Und von dort geht das Geld über verschiedene Grenzen, zu einer Shell company in Grand Cayman, die gehört einem anderem Trust in Guernsey mit einem Konto in Luxemburg, gemanagt von einer Schweizer oder Singapurer Bank, die eine Zweigstelle in der Karibik hat. Oder in Monaco.«

»Verdammt verfilzt.«

»Früher gab es die *Smurfs*«, sagte Djamila. »Also Schlümpfe. Die eröffneten mit diesem Bargeld lauter kleine Konten, und irgendwann wurde alles zusammen überwiesen. Das ist aber heute nicht mehr so einfach. Was aber immer noch geht, ist, ein Konto zu eröffnen mit einer Bareinzahlung, die als

Sicherheit für einen Kredit gilt. Die Kreditsumme wird überwiesen, und aus dem Bargeld werden Zinsen und Tilgung gezahlt. Und schwupp, ist das Geld, durch die Überweisung der Kreditsumme, im legalen Kreislauf.«

»Das geht schon lange so, oder?«

»Ja. Das lief über Panama, jahrzehntelang, schon lange bevor alle wegen der Panama Papers aufgewacht sind. In den USA geht das schon seit Jahrzehnten. Das Geld geht nach Miami, dort kaufen sie dann Lkw für den Drogentransport. Auf Rechnung, nicht bar. Das Geld ist bereits im Geldkreislauf, und die Lkw werden angeblich für Baufirmen angeschafft.«

»Das ist Mexiko. Und wie ist es im Mittleren Osten?«

»Fast genauso«, sagte Djamila. »Da gibt es nur einen kleinen Unterschied. Gewaschen wird das Geld aus mexikanischem Drogenhandel in den Casinos von Miami und Florida. Und im Mittleren Osten halt in den Spielcasinos von Macau. Vieles davon geht in Betongold. Leider hat auch die Amanah Bank Kunden, die auf diese Weise Geld verschwinden lassen.« Sie öffnete einen Wikipedia-Eintrag. »Hier. Park Avenue 432 in New York.« Judith sah einen riesigen hohen und dünnen Wolkenkratzer nahe dem Central Park. »Das höchste Gebäude in Midtown Manhattan, sogar höher als das alte World Trade Center, aber nicht so hoch wie der Freedom Tower. Eine Dreizimmerwohnung kostet zehn Millionen Dollar. Damit kann man arbeiten. Je mehr Schwarzgeld man pro Transaktion unterbringen kann, desto besser.«

»Dann kommt denen der Hype am Immobilienmarkt ganz recht?«

»Absolut. Das sind keine Wohnungen, das sind Spardosen. Darum stehen auch siebzig Prozent der Wohnungen in solchen Gebäuden leer«, sagte Djamila. »Angeblich gekauft für die Kinder, wenn die mal studieren. Aber oft ist das Ganze nur ein Tresor, um Schwarzgeld zu lagern.«

»Und eventuell noch Miete zu kassieren.«

Djamila nickte. »Richtig. Das Geld vermehrt sich auch noch.«

»Woher weißt du das eigentlich alles?«, fragte Judith.

»Die Amanah Bank legt viel Wert auf Ausbildung. Ich war auch schon in den Zweigstellen in Dubai und Kuwait. Und sie haben mich zu einem Financelehrgang an die Wharton Business School geschickt. Und dann haben wir auch einige Kunden, die als Anschauungsobjekt dafür dienen. Nicht hier, aber im Mittleren Osten.«

»Wharton«, sagte Judith. »Schon mal gehört. Pennsylvania, richtig?«

»Ja. University of Pennsylvania. U-Penn. Wharton ist führend in Finance. Donald Trump hat dort auch studiert.«

»Ach? Aber offenbar nicht viel behalten?«

»Wer weiß?« Djamila zuckte die Schultern. »Er war wohl eher in den *Positioning yourself*-Seminaren. Jedenfalls habe ich in Wharton zum ersten Mal von CHIPS erfahren.«

»Ich nehme an, das sind keine Chips zum Essen?«

»Nein, das ist ein Clearinghaus in New York. CHIPS steht für *Clearing House Interbank Payments System.* Hier werden große Transaktionen zwischen Banken glattgestellt. Vieles läuft auch über die Zentralbank, aber CHIPS ist meist schneller.«

»Gehört es der Zentralbank?«

»Nein. Das ist rein privat. Es gehört den Banken.«

»Und das Ding ist in New York?«

»Ja. Nahe der Börse, hinter Stahltüren bei einer Temperatur von zweiundsiebzig Fahrenheit, also ungefähr zweiundzwanzig Grad Celsius. Pro Tag gehen da mehr als anderthalb Billionen Dollar durch.«

»Und es gehört den Banken, die damit Geld verdienen?«

»Genau.« Djamila lächelte. »Nicht ganz transparent, oder?«

»Und was bringt uns das bei unserer Frage?«

»Wenn große Mengen Geld gewaschen werden, kann man das in den Bankenbilanzen sehen, weil plötzlich große Mengen aus dem Nichts auftauchen. Das, was vorher nur in Scheinen irgendwo herumlag, ist plötzlich als Zahl auf einem Konto.«

»In CHIPS könnte man das sehen?«

»Wenn die Transaktionen von dort aus laufen und wir Zugriff haben, ja.«

»Bei der Federal Reserve Bank in Miami war 1979 einmal ein riesiger Überschuss von fünfeinhalb Milliarden Dollar. Größer als der Überschuss aller anderen Federal Reserve-Banken im Land, sogar der von New York, die ja Hauptstadt des Kapitals ist.«

»Das waren Drogengelder, die ins legale Bankensystem eingeschleust worden sind?«

»Was soll es sonst gewesen sein?«

»Und mit solchen Geldern wird auch Terror finanziert?«

»Ja. Und manchmal verdienen die Verursacher doppelt. Sie werden von ihren Auftraggebern bezahlt. Und sie profitieren an den Folgen.«

»Kriegskosten?«

»Ja, durch Kriege, aber auch am Kapitalmarkt.«

»Wie das?«

»Durch Leerverkäufe. Man setzt auf fallende Kurse.«

»Und das ist islamisch erlaubt?«

»Natürlich nicht. Das geht auch über ganz normale Banken. Es geht sogar einfacher. Zum Beispiel am 11. September.«

»Genauer bitte.«

»Wenn es zu Großschäden wie dem Einsturz des World Trade Center kommt, wird es für die Versicherer und Rückversicherer teuer. Für die Allianz, Münchener Rück und wie sie alle heißen. Große Schadenaufwendungen mindern den Gewinn. Sinkende Gewinnerwartungen mögen die Aktionäre gar nicht, die Aktie wird verkauft und fällt. Aktien von Fluglinien wie Lufthansa sind genauso eingebrochen, andere, wie zum Beispiel die des US-Rüstungskonzerns Lockheed Martin, dagegen rasant gestiegen. Man wusste, dass nach dem Einsturz des WTC die Vergeltung nicht lange auf sich warten lassen wird.«

Djamila zeigte auf einen Chart. »Lockheed Martin und Halliburton waren sogenannte *beneficiaries of war*. Der Irakkrieg hat über eine Billion Dollar gekostet, tausendmal eine Milliarde, die Kurse der Waffenschmieden haben sich zwischen 2000 und 2005 verdreifacht.«

Judith nickte und starrte auf den Chart. »Wenn man vorher abschätzt, wie solche Anschläge den Markt bewegen, und selbst den Anschlag durchführt, kann man einen Haufen Geld verdienen.«

»Dann hat al-Qaida auch solche Leerverkäufe gemacht?«, fragte Judith.

»Mit Sicherheit«, sagte Djamila. »Al-Qaida ist ein riesiger Hedgefonds, der den Markt durch Terror bewegt.«

Das waren also die Drahtzieher, dachte Judith. Sie dachte an den Spruch von Henry Ford: *Sag mir, wer an Kriegen verdient und ich sage dir, wie man Kriege verhindern kann.* Vor langer Zeit hatte sie mit ihrem Mann den Film *Lord of War* mit Nicolas Cage gesehen, in dem Cage einen Waffenhändler spielte. Der stellte dann am Ende die kühne These auf, dass die Einzigen, die jemals überleben würden, Waffenhändler waren. *Alle anderen seien zu beschäftigt damit, sich selbst umzubringen.* Wahrscheinlich hatte er recht.

»Es gab 2001 Theorien, dass obskure Firmen in Dubai auch bereits bei der logistischen Planung des 11. September die Finger im Spiel hatten«, sagte Djamila. »Ebenso soll es Hedgefonds gegeben haben, die an dem durch 9 / 11 bedingten Kursverlust von Aktien wie Allianz, Münchener Rück, United Airlines und Lufthansa durch Leerverkäufe verdient haben. Auch das wurde angeblich von Dubai aus gesteuert. Auch wenn die Hauptattentäter in Deutschland lebten.«

Judith nickte. »Und Mohammed Atta hatte auch Stadtplanung studiert. Hat er dann ja irgendwie auch angewandt.«

Djamila schüttelte den Kopf. »Tja, das kann man so sehen. Dem Islam hat er damit keine Ehre erwiesen. Genauso wenig wie al-Qaida und der ISIS.«

Nach zwei Stunden hatten sie eine Liste mit verdächtigen Transaktionen. Jetzt brauchten sie nur noch jemanden, der die losen Enden zusammenfügen konnte.

»Hier gibt es Verbindungen zur BWG Bank in Düsseldorf mit der Dubai Islamic Bank.«

»Mein Sohn kennt sich gut im Dark Web aus. Vielleicht kann der etwas herausfinden.«

»Erreichst du deinen Sohn?«, fragte Djamila.

Judith wählte die Nummer ihres Sohnes. Nichts. »Der geht mal wieder nicht ran.« Ist wahrscheinlich bei *Call of Duty* unterwegs, dachte sie.

»Ich weiß aber, wen ich noch anrufen kann.«

Djamila sah sie an. »Jemand, der sich auskennt?«

»Das schon.« Judith nickte. »Die Frage ist nur, ob sie uns hilft.«

KAPITEL 26

3. Januar 2019
Wiesbaden, Deutschland

Es war allmählich dunkel geworden.

»Wer ist dann der Schurke?«, fragte Retzick.

»Der Schurke«, sagte Cohagen, »ist der *böse Zwilling*.«

»Und wer ist das?«

»Zunächst einmal haben wir es mit Terror zu tun«, sagte Cohagen. »*Und der Terror, der nach der Macht greift, wird damit immer erfolgreich sein, solange sich ihm nicht ein mindestens ebenso großer Terror entgegenstellt.*« Retzick wusste, dass der Ausspruch mit dem Terror ein ungefähres Zitat von Adolf Hitler war. Die Idee gefiel ihm nicht, und diese Hitler-Zitate gefielen ihm auch nicht.

»Deutschland wird angegriffen, wobei gar nicht so klar ist, *was* da überhaupt angegriffen wird. Die D-Mark, Deutschlands Atombombe, ist weg. Die Wiedervereinigung wurde erlaubt, wenn Deutschland die D-Mark aufgibt. Deutschland bekam eine kleine DDR, nämlich die DDR, wie sie war, wenn es einer großen DDR beitritt.«

»Die EU und die Eurozone.«

»Vollkommen richtig. Die EU ist die große DDR nach der kleinen DDR. Es wiederholt sich alles. Nach der Wiedervereinigung wanderte das Kapital nach Osten, die Leute wanderten nach Westen. Die Leute waren schneller. Das kostete schon einmal eine Menge Geld.«

»Und?«

»Deutschland will deshalb postnational werden. Das wollen die anderen europäischen Staaten aber nicht. Der Osten Deutschlands will das übrigens zum größten Teil auch nicht.«

»Das ist möglich.«

»Das ist so. Die Wiedervereinigung war für Ostdeutschland nicht der Sieg der Demokratie, sondern es war wie ein Krieg, den sie verloren haben. Damit hatte der Osten Deutschlands zwei Kriege verloren: den Zweiten Weltkrieg gegen die Sowjets und den dritten Weltkrieg, der ein kalter Krieg war, gegen die Westdeutschen. Zählt man noch den Ersten Weltkrieg dazu, waren es drei verlorene Kriege.«

Retzick dachte nach. Eine gewisse Logik hatte die Argumentation. Die Demokratie war ohnehin »unter Feuer«. Zu dem Verdruss der Menschen, dass *die da oben* ohnehin machten, was sie wollten, kam durch die Digitalisierung und Automatisierung noch ein neues Problem hinzu: Immer mehr Jobs wurden überflüssig, und damit wurden auch die Menschen überflüssig, die sich dann gleich doppelt übergangen und nicht verstanden fühlten. Arbeitsabläufe wurden bis ins Kleinste überwacht, *geratet und gerankt* und analysiert. Man hatte als normaler Arbeitnehmer die Wahl, entweder von einem Roboter kontrolliert oder von einem Roboter ersetzt zu werden. Mehr gab es nicht. *Der Mensch ist ein gewollt werden wollendes Wesen,* hatte Retzick mal irgendwo aufgeschnappt. Gewollt war heute aber niemand mehr.

»Was glauben Sie, warum die NPD zweimal in Sachsen gewählt wurde?«, fragte Cohagen. »Karl der Große hat die Sachsen niedergemetzelt. Er wird als Vater des Abendlandes gesehen. Doch auch er wusste schon, dass alle, die östlich der Elbe leben, eben kein Europa, sondern ihren eigenen Staat wollen.«

»Dann zwingt Westdeutschland Ostdeutschland mit Europa in zwei postnationale Räume, einmal die Bundesrepublik …«

»… und dann Europa. So ist es.«

»Und was soll nun der *böse Zwilling* sein?«

»Kommen Sie mit.«

Sie gingen zu Cohagens großem Schreibtisch. Dort lag eine Karte von Hongkong. *One Land, two Systems* stand darauf. »Warum wohl machen die Chinesen das?«

»Um Investoren einen einfachen Zugang nach China zu ermöglichen, die über Hongkong dann nach China kommen.«

»Richtig, aber auch, um zu zeigen, dass das chinesische System das überlegenere ist.«

»Hongkong läuft aber doch ganz gut.«

Cohagen nickte. »Stimmt. Und es nützt den Chinesen. Hier habe ich aber noch ein besseres Beispiel.« Er blätterte weiter. »Nord- und Südkorea. Keiner in Südkorea wird sich über irgendetwas beschweren, solange er das abschreckende Beispiel von Nordkorea vor Augen hat. Hier«, er blickte sich um, »war es genauso.« Deutschland brauchte das abschreckende Beispiel der DDR, um die Westdeutschen von Demokratie und Kapitalismus zu überzeugen. Sobald dieser *böse Zwilling* weg ist, kommt die Krise. So ist das immer!« Er ging zu der großen Weltkarte. »Denken Sie an den Kalten Krieg. Sie werden sicher auch der Meinung sein, dass zu Zeiten des Kalten Krieges alles einfacher und übersichtlicher war.«

»Da haben Sie recht. Das war es allerdings.« Retzick hatte sich schon mit mehreren Spionen und Geheimdienstleuten unterhalten, die sich zurück nach der guten alten Schwarz-Weiß-Zeit des Kalten Krieges sehnten.

»Und so wird es wieder werden! Ein guter Zwilling«, fuhr Cohagen fort, »fällt umso positiver auf, je mehr er einen bösen Zwilling hat. Denn um ein Held zu werden, braucht man das, was jeder Held braucht: einen Bösewicht! Und damit sind wir beim Thema. Beim Thema dieses Jahres.«

»Diesen Jahres? Was steht denn Großartiges an?«

»Diesen Herbst ist es so weit!« Cohagen hob die Arme wie ein Priester. »Der zündende Moment, der alles ermöglicht.«

Retzick überlegte kurz. »Sie meinen …?«

»Richtig«, sagte Cohagen. »Ich spüre, dass Sie es erfasst haben! In diesem Herbst finden in Deutschland die Wiedervereinigungsfeiern statt. Der Tag des Mauerfalls, der 9. November 1989, jährt sich zum dreißigsten Mal.«

»Und da haben Sie etwas Großes vor?«

»Etwas sehr Großes.«

»Warum gerade jetzt?«

»Weil so etwas viel Vorbereitung braucht. Aber jetzt kommt der Endspurt. Und ich bin eine Art Zahlenmystiker.«

»Die Dreißig?«

»Richtig. Dreißig Jahre ist das jetzt her. Die Dreißig ist die Zeit des wirklichen Erwachsenwerdens. In Rom war es das Alter, um Volkstribun zu werden, und sowohl Mose als auch Jesus betraten mit dreißig Jahren die Öffentlichkeit.«

»Und Judas verriet Jesus für dreißig Silberstücke, wenn ich mich richtig erinnere«, sagte Retzick.

»Sehr gut, bibelfest sind Sie also auch.«

»Nicht wirklich.«

»In jedem Fall sind dreißig Jahre vergangen seit dem Mauerfall am 9. November 1989. Und jetzt kommt die Zeit des Erwachsenwerdens für Deutschland. Am 9. November 2019.«

»Und wie?«

»Mit einem Ereignis, das Deutschland wirklich *vereinigt*. Indem es Deutschland erst einmal trennt.«

»Ich verstehe nicht, was Sie mir sagen wollen.«

»Wir brauchen den *bösen Zwilling*, um zu zeigen, dass das Leben mit dem *guten Zwilling* das beste ist.«

»Sie wollen Deutschland in ein gutes und ein böses Land teilen?«

Cohagen lächelte nur und nickte, aber man sah, wie er sich ein boshaftes Grinsen verkneifen musste.

»Einen geordneten Staat und einen … *failed state*. Der Startschuss fällt am 9. November 2019 , wenn sich die Wiedervereinigung zum dreißigsten Mal jährt. Dies wird der Tag der Entscheidung sein.«

»Wie wollen Sie das machen?«

»Indem in dem einen Teil Ordnung herrscht und in dem anderen Chaos. Das Chaos dient der Rechtfertigung der Ordnung. Und die, die in dem Ordnungsstaat leben, werden immer den bösen Zwilling vor Augen haben.«

»Ich nehme an, der Ordnungsstaat soll nicht demokratisch sein?«

Cohagen zuckte die Schultern. »Ist Wasser nass?«

»Und was habe ich nun mit dem allen zu tun?«

»Sie müssen dafür sorgen, dass sich auf der einen Seite das Chaos entfaltet, damit sich auf der anderen Seite die Ordnung entfalten kann. Sie müssen verhindern, dass die Politiker geschützt werden, wenn wir sie eliminieren wollen. Sie müssen das Chaos erst einmal zulassen, dem wir dann mit der Ordnung begegnen können.«

»Sie wollen gezielt Politiker aus dem Weg räumen, und die Ordnungskräfte sollen dabei wegsehen?«

»Ja. Sie können natürlich auch aktiv dabei mithelfen. Was immer am besten passt.«

Retzick kommentierte die unverhohlene Aufforderung zum Mord nicht und fragte weiter. »Ich kenne bei Weitem nicht alle Ordnungskräfte«, sagte er. »Warum wenden Sie sich damit gerade an mich?«

»Aber Sie kennen die Geschichte von den dreihundert Spartanern?«

»Die Schlacht bei den Thermopylen?«, fragte Retzick. »Im antiken Griechenland?« Er fragte sich, was Cohagen damit meinte.

»Dreihundert Spartaner gegen eine Million Perser«, sagte Cohagen. »Und die Spartaner hielten die Perser auf, sodass die Griechen genug Zeit hatten, um in der Zeit Athen zu evakuieren.«

»Und?«

»Sie kennen zwar nicht alle Ordnungskräfte, Herr Retzick, aber Sie kennen die Elitetruppen. Und die wirklich guten … Das sind auch dreihundert. Und diese dreihundert mögen Sie, schätzen Sie, respektieren Sie. Sie, Iwo Retzick, und keinen sonst. Sie sind wie König Leonidas.«

Retzick hatte schon einmal von den dreihundert Spartanern gehört. Und von dieser Berechnung ebenso. Dreihundert wirklich harte Elitesoldaten gab es in Deutschland. Die besten von KSK, GSG9, aktive, ehemalige. Wahrscheinlich stimmte die Berechnung. Und was auch stimmte, war die Tatsache, wie unzufrieden gerade die Sicherheitskräfte mit dem Laissez-faire-Kurs der alten und neuen Regierung waren, die auch noch die nächsten zwei bis zweieinhalb Jahre weiterregieren würde und die nicht nur alle legal arbeitenden Steuerzahler, sondern alle, die für die öffentliche Ordnung arbeiteten, seien es Polizisten, Ärzte oder auch Rettungskräfte und Armee, als ihre Feinde ansah.

»Dreihundert Elitekämpfer sind genug, um in Deutschland die Macht an sich zu reißen, das wissen Sie«, sagte Cohagen. »Es ist wie mit den dreihundert Spartanern gegen die Perser. Polizei und Bundeswehr würden sich sofort ergeben, da sie viel zu schlecht ausgebildet und kaum trainiert sind. Und die SEKs hätten wir ganz schnell auf unserer Seite. Besonders, wenn wir den *bösen Zwilling* einsetzen.«

»Und wenn einige sich weigern?«

»Warum sollten sie? Die sind doch alle genauso unzufrieden wie die meisten Bürger. Und neue, linientreue Kräfte wird die Regierung so schnell nicht einstellen können. Wo sollten die schließlich herkommen?«

»Dann sollen die dreihundert Elitekämpfer gegen die anderen Sicherheitskräfte kämpfen?«

»Nicht unbedingt. Schon Sunzi wusste um 500 vor Christi: *Der beste Sieg ist der, der ohne Kampf erreicht wird.* Sie«, er zeigte auf Retzick, »müssen nur überzeugend sein. Viele private Sicherheitskräfte sind schon mit unseren Leuten unterwandert. Jetzt kommt der nächste Schritt. Jetzt kommen die staatlichen Kräfte.«

Retzick hatte schon von der Unterwanderung der privaten Sicherheitskräfte gehört. Ebenso hatte er gehört, dass besonders Neonazis dort aktiv waren. Und er fragte sich, ob das auch für Cohagens Leute galt. Dann kam ihm wieder der Chauffeur in den Sinn. Und die Zahl 18. *Blood Combat 18. Blood and Honour …*

»Zum Glück haben wir es leicht«, fuhr Cohagen fort. »Wir haben erst einmal den Fall dreihundert gegen fünf- bis siebenhundert. Einige davon sind deckungsgleich.«

»Sie sprechen von den Personenschützern für Politiker?«, fragte Retzick.

»Das sind über fünfhundert.« Cohagen nickte. »Und die sind alle stinksauer. Sind jetzt beim BKA und der Bundespolizei aufgehängt. Müssen sich um allen Scheiß kümmern, werden ständig reformiert und neu gemischt und müssen – Entschuldigung! – Arschlöcher beschützen, die sie hassen.«

»Die Wachen hassen die Politiker?«

»Und umgekehrt. Unsere Politiker, die Repräsentanten des Staates, hassen die Polizei, wollen aber von ihr beschützt werden. Dieser Widerspruch ist so eklatant, dass es nur eines kleinen Tropfens bedarf, um das Fass zum Überlaufen zu bringen.« Er drehte sich zum Fenster und blinzelte prüfend in die Landschaft. »Ehrlich gesagt wundert es mich nicht, dass es nicht schon sehr viel eher geschehen ist. So wie 1944.«

»Sie meinen das Stauffenberg-Attentat?«

»Richtig. Stauffenberg wusste, dass er nur über die Wehrmacht einen Anschlag auf Hitler durchführen könnte, weil alle anderen Abteilungen viel zu sehr von Gestapo, Sicherheitsdienst und SS durchsetzt waren.«

»Stand nicht Stauffenberg zunächst dem NS-Regime wohlwollend gegenüber?«

»Das tat er. Nur irgendwann stellte er sich die Frage, was schwerer wiegt: Loyalität gegenüber Hitler oder Loyalität gegenüber seinem Gewissen. Er entschied sich für Letzteres.«

»Und das haben Sie jetzt auch vor? Disloyalität der Staatsbeamten gegen den Dienstherren?«

»Richtig. Warum auch nicht? Früher war der Dienstherr der Lehnsherr. Er erwartete von den Kriegern Loyalität, gewährte dafür aber auch Schutz. Heute erwarten die Politiker von ihren Personenschützern und der Polizei Loyalität, werfen sie aber ansonsten dem Pöbel zum Fraß vor und stellen sich grundsätzlich auf die Seite des Chaos und der Zerstörung.« Er zog die Mundwinkel nach oben und nickte. Sein Mund lächelte, aber seine Augen nicht. »Und dieses

Chaos geben wir ihnen jetzt.« Er ballte die Faust. »Aber richtig.«

»Und Sie brauchen mich, um diese dreihundert Elitekämpfer zu überzeugen?« Retzick fragte noch einmal ganz direkt, da er nicht wirklich glauben konnte, was Cohagen ihm da gerade unterbreitete. Für Cohagens Pläne gab es klare Bezeichnungen: Umsturz, Staatsstreich, Putsch.

»Richtig. Und zwar so schnell wie möglich. Dass Sie sich dafür über Ihre Zukunft nie mehr Gedanken machen müssen und einer der mächtigsten Männer in einem neuen Staat werden, versteht sich von selbst. Ein großzügiges Anschubgehalt bekommen Sie sofort, wenn Sie zusagen. Steuerfrei natürlich.«

»Was bedeutet großzügig für Sie?«

»Fünfhunderttausend Euro. Auf ein Konto ihrer Wahl. Oder in bar oder in Gold, Bitcoin oder was immer Sie wollen.«

Retzick ließ sich die Überraschung nicht anmerken. Das *war* großzügig. »Was heißt sofort?«

»Jetzt. Wenn Sie dabei sind, haben Sie es heute noch. Glauben Sie mir, wir haben es wirklich eilig. So eilig«, fuhr Cohagen fort, »dass wir es uns erlaubt haben, schon einmal ohne Sie anzufangen.«

Retzick war mit einem Mal hellwach. »Der Innensenator?«

»Gerhard Winkler, natürlich. Ein kleiner Test, um zu sehen, was so alles möglich ist. Es hat funktioniert. Seine Bodyguards hassten ihn, es war nicht schwer, sie zum Wegsehen zu bewegen.«

»Und sein Fahrer?«

»Hajo Klose.« Cohagen hob die Augenbrauen. »Aber dazu kann ich Ihnen leider nichts sagen. Noch nicht.«

»Wissen Sie, wo Klose ist?«

Cohagen deutete ein Nicken an, sagte aber nichts.

Retzick versuchte die Gedanken zu ordnen. »Ich brauche mindestens einen Tag Bedenkzeit.«

»Den sollen Sie bekommen«, sagte Cohagen, »aber denken Sie daran, was Sunzi gesagt hat.«

Retzick hatte auch ein paar Dinge von Sunzi gelesen.

Cohagen sprach weiter. »*Es gibt übereilte Hast im Krieg. Aber noch niemals ist große Weisheit mit großer Verzögerung in Verbindung gebracht worden.*«

»Dann sind wir Ihrer Meinung nach im Krieg?«

»Natürlich!«

KAPITEL 27

3. Januar 2019
Washington, Federal Reserve Bank, USA

Gerald Stalk saß in der oberen Etage des Federal-Reserve Notenbank-Gebäudes. Die Zentralbank der USA war in privater Hand. Dies war nur eine Fassade. Was viele nicht wussten. Und auch nicht wissen sollten. Stalk schaute auf das Gemälde, das an der Wand gegenüber von ihm hing. Es zeigte den Mann, der der Gründervater der Federal Reserve gewesen war. Im schwarzen Gehrock, mit Monokel, mächtigem Schnauzbart, etwas knolliger Nase und einer Zigarre in der Hand. Es war einer von diesen Männern, die von den Bildern aus grundsätzlich auf die Betrachter herunterschauten. Selbst wenn das Bild unter ihnen hing. John Pierpont Morgan, dachte Stalk.

Es war der Großbankier John Pierpont Morgan gewesen,

der den Grundstein für das Federal Reserve System gelegt hatte. Seine Bank, das House of Morgan, war zu Beginn des 20. Jahrhunderts die größte Bank der Welt gewesen. Als sie zerschlagen wurde, wurden daraus die Banken Morgan Stanley, Morgan Grenfell und J. P. Morgan. Stalk dachte an John Pierpont Morgan, wie er in seiner Bibliothek saß und sich illustrierte Bibeln aus dem Mittelalter anschaute und nur gelegentlich zum Hauptquartier seiner Bank in der Wall Street 23 in New York ging. 1907 hatte Morgan das erste Mal die US-Wirtschaft vor einem Crash bewahrt, dennoch hatte er den Aktienhandel für vulgär gehalten. Das Hauptquartier lag direkt gegenüber der Börse, aber Morgan wusste nicht, wann die Börse öffnete und schloss. In dieser Zeit gab es *Bank Runs,* die Sparer wollten ihr Geld abheben, Stalks Vater hatte ihm davon erzählt. Es gab Schlangen vor den Banken, und von Sidney Weinberg, dem späteren Weltchef von Goldman Sachs, war bekannt, dass er sich damals zehn Dollar pro Tag verdiente, indem er in der Schlange Plätze einnahm und für Leute frei hielt, die mal schnell um die Ecke mussten.

Am Ende hatte John Pierpont Morgan mit den anderen Bankiers in seiner Bibliothek verhandelt, hatte die massiven Türen verschlossen und den Schlüssel eingesteckt.

Morgan war zu der Zeit erkältet gewesen, was ihn nicht davon abgehalten hatte, eine Zigarre nach der nächsten zu rauchen, auch wenn sein Arzt ihn inständig angefleht hatte, seinen Zigarrenkonsum doch bitte auf nur noch zwanzig Zigarren pro Tag zu reduzieren. Frühmorgens um fünf Uhr hatten sie endlich eine Einigung. Es war wie die langen Nächte der Euro-Rettung in Brüssel oder die Bankenrettung im Jahr 2008 in der Federal Reserve Bank in New York. Morgan hatte dem Chef der Unterhändler seinen diamantbesetzten Füllfederhalter übergeben. »*There's the place and here's the pen*«, hatte Morgan gesagt. Mit der Unterschrift der anderen Banken war die Krise 1907 abgewehrt und der erste Schritt zur Gründung der amerikanischen Notenbank getan. Sie war privat. Weil ihr Initiator, damals der mächtigste Bankier der Welt, ebenfalls ein Privatmann war, genauso wie das House of Morgan ein privates Unternehmen war. Und genauso privat blieb die Federal Reserve bis heute.

Es war ein wunderschöner Wintermorgen in Washington, klar und kalt, ein Morgen, der sich darauf vorbereitete, ein Wintermorgen zu werden. Washington, dachte Stalk, die Hauptstadt der Weltmacht Nummer 1, des Neuen Rom, wie es einige in Amerika nannten. Es gab vier Roms, so sagte man. Das antike Rom, dann Konstantinopel, dann Moskau und dann Washington. Rings um ihn erwachte die Stadt. Linker Hand in drei Kilometern Entfernung am Ende der Washington Mall das Kapitol und rechts in etwa zwei Kilometern das Lincoln Memorial an den Ufer des Potomac. Die Morgensonne tauchte die Kuppel des Kapitols und die Spitze des Washington Monument in ein goldenes Licht. Weiter entfernt erblickte er das Weiße Haus, wo sich in östlicher Seite der Rosengarten erstreckte, dort, wo der Präsident und seine Staatsgäste gewöhnlich vor die Presse traten und wo sich das Licht der Sonne in den Spiegeln der riesigen Limousinen brach, die vor der Tür warteten. Daneben die obligatorischen Lkw mit Satellitenschüsseln, die *satellite trucks* von CNN, Fox und NBC.

Auf dem Dach der Federal Reserve flatterte das Banner der Bank mit dem Great Seal, einem Adler, und dazu ein Wappen und auf dem Wappen sechs Balken.

Die Federal Reserve hatte in der Finanzkrise des Jahres 2008 und 2009 eine große Rolle gespielt, und Stalk war damals oft um Rat gefragt worden. Doch die wahre »Action« hatte sich damals im Ableger der Notenbank in New York abgespielt. Unter den vierzehn Stockwerken, und nicht in Fort Knox, wie es bei James Bonds *Goldfinger* behauptet wurde, lagen die größten Goldreserven der Welt. Hinter Tonnen und Metern von Stahl, tief unter der Erde. Dennoch hatte man damals im Keller der New Yorker Notenbank den Knall der Anschläge vom 11. September gehört. Ein großer Teil des Goldes gehörte der Deutschen Bundesbank. Und mit einem Deutschen würde er jetzt sprechen.

Das Telefon stand vor ihm.

Der Anruf um zehn Uhr Ortszeit erfolgte auf die Sekunde genau.

»Die Schachfiguren bewegen sich«, sagte Cohagen zur Begrüßung. »Der Plan läuft.«

»Erfolg ist das Letzte, was einem verziehen wird«, entgegnete Stalk.

»Bald«, so Cohagen, »wird der Tag des Jüngsten Gerichts kommen. Den Tag, den man im Islam *Dabiq* nennt.« Cohagen sprach weiter. »Im Koran erzählt die 54. Sure von der Stadt Dabiq. Dort werden die Armeen Roms auf die Armeen des Kalifen treffen.« Er zitierte die Stelle. »*Die Stunde ist nah, und der Mond ist entzweigespalten. Da werden sie hervorkommen aus den Gräbern mit niedergeschlagenen Blicken, als wären sie weithin zerstreute Heuschrecken. Am Tage, da sie ins Feuer geschleift werden samt ihren Anführern. Fühlet die Berührung der Hölle.* Es ist die Endzeit. Auf Arabisch *Al-sa'ah,* auch genannt *Die Stunde.*«

»Dabiq ist doch ein kleiner Ort im Norden Syriens«, sagte Stalk.

»Ja. Und so heißt auch das Propagandablatt vom ISIS, aber

für den ISIS war der Ort damals so wichtig, dass sie ihn unbedingt einnehmen wollten. Damit die Prophezeiung erfüllt wird. Der ISIS hat dieses Dorf unter gewaltigen Verlusten erobert. Sie haben es im August 2014 erobert und den Abd-al-Malik-Schrein zerstört. Erst im Oktober 2016 ist es den Rebellen der Free Syrian Army gelungen, das Dorf zurückzuerobern.«

»Wer auf Rache sinnt, muss zwei Gräber ausheben. Mindestens.«

»Aber das war nur symbolisch«, sagte Cohagen. »Das Schlimmste kommt jetzt erst. Dezentraler Terror. Genauso dezentral wie das Internet. Menschen, die anderen den Kopf zertrümmern, sie mit dem Auto überfahren. Angst ist ohne Grenzen. Die Endschlacht kann überall stattfinden.«

»Sie haben recht, mein lieber Cohagen«, sagte Stalk. »Wir stehen vor einem neuen Dreißigjährigen Krieg.«

»Eigentlich doch ein Widerspruch«, sagte Cohagen. »Einerseits das letzte Gefecht globalisieren, aber dennoch für ein kleines Dorf kämpfen.«

»Es ist der Glaube an die Prophezeiung. All das …«, sagte Stalk, »… geschieht genau jetzt!«

»Die Endzeit«, sagte Cohagen.

»Im Koran eine epische Schlacht: Christen kämpfen gegen die Muslime. Die Muslime gewinnen.«

»Wichtig ist vor allem, dass *wir* gewinnen.«

»Ich habe auch eine Geschichte für Sie, mein lieber Cohagen«, sagte Stalk.

»Ich bin gespannt.«

»Dabiq ist die eine der beiden Städte. Aber wenn mich nicht alles täuscht«, ergänzte Stalk, »gibt es da eine Stadt, die sowohl in der Bibel als auch im Koran eine wichtige Rolle spielt.«

»Erzählen Sie«, sagte Cohagen.

»Im Islam ist von *Jahannam* die Rede, *die Hölle.* Auf Hebräisch heißt das *Gehenna* und leitet sich ab vom Tal des Hinnom in Jerusalem, dem *Ge-Hinnom,* dort, wo ständig Kinder für den Gott Moloch geopfert worden sind und der Rauch der Opferungen in filzigen Schwaden über Jerusalem zog.«

»Und welche Stadt ist die andere? Das Gegenstück von Dabiq? Das ist doch nicht Jerusalem?«

»Nein«, sagte Stalk. »Die Stadt heißt Megiddo. Sie liegt an der Kreuzung der alten Handelsstraße Via Maris von Ägypten nach Syrien und der Route Akko–Sichem nach Jerusalem. Dort tobt die Endschlacht zwischen Gut und Böse.«

»Auch das ahnen die Leute nicht.«

Stalk erhob sich, während er weitersprach. »Fast niemand kennt Megiddo. Aber alle kennen das Wort, das daraus entstanden ist. *Hügel* heißt *har* auf Hebräisch. Der Hügel von Meggido, wo sich die Heere treffen, heißt auf Hebräisch *Har Megiddo.* Aus diesem Wort wurde *das* Wort für den Weltuntergang schlechthin: *Armageddon.*«

KAPITEL 28

6. Januar 2019
Schloßstraße, Berlin

Am Ende hatte es mit der Dark-Web-Verbindung doch noch geklappt. Finn kam nach Hause und hatte seiner Mama widerwillig gezeigt, wie man ins Dark Web kam. Dafür hatte sie sich einen Billiglaptop gekauft, bezahlt in bar, ein Huawei-WLAN-Ei für die Verbindung, und dann hatten sie den TOR-Browser heruntergeladen.

Sie klappte ihren privaten Laptop auf, stellte über das WLAN-Ei mit SIM-Card eine Internetverbindung zu dem Laptop her und ging ins Dark Web: www.torproject.org/projects/torbrowser.html.en Sie hatte die Seite des TOR-Browsers aufgerufen. Das war völlig legal. Illegal war meist das, was danach kam.

Es war eine Art Skype, das Judith geöffnet hatte. Ein Skype für das Dark Web. Es klingelte. Eine anonyme Nummer. Judith nahm den Anruf an. Sie war erleichtert, als sie die Stimme von Jasmin hörte.

»Pass auf«, sagte Jasmin. »Dein Passwort war ein Volltreffer.«

Ferdi, dachte Judith. *Ferdi1970.* »Was war damit?«

»In den Selfstorageräumen haben wir Festplatten gefunden. Die waren passwortgesichert.«

»Jetzt sag nicht, dass unser Passwort das richtige war.«

»Doch, war es.«

Judith wurde heiß und kalt. Es war das Passwort ihres Mannes. Joachim.

»Und?«

»Mehr kann ich dir nicht sagen. Aber ich konnte einige eurer Transaktionen zuordnen, die du mir vorhin geschickt hast.«

»Und?«

»Ich habe hier die OFAC-Liste«, sagte Jasmin. Ihre Stimme drang verzerrt durch die Leitung. Vielleicht hatte sie einen Codierer zwischengeschaltet, was das Abhören erschwerte.

»OFAC?«, fragte Judith.

»Office of Foreign Asset Control«, erklärte Jasmin. »Das zeigt alle verbotenen Organisationen an, die Geldwäsche betreiben oder Terror finanzieren. Wenn Banken auf Transaktionen von diesen Organisationen stoßen, die auf der Sanktionenliste stehen, müssen sie die sofort melden.«

»Und wen siehst du da?«

»Bank Saderat Iran, Martyrs Foundation of Lebanon, Fatah al-Islam«, las Jasmin vor. »Es ist aber sehr einfach, das OFAC zu täuschen. Man muss einfach nur einen Punkt weglassen. Einen Buchstaben. Ein Leerzeichen. Dann wird aus *Fatah al-Islam* mal eben *Fata hal Islam.*«

»Und keiner merkt irgendetwas?«

»Richtig«, sagte Jasmin. »Dafür habe ich etwas gemerkt.« Die Verbindung verzögerte das Gesagte immer für vier Sekunden. Nach einer Pause sprach sie weiter. »Hinter dem großen Konto in Dubai steckt die Fatah al-Islam. Und diese Holding überweist Geld. An zwei Organisationen.«

»Nämlich?«

»An die Bruderschaft des Islamischen Kalifats in Deutschland. Das Konto ist in Düsseldorf und dort als islamischer Kulturverein getarnt.«

Judith machte sich eine schnelle Notiz. »Und an wen noch?«

»An die Partei *Deutschland zuerst.*«

Judith stand der Mund offen. »Du willst damit sagen …?«, fragte Judith.

Jasmin ergänzte den Satz. »Das Kalifat und diese rechte Partei …«, es schien ihr selbst schwerzufallen, diese Wahrheit auszusprechen, »… haben den gleichen Geldgeber.«

BUCH 3

Staat ist der Name des kältesten aller kalten Ungeheuer.
Was immer der Staat sagt, er lügt.
Und was immer der Staat hat, er hat es gestohlen.

FRIEDRICH NIETZSCHE

KAPITEL 1

Februar 2019
Auf dem Weg zum Flughafen Tegel, Berlin

Iwo Retzick hatte lange Zeit nachgedacht, was er von den Ausführungen von Cohagen und Arnoldsen halten und ob er das Abgebot überhaupt ernst nehmen sollte. Doch dann wurden tatsächlich die fünfhunderttausend Euro seinem Konto gutgeschrieben, und schon steckte er mit drin. Er wusste nicht, ob es eine rein freiwillige Entscheidung war oder ob er einfach nicht weiterwusste. Vielleicht war es wirklich, so blöd es klang, *alternativlos.*

Die Limousine fuhr am Pariser Platz vorbei. Er sah die US-Botschaft, dann die Französische Botschaft und dahinter irgendwo die Britische Botschaft, die mittlerweile beide nach dem Anschlag fast komplett wiederhergestellt waren. Alle ausländischen Botschaften waren möglichst nahe am deutschen Regierungsviertel, um alles abhören zu können, während die deutsche Botschaft in Washington weit draußen am Rande der Stadt jenseits von Kapitol und Weißem Haus stand.

Er hatte das alles so satt. Die ständigen Befragungen und Ausschüsse, nur weil er kriminelle Massenmörder erschossen hatte, die Hilflosigkeit des Staates, die Dummheit der Politiker. Es lief immer gleich ab bei einem Terroranschlag. Erst kam geheucheltes Bedauern und Bestürzung, dann posteten alle irgendwelche Mitleidsbekundungen auf Facebook, schrieben *Je suis, ich bin, heute sind wir alle XY* auf den sozialen Netzwerken, versahen ihr Profilbild mit einer Kondolenzschleife und der Fahne des jeweiligen Landes, in dem der Anschlag stattgefunden hatte, es sei denn, es war die deutsche Fahne, die wurde so gut wie nie genutzt. Die Medien berichteten ausführlich, es waren in allen Tageszeitungen und Webseiten Karten, wo die Terroristen geschossen, Pause gemacht oder Kaffee getrunken hatten, versehen mit einer Timeline der Ereignisse und der letzten Terroranschläge im jeweiligen Jahr. Wurden Täter, die unter Terrorverdacht waren oder einen Anschlag planten, dann doch einmal vorher festgenommen, kamen sie niemals in Untersuchungshaft, sondern wurden mindestens so lange in Freiheit gelassen, wie sie brauchten, um noch in Ruhe ihren Terroranschlag durchzuführen. Kam es gar nicht erst zu Festnahmen, dann kam normalerweise heraus, dass alle Täter der Polizei bekannt waren, es sogar Haftbefehle gab, man von den Plänen der Täter wusste und ebenfalls wusste, wo sie wohnten, aber dennoch nichts unternommen wurde.

Dann waren die Politiker dran. Es kamen Feststellungen von der Kanzlerin, der EU, Juncker & Co., dass es so etwas nicht noch einmal geben dürfe und man das *scharf verurteile,* dass aber der deutsche Untertan ansonsten ruhig bleiben, seine freiheitliche Ordnung deswegen nicht aufgeben, sondern weiter ins Konzert oder Straßencafé gehen sollte, auch wenn die Wahrscheinlichkeit, dort erschossen oder zu Matsch gefahren zu werden, um ein Vielfaches höher war als noch vor zehn Jahren. Ebenso die Mahnung, man dürfe jetzt nicht die Freiheit und die Bürgerrechte durch Überwachung und mehr Befugnisse der Polizei einschränken, wobei sich der normale Bürger sicherlich nicht allzu viel freier fühlte, wenn er zwar wusste, dass seine Telefongespräche nicht vom BND abgehört würden, er aber auch an jedem Ort Europas in die Luft gesprengt werden konnte. So ging es dann weiter, bis der nächste Terroranschlag vor der Tür stand. Es ging auch gar nicht anders. Der BND durfte deutsche Staatsbürger nicht abhören, was dazu führte, dass selbst ein afghanischer Terrorist, der in Afghanistan von deutschen KSK-Einheiten gejagt wurde und von denen getötet werden konnte, nicht vom BND abgehört werden durfte, falls er denn ein deutscher Staatsbürger war. Das übernahmen dann immer die CIA oder die NSA oder gleich der Mossad, über deren Abhörgebaren sich deutsche Politiker dann immer wieder empörten, aber inoffiziell ganz dankbar dafür waren.

So folgte Hilflosigkeit auf Terror und Terror auf Hilflosigkeit, und der gesamte Prozess ging dann insgesamt so lange weiter, bis a) Europa ein islamischer Gottesstaat war, b) rechtsradikale Parteien in allen europäischen Nationalstaaten mehr als dreißig Prozent der Stimmen bekamen oder c) von den etablierten Parteien tatsächlich etwas getan wurde, damit solche Anschläge nicht zum Alltag wurden.

Dabei, das war Retzick klar, war c) nach wie vor die beste Alternative, b) am wahrscheinlichsten und a) etwas, das passieren könnte, wenn c) nicht funktionierte, da b) meist auch keine langfristige Lösung bieten würde. Darum hatte er sich überlegt, dass die Zeit gekommen sei, selbst etwas zu tun. Gemeinsam mit Arnoldsen, gemeinsam mit Cohagen. Es gab kein richtiges Leben im falschen, hatte er mal gehört, es gab keine richtige Lösung mit den falschen Leuten. Es gab aber auch keine Alternative zum Handeln. Und Handeln war genau das, was er jetzt tun würde.

Die Limousine fuhr am Westhafen vorbei, gegenüber die großen Kontore der BEHALA, gleich links die Hallen von ThyssenKrupp, vor denen der polnische Lkw-Fahrer am 19. Dezember 2016 seinen Lkw abgeholt hatte, der dann von Anis Amri gekapert worden war.

»Wir fliegen gleich mit der Lufthansa nach Frankfurt«, sagte Arnoldsen, der neben Retzick saß. »Aber ab Frankfurt dann im Privatjet.« Er drehte sich zu Retzick. »Ich dachte ja, du würdest uns die Flugbereitschaft der Luftwaffe organisieren.« Arnoldsen grinste.

»Die ist gar nicht so toll«, sagte Retzick. »Die *Weiße Flotte.* Er dehnte die Worte. »Für die Kanzlerin, den Bundespräsidenten, den Bundestagpräsidenten und so weiter. Da will keiner mehr arbeiten.«

»Ach nein?«

»Nein, die hohen Herren benehmen sich schlimmer als irische Sauftouristen, die gerade aus Berlin-Schönefeld mit Ryanair zurückfliegen. Du musst mit den Politikern sogar diskutieren, wenn sie sich anschnallen sollen. Hat mir ein Kumpel erzählt, der da an Bord arbeitet. Die berufen schon Konferenzen ein, obwohl die Maschine noch im Steigflug ist. Und zeitlich ist das schlimmer als bei den Billigairlines. Leute wie Kohl oder Genscher haben noch Sightseeing gemacht, und die Crew konnte ruhig im Hotel übernachten. Das machen die Politiker von heute nicht mehr, die haben am besten drei Termine pro Tag. Überall die Fresse reinhalten, damit einen ja niemand übersieht. Gerade die Kanzlerin ist dafür bekannt, kaum Übernachtungen zu haben, immer kürzere Standzeiten und so weiter. Die gesetzlich vorgeschriebenen Ruhezeiten bekommt die Besatzung, aber keine Minute mehr.«

»Die müssen doch gute Qualifikationen haben, die Besatzung meine ich?«

»Klar. Höhere Qualifikation als Flugbegleiter normaler Airlines, sogar bessere als die in der First Class. Essen wird schließlich auf Meissner Porzellan serviert. Derzeit arbeiten da fünfundachtzig Soldaten aus der Luftwaffe, und dreiunddreißig Stellen sind vakant.« Retzick lehnte sich zurück. »Will halt keiner machen.«

»Aber alle wollen Stewardess bei der Lufthansa werden.«

»Tja, da sind die Uniformen auch hübscher. Und die Gäste netter.« Er beugte sich wieder nach vorn. »Aber Cohagen fliegt mit einem Privatjet?«

»Wenn man heutzutage mit einem Privatjet fliegt, beeindruckt das niemandem mehr. Es sei denn«, Arnoldsen kniff ein Auge zu, »einem gehört der Jet.«

»Gehört der Flieger Cohagen?«

»Nein. Der gehört einem guten Freund.«

Retzick nickte anerkennend. »In jedem Fall scheint er reiche Freunde zu haben.«

»Mehr als einen.«

Arnoldsen hatte einige Ausdrucke auf den Knien. Ganz oben auf dem Stapel eine Liste mit Ländern und deren Waffen.

USA: 6800 Atomsprengköpfe, stand dort. *Russland: 7000. Frankreich: 300. Großbritannien: 215.*

Die Briten hatten dafür Atom-U-Boote, die in Anlehnung an die Schiffe aus dem Ersten Weltkrieg *Dreadnought* hießen. *Keine Furcht.* Kosten für ein solches U-Boot waren acht Milliarden Euro. Man konnte Atomsprengköpfe auf drei verschiedene Arten abfeuern: landgestützt über mobile oder stationäre Lafetten, luftgestützt über Marschflugkörper oder seegestützt über Atom-U-Boote. Letzteres war am schwersten aufzuklären, aber auch am teuersten.

Israel hatte 80 Atomwaffen, Deutschland hatte keine. *NATO-Artillerie: 5100,* stand dort. *Russland: 6000.*

Artilleriemäßig steckt uns Russland in die Tasche, dachte Retzick.

Panzer hatten die Russen 16 000 und die USA 19 000.

Dafür waren eine Menge Atomsprengköpfe der Alliierten

in Deutschland gelagert. Im Gegenzug konnte Deutschland auch in NATO-Gremien mitreden, ansonsten wäre es nur noch ein Schlachtfeld für einen Krieg zwischen Großmächten. Doch die letzte Zeile beruhigte ihn wieder.

Flugzeugträger. USA:11, Russland: 1.

Und dieser eine Flugzeugträger, die *Admiral Kusnezow*, das hatte Retzick schon gehört, war nicht der beste und vor allem für die riesigen Rauchschwaden bekannt, die ihn immer begleiteten und die seine mit Schweröl laufenden Motoren produzierten.

Arnoldsen schaute Retzick mitleidig an. »Und unsere Bundeswehr ist immer dabei«, sagte er. »Immer dabei, aber viel zu wenig. Das, was man so *Stumpfe Speerspitzen* nennt. Kanonen-Uschi sorgt schon dafür, dass den Jungs nicht langweilig wird.« »Neue Ausbildungsmission im Irak? Klar. Neue Offensive in Afghanistan? Klar. Aufbau eines Logistikzentrums für die NATO? Klar! Die Bundeswehr macht sich überall lieb Kind, wird aber von ihrer eigenen Bevölkerung gehasst.«

»Es wurde fünfundzwanzig Jahre bei der Bundeswehr gekürzt«, sagte Retzick, »was erwartest du?«

»Ja, gerade die CDU hat in den letzten Jahren als Regierungspartei die Streitkräfte dermaßen zusammengestaucht, wie es die Linken in ihren kühnsten Träumen niemals hinbekommen hätten.«

Retzick nickte. »Es sind ja nicht nur diese ganzen Einsätze. Nicht eines von Deutschlands sechs Typ-212-A-U-Booten könnte einen Hafen verlassen, von den zweihundertvierundvierzig Kampfpanzern sind nur hundertfünf einsatzbereit. Im Kalten Krieg hatten wir viertausendfünfhundert. Und wenn du die letzten Leopards mit deiner Firma noch nach Saudi-Arabien verkaufst …«

»Die Panzer könnten gar nicht mobilisiert werden«, sagte Arnoldsen. »Güterzüge, die Panzer transportieren können, gibt es in Deutschland fast keine mehr, die Bahn hat sich ja eh aus dem Güterverkehr komplett zurückgezogen, und per Lkw geht das auch nicht, weil fast alle Brücken derart marode sind, dass die einstürzen würden, wenn Panzer *und* Lastwagen rüberfahren.«

»Unsere Politiker glauben tatsächlich, dass die Panzer, die einen Liter Sprit pro Kilometer verbrauchen, zu den Einsätzen über die Felder juckeln.« Retzick schüttelte den Kopf. »Selbst Verpflegungspakete sind zu wenig da. Und das in einem sogenannten *reichen Land.* Bei einem Manöver in Norwegen hatten sie vor Kurzem kein Waffenrohr, da musste der Kamerad von der Bundeswehr einen schwarz angestrichenen Besenstiel an den Transportpanzer kleben.«

»... und die Luftwaffe?«, sagte Arnoldsen.

»Die ist auch durch.« Retzick schüttelte den Kopf.« Die A400M-Transporter sind unzuverlässig, die Soldaten müssen Tage auf den Flug nach Hause warten. Auch der Rest ist Schrott. Die Drohne Eurohawk darf in Europa gar nicht fliegen, da Drohnen dort von Passagierfliegern begleitet werden müssen. Tornado, Eurocopter. Alles von vorgestern. Abschiebungen werden ja schon seit Jahren in Maschinen von privaten Fluglinien durchgeführt. Das wäre in den USA unvorstellbar.«

»Ja. Die ICE in den USA hat zwanzig eigene Flugzeuge«, bemerkte Arnoldsen. Retzick kannte die Behörde. Das U.S. Immigration and Customs Enforcement. Abgekürzt ICE. Sie waren für vieles zuständig: Zoll, Gefangenentransporte, Abschiebungen.

»Außerdem haben die sogar zweihundert eigene Gefängnisse«, ergänzte Arnoldsen. »Alles *in house.*«

Die beiden schwiegen eine Weile. »Es kommen noch immer mehr als fünfzehntausend Illegale pro Monat in unser Land. Keiner weiß, was die vorhaben.«

»Was könnten die vorhaben?«

Arnoldsen zuckte die Schultern. »Losziehen, marodieren, vergewaltigen, töten, unterstützt von deutschen Banden, die das vielleicht auch schon seit langer Zeit mal machen wollten. So wie die Banden im Kongo. Oder in Sierra Leone. Oder der ISIS im Irak. Die könnten hier genauso zuschlagen. Irgendwo auf dem Land, wo es so schnell keiner mitkriegt? Wie lange würde es dauern, bis die Polizei da ist? Und würde die etwas machen? Oder dürfen?«

Retzick wackelte mit dem Kopf. Er hielt mittlerweile alles für möglich. Wer nach allen Seiten offen ist, ist nicht ganz dicht, hatte sein Großvater einmal gesagt.

»Die Bundeswehr wird vielleicht wieder beliebter, wenn sie gebraucht wird«, sagte Arnoldsen. »Wenn es hier endgültig zum Bürgerkrieg kommt.«

»Und dabei wollt ihr nachhelfen?«

»Sagen wir mal so ...«, Arnoldsen sortierte seine Papiere und ließ sie in einer Aktentasche verschwinden. »Wir werden es nicht unbedingt verhindern. Und eine kleine und schwache Bundeswehr, der du auch noch hilfst, am besten gar nicht einzugreifen, hilft unserer Mission im Moment am besten.« Er schaute nach draußen. Die Fassade des Flughafens Tegel, mit dem lächerlichen Hinweis, dass hier ja bald ein Technologiezentrum gebaut werden würde, wenn es den Flughafen nicht mehr gab, baute sich vor ihnen auf. »Wir sind da.«

KAPITEL 2

Februar 2019
Landeskriminalamt, Tempelhofer Damm, Berlin

Jasmin und Tahir standen in Tahirs Büro am Fenster hinter der Kaffeeküche und blickten auf das Tempelhofer Feld. Beide hatten dampfende Kaffeebecher in der Hand. Auf einem das Logo der Polizei Hamburg, auf dem anderen das von Hertha BSC. Hamburg, dachte Judith. Normalerweise kam alles Illegale, zum Beispiel große Mengen weißen Pulvers, immer dort an. Nicht in Bremerhaven, wo die Gatling entwendet worden war. Sie hatte die Kameraufnahmen aus Bremerhaven endlich erhalten. Das Ganze ging reichlich langsam vonstatten, für Judiths Geschmack auffällig langsam.

»Und was ist jetzt mit der Gatling?«, fragte Tahir und blies in seinen Kaffee. Sein grüner Gebetteppich lag in einer Ecke seines Büros. Insbesondere wenn er im Stress war, versuchte er, fünfmal am Tag zu beten, wie es auch den Vorschriften des Islam entsprach. Das Beten war manchmal eher eine Meditation für ihn in stressigen Zeiten. Judith hatte den Eindruck, dass ihr das vielleicht auch guttun würde. Aber das konnte sie ja hier im LKA wohl kaum machen. Andererseits, warum eigentlich nicht?

»Die Gatling-Kanone wurde einfach aus dem Schiff heraustransportiert. Hat die Kamera aufgezeichnet. Gestohlen kann man das nicht nennen«, sagte sie und hatte den Gedanken ans Meditieren und Beten schon wieder verworfen.

»Und? Kann man erkennen, wer das war?«

Sie schüttelte den Kopf. »Nein. So blöd waren sie dann doch wieder nicht, wer immer das war.«

»Was sagt der Zoll?«

»Der weiß nichts.«

»BKA?«

»Sagt nichts.«

»Ein Netz aus Schweigen.« Tahir blickte nach draußen. Krähen flogen über den weißgrauen Himmel.

»Führen die Geldströme irgendwie dorthin?«, fragte er dann.

»Nicht zur Gatling.« Jasmin schüttelte den Kopf. »Offenbar wird Geld vom ISIS, oder wer immer da unten jetzt herumfuhrwerkt, in den Spielkasinos von Macau bei Hongkong gewaschen – ebenso wie dies bei Drogengeld aus Afghanistan geschieht – und dann Richtung Dubai zurücküberwiesen.« Sie hielt kurz inne. Der Islamische Staat war tatsächlich ein diversifiziertes kriminelles Unternehmen, das verschiedene Geschäftseinheiten aufwies. Ölhandel, Sklavenkandel, Kidnapping, Verkauf von gestohlenen Kunstschätzen, zudem Verkauf von gefälschten Pharmazeutika, Drogen, Zigaretten und gefälschten Pässen. »Bei einigen dieser Gelder wissen wir, wo sie landen. Aber wie es bei der Gatling war, das wissen wir nicht.«

Tahir schüttelte den Kopf. »Das ist echt seltsam. Normalerweise gehen Waffen von Deutschland aus in die Dritte Welt und nicht von Amerika nach Deutschland und dann in den Untergrund.«

Judith nickte. Waffenexporte regelte das KWKG.

»Und wenn das KWKG das verhindert, dann werden halt keine Waffen exportiert, sondern Maschinen zur Rüstungsproduktion. Hier greift kein KWKG, sondern nur das Außenwirtschaftsgesetz.«

»Genau aus solchen Aktionen kommen ja die ganzen Waffen her, mit denen Saudi-Arabien zum Beispiel gegen die Huthi-Milizen im jemenitischen Bürgerkrieg vorgeht. Alle direkt vor Ort hergestellt mit deutschen Maschinen.« Tahir trank von seinem Kaffee. »Die alte Frage, die sich auch Unternehmen immer stellen: *Make or buy. Selber machen oder kaufen.*«

Sie schauten eine Weile schweigend in den grauen Himmel und schlürften ihren Kaffee.

»Was hat dieser Khalid gesagt?«, fragte Judith dann. Tahir hatte den Mann verhört, auf den die Selfstorageräume gemeldet waren, in denen die Waffen und die Munition aufbewahrt wurden. »Ihr wart doch dort?«

»Da waren wir«, sagte Tahir.

»In Tempelhof waren die Räume, oder? Nahe IKEA?«

»Ja. *Lagerst du noch, oder schießt du schon …*« Er grinste.

»Sehr geschmackvoll. Was hat er denn gesagt?«

»Nichts. Hat sich auf sein Recht zu schweigen berufen und auf seinen Anwalt verwiesen.«

»War das ein Pflichtverteidiger?«

»Nein, die müssen sich kennen.«

»Ein guter Anwalt?«

»Ja. ein scharfer Hund. Thomas Fritzl.«

»Fritzl? Schon mal gehört.«

»Bestimmt. Der wird auch Freispruch-Fritzl genannt. Hat schon einige rausgehauen.«

»Warum kennt einer, der sonst Sperrmüll entsorgt, einen solchen Pitbull von Anwalt? Der ist doch sicher nicht billig.«

Tahir zuckte die Schultern. »Das frage ich mich auch. Wahrscheinlich, weil Khalid nur ein kleines Rad im Getriebe ist und den Mund nicht zu weit aufmachen soll. Dann richtet er zu viel Schaden an, und das ist dann teurer als der Anwalt.«

»Dann haben wir keine Möglichkeit, ihn zum Reden zu bringen?«

Tahir zuckte die Schultern. »Wir könnten ihn zu einer dieser *black sites* bringen.«

»Ja … Über die haben wir gesprochen …«, murmelte Judith. Die Foltergefängnisse der CIA waren so bekannt wie berüchtigt. Gina Haspel, genannt *Bloody Gina,* hatte eine solche *black site* in Thailand geleitet, bevor sie 2018 unter Trump CIA-Direktorin wurde.

»Ja. Oder gleich nach Ägypten. Da haben wir so was vor Ort, da müssen wir nirgends hinfliegen. Bei uns geht das direkt, ohne *black sites.*«

Sie dachte nach. Wo hätte diese Gatling-Kanone eingesetzt werden können? Experten vom BND hatten ihr von möglichen Lkw-Anschlägen auf die Fanmeile erzählt. Wäre das mit der Gatling auch möglich? Oder war König Fußball einfach zu wichtig, um die Bevölkerung ruhig zu halten? Ein Anschlag auf den Weihnachtsmarkt war okay, dachte sie, denn Weihnachten war ja ohnehin reaktionär, westlich, konsumorientiert und dann auch noch vom Ursprung her christlich und damit für einige Leute auch *böse.* Fußball war für Anschläge in Deutschland verboten, zudem die Hooligans ja auch ohne Islamisten schon für genug Terror im Stadion sorgten, ohne dass sie eine Strafe fürchten mussten. Aber einen Weihnachtsmarkt, ja, den konnte es schon treffen. Aber Weihnachten war schon vorbei gewesen, als die Kanone entwendet wurde. Andererseits, die Weihnachtsmärkte waren noch geöffnet, als die Gatling in Bremerhaven entdeckt worden war.

Sie wusste, wie es ablief, kannte es noch aus ihrer Zeit in Hamburg. Normalerweise kontrollierte der Zoll die Schmuggelware. Das Sachgebiet C des Hauptzollamtes Hamburg-Hafen, auch genannt HZA, hatte allein in diesem Jahr fünfzig Kilogramm Kokain sichergestellt. Bei einem Grammpreis von sechzig Euro hatte das einen Wert von drei Millionen Euro. Kokain von den Kartellen in Mexiko war manchmal zwischen Kohlenstaub, Ruß und Schmieröl versteckt. Man sprach von der *schwarzen Gang*, die die Drogen dort versteckte. Vor Kurzem hatte der Zoll zehn Kilo reines Kokain am Hamburger Hafen gefunden, verschweißte Päckchen, eingeklemmt zwischen Baumaschinen und Motorkabeln aus Brasilien. Fünfzehn Spürhunde hatten sie in Hamburg. Zwar war der Hamburger Hafen längst nicht mehr einer der größten der Welt, aber fünfzehn Hunde waren für einen solchen Hafen viel zu wenig. Nach einer halben Stunde intensiver Nasenarbeit war ein solches Tier einfach zu müde, um weiterzusuchen, und fünfzehn Hunde reichten für ein solches Riesengebiet nie und nimmer. Abgesehen davon waren Wespen ohnehin die besseren Rauschgiftsucher. Ihre Nasen waren feiner, sie waren einfacher zu konditionieren, und billiger waren sie in der Haltung auch. Vielleicht wurden sie deswegen nicht eingesetzt, weil man gar nicht alles entdecken wollte?

Doch auch Bremerhaven holte auf beim Zoll, daher war es umso seltsamer, dass auch hier niemand etwas gesehen hatte. Die Gatling war einfach herausgetragen worden, und das Einzige, was Judith sah, war eine Mauer aus Schweigen.

Ihr Handy piepte. Eine Nachricht, anonym auf Threema. Das konnte nur Jasmin sein. Vielleicht hatte sie neue Informationen. Hoffentlich, dachte Judith.

»Warte mal kurz«, sagte sie zu Tahir, »ich bin gleich wieder da.«

KAPITEL 3

Februar 2019
Landeskriminalamt, Tempelhofer Damm, Berlin

Judith ging in ihr Büro, schloss die Tür und blickte auf ihr Handy.

In der SMS zwei Passwörter. Links ins Dark Web.

Das Dark Web war eigentlich vom US-Geheimdienst für sogenannte *Agents in the field* konzipiert worden, da es die anonyme Kommunikation zwischen Agenten ermöglichte. Ziemlich schnell hatten die Geheimdienste aber herausgefunden, dass man Leute umso besser bespitzeln konnte, wenn man ihnen Anonymität vorgaukelte. So war es wahrscheinlich auch beim sogenannten Arabischen Frühling gewesen, dachte Judith, in dem scheinbare »Regimegegner« über das Dark Web, gesteuert von Geheimdiensten, höchstwahrscheinlich auch der CIA, die Massen online aufgewiegelt hatten, bis Nordafrika im Chaos versank oder in den Händen des Islamischen Staates endete.

Judith hatte sich gestern Abend im Dark Web etwas zu weit vorgewagt und hatte gleich eine absolute Horrorseite gefunden. *Management of Savagery* nannte der Islamische Staat seine Enthauptungsvideos. Und ein prominentes war *A Message to America* mit der Ermordung von James Foley durch den britischen Konvertiten »Dschihadi John«. Foley war 2012 in Syrien entführt und 2014 enthauptet worden. Foley musste das sagen, was ihm seine Mörder in den Mund legten.

I call on my friends, family and loved ones to rise up against my real killers, the U.S. government … I guess, all in all, I wish I wasn't an American.

Dann hatte sich Dschihadi John heruntergebeugt, das Messer an Foleys Kehle gelegt und das Messer hin- und herbewegt. *Sawing,* stand in einigen Protokollen, *sägend.* Die Kamera hatte sich wegbewegt, bevor das Blut floss. Ein Effekt wie im Horrorfilm.

Dann kam eine neue Geisel. Eine Stimme aus dem Off, an den damaligen US-Präsidenten gerichtet. *The life of this American citizen, Obama, depends on your next decision.* Dann war das Bild dunkel. Ein perfekter Cliffhanger des Bösen.

Sie wusste, wie absurd das alles ablief. Das KSK wurde nach Afghanistan geschickt, um Dschihadisten umzubringen, etwa den Leibwächter von bin Laden. Sobald der aber nach Deutschland kam und Asyl beantragte, hatte er Anrecht auf Hartz IV und genoss damit auch eine Art Straffreiheit, da man ihm nichts nachweisen konnte beziehungsweise die Beweise, die man gegen ihn hatte, entweder auf militärische oder geheimdienstliche Art und Weise zustande gekommen waren und deshalb vor einem Strafgericht in Deutschland keinen Bestand hatten. Wenn alles gut ging, kamen noch eine Menge radikalisierter Frauen und Kinder hinterher, und das Ganze verstärkte sich exponentiell. Zudem waren in Deutschland auch die Bundesländer für alles zuständig, und wo eine Zuständigkeit aufhörte, fing nicht notwendigerweise eine neue an. Nach den bitteren Erfahrungen des Dritten Reiches mit dem Reichssicherheitsamt, der Gestapo, der SS und der Stasi in der DDR wollte man auf keinen Fall eine zentrale Stelle, die die Sicherheit koordinierte. Das Chaos, das man jetzt hatte, trug aber auch nicht gerade zur Akzeptanz des Rechtsstaates bei. Es wunderte Judith immer wieder, dass nicht bereits viel mehr passiert war. Vielleicht war das Glück von Deutschland das

Glück der Dummen oder Ahnungslosen, so wie Kinder und Betrunkene ebenfalls einen Schutzengel hatten.

Sie sah wieder Dschihadi John und das Messer.

Judith versuchte, die Bilder zu vergessen und sich auf die Nachricht von Jasmin zu konzentrieren.

Drei Klicks, dann war sie auf der richtigen Seite.

Dort war der Text von Jasmin.

Der ISIS hatte mit Kidnapping, Öl, eigenen Steuern und Plünderungen, was oft dasselbe war, eine Menge Geld gemacht. Zu Hoch-Zeiten hatte der Islamische Staat ein Bruttoinlandsprodukt von fast sechs Milliarden Dollar besessen. Mittlerweile waren siebzigtausend von den knapp hunderttausend ISIS-Kämpfern getötet worden, die anderen waren verschwunden in Richtung Türkei, Ägypten, Libyen oder auch Südostasien. Und wahrscheinlich sehr bald auch Richtung Deutschland.

Andere investierten in Geschäfte im Irak, kauften Gold in der Türkei oder schmuggelten das Geld über Syrien. Bis zu vierhundert Millionen Dollar waren über solche Kanäle in den legalen Geldkreislauf eingespeist worden, doch der ISIS hatte sich auch im legalen Geldkreislauf bedient und hatte bis zu einer halben Milliarde Dollar bei irakischen Banken entwendet, das meiste davon in Gold. Sie dachte an die alte Regel des Bankräubers Willie Sutton, die als *Willie Sutton Rule* in die Kriminalgeschichte eingegangen war: *Warum überfallen Sie Banken,* war Sutton gefragt worden. *Weil da das Geld ist,* hatte er geantwortet.

Der ISIS war ein Staat. Deswegen half es wenig, wenn man Spenden an ihn stoppte, wie man es bei sonstigen Terrororganisationen machen konnte, die sich als Kulturvereine tarnten. Beim ISIS half nur eins: die Ölquellen zu bombardieren, was die USA auch zur Genüge getan hatten. Oder spezialisierte Auftragskiller töteten die sogenannten *Money Men*, die das Geld über das Hawala-System, einem Western-Union-ähnlichen System, aus dem Mittleren Osten Richtung Türkei transferierten. Die Hawala-Dealer kommunizierten verschlüsselt über WhatsApp und manche auch über Xboxes, so wie es die Attentäter vom November 2015 in Paris getan hatten. Das Geld ging oft an irgendwelche Schläferzellen in Istanbul. Die Schläfer waren genügsam, die Kosten für die Unterbringung von zwei bis drei Leuten betrugen nur fünfhundert Dollar pro Monat. Es waren diese Schläferzellen, von denen aus auch der Anschlag auf den Nachtklub in Istanbul am 1. Januar 2017 geplant worden war. In einem dieser »Safehouses« hatte die türkische Polizei mehr als fünfhunderttausend Dollar gefunden. Diese Mittelsmänner betrieben eine Art islamisches *Airbnb*, wo sie den Terroristen Unterschlupf gewährten, dafür wurden sie in Cash bezahlt. *They are driven by profit, not by religion*, stand in dem Text, den Jasmin ihr geschickt hatte. Es waren verschiedene Blogs und Verschwörungsseiten, von Islamisten, aber auch von Reichsbürgern, Aryan Brotherhood und einer Gruppe, die sich *Résistance* nannte. Sie alle schienen auf einen *großen Tag* zu warten, *der alles ändern wird*. Sie las weiter. Andere verdeckte Kämpfer beantragten Asyl in Deutschland, nahmen dort vier verschiedene Identitäten an, bekamen für jede Identität Hartz IV mit Zulagen und überwiesen das Geld per Western Union zurück zu irgendwelchen Banken in Dubai. Von dort ging es dann zu irgendwelchen Waffengeschäften. Judith schüttelte den Kopf. Deutsche Sozialhilfe ging über den Umweg über Dubai auf die Konten von terroristischen Vereinigungen. Und wenn die Recherchen von Djamila stimmten, dann auch auf das Konto von *Deutschland zuerst*. Wie zum Teufel passte das zusammen?

Wie viele Zeitbomben waren da wohl noch, bis sie zuschlagen konnten? Viel entgegenzusetzen hatte der deutsche Staat ihnen nicht, das wusste Judith. Der Abschiebehaft für Gefährder waren hohe Hürden entgegengesetzt. Anis Amri, der Attentäter vom Weihnachtsmarkt 2016, reiste 2011 über Lampedusa nach Europa, wurde in Italien verhaftet, kam 2015 illegal nach Deutschland, registrierte sich in Karlsruhe als Anis Amnir, in Berlin als Mohammad Hassan, in Dortmund als Ahmed Almasri, noch einmal in Dortmund als Mohammed Hasse und zuletzt in Münster als Ahmed Almasari. Er wurde die ganze Zeit durch verschiedene LKAs überwacht, 2016 erstmalig als Gefährder eingestuft, war danach mehrfach Thema im GTAZ in Berlin, wurde schließlich als ungefährlich klassifiziert, um dann am 21. Dezember 2016 mit einem Lkw in den Weihnachtsmarkt am Breitscheidplatz zu fahren. Terror in Deutschland war einfach und billig, und auch wer Gefährder war, wurde zwar beschattet, aber bis zu seiner Terrortat niemals festgenommen. Egal, ob in Deutschland oder in Frankreich. Frankreich war es allmählich zu bunt geworden, und es gab Stimmen, die ein französisches Guantanamo Bay forderten.

Sie scrollte weiter durch das Dokument. Dann fiel ihr ein Name auf, auf den sie vorher schon öfter gestoßen war. Es war kein Name aus einem Verschwörungsblog oder von Identitären oder Islamisten. Es war ein Name, den man eher mit der Hochfinanz verband, mit großem Geld und mit der Wall Street.

Es war ein Fonds mit dem Namen »Alpha Corp«.

Der Fondsmanager dieses Fonds hieß Gerald Stalk.

Und noch ein Begriff fiel ihr auf: *Deutschland zuerst.*

Konnte es tatsächlich wahr sein?

KAPITEL 4

Februar 2019
Landeskriminalamt, Tempelhofer Damm, Berlin

Alpha Corp, dachte Judith. Auffällig oft wurde bei all diesen illegalen Transaktionen der Fonds Alpha Corp erwähnt. Ein Hedgefonds, der dem Investor Gerald Stalk gehörte. Aber was hatte dieser Stalk mit Islamisten zu tun? Soweit Judith wusste, war Stalk, der seine Vermögensverwaltungsfirma in New York hatte, einer der größten Mäzene und Wohltäter der Welt.

Es gab eine Menge Hedgefonds. Berühmt war George Soros, der 1992 gegen die Bank of England gewettet hatte, John Paulson, der mit dem Einbruch der Immobilienpreise 2007 Milliarden verdient hatte, ebenso David Einhorn oder auch Ray Dalio von Bridgewater, der fast immer Geld machte, egal, was passierte. *Alpha* hieß in der Hedgefondssprache so viel wie: mehr Geld verdienen als der Markt.

In dem Dark-Web-Dossier standen einige Fakten über Stalk, aber auch eine Menge Blogs von Verschwörungswebseiten. Angeblich habe Stalk vierzig Millionen Dollar in den USA investiert, um Aufstände der Schwarzen gegen die Weißen zu finanzieren. Er hatte gegen Chinas und Russlands Währung Krieg geführt und hatte gleich nach dem Sturz der Sowjetunion dabei geholfen, Öl aus dem ehemals kommunistischen Russland billig Richtung Westen zu verkaufen. Angeblich verteilte er bis zu einer Milliarde Dollar an Spenden pro Jahr in der Welt, aber das Vielfache zog er durch Spekulationen wieder aus diesen Ländern heraus, Spekulationen, die eigentlich keine Spekulationen waren, sondern eine sichere Transaktion, weil sie auf Insiderinformationen basierten. Angeblich hatte er schon als blutjunger Kerl in Europa während des Zweiten Weltkrieges den Nazis geholfen, den gestohlenen Besitz von Juden teuer weiterzuverkaufen, bevor er später nach New York verschwunden war.

»Der Zweck heiligt die Mittel« war seine Devise.

Ihr Blick flog weiter über die Seiten. »Migranten-Handbuch« stand dort. In dem Blog wurde behauptet, dass Stalk mit seinen NGOs ein sogenanntes Migranten-Handbuch erstellt habe, wo genau stand, wie man, besonders in Deutschland, Sozialleistungen bekommen konnte. Es war von »Manövriermassen« von Leuten die Rede, die einreisen sollten, sogenannter »Passportization«. Auch die Bundeskanzlerin sei angeblich am Gängelband von Geldgebern, die eine grenzenlose Gesellschaft wollten, da sich dann durch Spekulation viel mehr Geld verdienen lasse. Dass damals das Handy der Bundeskanzlerin von der NSA abgehört wurde, sei angeblich kein Versehen gewesen oder eine undichte Stelle, sondern eine bewusste Demonstration von Macht, ganz nach dem Motto: *Sieh her, dumme Bundeskanzlerin, was wir alles können und über dich wissen.*

Hinter all dem stand angeblich das Großkapital. Durch die grenzenlose Gesellschaft würde aus der globalen Arbeiterklasse ganz schnell eine globale Sklavenklasse ohne Rechte. Die Flüchtlinge waren dabei nur Mittel zum Zweck, um die Nationalgrenzen aufzulösen und Geringverdiener in einen gnadenlosen Konkurrenzkampf mit noch billigeren Arbeitskräften zu jagen. Auf einer Seite wurde Henry Kissinger zitiert, der frühere Außenminister der USA, dessen Familie aus Deutschland kam. Es sei noch nie vorgekommen in über tausend Jahren, sagte das Diplomatie-Urgestein dort, dass ein Land freiwillig seine Grenzen für alle öffnet.

Deutschland hatte das 2015 getan. In einigen Blogs war davon die Rede, dass es immer besser wäre, sich einem Unterdrücker aus den eigenen Reihen zu unterwerfen als einer fremden Macht. Die Deutschen hätten aber eigentlich genau Letzteres getan.

Gerald Stalk, dachte Judith. Sie lehnte sich zurück. Auch der Kurssturz an der New Yorker Börse im Februar 2018 sollte angeblich auf sein Konto gehen. Wer auch bei fallenden Kursen Geld verdienen konnte, und das konnte Stalk wohl, konnte dabei viel Geld verdienen. Doch was hatte Stalk mit den Islamisten und *Deutschland zuerst* zu schaffen?

Judith blickte sich um, als würde sie etwas Verbotenes tun, und genau genommen tat sie das ja auch. Sie nutzte verbotene Seiten und bekam verbotene Informationen. Das Dark Web war anders. Undurchsichtiger, aber auch grauenvoller.

Draußen war es dunkel geworden. Auch das normale Internet hatte einiges an Grausamkeiten zu bieten, selbst YouTube unterschied kaum zwischen Katzenvideos und Enthauptungsvideos, beides gab es dort. Doch die wirklich unglaublichen Seiten waren nach wie vor im Dark Web.

Am Ende stieß sie auf eine solche Seite. Es war einer von den zwei Links, die Jasmin ihr über Threema geschickt hatte und die ebenfalls ins Dark Web führten: Es ging um eine neue Bruderschaft, die aus den Trümmern von al-Qaida und dem ISIS hervorgegangen war. Stärker und grausamer, mit dem klaren Ziel, sich auf keinen Fall besiegen zu lassen, sondern den Kampf tatsächlich bis Europa auszuweiten, in ganz Europa und darüber hinaus. Bis irgendwann ganz Europa ein islamischer Gottesstaat war und auf dem Petersdom in Rom die schwarze Flagge der Bruderschaft wehte. Die neue Gruppe war das »Islamische Kalifat«, IK, das sich in Syrien und dem Irak formierte. Ihr Sitz war Mossul, die Stadt, die als befreit galt, aber die noch längst nicht befreit war, der Anführer der Organisation war Abdel Karim Al Tabil, sein Stellvertreter war Abu Qatada, und das Ziel war die Unterwerfung der ganzen Welt.

Sie öffnete einen Link. Daneben ein Bekennerschreiben als PDF. Der Anschlag auf die Botschaften, stand dort, ging auf das Konto des IK.

Sie schaute auf die Uhr. Sah, dass es Zeit war.

Zeit für ein kurzes Treffen mit Jasmin. Am Hauptbahnhof, am hinteren Ende von Gleis 14.

KAPITEL 5

Februar 2019
Flug Frankfurt–Dubai,

Die Maschine, die von Frankfurt nach Dubai flog, war tatsächlich eine Privatmaschine. Cohagen, dachte Retzick, schien wirklich gute Verbindungen zu haben. Es war eine Maschine, die den VVIP vorbehalten war, den *very very important people,* gebaut von Lufthansa Technik. Diese Maschine war eine der günstigeren, wobei die Legenden umgingen, dass für solche Maschinen schon dreistellige Millionenbeträge ausgegeben worden waren, unter anderem für die Privatmaschine des Sultans von Brunei. Auffällig war allerdings nur das Innere dieser Luxusmaschinen, von außen sahen sie aus wie normale Linienflugzeuge. Bei Jachten sollte man von außen sehen, dass sie teuer und protzig waren, bei Privatjets nicht.

»Es wäre alles einfacher, wenn das Osmanische Großreich nicht untergegangen wäre«, sagte Arnoldsen. Sie saßen sich an einem glanzlackierten Tisch aus Tropenholz gegenüber, auf Sitzen aus feinstem hellgrauem Leder, und hatten jeder eine Cola light vor sich stehen. Draußen zog ein blauer Himmel vorbei, unten eine weiße Wolkenschicht. *The Sky, our masterpiece* war einmal der Werbespruch der russischen Airline Aeroflot gewesen. Hier war dieses Masterpiece wirklich zu sehen. Hell und lichtdurchflutet war die Kabine. Retzick war oft in Maschinen geflogen, in denen keine »normalen« Passagiere mitflogen, aber noch niemals in so einer. Arnoldsen hatte seinen Laptop auf den Tisch gestellt.

»Damit begann das ganze Chaos. Das Osmanische Großreich hielt fünfhundert Jahre. Doch mit dem Ersten Weltkrieg war auch dieses Reich Geschichte. Frankreich und England haben das Reich zerschlagen, die Russen waren damit auch ganz zufrieden.«

»Wegen dem Zugang zum Mittelmeer?«

»So war es geplant. Was nicht geplant war, war das Chaos, das sich entwickelt, wenn man einfach Grenzen zieht, die sich überhaupt nicht um irgendwelche Stammeszugehörigkeiten kümmern.«

»War ja in Afrika genauso«, murmelte Retzick. Er schaute auf das Foto auf Arnoldsens Laptop. Die Person dort interessierte ihn mehr als die Mutmaßungen über das verflossene Osmanische Großreich. Es war ihr Verbindungsmann in Dubai. Ein bulliger Mann mit kahlem Kopf und rosiger Haut. Stephan Skowronek.

»Dieser Skowronek, den wir jetzt treffen«, fragte Retzick, »das ist doch eine Art Nazi?«

»Na ja, linksradikal ist er nicht.«

»Wie kommt es, dass so einer mit den Muslimen so viel gemeinsame Sache macht?«

»Er vermittelt eigentlich nur. Die Kernfrage geht aber viel

tiefer, die Kernfrage ist die des Islam und Deutschlands.« Arnoldsen rückte seine Brille zurecht, schlug ein Bein über das andere und zupfte an seinen Socken.

»Und?«

»Tja, gehört der Islam zu Deutschland oder nicht?«, fragte Arnoldsen. »Die Politiker reden darüber, ohne viel darüber zu wissen. Fakt ist, dass schon 1916 Moscheen in Kriegsgefangenenlagern aufgebaut worden sind, zum Beispiel bei Wünsdorf, nahe Berlin. Oder auch in Köln. Das Dritte Reich versuchte, die Muslime auf dem Balkan, besonders in Albanien und Serbien, zu instrumentalisieren. Kaiser Wilhelm II. besuchte schon 1898 Saladins Grab in Damaskus.«

»Gab es denn so viele gemeinsame Interessen?«

»Ja schon. Das British Empire, die Sowjetunion und die Juden waren die gemeinsamen Feinde des Mittleren Ostens, das waren aber auch die Feinde des Deutschen Reiches. Da galt dann wieder die alte Logik des Krieges.«

Retzick nickte. »Der Feind meines Feindes ist mein Freund.«

»Genau. Auch Mussolini stellte sich dann als Beschützer des Islam auf, der japanische Kaiser kümmerte sich um die asiatischen Muslime, und ab 1941 rekrutierten Wehrmacht und SS Tausende von Muslimen in ihre Reihen. Einige muslimische SS-Verbände waren bis zu fünftausend Mann stark.«

»Hatte das nicht auch mit der Entwicklungshilfe zu tun?«, fragte Retzick.

Arnoldsen nickte und kniff die Lippen zusammen. Wieder ganz der Professor. »Die Entwicklungshilfe wurde von den Nazis erfunden. Das erste Land, das in den *Genuss* der Entwicklungshilfe kam, war Afghanistan, lief alles über Hermann Göring.«

»Aber nicht, um dort irgendetwas zu entwickeln?«

»Nein. Höchstwahrscheinlich, um dort Bodenschätze abzubauen. Und Drogen. Ein Teil der NS-Führungsmannschaft soll drogenabhängig gewesen sein. Hitler hat angeblich auch etwas eingeschmissen.«

Retzick lehnte sich zurück. »War das alles gewollt oder aus der Not heraus geboren?«

»Na ja, ein großer Teil der von Nazis besetzten Gebiete war muslimisch. Insofern hat die NS-Propaganda natürlich versucht, sich mit dem Islam gutzustellen. SS-Chef Heinrich Himmler wies immer wieder darauf hin, dass sowohl der Islam als auch das NS-Reich eine männliche Heldenreligion wären mit einem Kriegsgott an der Spitze. Der Feind war aber immer der gleiche.«

»Die Juden und die Kolonialmächte?«

»Genau. Besonders die Kolonialmächte. Deutsche Geheimdienste versuchten, die Muslime in Frankreich gegen die französischen Kolonialherren aufzuwiegeln. Einige Nazi-Spin-Doctors gingen sogar so weit, Hitler als eine neue Version des Propheten Mohammed zu verkaufen. Das ging dann aber eher nach hinten los.«

»Und Skowronek vermittelt uns die nötigen Dschihadisten?«

»Er macht erst einmal einen Kontakt zur BIK, zur ›Bruderschaft des Islamischen Kalifats‹. Und er sichert uns sicheres Geleit durch die besetzten Gebiete zu. Dann geht es zum Kalifat, und die liefern uns ihre Leute.« Er machte eine kurze Pause. »Aber was heißt liefern? Die meisten sind schon da. Sie müssen nur von ihrem Kalifen scharfgeschaltet werden.« Er öffnete ein zweites Bild. Darauf ein Mann mit schwarzem Bart, einen Koran in der Hand.

»Abu Qatada«, sagte Arnoldsen. »Der zweite Mann des IK.«

»Und die haben Verbindungen zu Ex-Nazis?«

»Ein paar Verbindungen gibt es.«

»Gibt es viele von diesen Altnazis da unten?«

»Na ja, es ist eher die zweite Generation, die Alten sind ja fast alle tot. Aber der Import von Nazigrößen ging schon 1947 los. Ägypten hatte den Krieg gegen Israel verloren, also holte es sich Hilfe von denen, die schon einmal gegen die Juden Krieg geführt hatten. Auch Syrien hat zwischen 1948 und 1949 fünfzig Altnazis angeheuert, SS, SA, Leibstandarte Adolf Hitler, die ganze Bande. Die Briten waren verhasst wegen der Kolonialvergangenheit, die Franzosen auch, die Russen ebenfalls, wegen ihrer ruppigen Methoden in Afghanistan. Also blieben nur die Deutschen übrig, die gegen all die eben Genannten Krieg geführt haben; mit ihrer Holocaust-Absenderkompetenz erst recht.«

»Und das ging einfach so?«

»Geheimdienste können bei der Flucht sehr kooperativ sein, wenn sie dadurch die richtigen Leute bekommen. Auch Rom war damals Drehscheibe für Nazis, die auf der Flucht waren.«

»Rom … Das klingt so, als ob auch der Vatikan seine Finger im Spiel hatte.«

»Hatte er auch. Das päpstliche Institut Santa Maria dell'Anima half Kriegsverbrechern bei der Flucht.«

»Sehr christlich.«

»Aber erträglich.« Er schaute aus dem Fenster auf den blauen Himmel, der draußen vorbeizog. »Wie hieß damals der Spruch: *Allah im Himmel, Hitler auf Erden.*«

KAPITEL 6

Februar 2019
Hauptbahnhof Berlin

Judith hatte sich mit Jasmin am Hauptbahnhof getroffen. Weit hinten an einem Gleis, wo der Bahnhof nicht überdacht war, was dazu führte, dass gerade die Gäste der ersten Klasse oft durch den Regen laufen mussten, während die Gäste aus der zweiten Klasse trocken blieben. Wahrscheinlich eine Art von bahneigenem Klassenkampf, dachte Judith. Der alte, dumme Spruch war kurz in ihrem Kopf, während sie über das Gespräch nachdachte: *Die Deutsche Bahn hat vier Feinde: Frühling, Sommer, Herbst und Winter.* Judith und Jasmin hatten über Gerald Stalk gesprochen, über seine Leerverkäufe, über schmutzige Bomben, bei denen es ein Wunder war, dass noch keine in einer Großstadt hochgegangen war. Insbesondere vor dem Hintergrund der Bedrohung durch das Kalifat. Judith hatte das Gefühl, dass eine Menge gefährlicher Leute über die Grenze kamen, von denen niemand wusste, wer sie waren. Jasmin wusste immerhin, wie es lief. Neu war das alles nicht. Schon zu DDR-Zeiten kamen Asylbewerber aus dem Irak über den Flughafen Schönefeld in die BRD und stellten dort einen Asylantrag. Deutsche Behörden kontrollierten die Grenze damals nicht, weil Berlin einen Sonderstatus hatte. Schon früher hatten ausländische Geheimdienste so ihre Schläfer eingeschleust. »Offene Grenzen« waren damit keine Erfindung des 21. Jahrhunderts oder der Ära Merkel.

Dennoch hatte auch der BND eine klare Meinung dazu. Der Staat müsse bestimmen, wer ins Land kam, und nicht die Leute, die ins Land wollten. Da die amtshabende Politik dazu schwieg, dachte Judith, konnten sich Populisten bei dem Thema genüsslich austoben. *Deutschland zuerst* ganz besonders, diese neue Partei, die fast exponentiell wuchs und auf einmal ähnlich viel Geld hatte wie damals die NSDAP. *Der Staat gibt seine Souveränität auf,* hatte *Deutschland zuerst* in einem Fernsehspot gesagt. *Das gab es noch niemals in der Geschichte der Menschheit, dass sich eine überlegene Kultur einer unterlegenen Kultur unterwirft. Dass der Führer eines Volkes,* gemeint war wohl die Bundeskanzlerin, *ihr eigenes Volk einem anderen Volk freiwillig und ohne Kampf als Sklavenrasse anbietet …* Wie hieß dieser Typ noch, der das gesagt hatte? Philipp Arnold …? Oder Arnoldsen? Sie war schon wieder bei anderen Gedanken.

Sie hatten sich über Despoten und Diktatoren unterhalten. Putin, dem die Stabilität einer Herrschaft wichtiger war als ihre Legitimität und der den Untergang der Sowjetunion als größte Katastrophe des 20. Jahrhunderts bezeichnet hatte. Wobei er mit dem sowjetischen Kommunismus nicht viel am Hut hatte, sondern mit *Sowjetunion* eigentlich das russische Großreich meinte. Dann Assad, der in Syrien aus seiner Sicht nicht gegen Rebellen kämpfte, sondern gegen Terroristen, gegen die jedes Mittel recht war, auch Fassbomben und Giftgas gegen Frauen und Kinder. Rebellen waren für ihn Rebellen, und nur ein toter Rebell war ein guter Rebell. Erdogan, der, genau wie Putin, frustriert war, dass sein Osmanisches Großreich verschwunden war. Ali Chamenei und der Iran als Schutzmacht der Schiiten und zuletzt Abu Qatada, der stellvertretende Anführer des IK und rechte Hand des selbst ernannten Kalifen Abdel Karim Al Tabil, dem *wahren* Kalifen, nachdem Abu Bakr al-Baghdadi vom Islamischen Staat versagt hatte. Es gab Mutmaßungen, dass Abu Qatada der wahre Strippenzieher war und …

»Ein geheimes Schwätzchen?«

Judith hörte die Stimme, erschrak und drehte sich um. Sie erkannte die Frau sofort.

Die Journalistin! Brückner oder wie sie hieß …

»Ich hatte Ihnen gesagt, Sie sollen mich in Ruhe lassen!« Judith merkte, wie Zorn in ihr aufstieg.

»Keine Sorge«, sagte Brückner und verstellte ihr halb den Weg zu den Rolltreppen, »ich werde niemandem sagen, dass Sie sich gerade mit einer Agentin des BND getroffen haben.«

»Wie bitte?«

»Glauben Sie, ich habe meine Hausaufgaben nicht gemacht?«

Judith suchte nach einer Antwort. *Woher wusste die das? Und wenn sie es wusste, wer wusste es noch?*

»Keine Sorge«, sagte Brückner, »ich will Sie nicht verpfeifen! Ich will Ihnen helfen.«

Judith fixierte Brückner. »Wie wollen *Sie* mir helfen?«

»Ich weiß, was Sie suchen«, sagte Brückner, »die Finanzströme, *Deutschland zuerst,* die Gatling-Kanone. Darum haben Sie sich ja mit Ihrer Freundin in der Amanah Bank getroffen, weil Sie glauben, dass die Financiers in Dubai sitzen.« Sie lächelte. »Glückwunsch, das tun Sie auch!«

»Woher wissen Sie …«, entfuhr es Judith. Dann biss sie sich auf die Zunge.

»Ich verstehe Sie«, sprach Brückner weiter, »Sie müssen jetzt so tun, als würde ich Ihnen nur Schwachsinn erzählen. Ich kann Ihnen aber sagen: Ihre These stimmt! Philipp Arnoldsen von *Deutschland zuerst* ist bereits nach Dubai abgereist. Um einiges vorzubereiten.« Sie nickte zur Bestätigung. »Die Uhr tickt also!«

»Woher wissen Sie das?«

»Menschen reden manchmal zu viel, wenn schöne Frauen mit ihnen im Bett sind. Das hat beim KGB schon toll geklappt und klappt noch heute. *Honigfallen* nannte man das. Gab es zu DDR-Zeiten auch in Dresden, nicht nur in Moskau.« Sie hielt sich kurz die Hand vor den Mund, als würde sie sich schämen. »Ich war aber nicht die Frau, dafür bin ich nicht hübsch genug.«

Judith schaute sich um. Passagiere rechts und links, aber keiner war nahe genug, um etwas mitzukriegen. »Arnoldsen?«, fragte Judith. »Der von *Deutschland zuerst*?«

»Genau der. Sie müssten ihm hinterherreisen, denn er heckt etwas Großes aus. Und wie gesagt: Die Uhr tickt.«

»Das kriege ich nie durch.« Judith dachte an die Bürokratie und die Mauer aus Schweigen.

»Genau. Sie können da nicht einfach hinfliegen.« Brückner nickte. »Dafür brauchen Sie mich.«

»Und dann?«

»Reise ich nach Dubai. Schaue, was Arnoldsen dort verloren hat. Denn ich nehme an, dass er nicht nur nach Dubai will …«

»Sondern?«

»Das erfahren Sie, wenn wir ein Team werden. Ich liefere Ihnen Informationen aus Dubai, Sie helfen mir dabei, Informationen zu bekommen.«

»Wie?«

»Das sage ich Ihnen noch.«

»Sie wollen eine tolle Story.« Was sollte eine Journalistin auch sonst wollen?

»Erst, wenn alles durch ist.«

Judith schaute nach rechts und links. Niemand in der Nähe.

»Kennen Sie den Mittleren Osten?«

»Sehr gut.« Brückner nickte. »Wenn man da als Frau gut klarkommt, muss man ihn gut kennen. Arabisch spreche ich auch akzeptabel.«

»Und woher wissen Sie all das, mal unabhängig davon, ob es stimmt oder nicht?«

»Mossad«, sagte Brückner nur.

Judiths Kopf zuckte vor. »Sie kennen Leute beim Mossad?«

»Ich gebe denen Information, was hier so läuft. Dafür helfen die mir.«

»Was für Informationen?«

»Besonders, wie Deutschland zu Israel steht und seinem Existenzrecht.«

»Konkret?«

»Würde Deutschland auch militärisch an Israels Seite stehen, wenn es hart auf hart kommt?«

»Was glauben Sie?«

»Nein.«

»Glaube ich auch nicht«, sagte Judith resigniert. »Um militärisch an jemandes Seite zu stehen, muss man auch erst mal ein Militär haben. Und das hat Deutschland ja nicht.«

»So ist es«, sagte Brückner.

»Und was haben Sie dann vor?« Judith blickte ungeduldig auf die Uhr.

»Dann werde ich einen Trojaner in Arnoldsens Smartphone installieren. Der Trojaner kommt vom Mossad. Und dann wissen Sie, was er macht und sagt.«

Arnoldsen, dachte Judith. Diesen Namen hatte sie doch irgendwo im Dark Web gelesen.

»Sie haben Kontakte zum Mossad, die Ihnen so etwas geben?«

»Ich hatte mal einen Freund, der beim Mossad war. Gereon, Ex-General, Abteilung 8200 der Streitkräfte, Cybercrime. Der hat mit der NSA Stuxnet entwickelt. Er hat jetzt eine eigene Firma, in die sogar der Staatsfonds aus Singapur investiert. Der Typ war schon immer innovativ, seine Familie auch. Sein Vater hat für seinen Kibbuz eine Kuh gezüchtet, die mehr als zehntausend Liter Milch im Jahr geben konnte.«

Judith hatte von den Hightechfirmen in Israel gehört. Fünfzehn Prozent des weltweiten Risikokapitals flossen nach Israel. Google, Apple und alle Silicon-Valley-Größen hatten Zweigstellen in Tel Aviv. Die Wehrpflicht in Israel machte alle zu perfekten Unternehmern, die mit dem Neuen, dem Ungewissen und der Innovation perfekt umgehen und das Ganze strategisch perfekt mit militärischer Präzision umsetzen konnten.

»Von dem kommt der Trojaner?«

Brückner nickte.

»Sie haben die Kenntnisse, Sie haben die Trojaner, Sie haben die Kontakte. Was brauchen Sie dann noch von mir?«

»Das habe ich doch gesagt: Hilfe.«

»In welcher Form?«

»Ich darf in gewisse Länder nicht mehr einreisen.«

»Das heißt, Sie brauchen …«

»Erraten.« Brückner lächelte. »Eine neue Identität. Und zwar heute noch.«

KAPITEL 7

Februar 2019
Dubai International Airport, Dubai

Ulrike Brückner alias Heidi Müller, denn so hieß sie jetzt, war in Dubai gelandet.

Zurück im Mittleren Osten, dachte sie. Oder auch Naher Osten.

Der *Mittlere Osten*, sagte man zwar immer, Ulrike Brückner aber hatte sich immer gefragt: *Mitte von was?*

Das Osmanische Reich, das 1299 gegründet worden war, hatte der Erste Weltkrieg auch in den Untergang gerissen, und im Jahr 1922 war es nur noch Geschichte.

Sand und Sonne, dachte Ulrike. Die Arabische Wüste, die Rub al-Chali, wurde auch *leerer Raum* genannt, die Engländer sagten dazu *empty quarter* oder gleich *empty space.* Eine unendliche Weite aus Sand von der Größe Frankreichs.

Ging es um den Nahen Osten, wurde in den Medien immer vom »Nahostkonflikt« gesprochen, und damit meinte man den Konflikt zwischen Israel und Palästina. Israel, das Land, das man in Gesprächen im Mittleren Osten niemals ansprechen sollte und das meistens nur *das I-Land* oder *das andere Land in der Region* genannt wurde, wenn man arabische Gastgeber nicht verärgern wollte.

Die Geschichte mit Israel und Palästina als wahrer Ursprung des Nahostkonflikts glaubten allerdings auch nur die Leute in Deutschland, denn die wirkliche Rivalität, der wirkliche *Nahostkonflikt* war nicht der zwischen Israel und Palästina, sondern der zwischen dem Iran und Saudi-Arabien. Seit dem Altertum schon, seit tausendvierhundert Jahren, hatten sich Schiiten und Sunniten bekämpft. Es war ein Kampf, der schon ewig dauerte und von dem keiner glaubte, dass er so schnell zu Ende gehen würde.

Sie bezahlte den Fahrer und stieg aus dem Taxi. Über Gereons Männer wusste sie, wo Arnoldsen und sein Bekannter waren, doch bevor es weiter zum Hotel bei der Palm-Jumeirah-Insel ging, stieg sie noch beim Burj Khalifa aus, dem höchsten Gebäude der Welt. Sie setzte sich auf eine Bank, den riesigen Turm im Blick, auf den Tom Cruise in *Mission Impossible IV* geklettert war, und schaute dann auf den künstlichen See und die Springbrunnen. Eigentlich sollte der Turm Burj Dubai heißen, doch als Dubai World in der Finanzkrise 2008 beinahe pleitegegangen war, musste Scheich Mohammed bin Rashid al-Maktoum, kurz genannt *Sheikh Mo,* seinen Cousin, Scheich Khalifa in Abu Dhabi, um Hilfe bitten. Abu Dhabi erklärte sich bereit, seinem Zögling Dubai unter die Arme zu greifen, doch es gab eine Bedingung: Der Turm wurde schnell nach dem Herrscher von Abu Dhabi umbenannt: Burj *Khalifa.*

Brückner blinzelte nach oben in die Höhe. Achthundertachtundzwanzig Meter, mit Antenne an der Spitze 829,8 Meter. Sie kannte die Theorie, dass die Höhe der Wolkenkratzer eigentlich immer eine wirtschaftliche Übertreibung vorwegnahm. Das Singer Building in New York war hundertsechsundachtzig Meter hoch und wurde 1908 fertig; 1907 war es zum großen Crash und der Gründung der US-Notenbank gekommen. 1930 kamen das Chrysler Building und das Empire State Building dazu, 1929 begann die Weltwirtschaftskrise und die Große Depression. Das World Trade Center und die Sears Towers in Chicago wurden 1973 zum Höhepunkt der Ölkrise fertig, wobei das World Trade Center 2001 wieder zerstört wurde und seine eigene Krise erzeugte. Die Petronas Towers in Kuala Lumpur wurden 1998 pünktlich zur Asienkrise fertiggestellt und der Burj Khalifa 2010, rechtzeitig zur zweiten Stufe der Finanzkrise. Dennoch musste Brückner, die das deutsche Kleindenken und die winzigen Gebäude in den deutschen Großstädten mit Ausnahme von Frankfurt kannte, den Mut und die Macherqualitäten von Mohammed bin Rashid al-Maktoum, dem Herrscher von Dubai, bewundern. Als der von einem CNN-Reporter gefragt wurde, *warum* er denn unbedingt den höchsten Wolkenkratzer der Welt bauen müsse, antwortete der Scheich nur: *Warum nicht?*

Rund um den Burj Khalifa patroullierten Roboterpolizisten, die bereits als Prototypen für die kommende Expo 2020 in Dubai unterwegs waren. Die Roboter kamen aus Spanien, von PAL Robotics, die Maschine, einen Meter siebzig hoch und hundert Kilogramm schwer, konnte Fotos machen, die »richtige« Polizei rufen, Ausweise kontrollieren und salutieren. Generalmajor Abdullah Khalifa al-Marri, Chef der Polizei von Dubai, war ein Law-and–Order-Mann und ein großer Fan der Zero-Tolerance-Politik von New Yorks früherem Bürgermeister Rudolph Giuliani.

Männer im weißen Thawb und Frauen in der schwarzen Abaya liefen rechts und links an ihr vorbei, dazwischen Menschen aus dem Westen in Shorts und T-Shirts. All das war in Dubai erlaubt, doch es gab Grenzen. Öffentliches Küssen war nicht erlaubt, öffentliches Alkoholtrinken und Sicherbrechen, was in allen europäischen Städten gern gesehen wurde, konnten einen hier für einige Tage ins Gefängnis bringen. Entsprechend privilegiert fühlten sich die Einwohner der Emirate und hatten daher auch eine klare Rangfolge aufgestellt: In dieser Rangfolge der arabischen Welt kamen auf Platz eins die Araber, dann die *Westlichen*, dann die Chinesen, dann die Inder, dann die sogenannten *service economy countries* wie Afghanistan und Bangladesh, die den arabischen Ländern billige Arbeitskräfte zuführten, und auf dem letzten Platz die afrikanischen Länder, besonders die südlich der Sahelzone.

Bei der Religion war es ähnlich. Ganz oben waren die Muslime als *Menschen des Buches*, des Korans. Dann kamen die Christen mit der Bibel und die Juden mit der Thora, dann die Idolverehrer, wie die Taoisten, Buddhisten und Sikhs, und ganz unten auf der Hierarchie die Atheisten und Agnostiker. Wer keine Religion hatte, das wusste Ulrike

Brückner, der hatte für die Menschen des Mittleren Ostens auch keine Moral. Daher empfahl man auch Atheisten und Agnostikern aus dem Westen, sich in der arabischen Welt als Christen auszugeben und bloß nicht als Nichtgläubige, wenn sie es sich mit ihren Gastgebern nicht für immer verscherzen wollten.

Inshallah, sagte man in dieser Gegend häufig. *So Gott will.* Was einerseits Gottesfürchtigkeit symbolisierte, andererseits aber auch Ausdruck eines gewissen Fatalismus war. Wenn Dinge nicht funktionierten wie geplant, dann hatte keiner wirklich Schuld daran, sondern es war eben Gottes Wille.

Ulrike Brückner blickte ein letztes Mal an der flimmernden Fassade des Burj Khalifa nach oben und stieg in ein Taxi.

Es war Zeit, zum Waldorf Astoria zu fahren.

KAPITEL 8

Februar 2019
Waldorf Astoria Hotel, Palm Jumeirah, Dubai

Das Waldorf Astoria in Dubai lag auf einer der neuen Inseln von Palm Jumeirah, umgeben von zwei- bis dreistöckigen Townhouses, während in der Ferne die Skyline von Dubai mit dem Burj Khalifa in der Sonne blitzte. Der Poolbereich mit Tischen und Liegestühlen lag hinter dem Hotel wie eine eigene *gated community.* Einige Männer in weißen Thawbs saßen ebenfalls dort und rauchten Wasserpfeifen. Retzick hatte so eine Pfeife auch einmal probiert, hatte sich aber weder an den süßen Geschmack gewöhnen können noch an die Notwendigkeit, wie ein Wilder Luft einzusaugen, damit überhaupt ein wenig Rauch aus dem Mundstück kam. Jetzt im Februar konnte man angenehm draußen sitzen bei circa vierundzwanzig Grad, schon bald würde das kaum mehr möglich sein, wenn die Temperaturen, vermischt mit der Schwüle des nahen Meeres, auf fast fünfzig Grad kletterten. Im Oman war das Thermometer an einigen Tagen selbst in der Nacht nicht unter vierzig Grad gesunken. Da konnte man nur hoffen, dass die Klimaanlage funktionierte.

»Das ist er«, sagte Arnoldsen leise. Retzick erkannte den Mann von dem Foto wieder.

Der Mann saß am Pool und trug einen sandfarbenen Anzug, er las die Asienausgabe der *Financial Times.* Der Kopf kahl, auf der Nase eine Sonnenbrille. Er hatte etwas von einem Boxer. Oder einem Schlachter. Man hätte eine lange Narbe in seinem Gesicht erwartet, aber er hatte keine. Er war eher der Mann, der im Hintergrund die Fäden zog und sich sonst nicht die Finger schmutzig machte. Leicht gebräunt, wie jemand, der zwar in einer der wärmeren Gegenden der Welt lebte, der aber die meiste Zeit in klimatisierten Räumen verbrachte.

»Stephan Skowronek«, sagte Arnoldsen zu Retzick, als sich die zwei dem Tisch näherten, an dem der Mann saß, »eine Art Statthalter von Cohagen, der aus einer alten deutschen Adelsfamilie stammt.«

»Ganz deutsch klingt der Name aber nicht.«

»Ein Teil der Familie kommt aus Polen, ostelbische Junker. Ein Teil dieser Junker waren die sogenannten Pruzzen, ehemalige Kreuzritter, die der polnische König engagiert hat, um irgendwelche Barbarenstämme loszuwerden.«

»Und?«

»Die Pruzzen haben alles plattgemacht und sich dann in Polen mehr breitgemacht, als es dem König gefiel.«

»Und was ist aus den Pruzzen geworden?«

»Sie wurden die Preußen. So schließt sich der Kreis.«

»Du hättest Professor werden sollen. Was macht dieser Skowronek noch, außer von den Pruzzen abzustammen?«

»Er ist hier unser Verbindungsmann. Aufgrund der antijüdischen Nazivergangenheit seines Vaters ist er bei beim Kalifat gern gesehen. Wie gesagt, wir brauchen ihn, damit er uns ein Empfehlungsschreiben ausstellt, mit dem wir heil durch die besetzten Gebiete kommen.«

»Was hat sein Vater gemacht?«

»Waffen-SS. Leibstandarte Adolf Hitler. Er ist noch vor Kriegsende in den Nahen Osten geflohen, mit Umweg über die Schweiz, um etwas Bargeld mitzunehmen.«

Skowronek drehte sich zu den beiden um. »Ich kann Sie hören«, sagte er und grinste. Die Männer nahmen Platz. Skowronek legte die Zeitung beiseite.

»Ich habe ihm nur Ihre Geschichte erzählt«, sagte Arnoldsen.

»Wir Deutschen sind nicht an allem allein schuld. Hitler hätte das nie allein geschafft«, sagte Skowronek und rückte die Stühle zurecht. »Die Nazis haben einiges an Anschubfinanzierung für ihre ganzen Parteitage gekriegt. Die hatten ja nicht erst seit ihrer Machtergreifung im Jahr 1933 riesig große Parteitage, sondern haben das schon Ende der Zwanziger gemacht.«

»Und wer hat denen geholfen?«

»Die reichen Ostküstenfamilien der USA. Die Fords etwa, und die Juden.«

»Die Juden?« Selbst Arnoldsen schien das zu kühn zu sein.

»Klar.« Skowronek nickte selbstsicher. »Die Zionisten wollten mit Israel ihren eigenen Staat. Und der musste mit

Leuten gefüllt werden, mit Juden natürlich. Nun waren die Juden in Deutschland aber gut integriert, die wollten gar nicht nach Israel. Also mussten die Zionisten gemeinsam mit den Nazis etwas nachhelfen, und zwar durch den Holocaust.« Er wies auf die Stühle. »Aber setzen Sie sich doch!«

Arnoldsen setzte sich und bedeutete auch Retzick, Platz zu nehmen. »Ob die Geschichte wohl stimmt?« Er schaute Skowronek an. »Stimmt denn die Geschichte, die ich über Sie erzählt habe?«

»Ja, die Geschichte stimmt. Mein Vater ist zuerst in den Nahen Osten geflohen«, sagte Skowronek. «Nach dem Zweiten Weltkrieg haben das viele ehemalige SS-Offiziere gemacht. *Von der SS zum IS*, so hatte Cohagen das, glaube ich, einmal genannt.« Er schaute Arnoldsen an. »Wie geht es dem Meister?«

»Gut. Er hat Ihre Belohnung schon … angewiesen.«

Skowronek nickte. »Cohagen zahlt immer sofort. Und manchmal sogar im Voraus. So etwas schätze ich.«

»Die meisten dieser Ex-SS-Leute sind nach Ägypten geflohen?«, fragte Retzick.

»Nach Ägypten und Saudi-Arabien zum Beispiel. Da fanden sie alle freundliche Aufnahme, bedingt durch ihre Kenntnisse über weltweite jüdische Netzwerke und die Frage, wie man mit diesen Kenntnissen die Gründung des Staates Israels verhindern könnte.«

»Das hat ja nicht so ganz geklappt«, bemerkte Arnoldsen.

»Nein. Aber später dann, als Israel den Sechstagekrieg gewonnen hatte, war der Bedarf nach Beratung besonders groß. Und solange der Antisemitismus wieder grassiert, wird die Nachfrage nicht kleiner, selbst in Amerika haben wir Klienten.« Skowronek faltete die Hände über der Brust.

»Ich hätte gedacht, dass Europa antisemitischer ist als die USA«, sagte Arnoldsen. »Trump hat doch sogar Jerusalem als Hauptstadt Israels anerkannt. Das ist doch nicht judenfeindlich.«

»Ja, aber das macht er nicht nur für Israel«, sagte Skowronek.

»Aber doch auch?«

»Ja, einige Hardliner dort sehen Trump bereits als Inkarnation des persischen Königs Kyros II., der den Juden die Rückkehr nach Jerusalem ermöglichte, indem er Krieg gegen Babylon führte und damit das babylonische Exil der Israelis beendete.«

»Was Sie alles wissen.« Arnoldsen hob die Augenbrauen. »Aber das macht Trump doch nicht nur für die Israelis? Die wählen ihn doch nicht!«

»Vollkommen richtig. Er macht es vor allem auch, um seine evangelikalen Stammwähler zu beglücken. Viele von diesen Hardcorechristen dort glauben, dass der Tag des Jüngsten Gerichts erst kommt, wenn der Tempel Salomons wieder erbaut wurde. Dafür muss ganz Jerusalem zu Israel gehören, denn momentan teilen sich Juden und Muslime den Tempelberg. Und dort, wo der Tempel war, steht jetzt der muslimische Felsendom. Der muss genau genommen weg, und da muss dann der Tempel hin.«

»Und dann?«

»Dann kann das Jüngste Gericht kommen«, sagte Skowronek, »vorher nicht.«

»Vielleicht ganz gut, wenn es noch nicht sofort kommt«, sagte Retzick.

»Ich dachte, ihr sorgt dafür, dass es erst einmal in Deutschland kommt?« Skowronek blickte Arnoldsen an und kniff ein Auge zu.

»Das werden wir. Zusammen mit dem IK.« Er blickte über den Pool.

»Das IK«, sagte Arnoldsen, »können wir denen vertrauen?«

Skowronek lehnte sich zurück. »Sie sind nicht ganz so unkalkulierbar wie Daesh, sondern eher Machtmenschen.« *Daesh.* Retzick hatte den Begriff schon öfter gehört. *Daesh* war die arabische Bezeichnung für den Islamischen Staat. Der Geheimdienstchef von Saudi-Arabien nannte ihn aber *faesh,* was auf Arabisch so viel wie *obszön* hieß. Skowronek sprach weiter. »Was sie mit dem ISIS verbindet, ist der Wille, wieder einen Staat aufzubauen. Und zwar nicht nur hier im Mittleren Osten, sondern auch in Europa.« Er lehnte sich zurück. »Wie sagt man so schön? *Al-Qaida murdered people and captured headlines. ISIS murdered people and captured territory.*«

»Und genau das hat das Kalifat auch vor?«

»Ja. Sie versuchen, wieder Territorium aufzubauen, unterstützt von Geldern aus der arabischen Welt und von einigen großen Spekulanten, die dadurch Regionen destabilisieren wollen. Sowohl der ISIS als auch das neue IK nutzen die mediale Anziehung nicht nur, um Kampfwillige in den Krieg zu locken, sondern auch, um an allen Orten der Welt Kampfzonen aufzubauen. In Brüssels Gare du Nord haben sie gerade einen Außenposten für Europa aufgebaut. Belgien hat die höchste Zahl an Dschihadisten. *Chose your parents or chose Allah,* heißt hier die Recruiting Devise.«

»Dann wird es bald in Belgien knallen?«

Skowronek schüttelte den Kopf. »Frankreich ist derzeit am meisten bedroht. Der Chef des französischen Inlandsgeheimdienstes DGSI …«

»Patrick Calvar«, ergänzte Arnoldsen.

Skowronek nickte. »Sie kennen sich gut aus. Der warnt jedenfalls ständig davor. Der ISIS ist weg, gleichzeitig muss al-Qaida sein Image aufpolieren und setzt wieder auf *low cost terrorism,* weiche Ziele, die man leicht plattmachen kann. *No frills,* so ähnlich wie bei den Billigairlines oder den Billigsupermärkten. Komplexität reduzieren heißt das Zauberwort. Warum Flugzeuge in Wolkenkratzer fliegen, wenn es ein paar Typen mit Schusswaffen in der Fußgängerzone auch tun?«

Arnoldsen nickte. »Genau unser Reden. Und die Sicherheitskräfte werden nicht viel tun können.«

Skowronek zuckte die Schultern. »Wie sollten sie auch? Es sind viel zu wenige da. Sie sind nicht vom Himmel gefallen, und die Störche haben sie auch nicht gebracht.« Er hielt kurz inne, dann bückte er sich in Richtung seines etwas brüchigen Lederkoffers. Er klappte das Scharnier auf und förderte ein Blatt Papier in einer Klarsichthülle zutage. »Eh ich es vergesse, für das Geld, das Cohagen mir so schnell gegeben hat, bekommt ihr ja auch noch etwas.«

Retzick und Arnoldsen schauten ehrfürchtig auf das Dokument, auf dem in lateinischen und arabischen Buchstaben ihre beiden Namen standen, zusammen mit einer halben Seite Text auf Englisch und Arabisch.

»Sicheres Geleit durch das Land des IK«, sagte Arnoldsen.

»Darauf sollten wir anstoßen«, sagte Arnoldsen. »Hier darf man doch Alkohol trinken, oder?«

Skowronek nickte. »Genauso wie in Bahrain. Allah schaut nicht über die Brücke von Saudi-Arabien nach Bahrain, und er schaut auch nicht bis auf die Palm-Jumeirah-Inseln in Dubai.«

KAPITEL 9

Februar 2019
Landeskriminalamt, Tempelhofer Damm, Berlin

Judith hatte die letzten Tage immer wieder im Dark Web nach neuen Indizien gesucht. Vorher hatte sie Ulrike Brückner eine neue Identität verschafft. Heidi Müller, nichtssagender ging es nicht. Dennoch: Wenn das herauskam, dann war sie ihren Job endgültig los.

Sie hatte noch andere Dinge herausgefunden. Die Waffenfunde in den Depots, die mit dem Decknamen »Ferdi« bestellt worden waren, waren offenbar dafür gedacht, Extremisten auszurüsten, die an einem »bestimmten Tag« zuschlagen sollten. In einigen islamistischen Webseiten im Dark Web, aber auch im *clear web* war die Rede von dem *Großen Tag des Zorns, an dem wir zuschlagen.*

Sie durchstöberte die Datenbanken und sah sich Aufnahmen von Polizeihubschraubern an. Vielleicht ließen sich irgendwo noch weitere Hinweise finden. Brückner hatte den Mossad erwähnt. Agenten des Mossad machten das genauso. Sie zoomten mit Satellitenkameras in Hinterhöfe und schauten nach, ob irgendwelche Rohre wirklich Rohre oder in Wahrheit Panzerfäuste waren.

Eines der Bilder, das Judith sah, war in einem Wald in Brandenburg aufgenommen worden, mit einer Wärmebildkamera. Der Hubschrauber hatte in den Tagen nach Silvester in Brandenburg nach einem vermissten Jungen gesucht. Die Wärmebildkamera zeigte in einem Wald, wo der Helikopter nicht landen konnte, viele unterschiedliche Wärmeschemen jeweils von der Größe eines Menschen, die sich lange Zeit kaum bewegten. Was hatten die Typen da in der

Kälte gemacht, und warum hatten sie sich kaum bewegt?, fragte sich Judith.

Sie ging ans Fenster und schaute nach draußen auf den grauen Himmel und die grauschwarzen Wolken, die sich über den Himmel knüllten wie staubige, schmutzige Bettwäsche. Die Wolken bewegten sich kaum. Auf dem Bild von dem Wald waren viele Menschen an einem Ort versammelt in der Kälte, nah beieinander. Menschen, die sich genauso wenig wie die anderen bewegten. Was machten die da nur? Sie sah die Beamten in dem Hubschrauber vor ihrem inneren Auge, dachte an den vermissten Jungen, den sie suchten. Vielleicht war der Junge tot? Vielleicht war ihm etwas Schreckliches passiert? Und was passierte normalerweise mit Leichen, die man loswerden wollte? Sie wurden vergraben. Vielleicht hatten diese Männer auch etwas vergraben? Was sollten sie sonst die ganze Zeit in der Kälte dort tun? Aber brauchte es so viele Männer, um einen einzigen Jungen zu vergraben? Nein, sie mussten etwas Größeres vergraben haben. Es hatte in diesen Tagen eine plötzliche Wärmeperiode gegeben, sodass man das Erdreich umgraben konnte.

Sie griff zum Telefon und rief Tahir an. »Wir müssen nach Brandenburg«, sagte sie. »In den Wald. Nähe Kremmen.«

»Du hattest immer schon eine romantische Ader«, sagte Tahir.

»Red keinen Quatsch! Ich brauche dich, ein Einsatzteam und einige Männer mit Grabgeräten.«

»Willst du nach Leichen graben?«

»So ähnlich.«

KAPITEL 10

Februar 2019
Waldorf Astoria Hotel, Palm Jumeirah, Dubai

»Mal ganz ehrlich«, sagte Retzick, als er mit Arnoldsen am Pool saß und Skowronek bereits in seinen weißen Mercedes-ML-SUV gestiegen und verschwunden war, »dieser Skowronek spinnt doch ein bisschen. Die Juden haben mit Hitler kooperiert …« Er schüttelte den Kopf.

Arnoldsen nickte. »Wahrscheinlich schon, aber wer weiß, ob da nicht doch etwas dran ist.« Er trank den letzten Schluck von seinem Drink und stand auf. »Ich werde diesen Brief von ihm in den Safe legen und dann noch eine Runde schwimmen.« Er schaute auf den Pool.

»Alkohol und dann schwimmen?« Retzick zog eine Augenbraue hoch.

»Na ja, bei einer Wassertiefe von einem Meter werde ich schon nicht sterben. Willst du auch schwimmen?«

Retzick schüttelte den Kopf. »Mir sind diese Planschbecken von Hotelpools immer zu badewannenartig.«

»Da ist etwas dran. Unter Eiswasser geht es beim KSK nicht, oder?« Er lächelte und klopfte Retzick auf die Schulter. »Ich schau's mir trotzdem mal an. Wer weiß, wann wir wieder ein Bad nehmen können?« Mit diesen Worten war Arnoldsen verschwunden.

KAPITEL 11

Februar 2019
Waldorf Astoria Hotel, Palm Jumeirah, Dubai

Das war Ulrike Brückners Chance.

Vorsichtig folgte sie Arnoldsen, eine zusammengerollte Zeitung in der Hand, in den Aufzug. Sie schaute verbissen auf ihr Handy, damit er ihr Gesicht nicht erkannte.

Vierter Stock. Der Aufzug piepte.

Arnoldsen stieg aus. Sie wartete drei Sekunden. Einundzwanzig, zweiundzwanzig, dreiundzwanzig, dann stieg sie auch aus.

Lief mit leisen, federnden Schritten den Gang entlang, Arnoldsen hinterher.

Raum 410.

Die Schlüsselkarte berührte das Schloss. Das Schloss klickte. Arnoldsen öffnete die Tür. Ging ins Zimmer.

Brückner blieb an der Tür stehen und legte die Zeitung zwischen Tür und Türrahmen, um den Lärm zu dämpfen, falls die Tür zuknallte. Drinnen hörte sie ein dumpfes Geräusch. War das das Handy, das Arnoldsen auf den Tisch legte? Dann Schritte. Die Badezimmertür wurde geöffnet. Fiel ins Schloss.

Sie hatte das größtmögliche Glück! Er war auf die Toilette gegangen. Das Zimmer war frei.

Sie zog die Schlappen aus, schlich barfuß ins Zimmer. Ein kurzer Blick. Arnoldsens Koffer noch auf dem großen Bett, auf dem Schreibtisch Zeitungen, einige Unterlagen – und das Handy.

Sie griff mit zitternden Fingern nach dem Handy und steckte den Stick, den ihr Gereon gegeben hatte, in die Strom- und Kopfhörerbuchse des Smartphones.

Transfer, stand dort. Die Spionagesoftware wurde aufgespielt.

10 %.

20 %.

30 %.

Der Balken bewegte sich unendlich langsam.

Sie sah den Brief auf dem Schreibtisch, einer Urkunde gleich. Sie nahm ihr Handy. Machte ein Foto. Noch eins. Und noch eins.

Sie hörte Rascheln im Bad. Eine Hose, die heruntergezogen wurde? Oder war er schon fertig? Sie schaute blinzelnd auf das Display.

40 %.

50 %.

Scheppern des Gürtels und dazu ein Reißverschluss, der zugezogen wurde.

Gleich wäre er wieder hier. Verdammt, sie musste den Transfer hinbekommen.

60 %.

70 %.

80 %.

Die Klospülung.

Hoffentlich, dachte sie, hoffentlich ist er einer von der Sorte, die sich die Hände waschen.

90 %.

Sie hörte den Wasserhahn. Arnoldsen räusperte sich.

100 %.

Sie zog den Stick aus dem Handy.

Sprang förmlich aus dem Zimmer.

Zog die Zeitung zwischen Tür und Türrahmen hervor.

Die Tür fiel mit einem leisen Klicken ins Schloss.

In dem Moment öffnete sich die Badezimmertür.

Ein Geräusch übertönte das andere.

Was hatte sie für ein Glück!

Drei, vier Schritte, und sie war verschwunden.

Im Aufzug schaute sie das Foto an.

Und erstarrte. Die beiden waren tatsächlich auf dem Weg ins Kalifat.

KAPITEL 12

Februar 2019
Bagdad und Syrien

Arnoldsen und Retzick waren von Dubai nach Bagdad geflogen. Das dauerte nicht einmal zwei Stunden. Von dort aus mit einem Helikopter nach Kirkuk, wo sie von einem weißen Toyota Corolla Landcruiser Pick-up abgeholt wurden. Der Wagen war ausgerüstet mit ein paar Stahlplatten, Rammgittern und vergitterten Scheiben im Heck, gepanzert war der Wagen aber nicht. Überleben stand bei den Terroristen nicht allzu hoch im Fokus, zerstören schon eher. Es war eines dieser Autos, die man auch immer in den IS-Propagandavideos sah. Toyota war es nach eigenen Aussagen gar nicht recht, dass der Corolla-Pick-up ständig mit IS-Terroristen oder jetzt dem IK in den Medien zu sehen war. Darum wollte der Autohersteller die Fahrzeuge bewusst in der Wartung komplizierter machen, damit die Terroristen nicht alles mit Bordmitteln reparieren konnten und der Wagen dann für diese Klientel unattraktiver wurde. Eine Strategie, die wahrscheinlich wenig erfolgreich sein würde, denn die Terroristen kauften ihre Pick-ups normalerweise nicht als Neuwagen beim Toyota-Vertragshändler.

Von Kirkuk aus ging es nach Mossul, eine Stadt, die eigentlich als vom IS befreit galt und in dem sich das Islamische Kalifat umso leichter ausgebreitet hatte, nachdem die irakische Armee dem ISIS die Stadt – und das IK die Stadt der irakischen Armee weggenommen hatte.

Der Mann vom IK, der neben dem schweigenden Fahrer saß, hatte sich als Hussein vorgestellt. Er trug einen schwarzen Thawb, eine AK 47, diverse Gurttaschen, von denen man nicht wusste, ob er darin Handgranaten aufbewahrte oder ob dies ein Sprenggürtel war. In der rechten Hand hielt Hussein einen Perlenkranz, eine Gebetskette, die, ähnlich wie ihre christliche Variante, auch Rosenkranz genannt wurde.

Retzick und Arnoldsen saßen im hinteren Teil des Transporters. Wind pfiff durch den Wagen hindurch, und hier und da vollführte der Wagen wahre Sprünge aufgrund der Beschaffenheit der Straße. Staub wirbelte auf.

»Mohammed war der letzte und größte der Propheten. 610 nach Christi, also gemäß eurer Zeit, erschien ihm der Engel Gabriel, um ihm den Koran, die letzte Offenbarung Gottes mitzuteilen«, sagte Hussein.

Arnoldsen blickte auf. »Jesus war aber doch für euch auch ein Prophet?«

Hussein nickte. »Ein Prophet schon, aber eben nicht Sohn Gottes. Allah ist einzigartig, er hat keinen Sohn und auch keinen Heiligen Geist.« Er gab dem Fahrer auf Arabisch einige Anweisungen. »Nach dem Tod Mohammeds teilten sich die Strömungen. Die Sunniten leben in der Tradition der Al Sunna. Sie glaubten, die Nachfolge habe Ali, dem Schwiegersohn des Propheten, zugestanden, nicht aber den ersten drei Kalifen nach Mohammed. Die Schiiten sind die Shia, die Partei Alis, daher die Schiiten. Wir hingegen wissen, dass die drei Kalifen nach Mohammed die wahren Nachfolger des Propheten waren. Genauso wie *Daesh* und jetzt unser IK. Wir sind die wahre Nachfolgeorganisation des Propheten, und wir sind noch lange nicht fertig.«

»Dschihad?«, fragte Retzick.

»Wir unterscheiden beim Dschihad zwischen zwei verschiedenen Ländern«, sagte Hussein, »die einen sind die *Dar al-Islam,* das sind die Länder unter islamischer Herrschaft. Und dann die *Dar al-Harb,* das Reich des Krieges, in dem es noch keinen Islam gibt.«

»Der Weg zum Islam ist der Dschihad?«

»Richtig. Dschihad ist aber nicht nur der Heilige Krieg, sondern die Anstrengung überhaupt, auch der Kampf gegen sich selbst, gegen die Trägheit und gegen den Unglauben. Der Islam ist die Unterwerfung unter Gott, und der Dschihad ist der Weg dorthin.«

»Gott würde es einem leichter machen, wenn man ihn einmal sehen würde«, warf Retzick ein.

»Richtig. Aber nur deswegen an Gott zu zweifeln, weil man ihn nicht sieht, ist kleingläubig.«

»Steht schon bei Paulus«, sagte Arnoldsen, der deutlich bibelfester als Retzick war: »*Es ist aber der Glaube eine gewisse Zuversicht dessen, was man hofft, und ein Nichtzweifeln an dem, was man nicht sieht.*«

»Ihr Christen seid eben auch Menschen des Buches«, sagte Hussein. »Gott hängt von nichts ab, aber von Gott hängt alles ab.« Er hob den Zeigefinger. So wie es früher immer Osama bin Laden oder auch Abu Bakr Al-Baghdadi getan hatten. Der Zeigefinger, der erhoben wurde, war das Zeichen des *Tauhid,* der Einzigartigkeit Allahs, wie es auch in der *Shahada* von den Gläubigen rezitiert wurde: *Es gibt keinen Gott außer Gott, und Mohammed ist sein Prophet.* »Verehre Gott so, als würdest du ihn sehen. Auch wenn du ihn nicht siehst, er sieht dich allemal.« Hussein blickte in die untergehende Sonne. »Der Weg zum Himmel ist scharf wie ein Schwert und schmal wie ein Haar. Der Weg in die Hölle ist um einiges breiter.«

»Es gibt eine Hölle im Islam?«, fragte Retzick.

»Natürlich. Izrail, der Engel des Todes, trennt die Seele bis zu vierzig Tage nach dem Tod vom Körper. Danach geht es entweder ins Paradies oder in die Hölle. Und der Weg in die Hölle ist einfacher.«

»Dann gibt es bei euch auch den Satan?«

»Ja, und er wurde auch in die Hölle gestoßen, weil er ungehorsam war.«

»Was hat er getan? Sich gegen Gott aufgelehnt?«

»In eurer Religion hat er das, in unserer wurde ihm aufgetragen, sich vor Adam, dem ersten Menschen, zu verneigen. Das hat er aber nicht getan und damit die Engel erzürnt.«

»Aber er hat doch richtig gehandelt«, sagte Arnoldsen. »Verneigen sollte er sich doch nur vor Gott, nicht vor einem Menschen.«

»Völlig richtig. Sie verstehen, wie Herrschaft funktioniert. Es kann nur einen geben. Einen Gott, einen Führer, einen Kalifen. Und sonst nichts.«

Sie fuhren eine Weile schweigend durch die Wüste. Verbrannte Fässer standen am Wegesrand, ab und zu eine ausgebombte Hütte oder ein verbogenes Etwas, das vielleicht einmal ein Motorrad gewesen war.

»Es begann mit dem Salafismus im 18. Jahrhundert«, sagte Hussein. »Den hatten die Saudis, die Herrscher des Hauses Saud, im sogenannten *Saudi-Arabien* erfunden, die damit ihre Eroberungen legitimieren wollten. Die Amerikaner hatten den Salafismus genutzt, um in Afghanistan den Widerstand gegen die Sowjets zu befeuern.« Arnoldsen nickte.

Das Gleiche hatte ihm Cohagen auch gesagt. Und der hatte es von Stahleck gehört. Hussein sprach weiter. »Zarqawi hat das Ganze weiter ausgebaut«, sagte Hussein. »Er enthauptete seine Opfer mit dem Messer. Er kam aus Jordanien, war einige Jahre im Gefängnis, ließ sich die Gefängnistattoos entfernen, weil Tattoos unislamisch sind. Dann half er den Taliban gegen die Sowjets in Afghanistan und traf bin Laden.«

»Aber beide hatten doch andere Ziele?«, fragte Arnoldsen.

»Ja. Bin Laden war auf den Westen fokussiert, auch wenn er die Schiiten natürlich auch nicht mochte. Sein Fokus auf die Schiiten wurde von den USA so hingedreht, dass Saddam im Irak angeblich mit al-Qaida zusammenarbeitet, was natürlich Unsinn war.«

»Der Irak sponserte viele Terroristen, aber eben nicht al-Qaida«, sagte nun Retzick.

»Ja. Zarqawi war aber klar, dass er Marketing brauchte. Er verkaufte Enthauptungs-DVDs im Irak, ließ Leute paarweise gefangen nehmen. Einer starb, einer musste dabei zuschauen und kam dann als Zweiter dran.«

»Und was ist mit Abu Bakr Al-Baghdadi?«

»Der Chef vom ISIS?« Hussein zuckte die Schultern. »Keiner weiß genau, wo er ist, aber auch hier ist sein Name Geschichte. Der *echte* Abu Bakr war der Schwiegervater des Propheten und sein engster Gefährte. Allah hat sich etwas dabei gedacht, dass der Gründer von *Daesh* genauso heißt wie der engste Freund des Propheten.«

Alle drei schwiegen eine Weile. Der Fahrer hatte die ganze Zeit nichts gesagt und starrte durch seine Sonnenbrille stur auf die staubige Straße.

»Wie lange fahren wir noch?«, fragte Retzick. Die Situation war absurd, dachte er sich. Er hatte in Afghanistan gegen diese Männer gekämpft, und jetzt wollten sie mit denen kooperieren. Wusste er überhaupt, was er hier tat?

»Noch zwei Stunden«, sagte Hussein.

»Und wen werden wir treffen?«, fragte Arnoldsen.

»Abu Qatada, den zweiten Mann des IK.«

KAPITEL 13

Februar 2019
Kremmen, Brandenburg

Im Wald war es noch immer sehr kalt.

Es war die Gegend um Kremmen in Brandenburg. Judith blickte sich um. Die Bäume kahl, nur hier und da sang ein Vogel. Zum Glück hatte es in den letzten Tagen keinen Bodenfrost mehr gegeben, und die Kollegen konnten das Erdreich aufgraben. Es roch nach Wald, Moder und Erde. Und es roch nach Gewalt und Tod.

Sie hatten anhand der Koordinaten des Hubschraubers die Stelle gefunden, wo die Männer etwas vergraben hatten. Was immer es war, es war keine Leiche. Kein toter Junge. Es war in Kisten verpackt, Stahlkisten, die wasserabweisend waren. Der Inhalt war nicht tot, weil es nie gelebt hatte. Es bestand zum größten Teil aus leblosem Stahl.

»Hier ist eine ganze Kiste Munition«, sagte Tahir. »Zum größten Teil Luger, neun Millimeter. Aber auch Springfield, Remington, für Lang- und Kurzwaffen, Stahlmantelgeschosse …«

»Remington hat Gläubigerschutz beantragt«, sagte Pascal, ein Kollege von der Kriminaltechnik, der mit Gummihandschuhen und einer Brechstange eine Kiste aufgebrochen hatte. Er schien ein Waffenkenner zu sein. »Stand vor Kurzem in der Zeitung, das ist ein Traditionsunternehmen aus North Carolina.«

»Na und?«, sagte Judith. »Die Patronen sind trotzdem hier. Was haben wir noch?«

»Jede Menge Waffen. SIG Sauers, Glocks. Und noch einige alte Waffen aus dem Zweiten Weltkrieg.«

Judith hob die Augenbrauen. »Aus dem Zweiten Weltkrieg?«

»So ist es. Oder ich müsste mich schon sehr irren. Mauser Modell 98, Gewehr 43. Und noch ein paar Schmeisser-Maschinenpistolen und MP 40.«

Tahir schüttelte den Kopf. »Die müssen also Jahrzehnte alt sein?«

Der Kollege nickte. »Ja, das heißt aber nicht, dass sie nicht mehr schießen.«

»Die hier schießen noch?«, fragte Judith.

Pascal prüfte Lauf, Verschluss und Magazin. »Und wie!« Er schaute Judith und Tahir an. »Das hier ist ein Sturmgewehr 44, eigentlich *das* Sturmgewehr überhaupt. Die Nazis haben es erst 1944 eingeführt, weil es Hitler zu hässlich war.«

»Sieht aus wie eine AK 47«, sagte Tahir.

»Das ist der Witz«, sagte Pascal. »Die AK 47 ist eine Nachbildung des Sturmgewehrs 44. Die Russen haben ein paar der deutschen Waffenkonstrukteure in die Sowjetunion *eingeladen,* damit sie ihnen bei der Entwicklung helfen. Darum sehen sich beide Waffen auch ziemlich ähnlich.«

Tahir untersuchte die Waffen. »Die hier sehen noch ziemlich neu aus, oder?«

Pascal nickte.

»Könnten die nicht aus der umgeleiteten Waffenlieferung kommen, die wir aufgedeckt haben?«

Judith nickte ebenfalls. »Könnten sie.«

»Dann könnten wir doch herausfinden, wo die Waffenlieferung ursprünglich hingehen sollte?«

»Könnten wir«, sagte Judith. »Genau das sollten wir auch tun!«

Drei Stunden waren vergangen. Sie hatten die Firma gefunden, an die einige der Waffen geliefert worden waren und waren auf dem Rückweg nach Berlin. Die Stelle im Wald war vom Staatsschutz abgesperrt worden, die Kollegen würden noch Stunden dort weitergraben.

»Secutech«, murmelte Judith. »Klingt irgendwie nach Sicherheit.« Secutech hieß die Firma, an die die Waffenlieferung gegangen war.

Tahir tippte auf seinem iPhone. »Ist es auch«, sagte er. »Dahinter steckt eine Securityfirma in Berlin.« Securityfirma, dachte Judith. Sie hatte schon oft davon gehört, dass diese Firmen von Rechtsradikalen unterwandert waren. War das hier auch der Fall?

»Ihr fahrt sofort mit einem Einsatzteam hin.« Sie sah Tahir an. »Wir brauchen sofort einen richterlichen Durchsuchungsbefehl, ansonsten gibt es halt *Gefahr in Verzug.*«

»Was nehmen wir mit?«

»Alles, was verdächtig ist. Dokumente, Laptops, Festplatten.«

KAPITEL 14

Februar 2019
Landeskriminalamt, Tempelhofer Damm, Berlin

Am gleichen Tag später am Abend stand Judith im Büro von Joachim Richter, ihrem Vorgesetzten und Ehemann, der sich allzu beschäftigt durch einen Papierstapel auf seinem Schreibtisch wühlte, um etwas Platz zu machen für die Fotos, die Judith ihm vorlegen wollte. Joachim Richter, dachte sie, Chef des Staatsschutzes und ihr Ehemann.

Sie hatte lange überlegt, ob sie zu ihm gehen sollte. Der Name *Ferdi,* die Waffenlieferungen. Sein Geburtsdatum in dem Passwort. Die Karten mit der Straße des 17. Juni. Das konnte alles reiner Zufall sein, vielleicht aber auch nicht. Aber das konnte sie gerade ihm natürlich nicht erzählen. Dennoch musste sie mit jemandem sprechen, und er war nun einmal ihr direkter Vorgesetzter. Ihre ganzen Aktivitäten mit Jasmin beim BND oder mit Ulrike Brückner, die sie nach Dubai geschickt hatte, waren ohnehin weit jenseits ihrer Befugnisse.

Joachim Richter saß dort mit säuerlichem Gesicht. Er beugte sich über die Pläne, und was er sah, gefiel ihm nicht. Wobei man nicht ganz erkennen konnte, was genau ihm nicht gefiel. Die Waffen oder die Tatsache, dass das alles aufgeflogen und entdeckt worden war. Und dann auch noch ausgerechnet von seiner Frau.

»Was brauchst du noch, bis du mir glaubst?«, fragte Judith.

»Habt ihr die Leute festgenommen?«, fragte er stattdessen.

»Den Geschäftsführer von Secutech und zwei seiner *Be-*

rater, wie sie das dort nennen. Sie sind derzeit in U-Haft, können da aber nicht ewig bleiben. Dann gibt es noch einen anderen Kerl namens Edgar Rastov, den wir nirgends finden, wahrscheinlich, weil er nirgends gemeldet ist.«

»Aber die anderen sitzen doch immerhin in U-Haft, wie du sagst.«

»Ja, aber sobald sie Kaution zahlen, sind sie wieder weg.«

»Okay, was sollen wir machen?«

Judith blieb der Mund offen stehen. »Meinst du das ernst? Wir haben Pläne gefunden zur Ermordung des Innensenators, jetzt ist der Innensenator tot. Und dann das hier«, sie zeigte auf die Stadtkarte, »hier ist die Straße des 17. Juni. Irgendetwas Großes ist da geplant!«

»Wir haben aber keine Fußball-WM in Deutschland.«

»Nein, aber wir haben …« Da fiel es ihr ein. Die Wiedervereinigung. Dreißig Jahre! »9. November 2019, verdammt«, rief sie. »Da wird es auf dieser Straße doch irgendwelche Festakte geben. Und die planen irgendetwas! Überall sind Waffen versteckt, wir haben Pläne für einen Mord, der bereits geschehen ist, und wir haben Pläne für einen Anschlag, der noch nicht geschehen ist.« Sie ging vor dem Schreibtisch ihres Mannes auf und ab wie ein Raubtier an einer viel zu kurzen Kette. »Die Botschaften wurden gesprengt, massenhaft Polizisten getötet, wir haben Waffen in Selfstorageräumen gefunden und Weltkriegswaffen im Wald.« Sie schlug auf den Tisch, und Joachim zuckte zurück. »Was muss denn noch passieren, bis du mal aufwachst?«

»Bitte beruhige dich«, sagte Joachim, »hier in diesen Räumen bin ich immer noch dein Chef!«

»Was muss passieren? Müssen sie dich erschießen?« Judith starrte ihn an.

»Wenn sie mich erschießen, kann ich erst recht nichts mehr machen.«

»Sehr witzig.« Sie stemmte die Hände in die Hüften. »Was machen wir jetzt?«

»Ich kümmere mich darum.«

»Wirklich?«

»Ja, allerdings, das ist ja schließlich mein Job!« Er stand auf. »Danke für deine Arbeit.« Er ging auf sie zu und fasste sie am Handgelenk. »Und bitte …«

»Bitte was?«

»Bitte tu nichts Unüberlegtes, klar?«

»Solange du wirklich etwas unternimmst, muss ich nichts tun.«

»War das eine Drohung?«

Judith zuckte die Schultern. »Ursache und Wirkung.«

Damit verließ sie das Büro. Von einem Link auf einer der Festplatten von Secutech hatte sie nichts gesagt. Es war ein weiterer Link ins Dark Web, den würde sie sich heute Abend anschauen.

Joachim Richter schloss die Tür zu seinem Büro. Auch er hatte Judith etwas nicht gesagt. In seinem Büro griff er in seine Schublade und holte ein Handy heraus. Es war kein Diensthandy. Er vergewisserte sich, dass die Tür geschlossen war und wählte eine Nummer. Per Hand. Die Nummer war nicht gespeichert, und nach dem Telefonat würde er den Anruf sofort löschen.

Denn in diesem Handy waren keine Nummern gespeichert.

KAPITEL 15

Februar 2019
Mossul, Irak

So Gott will, treffen wir uns in Mossul. So hatte es schon Haider al-Abadi, Iraks Premierminister gesagt. *Alle Religionen werden vereint sein. Daesh wird vernichtet, und wir bauen die Stadt wieder auf.*

Daesh oder ISIS waren vernichtet, aber dafür war jetzt das Islamische Kalifat dort. Und von einer aufgebauten Stadt konnte auch nicht die Rede sein. Mossul und Rakka waren nicht zufällig vom ISIS ausgewählt worden.

Mossul lag im sogenannten Zweistromland zwischen Euphrat und Tigris, eine der ältesten menschlichen Zivilisationen. Die Ruinen von Ninive waren in der Nähe, damals eine der Hauptstädte des assyrischen Reiches. Rakka hingegen, eine zweite ehemalige Hochburg des IS, war im 12. Jahrhundert die Hauptstadt des Kalifats des berühmten Harun ar-Raschid gewesen.

Auch Mossul war durch Anschläge von Rebellen und Splittergruppen erschüttert worden. Ein Anschlag vor einem ehemaligen Regierungsgebäude hatte dreißig Menschen getötet, als die Ambulanz kam, starben noch einmal fünfzehn. Es war eine klassische *Second-strike*-Strategie, wo ein zweiter Angriff einem ersten folgte, ähnlich wie es in Afghanistan oft ablief.

Retzick blickte sich um, während der gepanzerte Wagen durch die Straßen kreuzte.

Die ISIS-Flagge war vom Brunnen weggerissen, zwei verbrannte Autos standen vor dem Gebäude, das genauso zerstört war wie achttausend andere in der Umgebung von

Mossul. Dazu kamen allein im Irak fünfzigtausend zerstörte Ölraffinerien, die Wasser und Boden für Dutzende von Kilometern zerstörten und für immer verunreinigten. In Syrien waren es fast noch einmal so viele.

Das *precision bombing* der USA hatte ganze Arbeit geleistet. Block für Block hatten Drohnen, Jagdbomber und Scharfschützen ihre *annihilation tactics* durchgeführt. Und die besagte, ISIS-Kämpfer auf der Stelle zu töten, anstatt sie flüchten zu lassen. Es hatte allerdings nicht nur ISIS-Kämpfer erwischt, sondern auch sechshundert Zivilisten, die jetzt tot waren. Umso größer war der Hass der Überlebenden, und umso größer deren Bereitschaft, sich dem IK anzuschließen.

Doch hier war es, abgesehen von einigen Anschlägen, ruhig. Während lange Zeit der Irak bombardiert wurde, war es jetzt Syrien. Syrien wurde dabei von jedem bombardiert, der wollte, inklusive seines Präsidenten selbst. Assad bekam Hilfe aus dem Iran und Russland, Aufständische bekamen Hilfe von den Sunniten aus Saudi-Arabien. Qatar und die Emirate rührten auch irgendwo dazwischen herum. Jeder bombardierte, wie er wollte, die USA, Großbritannien und seit Kurzem auch Frankreich.

Es endete immer bei Mark Sykes und François Picot, die im Jahr 1916 mittels einer groben Linie, die Sykes mit einem Stift quer über eine Karte zog, den Mittleren Osten unter sich aufteilten. Diese *Linie im Sand* ging von Haifa am Mittelmeer im heutigen Israel bis nach Kirkuk im heutigen Irak im Nordosten. Der Norden gehörte Frankreich, der Süden England. Mark Sykes hatte aus dem untergegangenen Osmanischen Großreich am Reißbrett eine Menge von kleinen Ländern auf die Landkarte verteilt, ähnlich wie es die Europäer 1884/1885 schon mit Afrika auf der berüchtigten »Kongo-Konferenz« in Berlin getan hatten. Dabei gab es wohl nur wenige, die im 20. Jahrhundert ohne direkte böse Absicht mehr Chaos verursacht hatten als Mark Sykes. Das Osmanische Reich, das nach dem Ersten Weltkrieg sein Ende gefunden hatte, hatte auf der Seite der Deutschen und dem Habsburger Reich gestanden, was nicht im Interesse der Engländer und Franzosen war. Die Russen wollten den Zugang zum Meer über die Dardanellen, um das alte russische Problem zu lösen: Im Winter gab es, mit Ausnahme der Krim, keinen Hafen, der nicht zugefroren war.

Für den Islamischen Staat und seine Nachfolger war diese Grenze, diese *Linie im Sand*, das Hassobjekt schlechthin. *Wir werden kämpfen,* hatte Abu Bakr al-Baghdadi gesagt, *bis Sykes-Picot beendet ist.* Dabei war das Ganze nicht so neu, wie man denken sollte. Der Irak existierte als Territorialbegriff bereits seit tausend Jahren, Syrien gab es noch länger, Ägypten bereits seit den Pharaonen. Künstlich erschaffen waren von allen Staaten nur Jordanien und Israel, und diese beiden waren komischerweise am besten regiert, sodass deren Künstlichkeit fast wünschenswert erschien.

Dennoch sorgte der Bürgerkrieg in Syrien dafür, dass sich immer mehr Kämpfer freiwillig den islamischen Terrororganisationen anschlossen, ganz besonders dem IK, das man abgekürzt nur *Das Kalifat* nannte.

Es waren die Folterungen, die Regimegegner in Syrien erdulden mussten und die die Männer in die Hände des IK trieben: heiße Kohlen, Zigaretten, die auf den Häftlingen ausgedrückt wurden, während die Wächter Shishas rauchten und Alkohol tranken. *You have to work hard to amuse them or you get beaten,* sagte man den Gefangenen dort als Erstes auf Englisch. *Du musst hart arbeiten, um sie zu amüsieren, oder du wirst geschlagen.* Angeblich wurden auch in den Krankenhäusern Angehörige von Rebellen malträtiert.

Patienten mussten mit Schuhen in ihrem Mund schlafen. Wenn der Schuh herunterfiel, wurden sie von den Pflegern mit Plastikschläuchen geschlagen. Das IK bemühte sich, all das publik zu machen, um die Stimmung gegen Assad, gegen den Iran, gegen Russland und auch gegen den Westen aufzustacheln. Und die Kämpfer kamen zu denen, die ihnen Besserung versprachen. Erst zu al-Qaida, dann zum ISIS und jetzt zum IK.

So entstanden aus der Asche vom ISIS die Kämpfer des Kalifats, genauso wie der ISIS aus der Asche von Zarqawis al-Qaida im Irak entstanden war, die zwischen 2007 und 2009 im Irak von US-Truppen vernichtet worden war. Das IK hatte den Fehdehandschuh gesehen und aufgenommen, und es war sein eiserner Wille, sich wieder auszubreiten. Von Afghanistan bis zum Jemen, vom Sinai bis Libyen, von Saudi-Arabien bis zum Iran. Und weiter: bis nach Europa. Vor allem Deutschland.

Arnoldsen und Retzick wurden vor dem Palast in Empfang genommen, ein Palast, der zwar voller Granatsplitter war, aber dafür eines der wenigen Gebäude, die noch standen. Rechts und links vom Eingang standen Spieße, auf denen zwei abgeschlagene Köpfe steckten, bei dem einen die Augen verschlossen, beim anderen hing obszön die Zunge aus dem Mund heraus. Dutzende, wenn nicht Hunderte von schwarz gekleideten Kämpfern, die Gesichter teilweise verhüllt, die Kalaschnikows griffbereit, säumten den Weg. Retzick und Arnoldsen betraten mit Hussein und mehreren Wachen das Gebäude. Es ging durch lange Gänge und Treppenfluchten. Ähnlich musste es auch im Dritten Reich gewesen sein, wenn jemand eine Audienz bei Hitler in der Reichskanzlei oder später in seinem Führerbunker haben wollte.

Abu Qatada, der stellvertretende Kalif des IK und zweiter

Mann nach Al Tabil, saß auf einer Art steinernem Thron und durchbohrte beide mit dunklen, halb geschlossenen Augen, die an Schießscharten erinnerten. Hinter ihm die schwarze Flagge des IK. Er hielt das Schreiben von Stephan Skowronek in den Händen.

»*Ass'alamu alaykum*«, sagten Arnoldsen und Retzick, die beide die Gepflogenheiten und Grußworte des Nahen Ostens kannten.

»*Wa alaykum Ass'alam*«, antwortete Abu Qatada. Er betrachtete sie einige Sekunden, während die Stille nur von einzelnen dumpfen Schüssen von draußen unterbrochen wurde.

»Allah sei mit euch«, sagte er dann in fließendem Englisch mit arabischem Akzent. Er machte eine Pause und ließ das Papier sinken. Es war wie die Stille nach dem Blitz, bevor der Donner einsetzt. »Ich habe euch empfangen, weil ich Stephan vertraue. Und Carl Cohagen ebenso. Ihr wollt die Sache von Hitler vollenden. Hitler hat schon in *Mein Kampf* gewusst, dass es am Ende der Islam sein wird, der die Weltherrschaft erringt. Hitler hat Amin al-Husseini, den Großmufti von Jerusalem, empfangen. Die SS hat den Kontakt hergestellt. Wir haben sehr viel mehr Gemeinsamkeiten als Differenzen.« Er schaute Retzick und Arnoldsen nacheinander an.

»Denn am Ende haben wir alle die gleichen Feinde. Zudem hat schon Hitler gewusst, dass nur der Islam die Menschen zusammenbringen kann. Er hat die Demokratie und das Christentum als *Koalition der Krüppel* bezeichnet, was sie auch sind.« Er nickte zur Bestätigung seiner Worte. »Diese Koalition der Krüppel werden wir gemeinsam zermalmen, wie sie es nicht anders verdient hat. Die morsche Verfassung eures Landes, die gar keine ist, die falschen Politiker, die schmutzige Kanzlerin. Wir werden unsere Stiefel an ihre Hälse legen und ihr Genick brechen, ihre Kehlen durchschneiden und ihre Kinder verbrennen. Wer sich nicht dem Islam unterwirft, wird sterben. Egal, ob in Deutschland, ob in Europa oder Amerika.« Abu Qatada ballte die rechte Faust und hob sie. »Egal, ob zehn, zwanzig, hundert oder fünfhundert Millionen Menschen. Es ist uns egal, wie viele sterben. Der Wille Gottes zählt. Sonst nichts.« Er sah beide an.

»Ich habe darauf bestanden, euch zu sehen, um Vertrauen aufzubauen. Ich hoffe, wir haben viel Erfolg miteinander und werden auch künftig zusammenarbeiten. Ich werde euch helfen, den Transport von Kämpfern nach Deutschland zu organisieren und die Kämpfer für den einen Tag zu aktivieren, damit für diesen großen Tag alles bereit sein wird. Geld wird hierbei reichlich zur Verfügung stehen. Auch wenn ich hoffe, *inshallah,* dass dies nur der Beginn einer fruchtbaren Zusammenarbeit ist, und ich mich darauf freue, mit euch weitere Kriege zu führen, ist es unwahrscheinlich, dass wir uns je wiedersehen.« Er nickte. »Ich empfehle euch und eure Familien dem Schutze Allahs. *Mai aslama.* Auf Wiedersehen.«

Er nickte erst Arnoldsen und dann Retzick zu und dann einer der Wachen. Das sichere Zeichen, dass das Gespräch beendet war.

KAPITEL 16

Februar 2019
Waldorf Astoria Hotel, Palm Jumeirah, Dubai

Ulrike Brückners Herz schlug noch immer, als sie wieder auf dem Flur war, nachdem sie den Trojaner auf Arnoldsens Handy gespielt hatte. Sie beschloss, im Hotelrestaurant ein Sandwich zu essen. Sie spürte die Unterzuckerung und den

Stress. Sie ging ein paar Schritte den Korridor hinunter. An einem Fenster machte sie halt und atmete tief durch.

Der Flur hatte den typischen Geruch, den Luxushotels immer hatten. Eine Mischung aus Kräutern, Hygiene und irgendetwas anderem, was gleichzeitig global, aber irgendwie auch heimisch riechen sollte. Sie wusste, dass sich Luxushotels nicht nur viele Gedanken über die richtige Musik in der Lobby, sondern auch über die zu verwendenden Duftstoffe machten. Multisensuales Marketing nannte man das.

Sie konzentrierte sich kurz auf den Geruch in ihrer Nase, der irgendwie Sorglosigkeit ausstrahlte, dann schaute sie wieder aus dem Fenster.

Unten, nahe dem Strand, wurde irgendetwas gebaut. Ägypter, aber besonders Bangladeschi, Afghanen und Bürger aus dem Sudan, die Menschen aus den *service countries*, schwitzten ohne Helme und mit improvisierten Turbans auf der Baustelle in der Sonne. Für Brückner war es nach wie vor ein Wunder, wie man der erbarmungslosen Wüste ein solches Hightechwunderwerk wie Abu Dhabi und Dubai abtrotzen konnte, im wahrsten Sinne gebaut auf Sand, aber dennoch mit einer Entschlossenheit und Geschwindigkeit, wie man sie im Westen, besonders in Europa und Deutschland, schon längst verlernt hatte.

Die meiste Arbeit, das wusste sie, wurde in der arabischen Welt von »Expats« gemacht. Die Arbeiter, die *blue collars*, arbeiteten auf den Baustellen und kamen meist von der Südhalbkugel, wie die, die sie gerade unterhalb des Fensters sah. Die *white collars* hingegen arbeiteten in Banken, Beratungen und Kanzleien und kamen aus Europa oder den USA.

Hinter Ulrike Brückner öffnete sich der Fahrstuhl. Ein Arzt im weißen Kittel und mit dicker Brille kam mit einer

Trage über den Flur gefahren. Brückner ging ein Stück zur Seite. Der Arzt öffnete mit seiner Schlüsselkarte eine Zimmertür. Er sagte zwei oder drei Worte auf Arabisch zu ihr, aber Brückner verstand ihn nicht. Sie wollte gerade nachfragen, in dem Moment spürte sie schon den harten Schlag auf ihrem Hinterkopf. Die Tür schwang auf, und Brückner wurde in das Zimmer geworfen, doch das spürte sie schon nicht mehr.

Der Arzt verließ das Zimmer mit der Trage, darauf eine bewusstlose Frau. Er fuhr in die Tiefgarage, hob die Trage in den weißen Ambulanzwagen, setzte sich ans Steuer und startete den Wagen. Er fuhr in eine andere Tiefgarage und wartete, bis es dunkel wurde. Dann fuhr er an den Strand bei Palm Jumeirah. Er platzierte seine Hände und die Arme an der richtigen Stelle: die Ellenbeuge am Kehlkopf, mit dem Unterarm drückte er den Kopf nach unten, dann eine abrupte Bewegung – und das Genick der Frau war gebrochen. Damit war sie tot. Sie zuckte, als hätte jemand einen Stromstoß durch ihren Körper gejagt. Dann lag sie still. Der Mann befestigte jeweils vier Hantelscheiben aus Stahl an Armen und Beinen, zog sie ins Wasser und watete einige Meter in die Bucht. Ein menschlicher Körper war schwer, und die Stahlscheiben waren schwer. Bei zwei Meter Wassertiefe ließ er sie auf den Boden der Bucht sinken.

Ulrike Brückner lag tot auf dem Boden des Meeres am Strand von Dubai.

Wieder am Wagen, zog der Mann sich eine trockene Hose, Socken und Schuhe an. Dann startete er den Wagen und wählte die Nummer.

»Ja?«, fragte die Stimme am anderen Ende.

»Sie ist tot.«

»Gut. Hat sie was mitgenommen?«

»Ich habe ihr Handy gecheckt. Sie hat das Dokument von Skrowronek abfotografiert und an eine anonyme Adresse im Dark Web geschickt.«

Kurze Stille.

»Sonst noch was?«

»Ich glaube nicht.«

»Sind Sie sicher?«

»So sicher, wie man sein kann.«

»Können wir das, was sie verschickt hat, noch zurückrufen?«

»Wahrscheinlich nicht.«

»Verdammt. Ich werde unsere Leute beauftragen, dass sie herausfinden, wer die Person hinter der Dark-Web-Mail ist.«

»Wer kümmert sich dann um die Person, die die Botschaft bekommen hat? Sie oder ich?«

»Das mache ich«, sagte der Mann am anderen Ende.

»Tut mir leid«, sagte der Arzt, »dass sie das noch abschicken konnte.«

»Man kann sich nicht um alles kümmern. Trotzdem: gute Arbeit.« Der Mann am anderen Ende machte eine Pause. »Was ist mit Retzick? Macht er Zicken?«

»Bisher noch nicht.«

»Gut. Falls er kalte Füße bekommt, musst du ran. Und zwar auf die *Molotok-Methode!*«

Molotok musste grinsen. »Wie sonst, Herr Cohagen?«

KAPITEL 17

Februar 2019
Charlottenburg, Berlin

Es war ein Tag, den man getrost vergessen konnte.

Judith hatte sich am späten Nachmittag mit Djamila in der Filiale der Amanah Bank getroffen. Von Brückner hatte sie nichts gehört, und die Fotos, die sie Judith vorher geschickt hatte, waren codiert mit einer PGP-Verschlüsselung, sodass Judith auf Finn warten musste, damit er ihr half. Zu Hause angekommen, hatte sie gerade ihre Tasche in die Ecke gepfeffert und sich einen Weißwein eingeschenkt, als eine Nachricht auf Threema aufblitzte. Von Jasmin.

»Ich werde versetzt nach Hongkong« stand dort. »Irgendjemand muss irgendetwas gemerkt haben.«

Hongkong, dachte Judith, weit, weit weg.

»Kann ich irgendwas tun?«, schrieb Judith zurück.

»Ich fürchte, nein.«

»Was jetzt?«

»In dem Briefkasten deiner Wohnung liegt ein Postfachschlüssel. Geh sofort runter und hol ihn. Er passt zum Postfach 668 bei der Post am Halleschen Ufer.«

»Und was ist da?«

»Wirst du sehen. Es geht um C …«

Die Verbindung endete.

Es geht um C? Wer konnte gemeint sein? Cohagen? Und warum musste Jasmin nach Hongkong? Wer hatte da irgendetwas mitgekriegt?

Judith schaute auf die Uhr. 17:30 Uhr. Die Post am Halleschen Ufer gehörte zur Postbank und hatte damit auch die posttypischen Fünfzigerjahreöffnungszeiten. Wenn das so war, dann war sie in spätestens einer halben Stunde geschlossen. Sie ließ das Glas Wein stehen, stürzte die Treppe hinunter, holte den Schlüssel aus ihrem Briefkasten und sprang ins Auto.

Zwanzig Minuten später holte sie mit zitternden Fingern den Umschlag aus dem Postfach. Offenbar mehrere DIN-A4-Blätter, eingepackt in einen braunen Umschlag. Ausgedruckt. Nicht per Mail geschickt und auch nicht als Sprachnachricht gespeichert. Sie umfasste den Umschlag, so fest sie konnte, und ging zurück zu ihrem Auto.

Zu Hause ging sie nicht in ihre Wohnung, sondern auf den Dachboden. Hierhin verirrte sich Joachim niemals. Finn ebenso wenig. Sie setzte sich auf einen Hocker nahe dem Dachfenster und kam sich vor, wie Bastian Balthasar Bux in der *Unendlichen Geschichte,* der auf dem Dachboden der Schule das geheimnisvolle Buch las.

Sie versuchte, ruhig zu atmen, als sie den Umschlag öffnete.

Die Nazi Connection stand dort als Überschrift.

Sie las weiter.

> Die »Nazi Connection« hat nach dem Zweiten Weltkrieg die Waffen des Dritten Reiches in alle Welt verkauft. Ebenso wurden auch konfiszierte Waffen aus Wehrmachtsbeständen, die in Russland von der Roten Armee gelagert wurden, verkauft. Chef dieser Connection war der ehemalige Wehrmachtsgeneral Hermann von Stahleck, gestorben 1999.
> Von Stahleck entstammte einem elitären Zirkel, den Hitler einst um den Architekten Albert Speer scharte, um eine wirtschaftliche Elite aufzubauen, die das Deutsche Reich zur

wirtschaftlichen Weltmacht weiterentwickeln sollte. Ein großer Teil dieses Zirkels wurde nach Kriegsende von den Alliierten in seinen Führungspositionen belassen und hatte eine bedeutsame Rolle dabei, das deutsche »Wirtschaftswunder« zu ermöglichen. Zu dem Kreis gehörten auch Wissenschaftler, die später von den Alliierten mitgenommen wurden, etwa Wernher von Braun, der Erfinder der V2 und Entwickler des US-Raumfahrtprogramms.

In der Zeit des Dritten Reiches und danach hatte von Stahleck gewaltige Reichtümer beiseitegeschafft, ein großer Teil davon lagert noch als Goldreserven in Dubai und Singapur.

Von Stahleck hat ebenso Waffen aus der Ukraine nach Südamerika, Drogen aus Südamerika nach Europa, Hightech aus Europa nach Asien, Prostituierte und Organe aus Asien in die USA und vieles mehr geschmuggelt.

Einer der engsten Mitarbeiter von Stahlecks war Carl Cohagen. Von Stahleck hatte in Cohagen eigentlich einen Verbündeten gesehen, doch der hatte ihn als Anwalt bei einem Prozess auf einmal fallen gelassen, um sich von Stahlecks Mittel und Verbindungen einzuverleiben.

Cohagen ist ein Mensch, der keine klare Zuordnung hat, sondern vor allem den Umsturz und das Chaos liebt. Und dafür auch alte Freunde verrät, wenn es ihm hilft. Wenn es für ihn eine Ordnung gibt, dann nur eine Ordnung mit ihm selbst an der Spitze einer Diktatur, denn genau das hat er vor. Mittlerweile hat Cohagen große Teile des von Stahleck übernommenen Geschäfts verkauft, brütet aber noch an dem einen großen Plan, den eigentlich von Stahleck durchführen wollte, den Cohagen aber mehr oder weniger »geerbt« hat.

Hier endete der Text. Judith dröhnte der Kopf.

Cohagen, von Stahleck, die Nazi Connection. Sie ließ die

Papiere sinken und schloss die Augen. Eine schwarze Dunkelheit der Verzweiflung schloss sich über ihr zusammen. In dem Moment hätte sie nichts dagegen gehabt, augenblicklich zu sterben.

KAPITEL 18

Februar 2019
Meerenge von Hormus, Flugzeugträger Theodore Roosevelt

Iwo Retzick blickte von der Reling des Flugzeugträgers Theodore Roosevelt, der durch die Meerenge von Hormus kreuzte, auf die See. Irgendwo dahinter war die Küste des Iran und auf der anderen Seite die Strände der Vereinigten Arabischen Emirate.

Cohagen hatte geäußert, dass er sich irgendwie »unbehaglich« fühlte. Irgendjemand war ihnen auf den Fersen. Um die Spuren zu verwischen, hatte Cohagen Arnoldsen und Retzick nahegelegt, über den Umweg des Flugzeugträgers Theodore Roosevelt zurück nach Hause zu reisen, offenbar kannte Cohagen den Kapitän des Flugzeugträgers. Nicht gerade eine Allerweltsbekanntschaft, dachte Retzick. Die Rückreise würde vom Flugzeugträger aus per Helikopter nach Saudi-Arabien und von dort über Istanbul oder Russland zurück nach Europa führen.

Seit November 2017 kreuzte der Theodore Roosevelt durch die Meerenge von Hormus, die einige Strategen als den wichtigsten Ort der Welt bezeichneten. Die Meerenge war zum Teil in iranischen Hoheitsgewässern, und der Iran hatte damit eine mächtige Karte in der Hand. Die Machthaber im Iran könnten, wenn sie wollten, die Meerenge von

Hormus im Golf schließen, dieses berühmte Nadelöhr, durch das täglich zwanzig Prozent des Weltölbedarfs durchtransportiert wurden. Der engste Punkt an diesem strategisch wichtigsten Punkt der Welt war nur zwanzig Meilen breit. Zwanzig Prozent der Ölvorräte und zwanzig Meilen Breite, dachte Retzick. Das Schicksal hatte Sinn für Zahlenmystik. Und genau darum kreuzte dieser siebenundneunzigtausend Tonnen schwere Koloss durch den Persischen Golf, mit dreitausendzweihundert Mann Schiffsbesatzung und dann noch zweitausendvierhundertachtzig Soldaten für die Flugzeuge.

Ab heute war die Besatzung um zwei Personen größer. Retzick kannte das Leben in der Armee, aber hier an Bord richtete sich das gesamte Leben nach den Start- und Landephasen der Flugzeuge. Die Besatzung war gemischt, es gab Männer und Frauen, doch Affären waren verboten, Trinken auch, und das Rauchen wurde einem schwer gemacht. Arnoldsen hatte aber ohnehin keine Zigarren mehr dabei, die letzten hatten den Abend am Pool des Waldorf Astoria in Dubai und das danach folgende Abendessen nicht überlebt. Und das Umfeld des IK war ohnehin nicht der richtige Hintergrund für dekadente westliche oder kubanische Zigarren.

WLAN gab es an Bord immerhin, ebenso wie drakonische Strafen, wenn irgendein Besatzungsmitglied durch unbedachte Postings bei Facebook die Ankunftszeit des Flugzeugträgers im Hafen verriet. Ansonsten gab es Fitnessräume, riesige Teamräume mit kleinen Kinos, in denen auch der Superbowl live verfolgt werden konnte, und eine Vierundzwanzig-Stunden-Kombüse mit exzellentem Essen. Das Motto der Armee war hier das gleiche wie bei der Bundeswehr: Ohne Mampf kein Kampf.

F18 Hornets wurden mit Katapulten in den Himmel geschossen, das Flugdeck, auf dem sich niemand unbefugt aufhalten durfte, galt als gefährlichster Arbeitsplatz der US Marine.

»Morgen geht es nach Riad«, sagte Arnoldsen. »Und dann wohl weiter nach Istanbul. Und dann«, er klopfte Retzick auf die Schulter, »beginnt deine eigentliche Arbeit in Deutschland.«

Retzick wusste nicht, ob er sich geehrt fühlen oder verängstigt sein sollte.

KAPITEL 19

Februar 2019
Mogadischu, Somalia

Der Country Club in Mogadischu in Somalia hatte heute Kameleintopf, Zicklein, Hummer und Schwertfisch auf der Speisekarte. Während des Essens konnte es passieren, dass draußen Transporter explodierten, Angreifer mit Sturmgewehren feuerten, Autobomben in die Luft gingen und Menschen um Hilfe schrien, während aus den Lautsprechern einer benachbarten Moschee von einem Muezzin »Allahu Akbar« zu hören war, ohne dass jemand davon Notiz nahm. Eben hatten sich die Eskorten zweier Gäste über ihre Limousinen hinweg beschossen, was sich am Ende allerdings als Verwechslung herausgestellt hatte, sodass jetzt wieder alles ruhig war. Die Sicherheitsleute vor dem Klub hatten eben ihre AK 47 ergriffen, jetzt ließen sie sie wieder sinken und kauten Kat.

Somalia war der gescheitertste aller Staaten, er war seit siebenundzwanzig Jahren ohne Regierung und seit dreißig

Jahren ohne Frieden. Doch die beiden Männer, die hier saßen, Carl Cohagen und Stephan Skowronek, wussten, dass man hier so reich werden konnte wie nirgends sonst, wenn man es richtig machte, man brauchte nur ausreichend Startkapital. 1,3 Millionen Dollar sicherten einem einen Platz im Parlament von Mogadischu. Dann brauchte man noch neben der gepanzerten Limousine eine Eskorte, denn die größere Eskorte hatte hier immer Vorfahrt. Skowronek hatte einmal einen Öldeal mit der Türkei eingefädelt, die Geldkoffer dafür wurden von einer türkischen Airline eingeflogen. Die neuen Warlords hier befehligten zwar auch noch Kindersoldaten, die von Blubber und Klebstoffschnüffeln glasige Augen hatten und sich das ein oder andere Mal mit ihren Waffen schon selbst erschossen hatten. Doch diese Warlords waren auch Geschäftsleute wie Cohagen und Skowronek. Was dann noch fehlte, war ein Geschäftsmodell. Autobomben installieren, Waffenhandel, Entführungen, manchmal auch medienwirksame Enthauptungen. »Al-Shabaab« nannte man es, wenn man im Auto einer Braut, die eine Affäre hatte und ihrem Mann den Gesichtsverlust bescherte, eine Autobombe installierte. Es ging mit Drohungen los, um Schutzgeld zu erpressen. Wer dann nicht zahlte, wurde entführt, wenn dann immer noch keiner zahlte, wurde die Person enthauptet, das Ganze wurde gefilmt und nicht nur den Angehörigen oder Geschäftspartnern geschickt, sondern auch bei YouTube hochgeladen. Denn schnelles Internet gab es hier komischerweise an vielen Orten, was auch notwendig war, da viel Erpressersoftware und Ransom-Ware direkt vor Ort programmiert und auf ahnungslose Computernutzer in Europa losgelassen wurde.

»Keine Sorge, hier sind wir halbwegs sicher«, sagte Skowronek.

Cohagen saß etwas unbehaglich auf der Dachterrasse des Country Clubs und blickte auf das Chaos auf der Straße. Der gepanzerte Jeep mit den Wachen stand unten, der Helikopter war ebenfalls in beruhigender Nähe. Von dort aus würde es nach Kapstadt gehen, wo eine ganz spezielle Maschine auf ihn warten würde.

Skowronek trug wieder den hellbraunen Anzug, von dem er nach eigenen Angaben zwanzig Modelle hatte, denn er hasste Komplexität und unnötige Entscheidungen. Dazu rahmengenähte Schuhe, eine Rolex und neben sich einen Koffer, in dem angeblich Diamanten aus dem Kongo steckten. Wenn die Gerüchte stimmten, hatte Skowroneks große Deals mit den Chinesen, die im Meer vor Somalia und an seiner dreitausend Kilometer langen Küste im großen Stil fischen wollten.

»Das ist wirklich richtig Dritte Welt hier«, sagte Skowronek und trank von seinem schwarzen Kaffee.

»Wenn ihr mit Deutschland fertig seid«, sagte Skowronek, »sieht es in einem Teil auch so aus wie hier.« Er blickte sich um.

»In einem Teil, ja. In unserem Teil hoffentlich nicht.« Cohagen nickte. »Soll es ja auch. Dumm nur, dass meine Männer belauscht worden sind.«

»Aber die Journalistin ist doch tot?«

»Ja, weil Molotok aufgepasst hat. Ich erwarte eigentlich von dir, dass dir so etwas auch auffällt, wenn meine Männer in deinem Territorium beschnüffelt werden.«

Skowronek verstand den Rüffel als das, was er war, und nickte nur. Dann wechselte er taktisch klug das Thema. »Aber dafür habe ich andere gute Nachrichten.« Er legte ein Buch auf den Tisch. »Das Handbuch.«

Cohagens Augen leuchteten auf. »Für unsere *Einwanderer?*«

»Ja, für die, die nicht unbedingt aus Krisengebieten kommen.«

Seitdem es einem deutschen Bundeswehrsoldaten gelungen war, sich ohne Arabischkenntnisse als Flüchtling registrieren zu lassen und Sozialleistungen zu beziehen, waren die Ämter vorsichtig geworden. Anstatt aber diesen Fall von krassestem Behördenversagen zu thematisieren, hatte das Verteidigungsministerium die Kanzlerin, die ja an dem ganzen Debakel die Hauptschuld trug, schnell aus der Schusslinie genommen und eine Debatte über Rechtsradikalismus in der Bundeswehr begonnen. Dies änderte zwar nichts daran, dass die Behörden total versagt hatten, aber Thema A war von Thema B abgelöst worden, und Medien und Politik waren glücklich gewesen. Dennoch waren die Behörden vorsichtig geworden.

»Das ist gut«, sagte Cohagen, »einige der Kämpfer, die nach Deutschland kommen, sind ja Söldner. Sie sehen zwar *ausländisch* aus, aber manche sind gar keine Muslime, keine Flüchtlinge und sollen nur kurze Zeit in Deutschland bleiben. Bis die Machtergreifung erledigt ist.«

»Und in der Zwischenzeit sollen sie dann Sozialleistungen bekommen?«

Cohagen lehnte sich zurück, ein wenig entrüstet. »Natürlich! Das soll der Staat bezahlen, bevor wir ihn abschaffen! Meinst du, Stalk und ich wollen das alles selbst vorschießen?«

»Wie viele sollen kommen?«

»Wenn es gut geht, fünfhunderttausend, die wir dann alle mit den Waffen ausrüsten. Waffen, die wir schon haben. Damit kriegen wir alle Sicherheitsbehörden platt, Polizei und Bundeswehr, selbst wenn es Retzick nicht gelingt, die alle auf unsere Seite zu ziehen.«

»Ihr seid vorbereitet, sehr gut«, sagte Skowronek. Unten

auf der Straße ratterten Maschinengewehrsalven, aber niemand nahm Notiz davon. »Es sind jetzt fünfzehntausend Illegale pro Monat, die nach Deutschland kommen. Das erhöhen wir ein wenig, sodass ihr eure fünfhunderttausend bis November bekommt.«

»Das wäre gut.«

»Eure Politik wird uns schon dabei helfen. Die kennt sich damit aus, Länder kaputt zu machen. Die Kanzlerin hat erst der Sowjetunion gehuldigt, als ihr roter Pastor von Hamburg in die DDR ging, dann hat sie mitgeholfen, im Auftrag von wem auch immer, die DDR zu zerstören, weil die Russen jemanden gesucht haben, der ihnen die DDR für viel Geld abkauft. Sie assistierte schon einmal beim Untergang eines Landes. Das nächste Land wird Deutschland sein, und schauen wir doch mal, ob sie auch noch die EU kaputt kriegt.«

»Mir soll's recht sein. Darf ich mal?« Cohagen griff nach dem Buch.

Skowronek nickte. »Es ist ja für dich, das lassen wir dann ein paar Tausend Mal drucken; in jedem Fall auf Arabisch, Persisch, Englisch, Französisch und Deutsch.«

Cohagen öffnete das Buch. »Das wird dann ein richtiger Bestseller.« Er überflog die Seiten und las eine Textstelle vor. »Ah ja, wichtig ist, dass man weiß: Muslimbrüder betreten den Gebetsteppich zuerst mit dem linken statt rechten Fuß. Ein syrischer Pass kostet tausendzweihundertfünfzig.«

»Ja, falls doch jemand Pässe sehen will, seid ihr auf der richtigen Seite.«

»Und das erkennt niemand?«

»Nein, die Pässe werden in Istanbul hergestellt. Die kann man dort im Handyshop kaufen, wenn man die Leute richtig anspricht, aber das machen meine Leute.«

»Gut«, sagte Cohagen, »die Pässe kaufen wir dann von den Hartz-IV-Geldern, das System finanziert sich selbst.«

»Perfekte Innenfinanzierung, wie man in der BWL sagen würde.« Skowronek nickte. »Soll es auch sein. Abgesehen davon reicht ein syrischer Pass für eine ganze Sippe aus. Am besten, eure Leute lassen sich schwerpunktmäßig in Berlin-Tempelhof registrieren.«

»Warum da?«

»Da sind viele Palästinenser, die als Sachbearbeiter in der Auffangbehörde arbeiten. Eure Leute sollten sich als Syrer oder auch als Jordanier mit palästinensischen Wurzeln ausgeben.«

»Also Schiiten, nicht Sunniten?«

»Richtig! Palästinenser, Syrer, meinetwegen auch Iraner. Die dürfen aber bloß nichts von dem Kalifat erzählen. Du weißt ja: Schiiten und Sunniten mögen sich nicht.«

»Das ist unseren Söldnern eh egal.«

»Ja. Nur solange sie noch registriert werden und Sozialleistungen beantragen, darf es nicht so aussehen, als wäre es ihnen egal.«

»Sie sollen also integrationsunwillig wirken?«

»Ganz genau. Abgesehen davon: In *was* soll man sich bei einem Land ohne Nationalstolz, Leitkultur oder Patriotismus überhaupt integrieren? In ein Vakuum?«

»Auch das Problem lösen wir, bald wird es für jeden der neuen Staaten, die wir in Deutschland gründen, eine neue Verfassung geben. In jedem Fall wird das Grundgesetz abgelöst, genau wie es auch im Grundgesetz steht. In *unserem* Staat durch eine autoritäre Verfassung …«

Skorwonek ergänzte. »Und im *anderen Staat* durch die Scharia.«

Das Maschinengewehrfeuer wurde lauter. »Ich denke«,

sagte Skowronek, »wir haben erst einmal alles. Ich lass die Bücher drucken, sobald du dein Okay gibst.«

»Prima«, sagte Cohagen, erhob sich, knöpfte sein Sakko zu und winkte mit dem Buch. »Das lese ich gleich im Hubschrauber, dann rufe ich dich an. Viel Spaß mit den Chinesen. Ich sehe zu, dass ich heil nach Kapstadt komme.«

KAPITEL 20

Februar 2019
Landeskriminalamt, Tempelhofer Damm, Berlin

Mit Finns Hilfe war es Judith gelungen, die Sounddateien zu entschlüsseln, die Ulrike Brückner ihr geschickt hatte. Wie in Trance hörte sich Judith die Dateien an.

Von Brückner fehlte hingegen jede Spur. War sie mit ihrer neuen Identität untergetaucht, oder war ihr etwas passiert? Wer eine Zündschnur anzündete, konnte in die Luft fliegen, das hatte Judith unzählige Male erlebt, und Brückner hatte mehr als nur eine Zündschnur angesteckt; das Material, das die Journalistin Judith geschickt hatte, war hochbrisant.

Judith schwirrte der Kopf von allem, was sie in den Gesprächen hörte. Es ging um eine Menge Terroristen, die mit gefälschten syrischen Pässen auf dem Weg nach Deutschland seien, um dort einen neuen Staat zu errichten. Sie hörte etwas über das deutsche Grundgesetz, das immer schon ein Provisorium gewesen sei und das sehr bald abgelöst werden würde. Sie hörte Arnoldsens Stimme.

»Den deutschen Staat wird es dann zweimal geben«, sagte Arnoldsen auf der Datei. »Ein deutscher, autoritärer Staat, der nicht demokratisch ist, mit einer richtigen Verfassung, ein Staat wie das Deutsche Reich. Und dann ein anderer Staat, ein islamischer deutscher Staat.«

Sie hielt inne. Deutschland geteilt, dachte sie. Aber wo würde die Trennungslinie verlaufen? Und wie und vor allem wann sollte das geschehen? Die Planungen hörten sich so an, als ob dieser Tag nicht mehr allzu fern sein würde. Sollte es tatsächlich der 9. November 2019 sein, der dreißigste Jubiläumstag des Mauerfalls? Sie dachte an die Karten von der Straße des 17. Juni, die sie bei der Securityfirma gefunden hatten. Sie hatte es Joachim bereits gezeigt.

Sie brauchte etwas Ablenkung und schaute sich die Fotos an, die Brückner ebenfalls geschickt hatte. Das Schreiben für das Kalifat, das Arnoldsen und seinem Begleiter freies und sicheres Geleit durch die Gebiete des IK garantierte. Auf einem anderen Foto sah sie Arnoldsen an dem Pool in Dubai, sah einen anderen Mann mit einem sandfarbenem Anzug und Glatze. Vielleicht war das der Mann, von dem Arnoldsen das Schreiben für das Kalifat bekommen hatte? An dem Tisch saß noch jemand. Ein dritter Mann. Sie vergrößerte das Foto. Ja, dachte sie, den habe ich doch schon mal irgendwo gesehen.

Wie immer, wenn sie sich anstrengte, auf irgendetwas zu kommen, fiel es ihr nicht ein. Das Gesicht, die Frisur, die Augen – wo, verdammt, hatte sie den Mann schon einmal gesehen?

Als sie gerade aufgeben wollte, fiel es ihr ein! Das war der Mann aus der Traumaambulanz, der, der die Terroristen am Pariser Platz erschossen hatte!

Iwo Retzick. KSK-Soldat und heute Ausbilder der Spezialkräfte. Was hatte der dort in Dubai verloren? Und war er schon wieder zurück?

Sie gab den Namen ins offizielle Melderegister ein. Seine Wohnung in Berlin war nicht öffentlich gemeldet. Es gab einen Sperrvermerk durch das LKA, wie es bei wichtigen oder gefährdeten Personen war. Sie zögerte ein paar Sekunden. Sie könnte den Datenexperten vom Staatsschutz anrufen. Doch dann landete es sofort auf dem Tisch von Joachim, und damit könnte alles auffliegen: alles, was Judith wusste, was niemand wissen sollte. Dass sie Brückner nach Dubai geschickt hatte, die Sache mit der falschen Identität, alles. Jasmin aber konnte sie auch nicht mehr kontaktieren. Also würde sie sich selbst im Rechner des Staatsschutzes anmelden müssen, um die Adresse von Iwo Retzick in Berlin herauszufinden.

So war es schlecht, und anders war es schlecht. Eigentlich war es immer schlecht.

KAPITEL 21

Februar 2019
Moabit, Berlin

Die Gegend um die Turmstraße war in diesiges Grau gehüllt. Es regnete, Autos hupten, und Radfahrer auf schrottreifen Rädern schlängelten sich fluchend durch den Verkehr, vorbei an schrottreifen Autos auf einer schrottreifen Straße. Dies ist die Dritte Welt, dachte Judith, nur das Wetter ist schlechter.

Sie klingelte zweimal, dreimal, viermal. Niemand öffnete.

Schließlich klingelte sie bei einem Nachbarn. Irgendwann öffnete sich die Tür. Sie betrat den Flur und schaute auf den Briefkasten. Vierte Etage.

Sie spurtete die Treppen hinauf.

Klopfte an die Tür.

Klopfte noch einmal.

Schließlich Schritte.

Die Tür öffnete sich.

Iwo Retzick stand vor ihr, der Mann aus der Traumaambulanz. Er war es wirklich. Doch er war nicht mehr so freundlich wie beim letzten Mal.

»Was wollen Sie?«

»Sie sprechen.«

»Ich will aber nicht mit Ihnen sprechen.«

»Warum nicht?«

»Weil ich dazu nicht verpflichtet bin, Sie sicher keine Vorladung haben und einen Durchsuchungsbefehl genauso wenig. Falls ja, würde ich den gerne sehen.«

»Ich habe etwas anderes.«

»Was denn?« Er machte Anstalten, die Tür zu schließen.

»Informationen.«

»Welche?«

»Dass Sie in Dubai waren. Und noch woanders.«

Wenn Erstaunen in Retzicks Gesicht war, konnte er das sehr gut verbergen.

»Wenn ich in Dubai gewesen sein sollte«, sagte er, »erzählen Sie mir etwas, was ich eh schon weiß. So etwas ist keine Information. Wenn ich nicht dort gewesen bin, lügen Sie, und Lügen muss ich mir nicht anhören.«

»Sie sind in Gefahr«, sagte Judith.

»Ich glaube eher, Sie sind in Gefahr«, entgegnete Retzick.

»Warum sollte ich in Gefahr sein?«

»Weil Sie sich gerade strafbar machen und mich ohne Vorladung belästigen.«

»Das tue ich nicht.«

»Dann hören Sie auf und tun Sie es wirklich nicht.« Mit diesen Worten knallte er die Tür zu.

Judith blickte auf die Fußmatte. *Willkommen* stand dort. Wahrscheinlich hatte seine Frau ihm diese Matte vor die Wohnung gelegt. Sie überlegte, ob sie noch einmal klopfen sollte. Dann machte sie auf dem Absatz kehrt und trottete die Treppe hinunter.

In der Wohnung griff Retzick nach seinem Handy und wählte eine Nummer.

»Sie war da«, sagte er.

»Das wundert mich nicht«, sagte die Stimme am anderen Ende.

»Ich möchte nicht, dass sie mich erneut belästigt. Sie haben mir garantiert, dass das geheim bleibt.«

»Das wird es auch«, sagte die Stimme.

»Und was machen Sie nun?«

»Genau dafür sorgen: dass Judith Richter Sie *nie wieder* belästigt …«

Die Verbindung endete.

KAPITEL 22

Februar 2019
Landeskriminalamt, Tempelhofer Damm, Berlin

Karl Brandt lehnte sich zurück und schaute Judith skeptisch an. »Warum kommen Sie zu mir, Frau Richter?«, fragte er.

Judith hatte in der Nacht kaum geschlafen, sie war mit ihrer Weisheit am Ende. Irgendetwas Schlimmes würde passieren, das wusste sie, und sie wusste nicht, wie sie es verhindern sollte. Am nächsten Morgen war ihr daher keine andere Lösung mehr eingefallen, als zu ihrem Chef zu gehen. Nicht zu ihrem Mann, Kriminaloberrat Joachim Richter, nicht zu Karsten Remkeit, dem direkten Vorgesetzten ihres Mannes. Sondern direkt zu Karl Brandt, dem Polizeipräsidenten von Berlin. Vielleicht war es die absolut falsche Entscheidung, aber sie war so weit zu glauben, dass eine falsche Entscheidung immer noch besser war als gar keine Entscheidung.

»Sie wissen selbst, wie viele Schläfer und Gefährder hier sind«, sagte sie. »Fast achthundert, genauso viele wie in Großbritannien. Nur in Frankreich gibt es mehr!«

»Wir sind vorbereitet.«

»O nein, das sind wir nicht, und das wissen Sie genau! Schauen Sie sich doch unsere Ausrüstung an. Wir haben derart alte Funkgeräte, dass die in Tiefgaragen keinen Empfang haben! Wir haben Dienstpistolen aus dem Jahr 1982, unsere Gebäude sind dermaßen morsch, dass Kollegen schon von Mauerteilen verletzt worden sind. Von Einbrüchen in Polizeiabschnitte und sogar in das Hauptquartier hier am T-Damm ganz zu schweigen.«

»Noch sitzen wir hier aber sicher, oder?« Er schaute sie missmutig an.

»In West-Berlin waren vor dem Mauerfall genauso viele Polizisten im Einsatz wie jetzt in der gesamten Stadt, gleichzeitig wirbt der Bund vom Land Berlin Staatsschutzleute vom LKA ab, und alle wechseln zum Bundesamt für Verfassungsschutz.«

»Ich gebe zu, das ist schlechtes Timing, gerade jetzt Beamte abzuwerben.«

»Und wir hier in Berlin«, sagte Judith, »wir dürfen nicht einmal mehr Dienstwaffen auf den Weg zur Arbeit nehmen, weil irgendein Kollege mal damit aus Mitleid ein sterbendes

Wildschwein erschossen hat. Mittlerweile sind die Kollegen gezwungen, Täter laufen zu lassen, um nicht von Aktenbergen erdrückt zu werden!«

»Wollen Sie mir einen Vortrag über Missstände halten?«

»Nein. Aber diese Missstände sind der weiche Bauch, in den die Angreifer stoßen können.«

»Welche Angreifer?«

»Die, die all das durchgeführt haben. Den Anschlag auf den Innenminister. Die Leute, die Waffen bunkern, die wir gefunden haben.«

Brandt schaute in Judiths Berichte. »Dass die Waffen nun gerade nach Silvester gefunden worden sind, kann auch Zufall sein.«

»Ist es aber nicht«, sagte Judith. »Wenn meine Analysen stimmen, dann sind spätestens seit 2010 in deutschen Wäldern von verschiedenen Extremistengruppen Manöver mit Kriegswaffen durchgeführt worden. Und die wirklich großen Manöver finden immer an Silvester statt, weil man vor lauter Knallerei überhaupt nichts hört und selbst Schüsse aus Scharfschützengewehren, automatischen Waffen und selbst Granaten nicht auffallen.« Brandt schaute sie an, als würde er ein Gespenst sehen. »Warum sind denn alle Versuche, die wahnsinnige Knallerei zu Silvester abzuschaffen, bisher gescheitert?«, schimpfte Judith weiter. »Und das in einem so scheinbar pazifistischen, umwelt- und tierlieben und offiziell vom Krieg traumatisierten Land, wo dann die kriegsartigen Zustände zu Silvester dennoch eine Art Nationalheiligtum sind? Auch der Feinstaub, den sonst alle fürchten, ist dann völlig egal. Warum?«

»Sagen Sie es mir.«

»Das liegt an einem einzigen Mann.«

»Und wer ist diese wundersame Person?«

»Cohagen. Er sorgt dafür! Weil er alle in der Hand hat.«

Er schüttelte den Kopf und kniff die Augen zusammen. »Nicht immer wieder diese Verschwörungstheorien mit Cohagen!«

»Er hat alle in der Hand.«

»Uns also auch? Oder mich?«, fragte Brandt.

Ich will es nicht hoffen, dachte Judith, aber meine Hand ins Feuer legen würde ich nicht dafür, dass er nicht auch Brandt an der Angel hatte. Wobei es dann ziemlich dämlich von mir ist, dachte sie, wenn ich hier mit genau dem rede, den er vielleicht auch an der Angel hat. Aber mit wem soll ich sonst reden? Doch Judith dachte nicht weiter. Sie hatte sich bereits in Rage geredet. Und sprach einfach weiter.

»Der Plan, den Cohagen vorbereitet, ist ähnlich wie beim Staatsterrorismus von *Gladio* in Italien, der von der CIA in Auftrag gegeben wurde: Es wird Unruhe geschaffen, auf die eine neue Partei mit harten Maßnahmen reagieren kann.«

»Und diese Partei ist welche bitte?«

»Deutschland zuerst.«

»Nun gut, das ist eine rechtspopulistische Partei oder wie immer man die nennen will, die auch sehr schnell wächst, aber da übertreiben Sie doch ein wenig.«

»Und was ist damit?«

Sie zeigte ihm die Pläne von Secutech für die Terrorattacken auf der Straße des 17. Juni, die abgehörten Gespräche, die Pläne, sowohl Rechtsradikale als auch Islamisten zu bewaffnen. Nur die Sounddateien von Brückner behielt sie erst einmal für sich.

»Wir sind dabei, all das zu prüfen. Genau, wie es Ihnen Joachim Richter gewiss ebenfalls schon gesagt hat. Aber das ist die Zuständigkeit von Staatsschutz, Verfassungsschutz und vielleicht noch MAD.«

»Zuständigkeiten?«, schäumte Judith. »Glauben Sie, Cohagen und seine Leute interessieren Zuständigkeiten? Da kooperieren rechtsradikale Terroristen mit islamistischen Terroristen. Denen sind Zuständigkeiten und Zuordnungen vollkommen egal. Hauptsache, sie erreichen ihr Ziel. Im Herbst ist es so weit.«

Brandt schaute sie verwirrt an. »Im Herbst ist was?«

»Verdammt, der Tag des Mauerfalls, der 9. November 1989, jährt sich zum dreißigsten Mal. Ich weiß nicht, was die dann vorhaben, aber glauben Sie mir, irgendetwas haben die an diesem Tag vor.«

»Glauben Sie mir, Frau Richter«, sagte Brandt und drückte auf einen Knopf an seinem Telefon, »am 9. November 2019 wird Berlin einer der sichersten Orte der Welt sein.« Er beugte sich leise über sein Telefon. Jetzt lässt er mich rausschmeißen, dachte Judith. Doch er sagte etwas anderes. »Frau Wrieden, bringen Sie uns zwei Kaffee? Danke!«

Der Kaffee kam.

Auch wenn Judith das plumpe Beruhigungsangebot sofort durchschaute, trank sie dankbar den Kaffee.

»Hören Sie, Frau Richter«, sagte Brandt, »ich glaube, das war alles ein bisschen viel für Sie in den letzten Tagen. Sie sollten sich ein paar Tage Urlaub gönnen.«

»Und wer macht hier weiter?«

»Ihr Kollege Tahir Nadar zum Beispiel. Und die anderen Kollegen vom Staatsschutz. Kriminaloberrat Richter, Ihr Gatte, kennt die Situation ja ebenfalls.«

»Und was mache ich?« Sie schaute ihn durch den Dampf, der aus dem Kaffeebecher aufstieg, hindurch an.

»Sie machen das, was jetzt das Beste für Sie ist. Sie ruhen sich ein paar Tage aus.«

KAPITEL 23

Februar 2019
Charlottenburg, Berlin

Judith hatte vor etwa zwei Stunden das LKA verlassen. Es war unglaublich! Brandt persönlich hatte Tahir von ihrem Fall abgezogen. Jetzt stand sie allein da. Völlig isoliert. Und wahrscheinlich war das auch die einzige Lösung. Wahrscheinlich musste sie alles selber machen. Sie hatte in ihrer Wohnung die zwei Flügeltüren, die von der Küche zum Wohnzimmer führten, über und über mit Post its und Papieren beklebt. Zahlungsströme, Hintergründe, Personen, Interessen. Alles, was sie wusste. Das Ganze hatte Struktur, aber es war noch immer zu viel Chaos, als dass sie allem einen Sinn hätte geben können.

Sie schaute auf ihren Rechner mit den Sounddateien, die Ulrike Brückner aufgenommen hatte. Gespräche zwischen Arnoldsen und einem Hussein, Arnoldsen und Abu Qatada. Konnte das wirklich der Stellvertreter des IK sein? Da war auch immer noch eine andere deutsche Stimme zu hören. Es musste die von Retzick sein.

Sie hörte das aufgenommene Gespräch zwischen Hussein und Arnoldsen weiter.

Ihr habt uns viele geschickt. Sehr viele. Und die können sich alle selbst finanzieren …

Wie nennen Sie das noch? Hartz-IV-Stipendium?

Hartz-IV-Stipendium oder Dschihad-Stipendium. Arnoldsen musste sich offenbar ein Lachen verkneifen. *Die sollen sich ja in Ruhe auf ihre Anschläge vorbereiten. Dafür brauchen sie Zeit. Und da stört eine Jobverpflichtung nur.*

Und das Hartz IV gibt es mehrfach für eine Person?

Ja, wenn die Leute ohne Pass einreisen, können sie in Deutschland mehrere Identitäten annehmen. Und pro Identität Hartz IV beantragen. Da kann einer locker fünftausend Euro oder mehr netto im Monat bekommen.

Man kann nach Deutschland ohne Pass einreisen?

Ja, kein Problem.

Dass so etwas in Deutschland möglich ist. Ich dachte, da wäre die deutsche Genauigkeit …

Bei Falschparkern ist diese Genauigkeit noch da, ja. Bei unserer Sache nicht! Und das ist gut so.

Die meisten waren wahrscheinlich schon hier, dachte Judith. All die Gefährder waren schon hier, um irgendetwas Schlimmes zu tun. Und dann die Waffenlieferungen, dachte sie, aber waren es genug Waffen für all die Gefährder? Es gab eine letzte Hoffnung in ihr, dass es viel zu wenig Waffen waren, dass sie noch weitere vergrabene Waffen finden würden und konfiszieren könnten, dass sie das alles vereiteln könnten. Könnten, könnten, könnten …

Sie spulte nach vorne, hoffte, in all den Megabytes von Sounddateien irgendetwas zu finden. … *müssen gar nicht …* sagte Arnoldsens Stimme. Sie zog den Pfeil in dem Audioprogramm auf ihrem Laptop zurück. Dann hörte sie den Satz ganz. Es war tatsächlich Arnoldsen. *Die Waffen müssen gar nicht importiert werden! Sie sind schon lange da.*

Sie sind schon lange da … Die Worte hallten in ihrem Kopf wie Glocken, die den Tag des Jüngsten Gerichts einläuteten.

Sie schaute auf die Gitarre, die noch aus der Zeit in Hiltrup in einem Ständer lehnte. Wie lange hatte sie damit nicht mehr gespielt? Sie schaute auf ihre Fingerkuppen. So gut wie keine Hornhaut mehr an der linken Hand. Manchmal, dachte sie, sah eine Gitarre wie ein Gewehr aus. Es gab gerade im Heavy Metal Musiker, die ihre Gitarre auch so hielten. Oder ihre Bassgitarre, wie Steve Harris von Iron Maiden.

Die Gitarre, Iron Maiden, die Gewehre, dachte sie. Dann fiel es ihr auf! Die Gewehre und die Waffen. Es waren Walther PPKs, Glocks, SIG Sauers, einige Revolver und ein paar AK 47. Aber das war nur ein Bruchteil der Waffen, der Hauptteil bestand aus anderen Waffen! Der Import der Waffen, die Lieferscheine, die seltsame Lieferung mit dem Codewort *Ferdi:* Das war alles nur Schein, nur Ablenkung! Man brauchte überhaupt keine Waffen zu importieren! Die Waffen waren alle schon lange hier!

Manche Waffenhändler handelten illegal mit Waffen. Deutsche Waffenschmieden verkauften keine Waffen ins Ausland, weil man dafür eine Genehmigung gemäß KWKG brauchte. Aber hier war es anders, hier war es viel einfacher und viel perfider!

»Die Waffen müssen gar nicht importiert werden«, hatte die Stimme gesagt, wahrscheinlich die von Arnoldsen, »sie sind schon lange da!«

Cohagen … Sie dachte an das, was sie auf dem Dachboden gelesen hatte, an das Dokument von Jasmin. Cohagen war der Ziehsohn von diesem von Stahleck. Entsetzt schaute sie sich die Dateien aus den Servern der Securityfirma im Dark Web an. Von Stahleck hatte nach dem Zweiten Weltkrieg mit alten Waffen gehandelt. Hatten sie nicht in der Kiste in Brandenburg im Wald Weltkriegswaffen gefunden? Die Mauser, Schmeisser, S 44, alles Waffen aus dem Zweiten Weltkrieg. Die S 44 war der Vorläufer der AK 47! Und mit der konnte nun wirklich jeder Terrorist umgehen!

Und was hatte Pascal gesagt? *Klar schießen die noch.*

Sind gut in Schuss, hatte er sogar gesagt. Das war schon damals nicht witzig, aber jetzt musste Judith sich beherrschen, um sich nicht an Ort und Stelle zu übergeben. Millionen von Waffen aus dem Zweiten Weltkrieg! Viele davon waren im Ausland, weil sie gleich nach dem Krieg verkauft worden waren. Doch ein großer Teil davon ... war noch in Deutschland versteckt. Millionen von Waffen. Jederzeit zugänglich für Extremisten. Kontrolliert von Terroristen, Neonazis und Verschwörern, die den absoluten Umsturz wollten. Gewalt, Chaos und Anarchie oder was immer sie vorhatten. Und nur die Handlanger von von Stahleck und Cohagen wussten, wo diese Waffen versteckt waren.

Soll ich Tahir anrufen? Nein ich sollte mich erst einmal beruhigen! Sollte ich zu Joachim gehen? Oder zu Brandt? Aber der hat mich ja vorhin schon abserviert ... Und Joachim steckt ja eventuell mit drin. Ich muss cool bleiben, einen klaren Kopf bewahren, muss ...

Sie merkte, wie ihr schlecht wurde, und schaffte es gerade noch auf die Toilette, wo sie sich zweimal übergeben musste. Dann ging sie mit taumelnden Schritten ins Schlafzimmer. Sie spürte eine erdrückende Müdigkeit, während ihr gleichzeitig schwarz vor Augen wurde.

Während sie das Bewusstsein verlor, fiel sie in ihrer Kleidung aufs Bett und blieb dort regungslos liegen.

KAPITEL 24

Februar 2019

An Bord der Air Force One, zwischen Kapstadt und Europa

Carl Cohagen war auf einem diplomatischen Flug an Bord der Air Force One. Er hatte gerade streng vertrauliche Gespräche an Bord der Präsidentenmaschine mit ausgewählten NATO-Partnern geführt, um den künftigen Status Deutschlands zu besprechen. Oder besser: *den Status der zwei Teile Deutschlands, die es bald geben würde*. Der US-Präsident würde nichts dagegen haben, wieder einen hochgerüsteten Bündnispartner zu haben, auch wenn das neue Deutschland etwas kleiner war als das alte.

Die Air Force One, Modell VC-25A, von der es zwei gab, bot fast vierhundert Quadratmeter Grundfläche für den Präsidenten, seine Familie und zwei Agenten des Secret Service. Die Farbe der Lounge war damals durch Nancy Reagan ausgewählt worden, die Farben der Innenausstattung und das Porzellan hingegen von Jackie Kennedy. An den meisten Frauen, dachte Cohagen, war eine Innenarchitektin verloren gegangen.

Die Bordküche der Air Force One konnte für bis zu hundert Personen kochen, die Lebensmittel wurden immer vor Ort in zufälligen Supermärkten eingekauft, damit niemand irgendeinen Vergiftungsanschlag planen konnte.

Auch sonst war das Flugzeug nicht ohne. Es konnte eine dichte Wolke von kleinen Metallfolien aussprühen, die die Radarstrahlen von Raketen reflektieren und damit die Rakete von ihrem Ziel ablenken konnte, und die Elektronik war gegen den elektromagnetischen Impuls von Atomwaffen abgeschirmt. Zudem hatte die Air Force One stets Vorrang gegenüber allen anderen Luftfahrzeugen, beide Modelle der VC-25A konnten in der Luft betankt werden und damit von jedem Ort der Welt ohne Zwischenlandung zurück nach Washington fliegen. Ebenso konnte der Präsident von jedem Ort der Welt per Satellit eine Ansprache an die Nation halten. Mit so etwas konnte kein anderes Land der Welt mithalten, außer vielleicht, dachte Cohagen, die *Ed Force One,* die Boeing 747 der Heavy Metal Band Iron Maiden.

Dennoch waren einige Dinge in dieser imposanten Militärmaschinerie durchaus auf Kante genäht, das wusste Cohagen.

Wenn eine Atomrakete von Russland aus gestartet wurde, was man *launch under attack* nannte, dann hatten die USA und ihr Präsident dreißig Minuten Zeit, um darauf zu reagieren. Keinesfalls mehr, denn landgestützte Raketen konnten problemlos die US-Raketensilos vernichten. Noch weniger Zeit blieb allerdings, wenn die Rakete von einem U-Boot abgeschossen wurde. Genau genommen musste die Entscheidung in achtzehn Minuten getroffen werden, der Rest der Zeit ging für die Befehlskette drauf. Zehn Minuten vergingen bis zum Alarm durch die Frühwarnsysteme. Dann noch zwei Minuten für die Entscheidung im North American Aerospace Defense Command in Colorado Springs, auch NORAD genannt, um zu prüfen, ob es sich um einen Fehlalarm handelte. Falls es kein Fehlalarm war, ging die Information sofort an den Krisenkoordinator des Präsidenten, der dann überlegen musste, ob er den Präsidenten anrief oder aufweckte. Dann musste der Präsident gefunden, informiert und mit seinen Beratern verbunden werden. Damit waren schon fünfzehn Minuten vergangen.

Zehn Minuten bis zum Alarm durch die Frühwarnsysteme.

Zwei Minuten für die Entscheidung, ob es ein Fehlalarm war.

Fünfzehn Minuten, bis man den Präsidenten erwischt hatte, der sich an jedem Ort der Welt befinden konnte.

Es blieben damit noch drei Minuten für die Entscheidung des Präsidenten.

Drei Minuten, um über den Untergang der Welt zu entscheiden.

Nicht gerade lange, dachte Cohagen.

Er schaute auf das Telefon, die Verbindung war frei. Endlich!

Er ließ sich durchstellen.

»Herr Richter, wie sieht es aus?«, fragte Cohagen. »Frauen können nützlich sein, wenn sie zum Beispiel das Geschirr auswählen …«, er blickte auf das Kaffeegeschirr von Jackie Kennedy, »… aber Ihre Frau fängt langsam an, uns ernstlich Schwierigkeiten zu machen.«

»Ja, das sehe ich«, kam die kleinlaute Stimme, bevor Joachim Richter seine Selbstsicherheit wiederfand.

»… und ich frage mich«, fuhr Cohagen fort, »was noch alles passieren muss, bis Sie endlich handeln? Wenn das alles auffliegt, fliegen *Sie* mit auf. Und das wird nicht schön!«

»Das Problem *Judith* wird noch heute gelöst«, sagte Joachim Richter mit belegter Stimme, »Sie können es eigentlich schon als gelöst betrachten.«

»Das hoffe ich sehr«, sagte Cohagen.

Er beendete die Verbindung, trank den letzten Schluck Kaffee aus der Jackie-Kennedy-Tasse und bewegte sich zurück in Richtung Konferenzraum.

KAPITEL 25

Februar 2019
Charlottenburg, Berlin

Judith wachte panisch auf. Ein kurzer Blick auf die Uhr, es war drei Uhr morgens. Die Zeit, in der Menschen nicht mehr einschliefen, wenn sie erst einmal aufgeweckt werden.

Die Zeit zwischen drei und vier Uhr war die Zeit der größten Einsamkeit, die Zeit der größten Schrecken, die Zeit, wo man wirklich allein ist.

Sie rief nach Fenris, ihrem Hund. Doch der kam nicht. Wo war er?

Irgendetwas hatte sie geträumt. Von Männern, die in ihrer Wohnung herumliefen. Doch hier war niemand. Sie tastete nach dem Licht.

Da traf sie der Lichtkegel.

Sie blinzelte, ihr Herz hämmerte, und Panik schnürte ihr die Kehle zu.

Die Taschenlampe schwenkte nach oben zur Decke, dann sah sie das Gesicht.

Es war Micha! Vom SEK!

»Micha?« Sie zog die Bettdecke nach oben, als könnte sie sich auf diese Weise vor dem Lichtstrahl schützen.

»Judith, was machst du nur?«, fragte der. Er schüttelte den Kopf.

»Was mache ich …?«

Dann schaute sie sich um. Überall war Blut! An ihrer Bettdecke. Sie sah an ihren Handgelenken herunter. Schnittverletzungen an der Innenseite!

War sie das gewesen? Das hatte sie doch nicht getan!

Ihr Blick zog hektisch durch ihr Zimmer. Um ihr Bett herum lagen – Waffen! Pistolen, Munition, Messer. Und in der Ecke noch etwas, das wie ein Sprengsatz aussah.

Waffen! In ihrem Schlafzimmer!

Was war hier passiert?

Sie konnte sich an nichts erinnern.

Hinter Micha standen weitere Ermittlungsbeamte. Und Joachim, ihr Ehemann. Und Finn, der gerade ein größeres Albtraumszenario erlebte, als es *Call of Duty* jemals bieten würde.

»Tut mir leid«, sagt Micha, »Du scheinst eine Gefahr für dein Leben und für das Leben anderer zu sein. Wir sind gezwungen, dich … einzuweisen.«

»Du bist gezwungen, mich *was?*«

»Du hast versucht, dir die Pulsadern aufzuschneiden«, sagte Joachim. Ihr Ehemann ging einen Schritt nach vorn. »Wir wollen dich nicht verlieren, wir müssen dich schützen.« Er machte eine Pause. »Vor dir selbst.«

Sie schaute nach unten. Sah ihre aufgeritzten Arme. Das trockene Blut auf der Bettdecke. Wer hatte das getan? Doch nicht sie? Sie schaute nach oben.

»Vor mir?«

Joachim verzog das Gesicht. »Nicht nur dich müssen wir schützen, auch andere.«

Die SEK-Männer kamen näher. Die Hände wurden ihr auf den Rücken gebogen. Handschellen klickten.

»Was soll das? Ich habe nichts getan!«, schrie Judith.

»Noch nicht«, sagte Joachim tonlos.

»Noch nicht? Verdammt, was soll das heißen? Was wollt ihr überhaupt?« Sie wand sich, doch die Handschellen hielten gnadenlos stand.

»Komm mit.«

Sie führten Judith ins Wohnzimmer, zu den beiden Flügeltüren, an die sie all die Zusammenhänge des Falls angeklebt hatte. Die Zahlungsströme, die Waffen, die Verdächtigen.

Jetzt hingen dort noch andere Bilder.

Fotos des Polizeipräsidenten, des LKA-Chefs, des Staatsschutzchefs. DIN-A4-Fotos, schwarz-weiß und in Farbe. Und auf jedes Foto war mit roter Farbe – oder war es Blut? – ein großes Kreuz gemalt.

»Die Waffen«, sagte Micha, »und hier die Fotos.« Er zeigte auf die Gesichter. »Wolltest du die alle umbringen?«

Judith schaute von einem zum anderen. »Welche Waffen?«

»Die im Schlafzimmer.« Er sprach ruhig, als würde er mit einem verhaltensgestörten Kind sprechen.

Sie sah die Fotos in ihrem Wohnzimmer wieder vor sich. Den Polizeipräsidenten, den Chef des Staatsschutzes, ihren Mann Joachim. Die Pistolen, die Messer, die Munition und das, was wie ein Sprengsatz aussah.

»Ich habe die Waffen dort nicht hingelegt«, schrie Judith. Sie versuchte, sich zu befreien, aber die Handschellen hielten mit grausamer Verlässlichkeit. Natürlich taten sie das. Wenn es jemand wissen müsste, dann Judith selbst.

»Tut mir leid, Judith, aber wir mussten handeln«, sagte Joachim, »alle Indizien sprechen dafür, dass du entweder all diese Männer umbringen wolltest oder dich selbst.«

»… oder beides«, ergänzte Micha.

Judiths Kopf zuckte nach oben. »Ein Amoklauf?«, fragte sie.

»Sieht ganz so aus.« Micha nickte und kniff die Lippen zusammen, ohne sie anzuschauen.

»Aber das stimmt nicht! Ich habe nichts davon da hingelegt!«

Ein grausamer Verdacht keimte in ihrem Kopf auf. Doch da wurde sie schon von den SEK-Leuten nach vorn geschoben.

»Sie haben zehn Minuten Zeit, sich umzuziehen und eine Tasche zu packen«, sagte einer der Männer. Er sah nicht wie ein Polizist aus, eher wie ein Arzt. »Dafür nehmen wir Ihnen die Handschellen ab. Wenn Sie Ärger machen, muss ich Sie sedieren.« Er hielt eine Spritze in die Höhe.

»Und dann?«

»Dann werden wir Sie einweisen und das Betreuungsgericht informieren«, sagte der Mann und wich ihrem Blick aus. Joachim Richter schwieg dazu. »Sie sind eine Gefahr. Für andere. Und für sich selbst!«

BUCH 4

Das Geheimnis des Glücks ist die Freiheit.
Das Geheimnis der Freiheit aber ist der Mut.

PERIKLES

KAPITEL 1

März 2019
Mossul, Hauptstadt des Kalifats, Irak

Dubai machte reich. Am Flughafen konnte man Lose kaufen für hundertvierzig Dollar das Stück, dafür konnte man einen Bentley Continental GT gewinnen oder auch einen Audi R8, einen McLaren MP4 oder einen Aston Martin. Die Glitzermetropole war aus einem Perlenfischerdorf am Rande der Wüste entstanden. Das war die eine Seite des Orients, eine Welt wie in Tausendundeine Nacht.

Dann gab es Mossul, das war die andere Seite des Orients, die dunkle Seite. Auf den Spitzen der schwarzen Eisengitter waren die Köpfe von syrischen Soldaten aufgespießt, denn Tote und Verräter wurden nicht bestattet, sondern irgendwann verbrannt, damit der Leichengestank nicht die Luft verpestete. Ständig war das Tackern von Kalaschnikows zu hören, das Heulen von Motoren und dazwischen, über Lautsprecher verstärkt, der Ruf zum Gebet.

Abu Qatada schaute in den Sonnenaufgang, in das orangefarbene Licht, den Staub und die Silhouetten.

Nach dem Sturz Saddams hatte der Irak ein demokratisches Vorbild für die Welt werden sollen. Doch das Einzige, was geblieben war, war ein Vakuum. George Bush senior hatte das gewusst, er war auch CIA-Chef gewesen, und genau das hatte ihn davon abgehalten, Saddam Hussein zu stürzen. Es war immer das Gleiche. Es waren Diktatoren, die den Laden zusammenhielten. Gaddafi in Libyen, wahrscheinlich auch Assad in Syrien und Abu Qatada im Kalifat. Eigentlich musste er George W. Bush dankbar sein, denn er hatte Abu Qatada den Thron bereitet, den Bushs Vater ihm noch nicht gegönnt hatte.

Er ließ die Gebetsschnur durch die Finger gleiten. Der Glaube bedeutete Erdung, Zugehörigkeit, Bestimmung. All das hatten sie. Was hatte der Westen? Den Glauben an Altersversorgung, Recycling und Gendersterne. Sonst nichts. Abu Qatada musste lächeln. Ihre Zeit war gekommen. Viele der Kämpfer waren aus den Gefängnissen Assads befreit worden. Ein Mann namens Waheed hatte ihm gestern von der berüchtigten »Willkommensfeier« gleich zu Beginn der Gefangenschaft in den Gefängnissen von Damaskus erzählt. Die »Party« hatte zehn Stunden gedauert. Sie hatten mit Schraubenziehern in seinen Körper gestochen, hatten ihn mit Stiefeln ins Gesicht getreten. Einen anderen hatten sie auf den »deutschen Stuhl« gesetzt, eine Erfindung der SS, der die Wirbelsäule dehnte und irgendwann brach. Bei einem anderen Mann war sie tatsächlich gebrochen. Waheed war am Leben geblieben. Sein Hass war grenzenlos. Auf die Feinde des IK, die Feinde Gottes, die Feinde Allahs. Und vor allem auf die Feinde Abu Qatadas, der ihn gerettet hatte. Er würde für das Kalifat kämpfen, töten und sterben.

Erst waren die eigenen Ungläubigen dran, die Schiiten, die Ali verehrten und die nur ihn als rechtmäßigen Kalifen ansahen. Sie würden die Moschee finden, das wusste Abu Qatada, sie würden sie sprengen und ausräuchern. Denn sie, die Männer vom Islamischen Kalifat, waren Sunniten, und die Sunniten glaubten an die ersten drei Kalifen, Omar Ibn al-Khattab, Othman Ibn Affan und Abdallah Abu Bakr. Abu Bakr al-Baghdadi hatte den gleichen Namen. Er hatte den IS gegründet, auf dessen Fundament das Islamische Kalifat gebaut wurde.

Dann würden die Christen drankommen, die Juden und

die europäischen Atheisten, die an nichts glaubten. Insbesondere die Deutschen. Sie waren Riesen im Reden und Zwerge im Handeln. *Fat and impotent,* hatte Churchill gesagt, und er hatte recht gehabt.

Abu Qatadas Kämpfer waren bereits unterwegs, die allermeisten waren schon längst da.

Und am 9. November würde der große Tag kommen.

Inshallah, dachte Abu Qatada. *So Gott will.*

Deus lo vult, hatte Papst Urban II. am 27. November 1095 gesagt, *Gott will es.* Danach waren die Kreuzfahrer nach Jerusalem aufgebrochen.

Jetzt aber wollte es Gott wirklich, nicht nur die Unterwerfung von Jerusalem, sondern auch die von Europa.

Inshallah, sagte Abu Qatada, jetzt laut. *So Gott will.*

KAPITEL 2

März 2019
Fahrt zum St.-Hedwig-Krankenhaus, Berlin-Mitte

Judiths Kopf glühte. Sie presste die Wange gegen das kalte Fenster des Busses.

Paragraph 1906 BGB, Bürgerliches Gesetzbuch, ging es ihr durch den Kopf. Nach Paragraph 1906 BGB konnten Personen aufgrund einer psychischen Krankheit eine Gefahr für sich darstellen und daher gegen ihren Willen in ein psychiatrisches Krankenhaus eingewiesen werden. Oder man würde sie, Judith, nach dem Psychisch-Kranken-Gesetz, dem sogenannten PsychKG, in einer Institution unterbringen, da sie, eine »akute Fremdgefährdung barg«, wie man es nannte. Schließlich hatte sie, wie es aussah, den

Mord an mehreren hochrangigen Staatsdienern geplant. Eigengefährdung oder Fremdgefährdung, in jedem Fall würde man sie einsperren. Genau das schien ihr jetzt bevorzustehen, als sie mit ihrer kleinen Reisetasche in dem Polizeibus der Justiz saß. Allerdings nicht auf dem Beifahrersitz, sondern hinten mit einer Trennwand zum Fahrer und vergitterten Fenstern.

Sie wusste, dass alles gelogen war, und die anderen wussten es wahrscheinlich auch. Sie wollte niemanden umbringen, und sie wollte sich auch nicht selber umbringen. Irgendjemand hatte das alles inszeniert, sicher einer von denen, mit denen sie in den letzten Tagen gesprochen hatte.

Sie schaute nach vorn. Tränen liefen ihr über das Gesicht, während sie die Friedrichstraße kreuzten. Irgendwo hier musste der Tränenpalast sein, der deshalb so hieß, weil dort beim Abschied in den Westen oder in den Osten viel geweint wurde. War dies auch ein Abschied? Ein Abschied von ihrem alten Leben, das ihr zwar allzu oft sinnlos erschienen war, aber dennoch sehr viel lebenswerter als das, was jetzt vor ihr lag?

Sie dachte an das Zitat von Dante. *Kein Schmerz ist größer als sich an die Zeit des Glücks erinnern, wenn man im Elend ist.* Judith hatte sich selbst in dieses Elend hineinmanövriert. Hatte ihr eigene Hölle erschaffen und hatte, wie es auch bei Dante stand, *aus ihrem eigenen Haus ihren Galgen gebaut.*

In der Anstalt hatte sie ihr Zimmer bezogen. Vorher war sie lange untersucht und befragt worden. Sie sah viele Gesichter, weiße Kittel, Notizen, Klemmbretter, Monitore. Hörte Stimmen. Immer wieder.

Sie haben versucht, sich die Pulsadern aufzuschneiden!

Ich war es nicht!

Sie wurde belehrt, dass der Kulminationspunkt von Suiziden im Frühjahr liege, das wäre jetzt also genau die Zeit. Auch in krisenanfälligen Entwicklungsphasen wie Pubertät, Schwangerschaft oder Wochenbett gäbe es Häufungen. Ein Suizid sei eine radikale Lebensverneinung aus dem Gefühl von Hoffnungslosigkeit, Verzweiflung und Resignation. Er kam häufiger bei Alleinstehenden vor als bei Menschen, die in Partnerschaften lebten. Das immerhin stimmte, dachte Judith. Denn eigentlich war sie alleinstehend. Sie dachte an den Moment mit der Waffe vor dem Spind. Als sie es *tun* wollte, aber doch nicht getan hatte. Damals hatte sie es nicht getan. Aber jetzt? *Hatte sie sich vielleicht doch die Pulsadern aufgeschnitten? Oder anders: Hätte sie es tun sollen?*

Die Ärzte sprachen von Selbstverletzungen, Hilfeschreisuiziden oder Automutilation. Bei Judith sprachen sie von einem Parasuizid, einem abgebrochenen Suizid.

Die Suizidabsicht ist aber gar nicht der eigentliche Punkt, Frau Richter, hörte sie die Stimmen sagen.

Sie hörte die Stimmen der Ärzte wie durch einen Bausch Watte.

Sie wollten all diese Menschen umbringen. Dann haben Sie gesehen, dass das schwer wird, wahrscheinlich unmöglich. Und dann wollten Sie sich umbringen. Nur sich. So eine Art halber Amoklauf.

Sie stellen eine Gefahr dar. Für sich und für andere.

Später saß sie in ihrem Zimmer, die Worte hallten in ihrem Kopf. *Sie stellen eine Gefahr dar. Für sich und für andere.*

»Akutpsychiatrie« stand draußen auf dem Schild. *Geschlossene Station.* Sie war im St.-Hedwig-Krankenhaus in

Berlin-Mitte, in der Großen Hamburger Straße. Direkt nebenan war die Traumaambulanz, ihr Besuch dort kam ihr vor, als wäre er in einem anderen Leben gewesen. Ein anderes Leben einer anderen Person. Sie hatte argumentiert, sie hatte ruhig geredet, aber irgendwann hatte sie geschrien. Es hatte alles nichts genutzt, das Schreien am allerwenigsten, denn das bestärkte die Ärzte nur. *Wer schreit, schreit um Hilfe,* sagte man. Und man zeigte damit, dass man diese Hilfe brauchte und noch eine ganze Weile hierbleiben musste. Doch Judith hatte sich so machtlos gefühlt, dass sie irgendwann nur noch schreien konnte. Man wollte ihr nicht zuhören. Man wollte nicht, dass irgendjemand sie hörte, man wollte sie hier kaltstellen. Das hatte sie schon begriffen, als sie gestern Nacht ihre kleine Tasche gepackt hatte, umringt von Sicherheitskräften, ihrem Ehemann Joachim und ihrem Sohn Finn.

Sie schaute zur Decke. Vielleicht wurde sie abgehört. Gefilmt. Und alles landete bei Joachim und Karl Brandt. Und diesem Cohagen. Sie hatte gehört, dass in der Sixtinischen Kapelle im Vatikan Laserstrahlen die Decke abtasteten. Laserstrahlen, die Vibrationen durch Geräusche erkennen und in Sprache zurückcodieren konnten. Sodass Außenstehende wussten, was die Kardinäle bei einer Papstwahl besprachen.

Nichts ist wahr, dachte Judith, während sie stumpf aus dem Fenster blickte. Aber alles ist möglich.

Sie dachte an die große Flügeltür in ihrer Wohnung, an all die Fotos und Materialien, die sie dort aufgehängt hatte.

»Sind das vertrauliche Informationen, die Sie hier an die Wand gehängt haben?«, hatte einer der Beamten gefragt. Dann hatten sie alles heruntergerissen, die Zeitungsausschnitte von Franco A. von der Bundeswehr, der sich als

Flüchtling hatte registrieren lassen. Die Protokolle von 2015. Damals, als alles seinen Lauf nahm. Seehofer, der damals zur Kanzlerin sagte: *Wir werden den Propfen nicht mehr in die Flasche bekommen.* Frankreichs Staatspräsident Hollande, der der Kanzlerin nicht mehr als symbolische Unterstützung zusicherte. Die Grenzen wurden 2015 einfach geöffnet. Es gab keine Regierungserklärung, keine gemeinsame Ansprache wie damals, als die Kanzlerin 2008 auf dem Höhepunkt der Finanzkrise gemeinsam mit dem Finanzminister verkündete, dass die Spareinlagen der Deutschen sicher seien. Alle hatten die Grenzöffnung bejubelt, die BILD an vorderster Front: »Bundeskanzlerin beendet Schande von Budapest« stand dort.

Doch das, was wirklich kam, konnte niemand glauben. Wenn Judith recht hatte, dann stand alles kurz bevor. Hunderte von Wohnungen von Extremisten in Berlin waren mit automatischen Waffen beliefert worden. Was hatten die Verschwörer mit Deutschland vor? Es ganz groß oder ganz klein machen?

Etwas Schlimmes ermöglichen, um etwas noch Schlimmeres zu verhindern. Diese politische Logik lag all den Massakern und Terroranschlägen zugrunde, welche ohne richterliches Urteil bleiben, weil der Staat sich ja nicht selbst verurteilen kann. *Strategie der Spannung* wurde so etwas genannt. *Inszenierter Terror und verdeckte Kriegsführung.*

Sie schaute aus dem Fenster in die Nacht, schaute an dem seltsamen Hemd herunter, das sie hatte anziehen müssen, zog die Beine an die Brust, verschränkte die Arme und begann wieder zu weinen.

KAPITEL 3

März 2019
St.-Hedwig-Krankenhaus, Berlin-Mitte

Judith hatte den Mann, der in ihrem Zimmer stand, nie Auge in Auge gesehen. Dennoch wusste sie sofort, wer es war. Der gestutzte Bart, die Brille, die Augen, die immer so aussahen, als würden sie schon die nächste Katastrophe herbeisehnen.

»Cohagen«, knurrte sie. »Sie stehen also hinter dem Ganzen …«

Cohagen blickte auf den Fernseher hinter Judith, als wollte er sagen *bekannt aus Funk und Fernsehen.* Stattdessen stemmte er die Hände in die Hüften und sagte erst einmal gar nichts.

»Sie kommen, um zu schweigen?«, fragte Judith.

»Ich wollte Ihnen Zeit geben, mich kennenzulernen«, sagte er dann. »Wir sind uns ja bisher nie begegnet.«

»Ich habe Sie nicht vermisst«, sagte Judith.

»Danke für das Kompliment.« Cohagen sah sich um, als würde er das Zimmer inspizieren. »Was sagt Ihnen 962?«, fragte er dann.

»Keine Ahnung.«

»Die Gründung des Heiligen Römischen Reiches Deutscher Nation.« Er blickte auf. »1871?«

»Die Gründung eines anderen Reiches.«

»Des Deutschen Reiches, genau. Und 1933?«

»Das Dritte Reich«, sagte Judith gelangweilt.

»1990?«

»Die Wiedervereinigung. Das vereinigte Deutschland.«

»Und 2019?«

»Das ist jetzt.«

»Das ist jetzt.« Cohagen nickte. »2019 wird das Jahr des neuen, des *gespaltenen* Deutschlands sein.«

»Ist das so?«

»Ja. Und es ist auch nicht neu. Hegel hat das alles schon gewusst. Der Weltgeist, wissen Sie?« Cohagen stand vor dem Fenster. »Der Weltgeist führt die Dinge. Hegel war der Ansicht, dass Konflikte gelöst werden können, aber nur durch große plötzliche Schocks. Und wissen Sie was? Er hatte recht.« Er rieb sich die Hände. Das Sonnenlicht zeichnete durch die vergitterten Fenster ein Muster auf seinem Gesicht. »Denn dieser Schock wird kommen. Es ist der Glaube an den Wandel durch Konflikt, verbunden mit Staatsverehrung, der Hegel für alle Extreme von links bis rechts attraktiv gemacht hat. Und ebenso für uns.«

»Fehlt noch, dass Sie Bismarck zitieren. Das macht mein Mann auch immer.«

»Joachim«, sagte Cohagen. »Ein guter Mann, genauso wie Bismarck. Sie wissen ja, was Bismarck gesagt hat: *Nicht durch Reden und Majoritätsbeschlüsse werden die großen Fragen der Zeit entschieden, sondern durch Eisen und Blut.*« Cohagen sprach weiter. »Die Zeit der Spießigkeit ist vorbei. Als Deutschland vereinigt wurde, liefen im Fernsehen *Diese Drombuschs* und *Die Schwarzwaldklinik*, und Helmut Kohl war Kanzler. Der hat lieber am Wolfgangsee für sich allein ein Riesenstück Torte verdrückt hatte, statt sich mit Margaret Thatcher zu treffen.«

»Ich kenne die Geschichte«, sagte Judith.

»Kohl hat seinen Bauch mit Torte vollgestopft, und Europa ist der weiche Bauch des Westens, das wissen Sie so gut wie ich. Die Bevölkerung kann durch Terror leicht radikalisiert werden. Das ist auch Hitler schon gelungen, und wir sind ebenso gerade dabei.«

»Das werden Sie nicht schaffen«, sagte Judith. Aber sie merkte, wie hohl das klang und dass sie selbst nicht daran glaubte. Schließlich glaubte sie an das Gute und saß zur Belohnung in der geschlossenen Psychiatrie. Cohagen hatte den wahnsinnigen Plan und bald schon Tausende, wenn nicht Zehntausende von Menschen auf dem Gewissen, und Cohagen war frei. Sie dachte an den englischen Spruch: *Only the insance prosper. Only those that prosper truly judge, what is sane.*[2]

»Die Deutschen mögen Alleingänge, das war schon bei Hitler so. *Dumme bilden Dumme aus, und wieder werden Dumme draus.*« Er klatschte leise in die Hände. »Und jetzt passiert es wieder. Immer und immer wieder. Die Energiewende 2011, die Grenzöffnung 2015. Und jetzt kommt ein neuer Alleingang, die Teilung eines Landes. Allerdings diesmal nicht orchestriert von der Kanzlerin, sondern von … uns!«

»Und dem Kalifat.«

»Die helfen uns. Richtig. Abgesehen davon wollen die Deutschen es ja so. Sie haben lange genug die Parteien gewählt, die den Boden bereitet haben für das, was wir tun.« Er blickte sie an. »Wissen Sie, was Goebbels 1945 kurz vor Kriegsende gesagt hat?« Er ahmte den Singsang des Nazipropagandaministers nach. »*Das Volk hat dieses Schicksal selbst gewählt. Wir haben das deutsche Volk ja nicht gezwungen. Es hat uns selbst beauftragt. Jetzt wird ihnen eben das Hälschen durchgeschnitten.*«

»Sie wollen unsere Regierung mit Hitler vergleichen?«

»Länger im Amt als Hitler ist die Kanzlerin doch jetzt

[2] »Nur die Wahnsinnigen haben Erfolg. Nur die, die Erfolg haben, definieren, was Vernunft ist.«

schon. Mit vierzehn Jahren liegt sie derzeit zwischen Xi Jinping mit sechs Jahren und Putin mit neunzehn Jahren.«

»Und sie setzt ihr Ziel um?«

»Ein eigenes Ziel hat sie ja nicht. Von daher wird sie wohl unser Ziel umsetzen, ob es ihr klar ist oder nicht. Aber das ist auch egal. Nicht der Weg zum Ziel zählt, sondern das Ziel!«

Judith schaute auf den Boden. Irgendwie war Methode im Wahnsinn von Cohagens Ausführungen. Oder *method in the madness,* wie Shakespeare es Hamlet hatte sagen lassen. »Die Islamisten«, sagte sie dann, »warum erlauben Sie das den Islamisten?«

»Warum nicht? Weil sie nützlich sind. Ludendorff erlaubte Lenin doch auch, durch Deutschland nach Russland zu reisen, um dort eine Revolution zu starten. Das funktioniert wunderbar, die Russische Revolution von 1917 hat Russland erst einmal lahmgelegt. Damals war Deutschland noch intelligent und wusste, wie man andere gegeneinander ausspielt.«

»Ich gebe zu«, führte Cohagen weiter aus. »Wir hatten es erst anders geplant. Die Terroranschläge hätten auch Deutsche verüben können.«

»Was für Deutsche?«

»Politiker.«

»Deutsche Politiker sollten Anschläge verüben? Wo denn?«

»Bundestagsabgeordnete und Minister sind die Einzigen, die ohne Sicherheitskontrolle in Flugzeuge dürfen. Warum die nicht mit Sprengstoff vollpacken, den sie dann mitten in der Luft losgehen lassen?«

»Weil sich kein westlicher Politiker für eine politische Sache freiwillig umbringt.«

»Ganz genau, Sie haben es erfasst. Keiner ist mehr bereit, etwas zu tun, bei dem er sterben könnte. Nur die Islamisten, darum machen wir es nun anders, gemeinsam mit denen.«

»Und die wollen sie alle bewaffnen?«

»Was denken Sie? Wir haben in Hunderte von Wohnungen von Extremisten automatische Waffen geliefert. Diese sind in einer logistischen Operation von einer – extra dafür gegründeten – Logistikfirma, getarnt als Paketlieferungen, an die Extremisten verschickt worden.«

»Und die bekommen die Waffen aus dem Zweiten Weltkrieg?«

»Richtig. Sie haben gut aufgepasst. Besonders die S 44, da die ja der Vorläufer der AK 47 war und so gut wie jeder Terrorist dieser Welt die AK 47 kennt, ist der Umgang damit nicht schwer.«

»Und was haben Sie dann vor?«

»Die Teilung.« Er räusperte sich. »Es wird eine Art neue Version des Hitler-Stalin-Paktes werden. Eine Linie im Westen von Köln über Essen, Dortmund und südlich von Hamburg soll ein islamischer Staat werden. Die Häfen Bremerhaven, Wilhelmshaven und Hamburg bleiben Sonderwirtschaftszonen, allerdings nur die Häfen. Der Osten und Südosten, die Linie Frankfurt, Stuttgart, München und Berlin sowie Ostdeutschland bleiben deutsch. Schon deswegen, weil der Osten Deutschlands schon immer nationalistischer als der westliche Teil war. Luther war im Osten genauso ein Terrorist wie die RAF, genauso ein Bilderstürmer und Feind von göttlichen Darstellungen wie der ISIS. Und denken Sie daran, was Karl der Große mit den Sachsen gemacht hat?«

»Er hat doch eine Menge von deren Stammesfürsten köpfen lassen?«

»Ganz genau, und das haben die Ostdeutschen Europa bis heute nicht vergeben.«

Er sprach weiter. »Auch ein geheimes Zusatzprotokoll haben wir aufgesetzt. Im Hitler-Stalin-Pakt ging es um die Aufteilung Polens, heute bekommen wir einige Ölquellen in Syrien, dafür hat das Kalifat die Erlaubnis, sich innerhalb der nächsten zwei Jahre Belgien einzuverleiben, ein Staat den ohnehin keiner braucht. *Abolish Belgium.* Das hat schon der *Economist* geschrieben.«

»Und die EU? Die sitzt doch in Belgien.«

»Wenn die dann ebenfalls weg ist, ist, glaube ich, niemand traurig. Außer die paar korrupten Säcke, die daran verdienen.«

»Und was besagt Ihr Pakt?«

»Keine Seite wird die andere angreifen oder behindern, solange sich alle an ihre Grenzen halten. Spezielle Flugkorridore werden vereinbart, Waffen und Truppen, die nötig sind, um das Kalifat im Nordwesten zu errichten und die Bevölkerung folgsam zu machen, sollen mit Galaxy-Truppentransportern vom Frankfurter Flughafen aus nach Köln, Bremen und Kiel gebracht und dort weiterverteilt werden. Auf dem Bremer Dom soll die schwarze IK-Flagge hängen, auf dem Kieler Rathaus und dem Kölner Dom ebenso.«

»Das Kalifat ist doch für Sie aber nicht erstrebenswert? Ich kann mir kaum vorstellen, dass Sie die Scharia wollen?«

»Nein. Das nordwestdeutsche Kalifat soll für *Deutschland zuerst* der Schurke sein, den wir brauchen, um uns als Helden zu inszenieren, mit dem wir aber insgeheim auch kooperieren. Der dunkle Zwilling. Die Feier zur Wiedervereinigung wird der Startschuss für eine neue Teilung Deutschlands sein. Schlimmer noch als jede Teilung zuvor.«

»Warum sagen Sie mir das alles?«

»Gegenfrage: Wo schläft der Achthundert-Pfund-Gorilla?«

Judith antwortete nicht.

»Wo immer er will.« Cohagen stand auf. »Ich erzähle es Ihnen, weil ich es kann. Weil niemand auf Sie hören wird. Und, das ist das Wichtigste, weil Sie für immer hier drinbleiben werden!« Er ging zur Tür. »Sie haben sich mit den Falschen angelegt, Frau Richter. Manche Fehler«, er blickte noch einmal zurück, »sollte man nur einmal machen. Manche aber … gar nicht!«

Wieder draußen, blickte Carl Cohagen an den roten Klinkermauern des St.-Hedwig-Krankenhauses nach oben. Eigentlich ein schöner Ort, dachte er. Wenn man hier nicht für immer bleiben musste. So wie Judith Richter.

Er ging ein paar Schritte, während die schwarze Limousine auf ihn wartete. Dann nahm er sein Handy und rief Gerald Stalk an.

KAPITEL 4

Sieben Monate später, Oktober 2019
Wiesbaden, Deutschland

Carl Cohagen telefonierte mit einer gesicherten Verbindung, die über Xboxes verschlüsselt war, so wie es die Terroristen auch immer machten. Er sprach mit einem anderen Mann am anderen Ende der Welt über den 11. September.

»Die Quersumme vom 9. 11. 2019 ist 23«, sagte er. »Genauso wie der Tag des Gründungsdatums der BRD: 23. 5. 1949.«

»Und wenn Sie 11 + 9 + 2 + 0 + 0 + 1 rechnen, haben Sie

den 11. 9. 2001«, sagte die Stimme am anderen Ende. Es war die von Abu Qatada. »Auch das ist 23.«

»Die Gelder zur Bestechung der Sicherheitskräfte sind aus Dubai eingetroffen. Vierhundertfünfzigtausend von fünfhunderttausend sind bereits im Land und mit ihren, ähm, Stipendien versorgt.«

»Und Retzick wird die Einsatzkräfte auf Ihre Seite ziehen?«, fragte Abu Qatada. »Das hat er uns in Mossul versprochen.«

»Er wird sie zur Illoyalität gegenüber ihrem Dienstherrn bringen«, sagte Cohagen. »Wie man das so schön nennt.«

Arnoldsen stand hinter ihm.

»Wird das einfach?«, fragte Abu Qatada.

»Sehr einfach, da die Sicherheitskräfte von der Politik seit Jahren unterfinanziert und stiefmütterlich behandelt wurden, fällt dies nicht schwer. Der Ansatz ist ähnlich wie beim Staatsterrorismus von *Gladio* in Italien, der von der CIA in Auftrag gegeben wurde: Es wird Unruhe geschaffen, auf die eine neue Partei mit harten Maßnahmen reagieren kann. Ich habe da ein chinesisches Lieblingssprichwort.«

»Nämlich?«

Um etwas zu fangen, muss man es erst einmal entkommen lassen.

»Was ist mit dem Reichstag?«, fragte Abu Qatada.

»Wir haben die Pläne.«

Vor Cohagen und Arnoldsen lag ein Plan, der den Grundriss des Reichstags zeigte. Er projizierte ein PDF davon auf den Bildschirm, sodass Abu Qatada es sehen konnte. »Hier ist ein unterirdischer Verbindungsgang, der den Reichstag mit dem Jakob-Kaiser-Haus verbindet, zusammen mit einer Rolltreppe. Wie am Flughafen.«

»Man nennt ihn intern *Beamtenlaufbahn*«, sagte Arnoldsen. Er war nicht sicher, ob Abu Qatada das Wortspiel verstanden hatte. Aber Cohagen sprach schon weiter. »Wir werden die Stützpfeiler mit Sprenggelatine einpacken. Beziehungsweise unsere umgedrehten Sicherheitskräfte werden das tun. Dadurch bricht das Hauptportal ein, das ist tonnenschwer. Genau dann, wenn am 9. November der ganze Bundestag versammelt ist. Die Kuppel wird brechen und ein Hagel von Glassplittern nach unten auf den Plenarsaal fallen.«

Abu Qatada lachte leise. »Das gefällt mir. Und dann verhandeln Sie mit der Regierung?«

»Mit dem, was dann noch übrig ist. Wenn man das dann *verhandeln* nennen kann. Es werden zwei Staaten. Der Gründungstag für diese neue Teilung und Wiedervereinigung ist der 9. November 2019, und die Verhandlungsmasse sind alle Teilnehmer dieser Veranstaltung, die sehr schnell von Zuschauern zu Geiseln werden.« Er zeigte auf die Karte für die Feierlichkeiten am 9. November. Die Zehntausenden von Menschen, die an diesem Tag nach Berlin kommen werden.

»*Inshallah*«, sagte Abu Qatada.

»*So Gott will*«, sagte Cohagen. »Und ich bin sicher, er will.« Er schaute Arnoldsen an und blickte dann wieder auf den Bildschirm. »Nun sind die Verteidigungslinien gesenkt. Jetzt fehlt nur noch der Angriff. Ach ja, einen Trumpf haben wir noch im Ärmel …«

»Erzählen Sie es mir«, sagte Abu Qatada.

KAPITEL 5

Oktober 2019
Landeskriminalamt, Staatsschutz, Berlin

Tahir Nadal hatte es aufgegeben nachzufragen, wohin Judith verschwunden war. Denn verschwunden war sie. Und Tahir war auf eine Mauer des Schweigens gestoßen. Oder auf eine Mauer aus seltsamen Ausflüchten, die irgendwie alle allzu einstudiert klangen.

Sie brauche eine Auszeit, hatte man ihm nur gesagt. Zu Hause war sie auch nicht, und auch ihr Mann, Joachim, wich Tahirs Fragen aus. Auch Djamila wusste nichts. Sie hatte ein paarmal versucht, Judith telefonisch über ihr Privathandy zu erreichen, doch der Anschluss schien tot zu sein. Auch wenn seine Frau mit Judith zusammengearbeitet hatte. Djamila hatte ihm damals erklärt, was sie mit Judith herausgefunden hatte: Die Einnahmen aus dem Ölverkauf, Sklavenhandel und dem Verkauf von geraubten Kunstschätzen wurden auf einem dubiosen Konto in Dubai gewaschen und dann dem normalen Geldverkehr zur Verfügung gestellt. Ein Teil davon landete wieder bei anderen Terrororganisationen, ein großer Teil aber auch bei der Partei *Deutschland zuerst* von Philipp Arnoldsen.

Irgendwann hatte Tahir es aufgegeben weiterzufragen. Von dem Fall abgezogen war er ohnehin schon lange. Was mit der Gatling aus Bremerhaven passierte oder, schlimmer noch, *passieren würde,* wusste er nicht, und vielleicht wollte er es auch gar nicht wissen. Hätte er mehr kämpfen sollen? Er schaute auf die grüne Gebetsmappe in der Mitte seines Büros. *Dschihad,* das hieß in seinem Glauben in erster Linie nicht, den Heiligen Krieg gegen Andersgläubige zu führen und Terroranschläge auszuüben. Es war der ewige Kampf gegen sich selbst, gegen die Bequemlichkeit, gegen die Gewohnheit. Ein Kampf, der auch in allen großen Religionen und auch in den meisten asiatischen Kampfkünsten vorkam. Der Kampf gegen die Bequemlichkeit und gegen die inneren Widerstände, ein Kampf, den man immer führen musste, wenn man über sich selbst hinauswachsen wollte.

Tahir hatte die Suche nach Judith schon aufgegeben, als heute Morgen der Anruf kam. Anonym.

»Ich bin draußen, Bruder«, hatte der Anrufer gesagt. Es war Khalid, der Mann mit den Selfstorageräumen, in denen die Waffen versteckt gewesen waren. Er wollte sich mit Tahir treffen, falls Tahir ihm *immunity* zusichern würde. Tahir wusste zwar, dass er das nicht konnte, aber er war ohnehin nicht mehr an dem Fall, und er würde sich mit Khalid treffen und ihn dann nie wiedersehen. So hatten sie sich also getroffen. Auf der zugigen Brücke über dem Landwehrkanal an den S-Bahn-Schienen zwischen Mitte und Kreuzberg. Khalid hatte Tahir eine CD-Rom gegeben. Und war verschwunden. Offenbar hatte sich so etwas wie ein Gewissen in Khalid gerührt. Er hatte wohl in die CD geguckt und gedacht: Das kann Allah nicht gewollt haben. Aber ein deutscher Polizist hätte ihm wahrscheinlich eh nicht geglaubt. Schon gar nicht, wenn er mit seiner religiösen Überzeugung gekommen wäre. Welcher Deutsche glaubte schon an Gott? Im Übrigen wollte Khalid die gute Tat auch nicht umsonst begehen. Sein muslimischer Glaubensbruder Tahir, der sicher auch seine religiösen Beweggründe besser verstehen würde, sollte ihm dafür den Gefallen mit der *immunity* tun.

Zurück auf dem Revier, hatte Tahir als Erstes die CD auf die Festplatte eines alten Computers gespielt. Einem Rechner ohne Internetzugang, bei dem es nicht so schlimm war, wenn die CD virenverseucht war. Aber offenbar war sie das nicht. Auf der CD einige Ordner. Einer davon hieß *Giftgas.* In dem Word-Dokument war eine Art Chronologie der Giftgaseinsätze überall auf der Welt.

1899: Giftgas verboten stand dort. Dann:

1915: Von Deutschen zum ersten Mal eingesetzt. Tahir musste den Kopf schütteln. *Der Tod ist ein Meister aus Deutschland,* hatte mal irgendwer gesagt.

1915–1918: Von Deutschen und Alliierten eingesetzt.

1935: Italien setzt Senfgas in Äthiopien ein.

1937–1945: Japan setzt Giftgas in China ein.

1980–1988: Irak setzt Giftgas gegen die Kurden ein.

1995: Aum-Sekte führt Giftgasanschlag in Tokio durch.

2013 und 2017: Assad setzt Giftgas in Syrien ein.

Und dann schließlich:

2019: Back to the roots: Giftgas kommt dahin zurück, wo es herkam: nach Deutschland.

Tahir wusste, wie solche Dinge bezahlt wurden. Das Ganze ging oft über Western Union, die Provision betrug fünfzehn Prozent. Und sehr oft wurde auch Schwarzgeld dabei gewaschen. Der IS hatte Steuern von fünfundzwanzig Prozent erhoben, was deutlich weniger war als das deutsche Finanzamt von Normal- oder sogar Geringverdienern haben wollte. Es gab sogar Preislisten auf der CD. Ein KIA-Auto kostete im IK für normale Leute viertausendsiebenhundert Dollar, für IK-Mitglieder oder Ex-ISIS-Leute zweitausenddreihundert. Ein Motorrad hundertachtzig Dollar, ein LCD-Fernseher hundertfünfzig Dollar und ein Generator siebenhundertzwanzig Dollar.

Der jüngste Trend von Terroristen, um in Deutschland

bleiben zu können, waren Terroranschläge, und zwar keine Terroranschläge in Deutschland, sondern in Afghanistan. Gab es Anschläge in Kabul, galt Afghanistan als unsicheres Herkunftsland, daher gab es keine Abschiebungen. Die Terroranschläge in Afghanistan sorgten dann dafür, dass Terroristen nach Deutschland kamen und auch in Deutschland bleiben konnten und dann idealerweise Terroranschläge in Deutschland durchführen würden. So einfach war das: Man musste nur Terroranschläge in Afghanistan durchführen, um dann auch Terroranschläge in Deutschland machen zu können. Tahir schüttelte den Kopf. Es war absurd wie nie zuvor.

Er hatte von der Software gehört, die das Bundesamt für Migration und Flüchtlinge einsetzte, eine Software, die arabische Dialekte analysierte und die angeblich von einem Start-up aus Israel kam. Eine Software, die arabische Namen analysierte und prüfte, ob es einen Zusammenhang zwischen Namen und Herkunftsland gab. Klar war nur, dass es so eine Software nicht gab. Und dass es mindestens siebenhunderttausend Menschen ohne klare Identität in Deutschland gab, das BAMF kaum Personal hatte und mittlerweile fast jeden einstellte, egal, ob Soldat, Postmitarbeiter, Historiker, Archäologe oder auch Terrorist. Haufenweise Anwaltskanzleien sorgten dann dafür, dass die Genehmigungsverfahren sich hinreichend in die Länge zogen. Dafür waren meist nur zwei bis drei Standardbriefe erforderlich.

Tahir durchkämmte die anderen Ordner auf der CD. In einem stand, dass die Schleuser die Flüchtlinge aus der Sahelzone in Lkw nach Nordafrika verschifften. Damit der Rücktransport der Lkw nicht allzu sehr auffiel, wurden auf dem Rückweg Spaghetti geladen. »Pasta-Lieferung« war dann auch ein Synonym für die Aktivität der Schleuser.

Dass der IS damals bis zu hundertfünfzigtausend Tonnen Zucker mit Trucks nach Kenia transportiert hatte und dann mit anderer Ladung wieder in den Norden fuhr, überraschte da auch nicht. Die Schleuserei war ein hochattraktives Geschäft, wenn auch nicht ganz so attraktiv wie Drogenhandel oder *drug trafficking*, wie man es international nannte, und Waffenhandel, *gun running*. Dafür garantierte die Ware Mensch Mehrwert, denn man konnte sie weiterverkaufen. *Verkaufst du ein paar Gramm Drogen, sind die weg*, hieß es bei den Menschenhändlern. *Ein Mädchen kannst du immer wieder verkaufen.*

Darunter standen noch andere Dinge. Eine Idee war besonders perfide, sie war mit dem Wort *Paketboten* überschrieben. Er sicherte die Datei. Wenn das tatsächlich stimmen sollte, müsste er sofort seine Vorgesetzten informieren.

Doch bei dem letzten Block stockte ihm der Atem. Dort stand etwas von einer Unterhaltung, eine Art Gesprächsprotokoll.

Ferdi hat seinen Job gemacht.

Ferdi, dachte Tahir. Die Waffenlieferung, der Spitzname von Joachim Richter, dem stellvertretenden Chef des Staatsschutez und Judiths Ehemann. Der sich zu alldem in Schweigen hüllte.

Dann der letzte Satz.

Störperson in St.-Hedwig-KH.

St.-Hedwig-KH, dachte Tahir. *St. Hedwig-Krankenhaus.* Die hatten eine geschlossene Abteilung. Konnte es sein, dass Judith dort war? Falls ja, sollte sicher keiner wissen, dass sie dort war, und wenn er offiziell dort fragte, würde ihm niemand sagen, dass sie wirklich dort war, weil er kein Familienmitglied war und die Ärzte ja ihre Schweigepflicht wie eine Monstranz vor sich hertrugen.

Er musste irgendwie dort hineinkommen. Aber wie?

Sein Blick flog über die Zeilen.

Back to the roots stand dort. *Giftgas kommt dorthin zurück, wo es herkam …*

Von innen, dachte er. Er musste das St.-Hedwig-Krankenhaus von innen aufrollen. Und da kam ihm eine Idee.

KAPITEL 6

Oktober 2019
Neukölln, Berlin

Tahir und Djamila saßen sich im Wohnzimmer gegenüber, sie kannten sich nun schon fünfzehn Jahre. Sie waren immer füreinander da gewesen. Denn wenn man verheiratet war, zusammenlebte und Kinder hatte, dann hörte man fast auf, zwei Personen zu sein. Dann war man nur noch eine Einheit. Dennoch war dieser Plan, den sie jetzt hatten, ein sehr ungewöhnlicher.

»Bist du wirklich bereit dazu?«, fragte Tahir.

»Das bin ich, sonst würde ich Nein sagen«, sagte Djamila. »Du kennst mich. Wenn mir etwas nicht gefällt, was du vorhast, erfährst du es früh genug.«

Tahir musste lächeln. »Das stimmt.«

Er machte Anstalten aufzustehen. »Deine Mutter passt hier auf?«

Djamila nickte.

»Dann los«, sagte Tahir. »Gott sei mit uns.«

KAPITEL 7

5. November 2019
St.-Hedwig-Krankenhaus, Berlin-Mitte

Judith saß vor dem Fernseher. Was sollte sie auch sonst tun.

Sie hörte die Reportagen, die Abwägungen, die Bedenken. Gedanken, das Großevent *30 Jahre Wiedervereinigung* in Deutschland wegen Terrorwarnungen abzusagen, gab es. Doch dann entschieden sich Regierung und Politik dazu, dass das Land etwas »gute Stimmung« brauchen könnte.

Sie erinnerte sich an die Hinweise, die sie im Dark Web gesehen hatte. Anweisungen auf Dschihad-Seiten, die Befehle gaben, *keine Aktivitäten gegen die Gottlosen durchzuführen bis zum dem Großen Tag, den wir euch noch nennen werden.* Natürlich, dachte sie, dieser Tag sollte plötzlich von einem Tag der Feier und der Vereinigung zu einem Tag des Terrors, der Spaltung und des Totalitarismus werden. Dieser »Große Tag« würden die Feierlichkeiten am 9. November, besonders auf der Straße des 17. Juni, sein. An diesem Tag, so hatte sie es in den extremistischen Netzwerken gelesen, würde *der* Tag sein, der *über Sieg oder Niederlage* entscheidet, ein neuer Tag des Jüngsten Gerichts.

Sie sah Reportagen über Helmut Kohl, den Kanzler der Einheit. Adenauer, so hieß es, habe die BRD nach Westen Richtung USA geführt, Brandt habe sie an den Osten angenähert. Kohl hatte sie mit der Wiedervereinigung noch ein Stück nach Osten bewegt. Dr. Helmut Josef Michael Kohl, promovierter Historiker, der immer als provinziell unterschätzt wurde, aber mehr erreicht hatte als die meisten anderen Politiker. Der bei der Einheit Bismarck zitierte, was wohl heute kaum einer der Politiker tun würde. Und ein paar hatten womöglich noch nie von Bismarck gehört. Kohl aber tat es: *Wenn der Mantel Gottes durch die Geschichte weht, muss man zuspringen und ihn festhalten.* In Pulli und Strickjacke hatte er besonders US-Präsident George H. W. Bush und Michail Gorbatschow für die Einheit begeistert. Darum hatten die Gespräche mit Gorbatschow im sowjetischen Kurort Schelesnowodsk auch den Namen »Strickjackendiplomatie« erhalten.

Bush war am Ende angeschlagen gewesen, doch Kohl hatte trotzdem zu ihm gehalten, auch wenn Bill Clinton dann die Wahl gewonnen hatte. Kohl hatte gesagt, *das gehöre sich so.* Clinton hatte ihm das nicht übel genommen. Im Gegenteil, auf Kohls Beerdigung hatte Clinton gesagt, *wie sehr er den Kerl geliebt habe.*

Seiner Frau Hannelore, gelernte Fremdsprachensekretärin und Dolmetscherin, hatte Kohl damals den Zehn-Punkte-Plan für die Einheit diktiert. Hannelore Kohl, geborene Renner, der er damals mehr als zweitausend Liebesbriefe geschrieben hatte.

Judith schaute im Halbschlaf auf die Berichte in der Sendung. Bei einem Bild wurde sie wieder wach. 1984 hatte Kohl mit Mitterand in Verdun gestanden, wo es zu einer der schlimmsten Schlachten des Ersten Weltkrieges gekommen war, und beide hatten dort Hand in Hand gestanden. Eine Geste, die heute niemand mehr zustande bekommen würde, ähnlich wie zuvor der Kniefall von Willy Brandt in Warschau im Jahre 1970.

Viele Experten, die interviewt wurden, sagten, dass Deutschland Kohl seine Souveränität verdanke und dass ihn die Wiedervereinigung nach Adenauer zum größten deutschen Bundeskanzler mache.

Sie lauschte der Stimme des Moderators: *Adenauer wur-*

de der Kanzler des Wiederaufbaus, Brandt der Kanzler der Ostverträge. Schmidt der Kanzler des Krisenmanagements. Schröder später der Kanzler der Sozialreformen und seine Nachfolgerin Kanzlerin des Niedergangs. Keiner aber wurde Kanzler der Einheit. Das hatte nur Kohl geschafft. Das für ihn charakteristische »Aussitzen« der wirtschaftlich notwendigen Reformen hatte ihn dann aber doch nach sechzehn Jahren Kanzlerschaft das Amt gekostet, und Gerhard Schröder betrat das Kanzleramt, in das er schon seit Bonner Zeiten »reinwollte«.

Judith schaute auf den Fernseher und hätte am liebsten ihren Kopf gegen die Wand geschlagen. Was tat sie hier? Schaute sich Reportagen an, in denen irgendwelchen toten Politiker gehuldigt wurde, während die Welt in wenigen Tagen in Flammen stehen würde!

In dem Moment hörte sie Schritte auf dem Gang.

KAPITEL 8

5. November 2019
St.-Hedwig-Krankenhaus, Berlin-Mitte

Georg Melser hatte gerade Nachtschicht, als er den Lärm an der Tür hörte. Auf seinen Knien lag das Buch, das er derzeit las. *Space Marine,* ein Science-Fiction-Buch. Der erste Satz hatte ihn schon fasziniert. Irgendjemand hatte ihm mal gesagt, dass der erste Satz oft darüber entschied, ob jemand ein Buch weiterlas oder nicht. Hier hatte ihn der erste Satz gleich überzeugt: *In Necromunda wird man früh erwachsen. Oder man stirbt früh …*

Er blickte auf und sah den Mann, der die Frau mit ziemlicher Gewalt in den Eingang bugsierte. Wie es aussah, war es ein Polizist, denn die Frau trug Handschellen. Der Polizist bewegte sich auf ihn zu.

»Was kann ich für Sie tun?«, fragte Mesler durch das Mikrofon und legte das Buch zur Seite.

»Jakobs aus der Direktion Mitte«, sagte der Mann und drehte der Frau dermaßen heftig den Arm auf den Rücken, dass sie aufstöhnte, aber tatsächlich ruhig hielt. »Ich habe ein Problem. Die ganze GESA ist voll wegen der Massenschlägerei am Bahnhof Zoo, und ich muss diese Frau hier kurz unterbringen, weil wir keinen Platz für sie haben und der Psychiatrische Dienst deshalb nicht kommen kann.«

»Habe ich noch gar nichts von gelesen.« Melser blickte kurz auf sein Smartphone.

»Das haben die auch nicht an die Presse gegeben. Die Schläger sind Hooligans auf der Durchreise, deren Zug man extra am Hauptbahnhof vorbeigeleitet hat. Den Salat haben wir jetzt. Die Einsatzleitung will nicht, dass die Gaffer kommen. Es geht aber auch um diese Frau.«

»Was hat sie gemacht?«

»Akute Eigengefährdung. Lief nackt auf der Beusselstraße herum und hat versucht, sich von Lkw überfahren zu lassen.«

»Und?«

»Sie wird wohl früher oder später eh hier landen. Sie kennen ja die Gesetze.«

»Ja. Eine vorübergehende Unterbringung ist von Amts wegen möglich, wenn sie bis zum Ablauf des folgenden Tages von einem Richter überprüft wird und dann eine mögliche richterliche Einweisung beschlossen ist.« Melser blickte nach oben. Er wusste, dass das Vorgehen des Polizisten falsch war, denn die Unterbringung nach *PsychKG*, dem Gesetz über Hilfen und Schutzmaßnahmen bei psychischen Krankheiten, lief so ab, dass ein Psychiater in der GESA die Notwendigkeit der Unterbringung feststellte und die Polizei erst dann die Menschen in die Psychiatrie brachte. Dann erst wurde der Beschluss des Arztes bis zum Ablauf des nächsten Tages von einem Richter überprüft. »Haben Sie denn schon den Richter kontaktiert?«, fragte er. Melser kannte die Angewohnheit der Polizei, öfter mal unerwünschte Leute hier abzuladen. Und oft mussten die Beamten später hartnäckig daran erinnert werden, dass sie ihre Leute auch wieder abholten. Der Direktor der Anstalt hatte seinen Pflegekräften oft genug eingeschärft, so etwas nicht zu tolerieren, da die Polizei eigene Sammelstellen habe wie die GESA, die Gefangenensammelstelle am LKA in Tempelhof, und auf den Abschnitten gab es auch noch einige. Andererseits war es immer gut, die Polizei zum Freund zu haben, besonders, wenn mal ein paar Häftlinge in der Psychiatrie ausrasteten und man schnell Verstärkung brauchte, deren Kernkompetenz sich auf etwas mehr als nur gutes Zureden und sozialpädogogischen Singsang erstreckte.

»Ja, wir können sie in zwei Stunden dem Richter zur richterlichen Einweisung vorstellen.«

»Vorher nicht?«

»Nein.« Der Mann, der Jakobs hieß, schüttelte den Kopf. »Der zuständige Richter vom Betreuungsgericht ist kurzfristig krank geworden, sodass er vom Bereitschaftsrichter am Tempelhofer Damm vertreten wird. Da der wegen der Hooligan-Sache dort nicht wegkann, haben wir mit ihm vereinbart, dass wird die Frau zum T-Damm fahren, sobald er Luft hat.« Jakobs atmete geräuschvoll aus. »Heute ist echt der Wurm drin.«

»Das verstehe ich ja alles. Aber warum muss sie gerade hier bleiben?«, fragte Melser. »Sie haben doch gerade eine neue GESA eröffnet, soweit ich weiß?«

»Ja. Richtig. Die würden wir auch gern nutzen. Leider hat ein Junkie heute Vormittag die Glasscheiben in unserer neu gebauten GESA zertreten.«

»Ach herrje. Bei Ihnen ist ja wirklich der Wurm drin.«

»Ja, anscheinend haben die Handwerker hier normales Fensterglas und kein Panzerglas verwendet. Jetzt ist dort alles voll mit Glassplittern, und wir haben keine Überwachungszellen mehr. Kann sie daher bitte bis zur richterlichen Vorführung hierbleiben?«

»Sie meinen, wenn sie suizidgefährdet ist ...«, begann Melser.

»... dann öffnet sie sich doch in diesem Meer von Glasscherben erst recht die Pulsadern. Dann sind wir dran, weil wir den Suizid nicht verhindert haben.«

Melser überlegte ein paar Sekunden. »Wie lange, sagten Sie, soll sie hierbleiben?«

»Maximal zwei Stunden. Dann hole ich sie wieder ab.«

»Ich weiß nicht ...«

»Kommen Sie, es muss nur ein kleiner Raum sein. Ich weiß, ihr mögt das nicht, aber sie ist in spätestens zwei Stunden wieder weg. Ich muss den Kollegen helfen und kann die Frau hier nicht einfach laufen lassen.« Er zeigte auf sein Handgelenk. »Ich lass gern meine Uhr als Pfand hier. Habe ich von meinem Großvater.«

»Nein, lassen Sie nur.«

»Das wäre kein Problem.«

»Nein, nein, passt schon. Ich brauche dann Ihre Nummer und Dienststelle.«

Jakobs legte eine Karte auf den Tisch.

»Soll sie fixiert bleiben?«

»Im Raum können wir ihr die Handschellen abnehmen, da sind doch keine scharfen Gegenstände, oder?«

»Nein, wir nehmen das, was man früher *Gummizelle* nannte.«

Gemeinsam bugsierten sie die Dame in die Zelle. Dann ging es weiter mit dem Papierkram. Jakobs unterschrieb einige Formulare.

»Tolles Buch«, sagte Jakobs, als er das *Space Marine*-Buch auf dem Schreibtisch liegen sah.

»Kennen Sie es?«, fragte Melser. Die meisten seiner weiblichen Kollegen in der Pflege lasen eher Psychothriller und konnten mit seinem Geschmack für Science-Fiction nicht viel anfangen.

»Ja.« Der Mann namens Jakobs kniff ein Auge zu. »Spielt das nicht vierzigtausend Jahre in der Zukunft. Mit den Space Marines?«

»Ja. Superspannend.«

»Meine Cousins spielen die Spiele dazu. Sind etwas jünger als ich. Gibt es von dem noch andere? Mein Cousin hat demnächst Geburtstag, und dann hätte ich schon eine Geschenkidee.«

»Ja. Sowohl von dem Autor als auch aus der Reihe.« Er schaute Jakobs kurz an. »Warten Sie, ich kann Ihnen das eben ausdrucken.«

»Das würden Sie tun?«

»Klar.«

»Das ist nett.«

»Eine Sekunde.« Melser öffnete eine Seite auf dem Rechner, und der Drucker summte.

»Hier.«

»Vielen Dank! Ich bin in zwei Stunden wieder hier und nehme dann die Dame zum Richter mit.«

»Machen Sie das.«

»Gute Lektüre noch!«

»Danke!«

Jakobs verließ das St.-Hedwig-Krankenhaus durch den Haupteingang.

In der Hand die Schlüsselkarte von Melser.

KAPITEL 9

5. November 2019
St.-Hedwig-Krankenhaus, Berlin-Mitte

Judith sah den Mann in ihrem Zimmer, und sie glaubte, nicht richtig zu sehen.

Sie wollte *Tahir* sagen, wusste aber nicht, ob sie abgehört wurde. »Du?«, fragte sie und senkte sofort ihre Stimme. »Was machst *du* hier?«

»Das Gleiche könnte ich dich ja wohl auch fragen«, sagte der.

»Komm mit!«

Sie zog ihn ins Badezimmer und stellte Dusche und Wasserhahn an. »Falls die uns abhören.«

Tahir lächelte kurz. »Aus der Übung bist du noch nicht gekommen.«

Judith nickte und nestelte an ihrer Mischung aus Hemd und Bluse aus der Klinik, die sie trug. »Da hast du recht. Ich kann dir allerdings sagen: Ich bin nicht freiwillig hier, und alles, was sie dir über mich erzählt haben, stimmt nicht.«

»Sie haben mir gar nichts erzählt.«

»Dafür hat mir jemand etwas erzählt.«

»Wo? Hier?«

»Ja. Hier.«

»Wer?«

»Cohagen.«

»Der war hier?«

»Er muss sehr sicher sein, dass ich hier erst einmal lange drinbleibe. Sonst hätte er mir das niemals gesagt, was er mir gesagt hat.«

»Und was war das?« Tahir flüsterte gegen das fließende Wasser an.

»Cohagen hat mir erzählt«, sagte sie, »was der Startschuss sein soll.«

Beide schwiegen kurz. »Bist du noch an dem Fall dran?«, fragte Judith dann.

»Nein. Ich kümmere mich jetzt um Araber-Clans. Weil ich ja so gut wie *einer von denen* bin. Die kommen zwar aus dem Libanon und ich aus Ägypten, aber erzähl das mal unserer Leitung.«

»Stimmt. Das passt zu denen. Alle in einen Topf werfen.«

Tahir rückte etwas näher. »Du hattest mir damals noch gesagt, dass es ein Riesenkomplott gibt und dass Cohagen und seine Leute Deutschland teilen wollen.«

»Richtig, genau das hat Cohagen mir auch bestätigt. Nach der Teilung gibt es dann das sogenannte *wahre* Deutschland, ein autoritärer, starker Staat, der seine Daseinsberechtigung aus dem zweiten *failed state* zieht, dem anderen Deutschland, in dem Korruption, Bürgerkrieg, Kalifat und eine neue Verfassung herrschen.«

»Lass mich raten: Die neue Verfassung wird die Scharia sein.« Er schaute sich unbehaglich um und stieß sich mit dem Ellbogen an dem Wandschrank. »Verdammt«, knurrte er. »Und wie wollen die das machen? Tatsächlich mit diesen rechtsradikalen Sturmtruppen?«

»Ja, und außerdem mit Islamisten des Kalifats, die alle schon längst nach Deutschland eingereist sind. Und mit zur Untätigkeit verdammten Sicherheitskräften, die nicht eingreifen werden.«

»Warum sollten die nicht eingreifen? Das ist doch schließlich deren Job.«

»Weil jemand dafür sorgen wird. Aber der Reihe nach, uns läuft nämlich die Zeit davon.« Judith sah sich unruhig um. »Der Startschuss für diese Teilung soll am 9. November sein.«

Tahir schaute aus dem Badezimmer auf den Kalender an der Wand, wo Judith alle vergangenen Tage mit einem roten Filzstift durchgestrichen hatte. Andere machten das, um sich zu vergewissern, dass die Zeit seit ihrer Verhaftung auch tatsächlich verging und die Haft irgendwann einmal zu Ende war. Judith hingegen wusste überhaupt nicht, wann sie dieses Gefängnis wieder verlassen würde.

»Es ist bisher aber so gut wie nichts passiert«, sagte Tahir. »Es ist alles ruhig. Ganz anders als damals bei den Anschlägen auf die Botschaften.«

»Das war vielleicht nur ein Test, um zu schauen, was alles möglich ist und ob es irgendwelche Verschärfungen gibt. Und es war weit genug weg vom 9. November 2019.«

»Dann soll es also ruhig bleiben, damit keiner Verdacht schöpft?«

»Natürlich.«

»Was ist mit den Waffen? Werden die alle geliefert, so wie die Gatling?«

»Nein«, sagte Judith tonlos. »Sie sind schon hier.«

»Wie bitte?«

»Erinnerst du dich an die Waffen aus dem Zweiten Weltkrieg, die wir in diesem Wald ausgegraben haben?«

»Na und ob.«

»Die häufigste Waffe war das S 44, ein Sturmgewehr der Wehrmacht. Du weißt, welcher vollautomatischen Waffe das als Vorbild diente?«

»Verdammt, der … AK 47.«

»… die jeder Terrorist kennt. Die müssen sich gar nicht umgewöhnen.«

Tahir setzte sich auf den Klodeckel und legte die Hände auf die Knie. »Ich habe aber auch noch ein paar Neuigkeiten. Eine schlechte und eine gute.«

»Dann erst die schlechte.«

»Diese Journalistin ist tot.«

»Ulrike Brückner?«

»Ja. Soweit ich weiß, hast du ihr eine neue Identität gegeben, damit sie Arnoldsen belauschen kann.«

»Das weißt du?«

»Keine Sorge, Djamila wusste davon auch nichts, auch wenn ihr zusammen Zahlungsströme verfolgt habt.«

»Woher weißt du es dann?«

»Von Gereon, einem Ex-Mossad-Agenten. Er hat über seine Kontakte vom BKA herausgefunden, wer eng mit Brückner zusammengearbeitet hat und kam dann wohl auch auf dich. Dann hat er mich auf Threema kontaktiert, weil er dich nicht erreichen konnte.«

Judith atmete aus, die Zeit der Geheimhaltung war ohnehin vorbei. »Da du eh schon alles weißt: Was hat er dir gesagt?«

»Erst einmal, dass Brückner tot ist. Irgendein Taucher hat ihre Leiche nahe den künstlichen Inseln bei Dubai entdeckt. Der Mossad ist über einen Umweg an die DNS aus der Rechtsmedizin in Dubai gekommen.«

Judith spürte einen harten Kloß in ihrem Hals. Sie hatte zwar so etwas befürchtet, dass jetzt die Gewissheit da war, machte es aber nicht einfacher.

»Habt ihr telefoniert?«

»Nein, nur per Threema. Er war erst nicht allzu begeistert, dass ich Ägypter bin, aber mittlerweile sind ja Israelis und Ägypter wieder so etwas wie *frenemies.*«

»*Frenemies? Friends and enemies*, Freunde und Feinde?«

»Ja. Jetzt, wo der Iran die Muskeln spielen lässt, eher Freunde.«

»Was heißt das konkret?«

»Brückners Freunde sind auch seine Freunde. Er weiß, dass du für sie einiges riskiert hast. Wir können auf ihn zählen. Wann immer wir ihn brauchen. Brauchen wir ihn?«

»Bestimmt«, sagte Judith. »Ich weiß nur nicht, wofür. Noch nicht. Aber mir wird sicher etwas einfallen.«

»Jetzt wieder zu dir«, sagte Tahir. Er hielt kurz inne, als in einiger Entfernung Schritte auf dem Flur zu hören waren, die sich aber wieder entfernten. Dann sprach er weiter. »Was hat Cohagen dir noch erzählt?«

»Es gibt zwei Anschlagspläne. Einmal auf die Tribüne vor dem Brandenburger Tor. Dort, wo Reagan stand, als er … *tear down this wall* gesagt hat.«

»Und wo noch?«

»Am Reichstag, wie es aussieht.«

Tahir kniff die Lippen zusammen. »Ich hoffe, dass ich das irgendwie durchkriege, damit unsere Leute vorbereitet sind.«

»Das ist noch nicht alles.«

»Nein?«

»Falls es doch zu Gegenwehr am 9. 11. kommt, hat Cohagen noch eine furchtbare Idee, die hat mit Paketboten zu tun.«

»Normalen Paketboten? Die, die alles zustellen, was man online bestellt?«

»Ja. Und die Dinge für einen beim Nachbarn abgeben, wenn man nicht zu Hause ist.«

»Was haben die genau vor?« Tahir beugte sich nach vorn.

»Sie schicken als Paketboten getarnte Terroristen los, die ›beim Nachbarn‹ ein Paket abgeben. Was aber in dem Paket ist, brauche ich dir nicht zu erzählen.«

»Ein Zeitzünder oder ein Sender und Sprengstoff.«

»Exakt. Es wird furchtbare Sprengungen in allen möglichen Privathaushalten geben. Notdienste, Ambulanzen und die Polizei werden im Dauerstress sein. Cohagen braucht nur auf den Knopf zu drücken, und die Pakete gehen los.«

»Das heißt, einige Pakete stehen schon in Hunderten Privatwohnungen herum?«

»Vielleicht auch in Tausenden.«

»Mein Gott.« Tahir stützte den Kopf in die Hände. »Was sollen wir tun? Wir können ja wohl kaum eine Durchsage im Radio machen, dass alle Berliner die Pakete abgeben sollen, die sie für ihre Nachbarn angenommen haben.«

»Vor allem, weil unsere Vorgesetzten uns eh nicht helfen können.«

»Die nicht, aber jemand anders.«

»Und wer?«

»Erst einmal du.«

»Ich wollte dich eh fragen, was ich für dich tun kann, du kannst unmöglich hierbleiben.«

»Das muss ich vielleicht auch nicht, wenn du dafür sorgst, dass ich mit dem richtigen Mann sprechen kann.«

»Dem Mann fürs Leben?«

»Sehr witzig.« Seinen schrägen Humor verlor Tahir auch in Ausnahmesituationen nicht.

»Also wer?«

»Iwo Retzick.«

»Der KSK-Ausbilder? Der, der dich hat abblitzen lassen?«

»Ja. Er hängt da mit drin, aber ich glaube, er weiß nicht, auf was er sich wirklich eingelassen hat.«

»Du willst ihn umstimmen?«

»Das muss ich.«

»Retzick also!« Tahir stand auf. »Wann soll er hier sein?«

»Am besten vorgestern!«

KAPITEL 10

6. November 2019
St.-Hedwig-Krankenhaus, Berlin-Mitte

Iwo Retzick stand vor Judith, genau so, wie Tahir vor ihr gestanden hatte. Tahir hatte Wort gehalten, er hatte es geschafft, mit Retzick zu sprechen und ihn dazu zu bewegen, zu Judith in die Klinik zu kommen.

»Wenn das hier ruchbar wird, dass ich hier bei Ihnen bin, bin ich *persona non grata*«, sagte Retzick. »Also hoffe ich, dass das, was Sie mir zu sagen haben, wichtig ist. Und dringend.«

»Bin ich wirklich so wichtig?«

»Sie sind wegen mehrerer versuchter Morde angeklagt, aber wahrscheinlich für unzurechnungsfähig erklärt worden. Der Gutachter sagt, dass er sie noch nicht befragen konnte, deswegen ist der Fall noch nicht abgeschlossen.«

»Von beiden Dingen weiß ich gar nichts. Aber ich weiß noch, dass wir beide etwas gemeinsam hatten, wir hatten in der Traumaambulanz darüber geredet.«

Retzick sagte nichts.

»Wir haben beide einen Scheißjob«, sagte Judith.

»Oder anders«, sagte Retzick. »Wir haben beide unseren alten Job nicht mehr.« Dann schaute er auf die Uhr. »Womit wollen wir anfangen? Ist es dringend oder wichtig?«

»Glauben Sie mir«, sagte Judith. »Es ist beides.«

Und sie begann zu erzählen.

KAPITEL 11

8. November 2019
Flughafen Tempelhof, Berlin

Iwo Retzick stand vor den Einsatzkräften. Es war eine riesige Halle, die einmal ein Terminal im Flughafen Tempelhof gewesen war. Schuster stand neben ihm, Schuster, der ihn im letzten Jahr zu dem Massaker bei der Britischen Botschaft gerufen hatte und mit dem er zusammen in der absurden Besprechung beim GTAZ gesessen hatte. Fast alle Führungskräfte der Einsatzkräfte waren gekommen. GSG9, KSK, Bundeswehr, Bundespolizei, LKA.

»Ihr wisst, wann das Chaos begonnen hatte«, rief Retzick. »Alle hatten in den Chor mit eingestimmt. Die BILD, die Zeit, die anderen Medien und das öffentlich-rechtliche Fernsehen ohnehin. Es sprach ja auch nichts dagegen, Menschen in Not zu helfen, nur ist da ein Problem. Wenn ein Staat sich dabei nur auf die Freiwilligen verlässt, weil seine eigene Infrastruktur dazu nicht in der Lage ist, dann sieht das doch mehr nach Taka-Tuka-Land aus als nach einem modernen Industriestaat, der Deutschland ja eigentlich war.«

Alle nickten. Einige grummelten, manche lachten.

»Gute Nachrichten«, sagte Retzick, »heißt in unserem Geschäft: keine Nachrichten. Jede Überraschung ist eine schlechte Überraschung.« Er blickte in die Gesichter. »Was bietet der ISIS oder das IK den Menschen? Was bieten die Radikalen?« Er wartete ein paar Sekunden.

»Der ISIS bietet das Gleiche wie Populisten: Die Menschen, die sich abgehängt fühlen, fühlen sich auf einmal wieder zugehörig. Der Mensch ist ein Wesen, das sich gewollt und gebraucht fühlen will. Das macht die Sache kompliziert. Wenn der Mensch das Gefühl hat, nicht gewollt oder geliebt zu werden, wird er frustriert. Und wird gefährlich. Und bei uns ist es jetzt so weit. Wir stehen vor einem neuen Dreißigjährigen Krieg, und Europa ist der weiche Bauch des Westens. Und was ist unsere Rolle?« Er machte wieder eine Pause. »Wir sind die, die die Kohlen aus dem Feuer holen müssen, die aber dafür von allen gehasst werden, von unseren sogenannten Dienstherren erst recht, die keine Gelegenheit auslassen, der Polizei und den Sicherheitskräften in den Rücken zu fallen. Die Justiz hat sich bereits auf die Seite der Politik geschlagen, um unseren Staat auszuhöhlen. Nur wird sind noch übrig. Noch!«

Kopfnicken und Grummeln. Retzick sprach weiter.

»Werden Demonstranten von der Polizei verletzt, können sie sich sofort einen Anwalt nehmen. Werden Polizisten verletzt, müssen sie selbst die Prozesskosten vorschießen. Und wer sich beschwert, wird Kako, das wissen Sie alle.«

Kako war die Bezeichnung für *Kaffeekocher*, also jemand, der keinen ernst zu nehmenden Job mehr machte.

»Das ist aber noch nicht alles. Es gibt bei uns keine stabilen Funkverbindungen, keinen Digitalfunk. Und Sie wissen alle, warum Zwillen verboten worden sind?«

Er wartete ein paar Sekunden. Die Antwort hatte er schon von einigen gehört. »Zwillen wurden verboten, weil sie Helme von Polizisten zerstören und Helme zu teuer sind. Die Köpfe der Polizisten darunter waren den Politikern komplett unwichtig.«

Ja! Richtig! Die Wortmeldungen wurden lauter.

»Aber es ist ja schon ein Luxus«, sprach Retzick weiter, »wenn es überhaupt Helme gibt. Die Bundespolizei musste sich kürzlich mehr als zweitausend Schutzhelme von der Bundeswehr leihen zur Überbrückung eines, wie sagt man so schön, *zeitaufwendigen Beschaffungsverfahrens.*«

Alle lachten.

»Angriffe wie in Paris von 2015 wären hier noch tödlicher! Das haben wir alle im Dezember 2018 gesehen. Die Terroristen schießen mit automatischen Waffen. Aber schusssichere Helme gibt es bei der Bundespolizei bislang nur für Spezialkräfte und durch Leihgaben der Bundespolizei. Und unsere Waffen?« Er wartete einen Moment ab. »Seit vierzig Jahren hat die Polizei die MP 5. Eine Maschinenpistole, schön, aber völlig chancenlos gegen jede AK 47. Was euer Dienstherr von euch will, ist, dass ihr euch als Selbstmordkommando, mit Schirmmütze, leichter Schutzweste, nur mit Pistole bewaffnet und am besten noch als Fahrradstreife gegen militärisch hochgerüstete Terroristen stellt.« Er schaute in die Menge. »Habt ihr schon einmal einen Survivor gesehen?« Der Survivor R war ein Einsatzfahrzeug von Rheinmetall Defence, bot ein sogenanntes geschütztes Innenvolumen bis zu zehn Personen und basierte auf dem Großserienfahrgestell von MAN.

Alle nickten.

»Habt ihr schon einmal in einem gesessen?«

Alle schüttelten den Kopf.

»So wird es auch bleiben. Die Dinge werden sonst wohin exportiert, aber wir werden die niemals zu sehen bekommen. Weil der deutsche Staat trotz Steuereinnahmen von mehr als achthundert Milliarden Euro im Jahr für so etwas leider kein Geld hat.« Gehässig fügte er hinzu. »Und für euch schon gar nicht!«

Er ging ein Stück zur Seite. »Denn was machen all die Politiker, die sich eure *Dienstherren* schimpfen? Sie lassen sich von euch beschützen, aber ansonsten hassen sie euch! Sie schieben ihre Powerpoint-Folien hin und her, lassen sich in gepanzerten Limousinen hin und her fahren und zählen die Tage, bis sie, mit dicker Pension versorgt, in irgendeinen Vorstandsposten wechseln können!« *Don't be the power point,* hatte Retzick mal jemand gesagt. *Be the point of power.*

Er war am Ende angelangt. »Wir alle hatten uns geschworen, uns das nicht mehr gefallen zu lassen. Und irgendwann müssen wir dann auch Ernst machen. Wir dürfen nicht nur irgendwelche Absichtserklärungen vor uns herschieben, die niemand ernst nimmt, weil alle sowieso wissen, dass wir nur bellen, aber nicht beißen!«

Applaus brandete auf.

»Der Tag, an dem wir Ernst machen, ist heute! Die Zeit des Bellens ist vorbei! Jetzt kommt die Zeit des Beißens!«

Der Applaus verschluckte die letzten Worte, die Retzick noch sagen wollte. Er nickte Schuster zu. Der nickte ebenfalls und stoppte die Kamera. Dann ging er an den Laptop, um den Film an Cohagen zu senden.

KAPITEL 12

9. November 2019
St.-Hedwig-Krankenhaus, Berlin-Mitte

Judith schaute voller Entsetzen auf den Fernseher. Ihre schlimmsten Befürchtungen waren eingetroffen, es war alles genau so geschehen, sogar noch schlimmer, als sie befürchtet hatte. Sie lauschte auf die Worte des Moderators.

»Wir haben leider keinerlei Informationen, wie es zu den Massakern im Rahmen der Feierlichkeiten kommen konnte.« Der Moderator hatte Tränen in den Augen. »Die Terroristen haben die Zuschauer auf der Tribüne der Straße des 17. Juni in ihre Gewalt genommen. Auch im Reichstag hat es eine Explosion gegeben. Laut Experten wollen die Terroristen des sogenannten Kalifats zeigen, dass sie nicht nur »individuelle Messerattacken«, sondern auch große al-Qaida-artige Operationen à la 9 / 11 durchführen können. Woher all diese Terroristen kommen, weiß zur Stunde noch niemand.«

Judith vergrub das Gesicht in den Händen. *Ich weiß es,* dachte sie.

»Die Terroristen drohen damit, versteckte Sprengsätze auf den Tribünen der Straße des 17. Juni bei den Feierlichkeiten explodieren zu lassen. Was niemand versteht, ist, warum die Sicherheitskräfte nicht eingegriffen haben. Vermutungen zufolge soll es ein Komplott gegeben haben, das dafür sorgte, dass Polizei und Bundeswehr untätig blieben.«

Auf der Tribüne betrat ein Mann den Platz vor den Kameras, vor und hinter ihm schwer bewaffnete Terroristen.

»Al Tabil, der Chef des sogenannten Kalifats«, sagte der Moderator. »Der Mann hinter ihm ist die Nummer zwei, er heißt Abu Qatada.«

Was niemand sagte und was auch Judith nicht wusste, war, dass all die Fernsehsender von den IK-Kämpfern gezwungen wurden, ununterbrochen weiterzusenden. Dass die Moderatoren, wenn sie gerade nicht in die Kamera schauten, Messer an den Kehlen hatten, dass Sprengsätze tickten und dass die Läufe von Kalaschnikows auf die Kameraleute und Moderatoren gerichtet waren.

Dann hörte sie die Stimme. Die Stimme von Al Tabil. Auf Arabisch mit Simultanübersetzung.

»Wir, das Islamische Kalifat, fordern von der UNO und der Weltgemeinschaft die Anerkennung nicht nur des Islamischen Kalifats im Osten, in Mossul und in Rakka, sondern auch im Westen, und zwar in Nordwest-Deutschland.« Judith stockte der Atem. Es war genau das, was Cohagen ihr auch schon gesagt hatte.

»Es wird eine Linie im Westen von Köln über Essen, Dortmund und südlich von Hamburg geben, die ein islamisches Kalifat wird. Die Häfen Bremerhaven, Wilhelmshaven, Duisburg und Hamburg bleiben Sonderwirtschaftszonen, allerdings nur die Häfen. Der Osten und Südosten, die Linie Frankfurt, Stuttgart, München und Berlin sowie Ostdeutschland bleiben deutsch. Keine Seite wird die andere angreifen oder behindern, solange sich alle an ihre Grenzen halten. Es werden spezielle Flugkorridore vereinbart, Waffen und Truppen, die nötig sind, um das Kalifat im Nordwesten zu errichten und die Bevölkerung folgsam zu machen, werden mit Galaxy-Truppentransportern vom Frankfurter Flughafen aus nach Köln, Bremen und Kiel gebracht und dort weiterverteilt werden.« Er hielt einen Moment inne. »Auf dem Bremer Dom soll die schwarze IK-Flagge hängen, auf dem Kieler Rathaus und dem Kölner Dom ebenso.«

Judith biss in ihre Hand. Die Worte Cohagens! Er hatte Al Tabil die eigenen Worte diktiert! Und sie saß hier und konnte nichts machen. Und Retzick? Der hatte sie verraten. Er hatte genau das Gegenteil von dem getan, was sie ihm gesagt hatte. Oder hatte er einfach das getan, was er ohnehin die ganze Zeit vorgehabt hatte?

Judith erinnerte sich an die Blogs im Dark Web, an die Anweisungen auf Dschihad-Seiten die besagten, *keine Aktivitäten gegen die Gottlosen durchzuführen bis zu dem Großen Tag, den wir euch noch sagen.* Dieser »Große Tag« war tatsächlich der 9. 11., der Tag des *Sieges oder der Niederlage,* der Tag des Jüngsten Gerichts.

Die Kamera wackelte. Schüsse fielen, und Schreie waren zu hören. Der Moderator meldete sich. »Um …«, es dauerte, bis er seine Stimme wiederfand, »… um ihrer Liveübertragung Nachdruck zu verleihen, drohen die Terroristen damit, vor laufender Kamera und den Augen der ganzen Welt Teile der Tribüne zu sprengen, und sie drohen noch mit etwas anderem. Sie drohen damit, den Besuchern vor laufender TV-Kamera in Nahaufnahmen die Kehlen durchzuschneiden.«

Alle Menschen vor laufender Kamera umbringen, dachte Judith, ein überdimensionaler und in alle Welt gesendeter *snuff movie,* den mehrere Hundert Millionen Menschen live sehen können, als Druckmittel.

Wenn das nicht als Druckmittel funktioniert, dachte Judith, was dann?

Viele Hundert Kilometer entfernt schaute Cohagen von seinem Schloss in Wiesbaden aus dem Spektakel zu. Es lief alles wie geplant. Die USA wussten, dass Europa sowieso irgendwann islamisch werden würde, denn Europa war nichts als ein Vakuum, in das irgendetwas anderes, etwas Stärkeres, Selbstbewussteres hineinstoßen würde. Denn ein Vakuum blieb in der Natur niemals leer. Und dieses Etwas war der Islam. Wenn sich dann Deutschland teilte und wenigstens ein Staat davon militärisch auf Augenhöhe mit den Großmächten war, hatte niemand etwas dagegen. Al Tabil musste drohen, ebenso Abu Qatada, aber Cohagen wusste, dass die Bündnispartner aufgrund all der Drohungen und der vollkommenen Abwesenheit von Sicherheitskräften zu einem Ja neigen würden. Denn bei allen würde sich sehr schnell die Einsicht festsetzen, dass ein klar umrissener Raum des IK innerhalb Europas viel einfacher zu kontrollieren wäre als die allmähliche Diffusion von Terroristen in Dutzende von Ländern. Deutschland wäre am Tag der Vereinigung wieder geteilt, der Rest wäre umso mehr *vereinigt*.

Er lehnte sich zurück und lächelte: Sein Plan war aufgegangen.

KAPITEL 13

9. November 2019
Flughafen Tempelhof, Berlin

Retzick war allein. Auch Schuster war verschwunden.

Die riesige Halle war gespenstisch leer.

Niemand konnte etwas ändern. Der Umsturz würde kommen, wenn niemand etwas tat. Aber wer sollte das sein? Die Bundeswehr war strukturell nicht angriffsfähig. Manche Generäle fragten daher ernsthaft, ob man die Bundeswehr nicht lieber zumachen sollte, wenn sich niemand dafür interessierte, anstatt eine nicht einsatzbereite Truppe mit siebenunddreißig Milliarden Euro pro Jahr am Leben zu erhalten.

Deshalb hatte Retzick die Rede gehalten, nicht um den Willen Cohagens zu erfüllen, sondern um Cohagen ruhigzustellen und Zeit zum Nachdenken zu gewinnen. Zeit, die er eigentlich gar nicht hatte, die er aber haben musste. Leuten, die wenig Zeit zum Schlafen hatten, empfahl man bei der Armee immer, *schneller zu schlafen*. Das musste er auch tun. Nicht schneller schlafen, aber schneller denken, also bemühte er sich, seine Gedanken, die wie ein Sandsturm in der Wüste herumwirbelten, zu ordnen. Denn das Gespräch mit Judith hatte einiges geändert. Die Sache mit den Paketen zum Beispiel. Die Sprengsätze in Hunderten, wenn nicht Tausenden von Wohnungen.

Das war zu viel, dabei würden Tausende von Unschuldigen sterben. Das war genau der Terror, den er verhindern wollte. Hatte er nicht gegen diese Art von Terror gekämpft? Hatte er nicht geschworen, die Schafe vor den Wölfen zu schützen? War das nicht sein Diensteid gewesen? Und würde er jetzt nicht die Schafe den Wölfen zum Fraß vorwerfen oder, noch schlimmer, selbst ein Wolf werden? War Tom, sein Kamerad, dafür in Afghanistan gefallen? Er hatte mit seinem Blut das Zeichen in den Sand gemalt, und Retzick und seine Männer hatten vom Hubschrauber aus das Munitionsdepot der Taliban gefunden. Hätten sie es nicht gefunden, würde auch er, Retzick, heute nicht mehr leben. All das war geschehen, weil Tom sich geopfert hatte. Tom war tot, aber Retzick war am Leben. War Tom dafür gestorben? Dafür, dass sein Kamerad, Iwo Retzick, noch schlimmer wurde als alle Taliban- und Kalifats-Kämpfer zusammen? Nein, Toms Opfer durfte nicht ungesühnt bleiben. Vielleicht war es jetzt an Retzick, etwas zu opfern. Es war die alte Frage, die sich ein guter Soldat immer wieder stellen musste: *Opfere ich mich selbst, oder opfere ich alle anderen?*

Er erinnerte sich an Julia Schnedes, die Studentin der Kulturwissenschaften, die von den Tschetschenen gefangen genommen war und die einer seiner Männer versehentlich erschossen hatte. Vielleicht war es sogar er, Retzick, selbst gewesen. Den Gedanken hatte er so oft ertragen: Soldaten konnten im Einsatz sterben, sie mussten sogar damit rechnen und wurden dafür bezahlt. Politiker notfalls auch, aber nicht Zivilisten. Hitler hatte gesagt, dass es in einem Krieg wie dem Zweiten Weltkrieg keine Zivilisten gäbe, aber wofür gab es dann Soldaten, wenn es keine Zivilisten mehr gab, die man beschützen sollte? Allein dieser Ausspruch hatte gezeigt, welche Monster Hitler und Goebbels waren, die dem Volk unterstellten, dass es, wenn es die Nazis wählte, eben den Terror und die Vernichtung gleich mitwählte. *Wie bestellt, so geliefert.*

Retzick sah das Gesicht von Julia Schnedes vor sich, das Buch in ihrem Rucksack über Kulturmanagement, ihre Leiche auf dem Metalltisch im Saal der Rechtsmedizin in Moabit. Ihr Tod war damit auch sein Tod. Sein komplettes Versagen als Soldat, dem es nicht gelungen war, ein Schaf aus seiner Herde vor den Wölfen zu beschützen. *Ihr Tod war sein Tod.* Er dachte an das Gedicht von John Donne, das er irgendwann einmal gehört und auswendig gelernt hatte:

Niemand ist eine Insel, nur auf sich selbst bezogen,
Jeder Mensch ist ein Stück des Kontinents, ein Teil des Ganzen.

Jedes Menschen Tod ist mein Verlust, denn ich bin Teil der Menschheit.
Darum verlange nie zu wissen, wem die Stunde schlägt; sie schlägt dir selbst![3]

Er spürte Tränen in seinen Augen und blinzelte sie weg. Er dachte weiter nach. Was, verdammt noch mal, hatte er für Möglichkeiten? Judith hatte ihm die Kontaktdaten von einem gewissen Gereon gegeben, einem ehemaligen Mossad-Agenten. War das die Lösung?

KAPITEL 14

9. November 2019
St.-Hedwig-Krankenhaus, Berlin-Mitte

Judith starrte hypnotisiert auf den Fernseher.

Die Reporterin vor der Tribüne weinte, dann stockte ihre Stimme, und dann schrie sie schließlich in die Kamera, dass sie nicht weitermachen, nicht weitersenden wollte. Die Kamera schwenkte zu einem Tontechniker, der mit dem Kopf nickte.

»Willst du weitermachen?«, fragte eine Stimme von draußen.

Der Mann wich zurück. In dem Moment fauchte ein

[3] Übersetzung des Autors nach
No man is an island, entire of itself.
Every man is a piece of the continent, a part of the main.
Every man's death diminishes me because I am involved in mankind.
So never send to know for whom the bell tolls; it tolls for thee.
Quelle: https://de.wikipedia.org/wiki/John_Donne

Schuss, und plötzlich war da, wo ein Lidzucken zuvor noch der Kopf der Frau war, nur noch ein blutendes Etwas, und aus der aufgeplatzten Schädeldecke spritzte das Blut wie aus einem morbiden Springbrunnen.

Die Kamera schwenkte weg, hatte jetzt den Fokus auf dem Tontechniker, der über und über mit Blut und Knochensplittern übersät war. Man sah die Mündung einer Kalaschnikow, die den Mann noch näher an die Kamera bugsierte. »Mach du weiter«, sagte die Stimme, »oder wir verwandeln deinen Kopf auch in einen … Springbrunnen.« Der Mann stolperte vor die Kamera und berichtete mit brüchigen Worten.

Judith wandte sich ab.

KAPITEL 15

9. November 2019
Flughafen Tempelhof, Berlin

Retzick hatte mit Gereon telefoniert, und der hatte ihm die Software per Threema geschickt. Mit Gereons Wissen konnte er die Zeitzünder in den Paketen, die in Tausenden von Wohnungen in Berlin lagerten, vielleicht deaktivieren. Die Software von Gereon, die er auf sein Smartphone geladen hatte, hackte sich gerade in das System, um den Fernzünder zu deaktivieren. In einigen Sekunden würde es so weit sein, doch vorher musste er noch eine andere Nachricht abschicken.

Er hatte getan, was Cohagen erwartet hatte, um Cohagen ruhigzustellen. Jetzt musste er das tun, wofür er sich wirklich entschieden hatte, das, was er wirklich tun musste, das, was niemand erwarten würde. Er hatte den Sicherheitskräften gesagt, dass sie die Füße stillhalten sollten, aber jetzt musste er sie in den Kampf schicken. Dabei musste er aber unter dem Radar bleiben. Cohagen und Arnoldsen durften nichts davon mitbekommen, weil das Überraschungsmoment für seinen Plan entscheidend war. So wie es ja fast immer im Krieg war. Und jetzt war der richtige Moment. *Die Zeit des Bellens ist vorbei!*, hatte Retzick gerade eben gesagt. *Jetzt kommt die Zeit des Beißens!* Und dieser Moment war tatsächlich genau jetzt! Der Moment, in dem der Hai Cohagen zubiss. Und was machten Haie im Moment des Beißens? Der Hai verdrehte seine Augen nach hinten, um sie zu schützen. Drehte die Augen nach innen. Und war deshalb in diesem Moment des Angriffs blind.

Retzick schickte den Tweet ab, auf dem Threema-Konto, auf das alle Führungskräfte der Sicherheitskräfte Zugriff hatten und von dem weder Cohagen noch Arnoldsen wusste.

Denkt an Stauffenberg.

Das war der offizielle Code. Stauffenberg war der Name für die Rebellion im geheimen Threema-Netzwerk der Sicherheitskräfte, der dreihundert, die über Bestehen oder Untergang von Deutschland entscheiden würden. *Stauffenberg*, benannt nach dem erfolglosen Hitler-Attentäter. Und Hitler, das war das System, die gegenwärtige Regierung. Jetzt war so ein Stauffenberg-Moment, das wussten alle, ein Moment, in dem sich die Sicherheitskräfte auf die richtige Seite stellen mussten, denn die Konsequenz wäre noch viel schlimmer als ein Sieg des Dritten Reiches, zumal dieses Mal nicht mit einer Rettung durch die Alliierten zu rechnen war. Diesmal würden keine Alliierten kommen, sondern die Verschwörer waren bereit, einen Teil Deutschlands zu opfern, um dadurch den Staat aufzubauen, den sie sich vorstellten.

Dann noch ein Tweet.

Wir sind Stauffenberg.

Und Hitler, das ist C.

Damit war Cohagen gemeint.

Er schaute auf die Liveübertragung, die auf seinem Laptop lief, an dem eben noch die Kamera angeschlossen war, mit der Schuster die Rede aufgenommen hatte. Die Verhandlungspartner sprangen nicht sofort an, und Al Tabil und Abu Qatada drohten mit dem »Armageddon«, die Extremisten mit Kalaschnikows sollten Berlin mit Terror und Blut überziehen.

Es wurde Zeit, doch erst musste er die Paketbomben deaktivieren. Würden überall in Berlin Bomben hochgehen, würde die Anzahl der Sicherheitskräfte nicht ausreichen, um die Extremisten zurückzudrängen. Er schaute auf sein Smartphone, die Installation war beendet. Jetzt konnte er die Sprengsätze deaktivieren. Er konnte …

»Was immer du vorhast, tu es besser nicht.«

Er drehte sich um. Der Mann war leise, verdammt leise. So ähnlich, wie er es einmal gewesen war. An der Tür eine riesige Gestalt. Er hatte erst gedacht, es wäre Schuster, der zurückgekommen war. Doch der war es nicht. Der Mann hielt in der einen Hand einen Baseballschläger. In der anderen eine Glock.

KAPITEL 16

9. November 2019
Flughafen Tempelhof, Berlin

»Was machst du da, verdammt?«, fragte Molotok

»Etwas stoppen! Was würde ein normaler Mensch an meiner Stelle tun?«

Molotok bewegte sein Kinn Richtung Retzicks Waffe, die

auf dem Tisch lag. »Dir deine SIG Sauer in den Mund stecken und abdrücken.«

»Ich meine es ernst.«

»Ich auch.«

Die beiden starrten sich an. Eine Sekunde, zwei Sekunden … Im nächsten Moment sprang Retzick nach vorn und erwischte Molotok an den Knöcheln. *Krav Maga.* Wenn der Gegner ohnehin plante, einen anzugreifen, dann konnte man auch als Erster angreifen. Er zerrte Molotoks Beine nach vorn. Der Baseballschläger fiel scheppernd zu Boden. Molotok ebenfalls. Ein Schuss löste sich und krachte irgendwo in die Wand.

Molotok drehte sich katzenhaft um. Sprang auf Retzick. »Was zum Teufel willst du überhaupt?«

»Etwas stoppen.«

Er drückte Retzick den Ellbogen in den Hals. »Das wird dem Boss nicht gefallen«, knurrte er.

»Ich … bin der Boss!« Retzick zog die Beine an, bekam einen Fuß an Molotoks Brustbein und warf ihn mit brutaler Kraft zurück.

Retzick sprang keuchend auf, schaute auf das iPad auf dem Tisch. Das Kalifat machte ernst. Sie schnitten einigen Menschen auf der Tribüne die Kehlen durch, im Wechsel gefilmt mit den hasserfüllten Gesichtern von Al Tabil und Abu Qatada. Vielleicht schnitten sie ihnen sogar die Köpfe ab. Mitten in Berlin. Gesendet von allen Sendern dieser Welt, die senden mussten, weil sie dazu gezwungen wurden.

Molotok hatte die Waffe wieder dort, wo sie nicht sein sollte. In seiner Hand. Er schoss. Der Schuss verfehlte Retzick nur um Haaresbreite. Es war immer schwer, auf ein sich bewegendes Ziel zu schießen, doch die Distanz war gering, und Molotok war bestimmt ein guter Schütze. Retzick griff nach der Waffe auf dem Tisch. Doch Molotok war schneller. Drückte ab. Ein brennender Schmerz schoss durch Retzicks linke Hand. Blut und Knochensplitter spritzten durch die Luft. Einen Moment schaute Retzick auf seine Hand. Die Knochen, die nach innen gebogen waren und auf der anderen Seite wieder herauskamen, wie ein groteskes Mikado-Spiel. Blut tropfte zwischen den zerfetzten Muskeln, der Haut und den Knochensplittern hervor. Retzick konnte sein eigenes Blut sehen. Ihm wurde dabei nicht schlecht. Das Adrenalin betäubte den Schmerz. Dennoch spürte er Schockwellen in seinem Gehirn, als seine Augen die zerfetzte Hand sahen.

Molotok grinste. »Getroffen«, grunzte er und nickte.

Retzick hatte die Waffe nicht erwischt. Dafür hatte das Projektil ihn erwischt. Seine Hand war so gut wie unbrauchbar. Und er verlor Blut, sogar eine Menge Blut. Jetzt musste ihm schnell etwas einfallen. Und ihm fiel etwas ein. Der Hai, der beim Angriff die Augen nach hinten dreht und blind ist. Wäre es nicht besser, wenn der Gegner blind ist, bevor man selbst angreift?

Retzick hob, beinahe beschwörend, die linke Hand und ballte die Faust, so gut es noch ging. Jetzt spürte er den Schmerz trotz des Adrenalins, fühlte die Handknochen und die Splitter, die sich gegeneinanderschoben. Molotok konnte nicht anders, er musste sich dieses Spektakel, das er selbst herbeigeführt hatte, ansehen.

In dem Moment zuckte Retzicks linke Hand nach vorn und öffnete sich abrupt. Der Schmerz ließ ihn beinahe bewusstlos werden. Doch die Geschwindigkeit war hoch genug, um Molotok einen großen Spritzer Blut in die Augen zu treiben. Retzicks Blut. Kurz sah er die Farbspritzer auf dem Gemälde von Monet in der Orangerie vor sich. Dann sah er wieder Molotok.

Molotok blinzelte.

Nur eine Sekunde, aber genau eine Sekunde zu viel.

Die Sekunde, die Retzicks rechter Handballen brauchte, um in einem verheerenden Stoß nach vorn zu zucken, Molotoks Nase von unten zu treffen und ihm seinen Nasenknochen ins Gehirn zu schlagen.

Molotok stand dort einen Bruchteil einer Sekunde aufrecht, die Augen irre verdreht, als würden sie in seinen eigenen Kopf hineinschauen und nach dem Nasenbein in seinem Gehirn suchen. Aus seiner zerquetschten Nase liefen Blut, Schleim und Hirnkammerwasser. So stand er noch ein Lidzucken aufrecht, und dann schlug Molotok, wie der Hammer, nach dem er benannt war, mit dem Gesicht zuerst krachend und tot auf dem Steinboden auf.

Retzick legte keuchend mit einer Hand einen Druckverband an seiner linken Hand an.

Ein Schurke war besiegt.

Jetzt ging es darum, den großen Schurken auszuschalten.

Mit zitternden Fingern deaktivierte er den Sprengmechanismus.

KAPITEL 17

9. November 2019
Berlin

Iwo Retzick sah vom Einsatzwagen aus, wie Fahrzeuge Nebelgranaten und Gaskanister auf die Tribüne warfen, auf der sich die Truppen des Kalifats befanden. Er sah, wie sich Einheiten der GSG 9 mit den rechten paramilitärischen Truppen von Edgar Rastov hinter dem Reichstag erbitterte Gefechte lieferten, und er sah einen mobilen Munitionscontainer nahe dem Paul-Löbe-Haus, der bei einer Explosion in einem grellen Feuerball auseinanderbrach. Die Stichflamme war vierzig Meter hoch.

Schuster hatte das Kommando übernommen und hatte die Waffen in den Wohnungen neutralisiert, vorher hatte Retzick mit Gereons Trojaner den Zeitschalter für die Sprengsätze in den Paketen deaktiviert, während Molotok in der Halle neben seiner Glock mit zerquetschter Nase und durchbohrtem Gehirn tot auf dem Boden lag.

In letzter Sekunde war es den verbliebenen Eliteeinheiten unter Iwo Retzick gelungen, die meisten Extremisten auszuschalten. Der Tag der Deutschen Einheit endete mit einem Schock, dessen Wellen weltweit zu spüren waren, aber mit einem Deutschland, das nach wie vor vereinigt war.

Er hatte vor der Wahl gestanden. Und er hatte die Entscheidung getroffen.

Opfere ich mich selbst? Oder opfere ich alle anderen?

Was war er, fragte er sich.

War er ein Verräter? Ein Narr? Oder ein Held?

Er schaute auf seine linke Hand.

Er brauchte dringend einen Arzt.

KAPITEL 18

9. November 2019
St.-Hedwig-Krankenhaus, Berlin-Mitte

Judith blickte wie gebannt auf den Fernseher.

Die Tribüne in Rauch gehüllt, Notärzte und Krankenwagen kreuzten die Straße des 17. Juni. In der Eingangsfassade des Reichstags ein rauchendes Loch. Dichter Qualm stieg im Bezirk Mitte am Pariser Platz, an der US-Botschaft, am Reichstag und am Paul-Löbe-Haus in den Himmel. Das Rattern von Rotorenblättern war zu hören.

Das Bild wackelte und flackerte, die Tonverbindung war schlecht.

»In letzter Sekunde ist es den verbliebenen Eliteeinheiten gelungen, die meisten der Extremisten auszuschalten«, sagte der Reporter. »Denn anscheinend konnte nur knapp ein Komplott abgewehrt werden, das das Deutschland, das wir kennen, für immer beendet hätte. Experten sprechen dabei von einer neuartigen Form des Hitler-Stalin-Paktes, in dem es darum ging, Deutschland in zwei Zonen aufzuteilen. Wir schalten um zu unserem Experten Thomas Heinrich, der uns darüber …«

Judith schaltete um.

»… eine Linie im Westen von Köln über Essen, Dortmund und südlich von Hamburg sollte ein islamischer Staat werden. Die Häfen Bremerhaven, Wilhelmshaven und Hamburg sollten in diesem Modell offenbar Sonderwirtschaftszonen bleiben, damit der Zugang zum Meer und die Handelswege …«

Sie schaltete noch einmal um, hörte gebannt den Stimmen zu.

»… eine albtraumhafte Vorstellung, die offenbar äußerst knapp verhindert wurde und …«

Sie schaltete um. Auf dem anderen Kanal genau dasselbe.

»… sind die Kanzlerin und die gesamte Regierung geschlossen zurückgetreten. Einige Teile der Regierung, wie der Innen- und der Außenminister, gelten noch immer als vermisst, es ist möglich, dass sie Anschlägen zum Opfer gefallen sind. Die Serie an Attentaten begann kurz vor Silvester 2018 mit der Ermordung des Berliner Innensenators Gerhard Winkler. Damals hatte sich noch niemand ausgemalt, dass dies nur der Beginn eines der albtraumhaftesten Kapitel der jüngeren deutschen Geschichte werden würde. Aus München zugeschaltet haben wir …«

Sie schaltete um. Wieder ein Reporter.

»Mit der gegenwärtigen Situation ist Deutschland für die Regierung, die noch im Amt ist, unregierbar geworden. Neuwahlen sind bereits für kommende Woche angesetzt …«

Judith saß vor dem Fernseher in ihrer Zelle und wusste nicht, ob sie sich dankbar oder bestätigt fühlen sollte. Sie hatte all das vorausgesehen, und es war eingetreten.

Ein Tag verging. Und noch einer. Nichts passierte. Deutschland war gerettet, aber sie war noch immer in diesem Zimmer. Alles hatte sich verändert, nur Judith war noch immer hier.

Sie schaltete wieder den Fernseher ein. *Neuwahlen vom Tisch* stand dort. Daneben ein Foto von dem KSK-Mann, der sie hier besucht hatte, dem Mann, den sie das erste Mal in der Traumaambulanz gesehen hatte.

Neuer Kanzler: Iwo Retzick? stand darunter. Judith lauschte der Stimme des Fernsehsprechers. »Laut jüngsten

Schätzungen liegt die Partei *Deutschland zuerst* mit ihrem Law-and-Order-Kurs bei achtzig Prozent Zustimmung, doch dieser Mann könnte ihr das Leben schwer machen.« Das Bild von Retzick wurde vergrößert. »Laut einer Infratest-Umfrage möchten neunzig Prozent der Deutschen den parteilosen Iwo Retzick als neuen Bundeskanzler. Iwo Retzick, der als der *Held des 9. November* gefeiert wird, ist ein ehemaliger Elitekämpfer der KSK, der heute als Ausbilder von Spezialkräften arbeitet. Iwo Retzick hat mit einigen Unterstützern das Komplott beendet und die Verschwörung vom 9. November niedergeschlagen. Vermutungen, dass Retzick eine Zeit lang mit den Verschwörern um den Anwalt Carl Cohagen gemeinsame Sache gemacht habe, werden von der Mehrheit der Bevölkerung, ebenso wie von der Partei *Deutschland zuerst,* als »perfideste Verleumdung eines wahren Helden« zurückgewiesen. Die Partei *Deutschland zuerst* um Parteivorstand Philipp Arnoldsen zeigt sich offenbar offen für eine Direktwahl Retzicks und plant eine sofortige Volksabstimmung, um den neuen Kanzler in der direkten Wahl zu bestätigen. Philipp Arnoldsen, selbst ehemaliger Soldat und Ex-Lobbyist, ist Gründungsmitglied von *Deutschland zuerst* und war laut Sicherheitskreisen ebenfalls in die Verschwörung eingeweiht. Dies wurde von Arnoldsens Anwälten als *bewusste Irreführung und Wählertäuschung* bezeichnet.«

Das Bild wechselte zu einer Ansprache Arnoldsens im Olympiastadion, wo er die Direktwahl des Bundeskanzlers für den kommenden Mittwoch ankündigte.

Am folgenden Mittwoch wurde Retzick zum Bundeskanzler gewählt.

Am Donnerstag öffneten sich die Türen zu Judiths Zimmer. Der Direktor des Krankenhauses, Professor Köhler, stand dort, daneben zwei Anzugträger und einige Polizisten.

»Frau Richter«, sagte Köhler, »Sie sind als geheilt entlassen. Wann können Sie fertig sein?«

»In zehn Minuten.«

»Wunderbar. Haben Sie etwas Make-up dabei?«

»Kann sein.«

»Das ist gut«, sagte einer der Anzugträger. »Der Bundeskanzler möchte Sie sehen.«

EPILOG

Iwo Retzick saß an seinem Schreibtisch im Kanzleramt, Judith Richter hatte sich eben von ihm verabschiedet. Seine linke Hand war eng bandagiert, die Operation hatte sechs Stunden gedauert. Wahrscheinlich würde er die Hand wieder wie vorher benutzen können, zumindest wenn alles gut ging. Aber hatte nicht Stauffenberg sogar seine rechte Hand und an der linken Hand den kleinen Finger und den Ringfinger im Krieg in Tunesien verloren? Ebenso wie ein Auge und später sogar sein Leben bei seinem Versuch, Hitlers Terror zu beenden, indem er versuchte, Hitler in die Luft zu sprengen? Da ging es Retzick im Vergleich noch gut.

Aber war auch sonst alles gut gegangen?

Er saß im Kanzleramt, in diesem vollkommen unfunktionalen und hässlichen Protzbau, den damals noch Helmut Kohl in Auftrag gegeben hatte und den man im Volksmund *Die Waschmaschine* nannte. Nicht nur wegen seines Aussehens, sondern weil dort, besonders in der letzten Regierung, alle unangenehmen Wahrheiten in bekömmliche Sätze verpackt und somit rein gewaschen wurden. Sein Blick ging auf die Spree und das Paul-Löbe-Haus. Er wusste noch immer nicht, was er genau war. War er der Held, der er nie hatte sein wollen? Oder noch schlimmer, der Schurke der er noch viel weniger sein wollte? Er war jetzt Kanzler, aber war er wirklich derjenige, der bestimmte, oder waren da noch andere, die mitzureden hatten? Die, die man *power behind the throne* nannte?

War es ein Sieg? Oder stand die Niederlage kurz bevor?

Das Telefon klingelte.

»Herr Cohagen für Sie, Herr Bundeskanzler«, sagte sein Büroleiter.

Retzick wunderte sich kurz, reagierte dann aber ohne langes Nachdenken. »Stellen Sie ihn durch.«

»Ich möchte Ihnen zur Kanzlerschaft gratulieren, Herr Retzick«, sagte Cohagen.

»Wo sind Sie?«

»Ziemlich weit weg, ich bin in Deutschland derzeit nicht allzu gut gelitten. Vielleicht ändert sich das irgendwann mal, solange tauche ich unter.«

»Was kann ich für Sie tun?«

»Zunächst gar nichts. Sie haben genug für mich getan.«

»Wirklich?« Retzick hatte sich ein wenig vor dem Telefonat gefürchtet, immerhin hatte er Cohagens Pläne durchkreuzt. Allerdings war er nun Kanzler der viertgrößten Volkswirtschaft der Welt, da musste er sich auch von einem wie Cohagen nichts sagen lassen. »Habe ich nicht Ihren Plan durchkreuzt? Schließlich haben wir die Extremisten ausgeschaltet.«

»Das haben Sie allerdings«, sagte Cohagen. »Aber meinen Plan durchkreuzt? Nicht wirklich. Nach der Teilung Deutschlands hätten wir uns mit den ganzen Extremisten herumärgern müssen, vielleicht sogar nachverhandeln müssen mit den Rechtsradikalen und den Islamisten. Die sind alle nicht gerade pflegeleicht. Das müssen wir jetzt nicht. Und das verdanken wir Ihnen, Herr Retzick.«

»Ein geteiltes Deutschland, wie Sie es wollten, haben Sie jetzt aber auch nicht.«

»Das brauchen wir vielleicht auch nicht. Wir haben, was wir wollen. Ein anderes Deutschland. Das Wichtigste ist schließlich, dass man sein Ziel erreicht. Das hat schon Clausewitz gewusst.«

»Der Krieg als Fortsetzung der Politik mit anderen Mitteln?«, fragte Retzick und wiederholte das wohl bekannteste, aber auch am meisten missverstandene Zitat von Clausewitz.

»Ja«, sagte Cohagen, »Krieg ist ein Akt der Gewalt, der den Gegner zur Ausübung unseres Willens zwingt. Das sagte auch Clausewitz. Unser Wille ist erfüllt, die alte Regierung ist weg. Wie wir dann den Krieg führen oder ihn gewonnen haben, ist doch völlig egal. Es bleibt alles unter dem Primat der Politik. Auch der Krieg. Die Politik hat am Ende ein Ziel, genauso, wie wir ein Ziel hatten. Was unser Ziel angeht, das haben wir erreicht: ein besseres Deutschland. *Wie genau* wir dieses Ziel erreicht haben, ist doch zweitrangig.«

»Ein besseres Deutschland?«, fragte Retzick.

»Ja, mit Ihnen. Eine neue Zeit steht bevor.«

Retzick blickte einen Moment in den dunstigen Himmel über der Spree. War er jetzt doch die Marionette von Cohagen, die er nie hatte sein wollen?

Es herrschte eine Weile Schweigen in der Leitung. Dann hob Cohagen die Stimme. »Noch etwas, Herr Bundeskanzler. Ich hätte da noch eine Idee.«

»Ich höre.«

»Ich finde, *Herr Bundeskanzler* klingt zu altbacken.«

»Finden Sie?«

»Ja. Es passt nicht zu dem Neuen, das Sie bringen werden.« Stille. Retzick hörte das Ticken seiner Armbanduhr. »Wie wäre es, wenn die Leute Sie ab jetzt *Den Wächter* nennen?«

DANKWORT

Wie immer in meinen Büchern, und so halten es auch viele meiner Autorenkollegen, gilt der größte Dank wieder den Leserinnen und Lesern! Sie haben gerade ihr hart verdientes Geld für dieses Buch auf den Tisch gelegt. *Staatsfeind …*

Da es Leute gibt, die in einem Buch zunächst hinten anfangen zu lesen, möchte ich gar nicht allzu viel über den Inhalt verraten. Es gilt nur, wie bei all meinen Büchern: Ein Buch ist nur so gut wie die Möglichkeit, es an den Mann oder die Frau zu bringen. Dafür sorgen nicht nur die Verlage, sondern auch diese mysteriösen Personen, die das Buch zunächst einmal an den Verlag bringen – auch »Literaturagenten« genannt. Hierbei geht ein großer Dank an das Team von AVA International um Roman Hocke und Markus Michalek und natürlich an das ganze Team um Claudia von Hornstein, Cornelia Petersen-Laux, Lisa Blenninger und Mark Ryan Leonard.

Nach den Agenten kommen die Verlage: Ein großer Dank geht daher an Steffen Haselbach, Verlagsleiter Belletristik bei Droemer Knaur, für die super Zusammenarbeit, an meine Lektorin und Programmleiterin Paperback bei Droemer Knaur, die beste Lektorin und Programmleiterin überhaupt, Michaela Kenklies, für ihren unermüdlichen Einsatz, tolle Ideen, spannende Stunden und unterhaltsame Diskussionen über dem Manuskript sowie an Antje Steinhäuser für das grandiose finale Lektorat. Und natürlich an die Geschäftsleitung von Droemer Knaur, Doris Janhsen, Josef Röckl und Bernhard Fetsch, ebenso Beate Riedel für das tolle Marketing, Katharina Ilgen, Monika Neudeck für die super Pressearbeit, Hanna Pfaffenwimmer, sowie das Team des Konzertbüros Augsburg um Maria Löffler-Kistler, Erwin Kistler und Nadine Kistler-Engelmann. Und natürlich an das ganze Vertriebsteam von Droemer Knaur, das für die Buchhandlungen und für die Nebenmärkte, wo meine Bücher offenbar auch gern gesehen sind, alles gibt. Ganz besonderer Dank gebührt allen Buchhändlerinnen und Buchhändlern! Durch sie und nur durch sie sind Bücher sichtbar, anfassbar, kaufbar und überhaupt vorhanden. Und wenn sie mich zu Lesungen einladen, auch noch live für alle Fans erlebbar. Vielen, vielen Dank, dass es euch gibt!

Was das unschätzbare Insiderwissen über die Strukturen des Staates, der Gegenseite und all der Parteien dazwischen angeht, möchten die meisten meiner Ansprechpartner lieber unerwähnt bleiben. Dank geht an sie alle und an Dr. Daniel Huschang Holz von der NATO in Mons, Belgien, Robert Koch von der Polizei Berlin und Michael Jahn von der Firma CTC Medical in Berlin.

Da es in *Staatsfeind* nicht primär um Leichen, Forensik und Serienkiller geht, war Saskia diesmal nicht so stark gefordert wie bei der Clara-Vidalis-Reihe. Danken möchte ich dir, liebe Saskia, fürs Korrekturlesen und einfach dafür, dass es dich gibt und dass du es mit und bei mir aushältst.

Ein besonderer Dank geht an meinen Freund Thomas Skowronek, der sich bereit erklärt hat, seinen ausgesprochen interessanten Nachnamen einem der Charaktere in *Staatsfeind,* noch dazu einem Schurken, zur Verfügung zu stellen.

Ein letzter Dank geht an meine Schwiegereltern Renate und Thomas Guddat für die tolle Wohnung in Grömitz an der Ostsee, wo Saskia und ich häufig entspannte Urlaubswochen verbringen. Und wo ich auch die letzte Korrekturschleife von *Staatsfeind* im September 2018 vorgenommen habe.

So bleibt mir nur, Ihnen allen spannende Unterhaltung zu wünschen und mich auf ein Wiedersehen zu freuen! Bei einer Lesung, auf der Tour, an der Bar, offline, online und hoffentlich weiterhin in einem Land, in dem wir gern und sicher leben.

Besuchen Sie mich auf www.veit-etzold.de oder auf facebook.de/veit.etzold oder schreiben Sie mir an info@veit-etzold.de.

Herzlich
Ihr Veit Etzold
Berlin, im September 2018

Die Clara-Vidalis-Reihe

VEIT ETZOLD

FÜNFTER FALL: TRÄNENBRINGER

Ihr fünfter Fall bringt Clara Vidalis, Hauptkommissarin und Expertin für Pathopsychologie am LKA Berlin, an ihre persönlichen Grenzen: Ein Serienkiller entführt 18-jährige Mädchen und lässt den Eltern die Leichenteile zukommen. Während Berlin vor Angst zittert, kommt es gleichzeitig zu bizarren Morden im Prostituierten-Milieu. Was ist das Motiv dieses brutalen und unergründlichen Killers? Oder haben es Clara und ihr Team mit mehreren Mördern zu tun?

SECHSTER FALL: SCHMERZMACHER

Clara Vidalis findet sich in einem Albtraum wieder: Plötzlich tauchen mehrere Mordopfer auf, an denen die DNA von Ingo M. sichergestellt wird – desselben Ingo M., der vor über zwanzig Jahren ihre kleine Schwester missbraucht und ermordet hat. Und dessen sterbliche Überreste in der Berliner Rechtsmedizin seziert wurden. Wie kann es sein, dass ein Toter mordet, wieder und wieder?

Die Wahrheit ist handfester und zugleich entsetzlicher, als Clara es sich in ihren dunkelsten Nächten ausgemalt hat.

Was wäre, wenn?

VEIT ETZOLD

TODESDEAL

Im afrikanischen Kongo wütet seit Jahrzehnten ein grausamer Krieg. Es ist der Kampf um kostbare Rohstoffe, die in jedem digitalen Gerät auf der Welt stecken.

Der junge Journalist Martin reist für seinen ersten großen Rechercheauftrag in den Kongo. Doch kurz nach seiner Ankunft wird er von einem Warlord als Geisel genommen. Zu spät stellt er fest, dass auch er nur Verhandlungsmasse in einem internationalen Schachspiel ist, in dem die Rohstoffverteilung für das 21. Jahrhundert festgelegt wird.

DARK WEB

Die Suchmaschine. Mit Holos hat Europa endlich sein eigenes Google. Doch die Suchmaschine verfügt über hochsensible Daten – und ihre Ursprünge liegen im Dunkeln.

Der Online-Broker. Als Oliver Winter das Wasser bis zum Hals steht, stürzt er sich ins DARK WEB. Bald soll er für die Mafia nicht nur Drogen und Waffen verkaufen …

Die Ermittlerin. Jasmin Walters leitet die Cyberterrorismus-Einheit Nemesis. Nach und nach begreift sie, dass Holos auch im DARK WEB operiert …